講談社文庫

悲惨伝

西尾維新

講談社

HISANDEN

NISIOISIN

DENSETSU SERIES の3

悲惨伝
DENSETSU
SERIES
∅3
HISANDEN
NISIOISIN

DENSETSU SERIES 03

悲惨伝

HISANDEN

NISIOISIN

第1話「徳島県! 奇怪なふたりの同行二人!」

0

どんな悲劇に見舞われようときみの人生は続く。
残念なことに。

1

健脚五時間平均六時間弱足八時間と言う——何について言うかと言えば、四国は徳島県、霊場八十八箇所、第十一番札所藤井寺から第十二番札所焼山寺へ向かうための遍路道について言うのである。

第一番札所霊山寺から始まる八十八箇所巡りを試みる、いわゆる『お遍路さん』にとって最初に遭遇する難所であり、この道で挫ける者も多かったことから、俗に『遍路ころがし』と呼ばれるこの焼山寺道を、二〇一三年十月二十七日、我らが英雄空々空は地に足をつけて歩いていた。

地に足をつけて、なる表現は、ひょっとするとあるいはわざわざする必要のないくどい描写と思われるかもしれないけれど、しかし現在の四国においては必要な、必要不可欠な描写である——とにかく空々空は、アップダウンの激しい、険しい山道を歩いていた。

十三歳の少年、空々空はつい最近まで——それはもう、彼からしてみれば、現実か夢かも定かではないような遥か遠い悠久のごとき昔のことに思えるけれど、少なくとも時系列的にはつい最近まで、ついつい最近まで、体育会系の部活動に属していた中学生だったので——健脚か平均か弱足かと問われれば、当然ながら健脚であり、登山のペースは悪くなかったけれど、しかしそれでも、これが楽な道であるとは言えるはずもない。

普通にハードな山道だ。

山道ではもちろん例の空力自転車『恋風号』を使うわけにもいかない——かの自転車は藤井寺に置いてきた。違法駐輪になるだろうが、しかし徳島県はもちろん、今の四国島には違法駐輪を咎める者はいないので——人っ子一人いないので、問題はあるまい。

「…………」

目の前のことだけをやる。

その場を凌ぐ。

緊急避難を繰り返す——執拗なまでに繰り返す。空々空という、ここ半年の間、ほとんど生き延びることにのみ意欲を燃やしてきた少年にとって、それらは当たり前のことではあったけれど（彼の秘書的存在である『焚き火』あたりがする客観的な評価としては、それは『意欲を燃やす』というよりも『人間性を冷やす』という生きかただったかもしれないが）、しかし迂闊に立ち止まってしまうと、考えてしまいかねなかった。

否。

頂上を目指して歩きながらでも——焼山寺を目指しながらでも、疑問を持たないでもなかった。どうして今、今日、僕は、この焼山寺道を登っているのだろうか——と。

十三歳の若い身空で、いっそのこと言ってしまえば幼さの身の上で、霊場巡りの真似事みたいなことをしているのだろう。いや、確かに上陸した際、四国を『調査』するにあたって、四国を一周するコースを歩む八十八箇所巡りは『基準』になると思わなかったわけではないけれど——

「並の体力じゃないわね、そらからくん」

と。

空々の前をゆく人物が、不意に振り返ってそう言った——角度があるので、上から見下ろすような形での台詞になったけれど、どうやら彼女は本気で感心しているらしかった。

彼女。

魔法少女『パンプキン』は、本気で。

「身体、鍛えてたの？」

と、訊いてくる。

訊いてくるときには彼女はもう前を向いていたので、感心そのものは本気でも、決してそこまで関心があるわけでもないようだが、基本的に真面目な少年である空々は、そんな時間潰しの雑談のための雑談みたいな質問にも、律儀に応じる。

質問されたら答える。

期待には応えられなくとも。

「ええ……、子供の頃から、野球漬けの生活でしたから」

もっとも、そういう素養、そういう下地はあったとしても、野球漬けの生活が終わった——生活が終焉を迎えてからのこの半年も、成長期の身体で、高度な機器を使っての筋トレを続けているので、現在の彼の肉体を形作っているのが、すべて野球のお陰であるとするのは無理があるが。

「トレーニングだって言って、トレイルランをすることも多々ありました」

「トレイルラン？　トレイル？　何それ、どういう意味？」

「ああ、えっと――」

自分が当たり前に使っている用語が相手にとっての当たり前でなかったときに憶えるこの手のギャップに、何か適切な名前はあるのだろうかと、空々は考える。名前。とにかくなんにでも『名前』がつけば安心する少年なのだ――それは安心ではなく、あるいは安定なのかもしれないけれど。

「簡単に言うと山地トレーニングです。トレイルが山道って意味で……、ほら、山道って、凹凸(おうとつ)があるから、普通にグラウンドを駆け回るよりも、運動としての強度が高くなるので」

「ふうん」

訊いておいて、そんなに興味のなさそうな『パンプキン』である――まあ、そんな知識を教えられたからと言って、へえそうなんだ、じゃあいっそこの山道も走ってみようかなどと誘われたほうが困るのだが。

他人の人格をとやかく言えるような人格を、もとより空々はしていないけれど、しかしそれにしてもダウナーな人だと、だから思うだけ思った――まあ、昨日知り合ったばかりの、しかもあんな切迫した状況下において知り合ったたばかりの相手についてて、ああだこうだと評価を下すのは、まだ早計かもしれない。

なにせ空々はまだ、名乗られた彼女の本名が、本当に本名なのかどうかさえ、断定できないのだ――『名前』はまだ不安定なのだ。杵槻鋼矢というあれが偽名である可能性だって、十分にある。『パンプキン』という如何にもなコードネームこそが、実は本名であるという落ちだって、この先に待っているかもしれない。

それで落ちるような物語でもないが。

ダウナーに思える『パンプキン』は、ただ山道に疲れているだけかもしれないし、仲間を失って悲嘆にくれているだけかもしれないし、空々のことが生理的に嫌いなだけかもしれない。他の人間の前では歳相応に明るく振る舞う女の子なのかもしれない――まあ、そのどれだったとしても、それで空々が困るということはない。

少なくとも今以上に困ることはない。

大歓迎とは言わないにしても。

もっとも、最初の可能性――彼女が山道に疲れているという可能性は、空々から見る限りは低そうだった――決して健脚という風には見えない細身の彼女だけれど、空々よりも平然と、ごく普通の一般道を歩いているときと変わらない風に、『遍路ころがし』を登っている。

彼女も鍛えているのだろうか？

いや、鍛えている人間が、トレイルランくらいの用語を知らないとは思いにくいけれど……、はて。

「将来の夢はプロ野球選手だったりしたのかな？　そらからくんは」

雑談を続ける彼女。

間を持たそうとしているのか、それとも彼女なりに空々に対して歩み寄ろうとしているのか。これから彼女と『共闘』していかなければならない身としては、後者であって欲しいと空々は思う——いや、別にあって欲しいとまでは思わない。

後者であればいいな、くらいだ。

いいなと言うか——便利だなと言うか。

「どうでしょうね——将来を夢見たことは、あんまりありませんでした」

「そうなの？　現実的な男の子だったの？　でも、男の子って、大抵プロ野球選手を目指すものなんじゃないの？」

素朴な言葉だった——素朴過ぎるくらいに素朴な言葉だった。一瞬、ひょっとすると皮肉を込めて言っているのだろうかとも思ったけれど（実際、空々の奇矯なパーソナリティはそんな風に揶揄されても致し方ないものではある）、そういうわけではなさそうで、『パンプキン』は本当にただ素朴に、そう思っているようだった。

　プロ野球選手、か。

　まあ、彼女がどんな風に育ってきて今に至るのかなんて、空々にはまったく想像もできないけれど、少なくとも『魔法少女』である彼女の現在を思えば、まともに小中学校に通っていたとは思えない。空々がいい加減に推定する限り、高校生くらいの年齢であろう、しかし高校生ではありえない彼女の中での『男の子』のイメージは、酷く典型的というか、『プロ野球選手を目指す』という姿があるべき姿なのかもしれない。『女の子』のイメージは、ならばひょっとすると、『お嫁さん』とか『ケーキ屋さん』とかを夢見るものなのかも——いや、これは彼女自身がかつて『女の子』だったのだから、さすがに穿ち過ぎかもしれないけれど。

　何にしても質問を受けた以上、空々はそれに答える。

　義務的なまでに。

「そうかもしれませんけれど、僕はそうじゃありませんでした。今でも昔でも、十二球団を全部言えないくらいです」

「そんなものなの？」

　意外そうだ。

　もちろん、驚くというほどでもない、ちょっとした意外性くらいだろうが——明日には忘れてしまう程度の意外性くらいだろうが。

「じゃあいったい、何をモチベーションに野球をやっていたの？」

「モチベーション……」

「動機もなく、野球をやらないでしょう？」

「野球をやるのに動機はいらないですよ。いりませんでした、僕の場合は。もちろん、チームメイトには、ちゃんと……、というか、堅実にプロ野球選手を目指したりしている奴はいたと思いますけれど――」

どうだろう。

言ってみたものの、本当にいたかどうかは空々には定かではない――そういう自覚が当時あったわけではないのだが、今となっては、自分は周囲の人間の心理を予測することがとても苦手だということがわかっている。

いい加減なことは言えない。

チームメイトと言ったけれど、彼らが本当に空々の『メイト』だったかどうかは、もうわからないのだ――確認のしようもない。

将来の目的、あるいははっきりとした動機を持って野球をやっていた者が、果たしてあの中にどれくらいいたのだろうか――空々がそうだったように、親に促されて始めた野球を、みんな、ただやっていただけではないのだろうか。

目の前のことを。

ただ片付けようと。

人生の整理整頓をしていただけでは。

……もっとも、空々はその野球の技能で、スポーツ推薦の枠で私立中学に入学した身の上なので、しっかり利己的に野球をプレイしていたと言えると言えば言える――案外自分は要領がいいのかもしれない。

本当に要領がよければ、こんな風にわけもわからないまま、焼山寺道を歩いていたりはしないだろうけれど。

わけもわからないまま――本当にわけもわからないままだ。

「――まあ、僕のスタイルとしては、来たボールをただ打つって感じでした」

空々はそうまとめた。

質問されたらついそれに答えたくなってしまうと言っても、昔の話を進んでしたいわけでは決してないのだ――『パンプキン』のほうも、空々少年の野球に対する姿勢を取り立てて詮索するつもりもなかったようで、

「ふうん。来たボールをただ打つね」

とただ復唱して、そして話題を戻す。

そう、話題は、空々の過去ではなく、まして過去に見ていた夢ではなく――現在の彼の健脚についてのことだった。

少なくとも、これから共闘しなければならないパートナーとしての彼女が空々について気にするべきは、そんなノスタルジックなあれこれではなく、現在の彼の体力についてだろう。

ひょっとすると『来たボールをただ打つ』というスタイルで、空々は『パンプキン』の仲間を——魔法少女達を次々に撃退したのかと、千切(ちぎ)っては投げ千切っては投げしてきたのかと、そんな風に感じたかもしれないけれど、少なくとも『パンプキン』はそれを感じさせなかったし、空々もそれを感じ取れなかった。

「まあ、一般人じゃないんだから——これくらいの登山道は踏破してもらわないと困るわけだけれど、ね」

「ええ……まあ、そうですね。その通りです」

確かにその通りだ。

その通りでしかない。

なにせ空々は『英雄』であり『軍人』なのだから——たとえかつて野球部員でなかったとしても、仮に文学少年だったとしても、いくら険しいとは言え、コースとして成立している道で弱音を吐(は)くわけにはいかない。

たとえ十三歳であろうと、国の制度からすれば本来中学一年生のはずであろうと、彼は現在、人類を救うために動いているのだから——その自覚は彼には著(いちじる)しく欠けているとは言え。

来たボールをただ打つ。

ように人類を救おうとしているだけとは言え。

「だけど、それを言うならば、あなたのほうが意外ですけれどね」

コミュニケーション。

質問を受け、それに答えたのだから、今度は空々のほうから質問する番だ——質問しなければならない番だと思い、空々は言った。

コミュニケーションをそんな風に義務的かつ単線的に捉えている限り、彼には豊かな人間関係を築くことはおよそできそうもないのだが、それについては気付かずに。

言った。

「随分と元気そうじゃないですか——汗ひとつかかずに、この険しい道を登っているじゃないですか。そんなに、全然、鍛えている風には見えないですけれど」

どちらかと言うと、言うまでもなく、明らかに文化系に見える。

人を外見で判断できるようなスキルは彼にはないけれど、それにしたって——だ。

「ああ、いや、これは違うのよ——体力であたしは登山をしているわけじゃあない」

「体力じゃない？　じゃあ何ですか？」

「魔力、かな？」

そんな風に答える。

冗談っぽい、それこそ皮肉っぽい響きの言いかただったが、しかしそれが皮肉ではあっても冗談ではないことは空々にはわかっている——なにせ『パンプキン』は魔法少女なのだ。

魔力という言葉の説得力のなさは、彼女の——彼女『達』の前では、おしなべて無効化される。説得力のなさがおしなべて無効化されるという言いかたは極めて不自然なそれだけれど、しかしこの場合、他の表現はない。

空々のように鍛えた体力とか、そういうのとは無関係に——理屈を超えて、きっと彼女達は『山を登れる』。

空を飛び。

爆破し。

ぴったり壊し。

ビームを放ち。

写し取る。

……まあ、『山を登る』のに、どういう魔法を使っているのかは定かではないが——『パンプキン』が使う魔法がどういうものなのか、もちろんある程度の推測を空々は立てているけれど——実際にどういうものなのか、はっきりとわかっているわけではないのだ。

　思えば危険である。

　どんなスキルを持っているかわからない相手とどうなるかわからないままに組み、空々はこれからの困難に——人類の明日を左右するような艱難辛苦に挑もうとしているのだから。

　共闘も同盟も。

　協力も動静も。

　この場合、普通に考えれば酷くリスキーだ——ただ空々の立場が、言うなればポジションがリスキーなのは今に始まったことではないし、わけのわからないものにわけのわからないままに接し、わけのわからないことをわけのわからないままにこなしてきたのが彼である。

　要は普通ではない。

『パンプキン』という、謎めいた年上の女性と、謎めいたままに同行することを今更躊躇する理由は空々空にはまったくない——そんなのは今更というべきである。

　とは言え、今空々がリスクをあまり感じていない理由は、それに慣れているからというこことではなく、単純に比較の問題かもしれない。

　程度の問題かもしれない。

現在の四国の危うさや、そして現在所在不明となっている、しかし確実に生き残っているであろう、空々が知るもう一人の魔法少女『ストローク』に較べれば——『パンプキン』の魔法がなんであろうと、それほどのリスクではないと、彼が無意識の内に思ってしまったとしても、それは仕方ないというよりもむしろ当然と言うべきだろう。

その『思ってしまったこと』は、あるいは楽観的な思い込みかもしれないけれど——もっとも、リスクをリスクとして呑み込みはしても、しかしだからと言って、ここで彼が黙してしまうかと言うと、そういうわけでもない。

今は会話をすることが目的なのだ。

別に今、彼女が有する『魔力』について追及するつもりはなくとも、コミュニケーションの一環として——彼のほうからの歩み寄りの姿勢として、

「魔力というのは？」

と訊くのが礼儀だった。

彼はそう思った。

だからコミュニケーションをそういうギブアンドテイクのような形で考えている時点で、彼の対人姿勢はややズレていて、およそ的外れなのだが——果たしてその、社交辞令にも似たクエスチョンに対して『パンプキン』は、

「詳しい説明は、焼山寺についてからよ、そらからくん。焦らないで」

と言った。

「言ったでしょ？」

「はい、聞きました」

頷く。

それを別に忘れていたわけではない――あれこれ含め、細大漏らさず、すべての説明は、焼山寺に到着してからすると、彼女は言ったのだ。

香川県都市部の中学校の教室で。

仲間の死体を前に――彼女は言った。

何を放り出してでも、今は一刻も早く移動することだと彼女は言ったのだ――空々はそれに従ったわけだ。四国に到着して以来――投げ込まれて以来、投下されて以来というべきかもしれないが――ずっと誰かからの『説明』を求めてきた彼としては、そんな悠長なことを言わずにさっさと説明して欲しいと思わなくもなかったし、珍しくそう主張しようかとも考えたのだけれど、しかしそこをぐっと我慢したのは、仲間の死体を目の前にした彼女を気遣ったから――ではない。

『パンプキン』が果たして、仲間の死体を目の前に何を感じ、どう思っていたかはさておくとして、そういう、他者の心中を慮った行動、あるいは自制ができるようであれば、彼の人生はもう少し変わっていたはずだ。

ではその場面でぐっと我慢したのは何故なのかというと、それは単純に、ここは彼女の言う通りにしたほうが『安全』だと判断したからだ——その教室から姿を消したもう一人の魔法少女、先に名前をあげた『ストローク』のことを考えると、一刻も早く移動することに反対する理由などあるはずもなかった。『あの子』の『ビーム砲』をもう一度相手取るなんて、気が進まないどころの話ではなかった——もっとも、まだ『説明』を受けていない彼からすれば仕方のないことではあるが、その心配自体は実のところ少し杞憂ではあるのだが。

まあしかし、心配自体は杞憂だったとしても、『ストローク』の件が彼にとって、彼らにとって高いリスクであること自体は間違いではないので、空々のその判断は結果として正しかったとは言える。

それが昨日、十月二十六日のこと。

それからほぼ丸一日かけて、彼らは香川県から徳島県に移動してきたのだった——四国という土地の広大さを思えば、これはかなりの高速移動、強行軍である。

そういう意味では焼山寺道に至る以前に、彼らは既に結構な道程を踏破してきているとは言える——もちろん、そこまでの道については、空々は科学の粋を集めた空力自転車に乗ってきたので、一般的に考えられるほどの疲労度がそこにあったわけではないのだが。

正にその『ストローク』との戦闘において、足の裏を少なからず痛めていた空々空にしてみれば、科学万歳と言ったところか。

とは言え疑問はあった。

自転車は確かに便利な道具だけれど、それこそここまでの道中でこそ、『魔法』を使い、飛行してくれれば、もっと早く、迅速に藤井寺まで到着していたのではないかという疑問——厳密には『パンプキン』は、空々の自転車に並走する形で飛んでいたのだが、二人共飛んでいれば、かなりの時間の省略になったはず。科学の産物である自転車よりも魔法の産物である飛行のほうが明確に速いのだから——険しい山道を飛行するのは、室内を飛行するのと同じ理屈で危険だからという理由で、焼山寺道をこうして歩んでいること自体には（多少足の裏が痛かろうと）納得ができるのだが。

説明は焼山寺に到着してからと言われていたので、それについてはまだ訊いていない——それでも質問するならば、質問の応酬（おうしゅう）が発生している今こそがチャンスかもしれなかったが。

質問すべきかせざるべきか。

質問したところで再び、また「言ったでしょ？」と返されるだけかもしれない——空々はそんな風にお姉さんぶられることに快感を感じる少年ではなかったので、そう思うと躊躇したくなる。

　そしてそう思わなくても、あまり質問をし過ぎると、それは同時に己の無知を、不見識を——そこまで言わなくとも手の内を、つまりは手の内の空っぽさを晒すことになりかねないので、堅実なる同盟関係を維持、堅持するためには、向こうから説明するまでは、肝っ玉がでかい振りをして、社交辞令以上の質問はしないというのが正しい姿勢かもしれない。

　訊くは一時の恥、訊かぬは一生の恥とは言ったところで、訊いたことで一生が終わってしまう、そこまでいかなくとも訊いたことが一生を左右してしまうという切迫した状況だってあって、今はそういう状況なのだ。

　漫然と喋ることさえ許されない。

　一言一句に気を配るべきシチュエーション。

　だが結局、空々は、それについてだけという限定条件をつけた上で、前を行く『パンプキン』に質問を投げかけることにした——たとえ「言ったでしょ？」という、にべもないというか、為すすべもない返答が返ってきたとしても、そんな不快さは甘んじて受けようと決め込んで。

　十三歳の少年、空々空。

　彼の彼らしさを語ることなんて本来は誰にもできないけれど、しかしどうしてここで彼が彼らしくない、ややもすれば勇み足の質問をしたのかと言えば、これは経験を踏まえてのことだった。

なにせ彼は香川では、誰かに何かを訊こうとするたびに、その相手に死なれたり逃げられたりのし通しだったのだ——ここで自制を続けることで、焼山寺に到着する前に目の前の『パンプキン』が、何らかの形で落命するという可能性は、決して低くないと、彼は危惧（きぐ）したのである。

平然とした顔をし、冷静な判断をするような体（てい）で、一緒に山を登る、少なくとも形の上ではパートナーであるはずの人物が、遠からず死ぬかもしれないという可能性を葛藤（かっとう）なく論じられるあたりは、やはり彼らしさだった——たとえ彼らしさが誰にも語ることができないものだとしても。

ただしそれが心配のし過ぎ、気の回し過ぎと言えないのも今の四国の、空々空の確かな現実でもあった。

「あの、『パンプキン』さん」

「なに？　そらからくん」

訊きたいことと言えば、彼女がそうやって空々のことを『そらからくん』呼ばわりする理由も訊きたいことのひとつなのだが、それについては緊急性が薄いと判断しているのか、それとも『あの人』がらみのことに触れることについて、珍しく彼が臆病

になっているのか、ともかく問わず、予定通りに空々は、

「どうして飛ばないんです？」

と質問した。

ただ、これだと、まるで登山道を歩いていることに弱音を吐いたとも取られかねないと思ったので、改めて、

「どうしてここまで飛んでこなかったんです？　山道を飛べないのはわかりますけれど」

と、細かく言い直した。

誤解を避けるため——誤解されることはあまり好きではない空々少年だ。彼が現在おかれている立場が、概ね誤解に基づくものである以上、好きになれるはずもない。誤解されるのが苦手な割に、それと同じくらい誤解を解くのも苦手な彼ではあったが、さすがにこの程度の誤解ならば簡単に解けたようで、空々の質問に一瞬、怪訝そうな顔をした『パンプキン』だったが、腑に落ちたように、

「ああ」

と頷く。

一度だけ足を止めて空々を振り向いて、再び歩みを再開させながら、

「そうか、それ、言ってなかったっけ——そらからくんがなんでもかんでも唯々諾々

と従ってくれるから、どうでもいいことまで説明するのを忘れていたよ」

と、まるでこちらに責任があるかのようなことを言う。

唯々諾々のつもりもなかったけれど、確かに、重要事項の説明は場を整えて、緊急事態をとりあえず回避してから、両者が落ち着いたコンディションでするのが正しい手順というものだろうが、しかし一問一答で済むようなことならば、自転車にまたがる時点で、そうするように『パンプキン』が促してきた時点で、訊くべきなのだ。

これは空々に考えがないというよりも、彼の考え過ぎということになるだろう――とかくなにかと、考え過ぎているうちに後手後手に回ることが多い空々少年である。

今回はただの、二人の間の行き違いというだけで済む話ではあったけれど――笑い話で済むような話ではあったけれど、そういうすれ違いがいずれ、致命傷にならなければいいのだが。

彼の四国における冒険は。

未だ終わりを見せないのだから――恐るべきことに、まだ始まったばかりなのだから。

「ひょっとして、ルールって奴ですか？　それも。香川県から徳島県へと越境するに当たっては、魔法を使ってはならないとか――そういうルール」

「ん？　いやいや、それは違う――それは早とちりだよ、そらからくん。今回飛ばなかったのは、単純に隠密行動を取りたかったからだよ」

「隠密行動」

「目立つからね、空を飛ぶと——それにそらからくん、まだ飛び慣れてないでしょ」

「はあ——なるほど」

言われてみればその通りだ。

空を飛べば、ルートを意識せずに道順を大幅にショートカットできるだろうが、今の空々と『パンプキン』は追われる立場である——いや、追われているとは限らないが、同じく空を飛べる魔法少女である『ストローク』の視線を気にしなければならない立場なのだ。

だからこその——隠密活動。

「人目を気にしなくていいんなら、山道だって無関係だよそらからくん。思いっきり高度を上げて、上空から着地するような航路を取れば、この遍路道を通らなくても、焼山寺までショートカットできるんだからさ」

「あ、そっか……」

それはそうだ。

空々はまだ全然、『人間が飛ぶ』という現象に慣れていないので、その辺りの発想がまるで追いついていなかった——誤解を避けようと付け加えた先ほどの台詞が、誤解を解くのには役立ったとしても、危惧していた通りにやや見識の低さを、手の内の空っぽさを晒した感は否めず、空々は恥じ入った。

異邦人として四国を訪れた空々にとって、『パンプキン』からの評価が下がるということは、有体（ありてい）に言うと心細いことなのだ――もっとも、空々のこの心配は、無用な心配である。

そう不安がることはない。

昨日の遭遇からこっち、『パンプキン』が空々空という年下の少年に対して下している評価は、ちょっとやそっとで揺るがないものなのだ――空々が考えているようなポイントとは、まったく違うポイントで、魔法少女『パンプキン』は空々空を評価しているのだから。

「まあなんて言うのかな――折角なんだからそらからくん、徳島県の名所を楽しんでよ。四国は初めてなんでしょう？」

「楽しんでと言われましても……」

「一生に一度はしてみたいものでしょう？　八十八箇所巡り」

「…………」

そういう認識なのだろうか。

四国民にとって、八十八箇所巡りは――しかし空々にしてみれば、八十八の霊場のうち、せいぜい言えるのは数箇所だ。焼山寺道のことはもちろんのこと、藤井寺も焼山寺も、知らなかった。

無知と言っていい。

かと言ってそんなことを正直に言うのは、『パンプキン』の地元愛（？）を刺激してしまうかもしれないので、

「はあ」

と、曖昧な返事をする。

もちろん、その曖昧さは『パンプキン』に伝わる――それだったらむしろ正直に『してみたくはない』と答えたほうがよさそうなものだけれど、正面切って嘘をつくこともなかなか苦手な空々だ。

「なに？　そらからくん、徳島のことはよく知らないのかな？」

「知っているか知らないかで言えば、知らないですね」

「言えばって……、『よく知らないのかな？』って質問に対して、他の『言えば』があるの？」

「あるかないかで言えば、ないと思います」

期せずして洒落た物言いみたいになってしまったけれど、むろん空々にそんな意図はない――それを『パンプキン』がどのように受け取ったかは定かではないが。

小癪なガキだと思われたかもしれない。

そう思うと気分が沈む。いちいち。

それを言うなら徳島どころか四国そのものについてそもそも空々は詳しくないのだが、ここまでの会話から判断する限り『パンプキン』は香川人のようなので、徳島を話題から切り離すことで、彼女は地元を守ったのかもしれない。

いや、『パンプキン』が香川人かどうかは、まだはっきりとそう聞いたわけじゃあないのだが——ただ、彼女が属する魔法少女の『チーム』の縄張りが、概ね香川県だったことは確かだ。

最初に会った魔法少女である『メタファー』がそんなことを言っていた。

ん？

いやちょっと待て。

ということはなんだ……？　この徳島県というか……、徳島エリアを縄張り、テリトリーとする魔法少女の『チーム』があるということになるのか？

「…………」

これは、まあ。

しかし今訊くことではあるまい——山頂についてから訊くべきことだ。ひょっとすると、『パンプキン』が香川エリアから徳島エリアに移動してきたことの目的は、それと密接に絡んでいるのかもしれないし——少なくとも一問一答で聞ける答ではあるまい。

さておき。

香川県について空々が持っていた知識は、ほとんど『雑煮（ぞうに）のお餅（もち）に餡子（あんこ）が入っている』ということだけだったけれど——徳島県は、果たしてどういう場所なのだろうか。

気になるというほどではないが考えてしまう。

四国を調査しに来た癖に、四国についてあまりに知らない空々だった——時間がなかったとは言え、多少の下調べをしてくるべきだったか。別にガイドブックの一冊を買う時間もなかったというわけではないのだから。

まあ、別に観光しにきたわけではないのだから、ガイドブックを買うというのは、若干趣旨がブレてきかねないのだが……。

「ああ、でも、そうだ。聞いたことがあります。徳島と言えば、あれですよね。お好み焼きに金時豆を入れるんですよね」

「……偏（かたよ）ってるなあ」

知識が、と『パンプキン』は呆れたように言って、それ以上地域についての話をするのをやめた。もしも実りのある会話にはならないという判断をしたのだったら、まあ正解だ。

四国の人は概ね甘いものが好きなんですねと会話を広げたところで、そこが終点である。

ただ、香川県を脱出し、徳島県へとやってきた空々空は、たとえ趣旨がブレたところで、ガイドブックの一冊二冊、持ってきておくべきだったかもしれない――彼の冒険のここからにとっては、そのほうがよかったかも。

ただし、ここ最近の悲劇的な人生からもわかるように、空々空には予知能力がないし、どころか普通の人間ならば誰しも持ち合わせているようなレベルの、未来を予見する能力にも欠けている。

よくも悪くも先のことを考えない。

ガイドブックを買ってくればよかったとか、そんな後悔を、先に立てられるはずもない。

「……さぞかしいい景色なんでしょうね、頂上は」

とりあえず、沈黙を避けるために空々は、そんなどうでもいいことを言ってみる。

景色とか。

「そうでもないよ、焼山寺は展望台ってわけじゃあないし。いい景色を見たいのならもっと別のスポットに行ったほうがいい――もちろん、その余裕があればだけれど」

「余裕はあるんですか？」

「あるわけないじゃん」

あっさり言う。

「それでも、どれくらい、いい、余裕が、ないい、かは、この先わかる――」

「……？　どれくらい余裕がないか？」

なんだろう、変な表現だ。

変て言うか、奇妙と言うか。

あるかないかで言えば――ではなく、それはつまり、ないか、それとももっとないか、という話なのだろうか？

絶望にも上下がある、下と更に下がある、みたいな話なのだとすれば――それはまあ、空々には理解しやすい話である。絶望から、より深い絶望へと潜り続けてきた空々空には。

「この先って言うのは、つまり頂上って意味ですよね？」

「いや、必ずしも焼山寺は、頂上に位置しているわけじゃあないんだけれどね」

「そうなんですか？」

「あたしから徳島の知識を得ようとしないでね。そりゃあまったく知らないわけじゃあないけれど、人に教えてあげられるほどものを知っているわけでもないのよ」

『パンプキン』は言う。

「一生に一度はやってみたいでしょとか言って、あたしもやったことがあるわけじゃあないしね——八十八箇所巡りなんて」

「はあ……」

まあ、そりゃそうだろうという話か。

空々よりは年上だとは言っても、彼女の若さで巡礼はまだ——いや、彼女の場合は、若さはあまり関係ないのかもしれない。

彼女は八十八箇所巡りを望めるような半生を、ここまでまったく送ってきていないはずなのだから——空々が、人類がいったい何と戦っているのかを知ったのは、言ってしまえばつい最近のことだけれど、彼女が魔法少女として生きてきた期間は、それよりもずっと長いはずなのだから。

……まあ、それもあくまで空々の勝手な想像で、案外『パンプキン』が魔法少女になったのは、今回の四国の事件が発生する直前だったかもしれないけれど。

結局確かなことなんて、まだ何も空々にはわからないのだ——すべてはあやふやなのだ。たとえこの先、『パンプキン』から現状の説明を受けたところで、それが真実かどうかを判断する基準を、彼は持っていない。

遥々、というのは大袈裟（おおげさ）にしたって、四国までやってきておきながら、現状彼の調査の成果と言えば――身をもっての調査の成果と言えば、確信を持って言えることがあるとすれば、『魔法』の実在くらいなのだ。

魔法。

そして魔法少女。

それがどのように、四国の現状に絡んでいるのかもはっきりはしない――こんなペースで間に合うのだろうかと不安にもなる。

その場その場を凌ぐことに、切り抜けることにいっぱいいっぱいで、ややもすると忘れそうになってしまうけれど、彼には制限時間があるのだ。

切実極まるタイムリミット。

状況を鑑みれば仕方がなかったとは言え、一週間という、彼が自ら切ってしまった空手形――七日間というタイムリミット。

そのうち二日はもう消費してしまって、そして三日目も、もう二分の一近くが終わってしまっている――彼はそんなに消極的な人間でも根暗な人間でもないけれど、しかし、『もう間に合わないかもしれない』という可能性がまったく脳裏を過らないというような状況では既にない。

最悪の可能性は考えなければならない――そして、その可能性に向けた対応策も、考えなければならない。

最悪の可能性、最悪のケース。
「…………」
最悪、というか、最低限――僕だけでも生き残る方法を考えなければならないな。
そんな風に空々空は思う。
利己的に？
いや、義務的に思う。
自分の命を守らなければと、義務的に思う。
思い、考える。考え続ける。
彼は。

2

色々考えているみたいね、そらからくんは――と、魔法少女『パンプキン』は、振り返りこそしないままに後方を窺（うかが）いつつ、考える。

空々空が考えているように、当然のことながら『パンプキン』も考えるのだ――彼からみればミステリアスな年上のお姉さんである『パンプキン』なのだけれど、彼女自身からしてみれば自分は当たり前に当たり前の自分でしかないわけで、特に意図的に己のイメージを謎めかしているつもりもないし、ごく普通に、色々考えているだけだ。

空々空との違いがあるとすれば、それは彼女が『色々考えている』中には、『自分だけが助かる方法』についての考えは、ほとんどないということである。あるとしても、そんな考えの優先順位は酷く低い。自分だけが生き残っても仕方がないという思いが彼女の中では非常に強いのだ――そういう教育を受けているということもあるし、それ以前に彼女は、そういう投げやりな傾向が強い少女だということもある。

自分が一番可愛いけれど。

自分を一番信用していない。

投げやり――そんな『パンプキン』だから。

チームメイトだった魔法少女の中では、最もさばさばした性格であった『メタファー』と、一番馬が合ったと言うのはあるし――また、かつて地球撲滅軍にいた『彼女』とも通じ合えたのだと思う。

「…………」

不思議な縁ではある。

その『彼女』の忘れ形見――という表現が正しいのかどうかはわからないけれど、とにかく空々空という少年と、こうして緊急事態の中、共に歩いているというのは。

四国お遍路の用語として『同行二人』というものがあるけれど、それはあくまでも、同行しているのは弘法大師であって、こういった形での道程という意味ではないのに。

不思議な縁。

とは言え、むろん――そんなセンチメンタルな思いで空々空と同行しているつもりはない。彼女は一人だけ大きく歳が離れていたということもあって、チーム『サマー』の中では浮いていたほうだが、孤立が好きとか、人付き合いが苦手とか、そういうことはない――そう見られることもあるが、少なくとも本人の自覚的には。

だから必要とあらば誰かと行動を共にすることもやぶさかではないのだが、それはもちろん、必要とあらばの話である――実を言えば、空々空に同盟を申し入れたときの、申し入れるべき理由のようなものは、もう消失している。

魔法少女『コラーゲン』が絶命した時点で。

切迫した必要性は失せている。

魔法少女の彼女ではできないことを、魔法少女ではない空々少年にやってもらおうと思っての同盟の申し入れだったのだけれど――既にその脅威は去っているのである。

魔法少女ではない戦力が必要であるという状況ではなくなったのだ。

つまり。

単純に状況から判断する限り、空々空と組む必要はもう『パンプキン』にはないのだ――むしろ『魔法』を使える彼女からしてみれば、『魔法』を使えない少年など足枷（あしかせ）となりかねないくらいだった。

ならばなぜ、空々を香川のあの中学校で切り捨てずに、徳島県焼山寺道にまで同盟関係を維持し、一緒に来たのかと言うと――それは現状ではなく、未来の状況を見据（みす）えてのことだ。

確かに、切迫した必要性はなくなった――だとすると、『彼女』から聞いている限りの彼の人間性を勘案する限りにおいて、彼と共に行動するのは足枷どころか、ほとんど危険でさえある。空々が『パンプキン』との同行をリスキーだと思っている以上に、『パンプキン』は空々との同行をリスキーだと思っているとも言える――ならばどうしてそのリスクを彼女が呑みこんでいるのかと言えば、そこが空々と『パンプキン』との認識の違いということになるのだけれど、『パンプキン』が知る現在の四国のありよう、四国そのものが有するリスクというのは、空々空の比ではないからだ。

空々空がいくら危険人物であるとは言っても、所詮は個人である――四国全土を襲う脅威よりもリスキーということはあるまい、という『パンプキン』の判断。むしろ四国全土を襲う脅威に対するために、空々空という存在は、将来的に有用に作用するはずだ。

　刻一刻と変化する状況に対応するため、毒をもって毒を制するではないけれど——空々空は役立つはずなのだ。

　なにせ彼は、魔法を使えるわけでもないのに魔法少女を何人も相手取り、かつ現状の四国で二日以上生き延びているのだから——たとえ切迫した理由がなくとも、それだけでも同盟を結ぶ理由にはなるのである。

　魔法の使えない少年であろうと——彼は軍人であり、英雄なのだから。

　それに——と、『パンプキン』は、今度は振り返る。

　魔法の使えない少年という言いかたは、あるいは正しくないかもしれない——確かに『パンプキン』や『メタファー』のように訓練を受けた魔法少女ではないけれど、しかし魔法を使うこと自体は、たとえ訓練を受けていなくとも、できることなのだ。

　そう、今の彼のように。

　魔法少女のコスチュームに身を包んでいれば——見てはいけないものを見てしまったような気分になり、『パンプキン』はまた、前を向く。

　まあまだ十三歳の、第二次性徴を迎えるか迎えないかという年頃と言うこともあって、そこまで痛々しいことになってはいないのが救いだけれど、『パンプキン』には女装少年を見て楽しむ趣味はないのだ。

そもそも自分だって同じような格好をしていて、そして似合っているとは言いがたいのだから、それをとやかく言うのも変な話だ——女子であるとは言え、既に十代後半に差し掛かっている『パンプキン』が、魔法少女のコスチューム——有体に言えばふりふりのロリータファッションをしているというのも、なかなか奇抜(きばつ)ではあることはわかっている。

とは言え、香川の中学校を出るときそれとなく彼に脱衣を促しもしてみたのだが(自転車にはスカートでは乗りにくいんじゃない？　という、思い出せばなかなか筋の通らない促しかたではあったけれど)、彼は頑(かたく)なだった。頑なに着替えようとしなかった。

まさか彼のほうに女装趣味があるとも思えないので、それは自身の生存率を上げるための手段としてのコスチュームなのだろうと予測できるが——その頑なさは、頼もしくもあった。

女装をよしとする——とは言わないまでも、甘んじて受けるような、目的のためには手段を選ばない彼のスタイルは、今後を生き延びる上で、どこか投げやりなところのある『パンプキン』にとっては指針になるはずなのだ。

もっとも用心を怠(おこた)るわけにはいかないが。

同じく、投げやりというか——生きることにあまり積極的ではなかった『彼女』の指針には、とうとう空々はなれなかったのだから。

なれずじまいだったのだから。

まあ、『彼女』と空々少年との関係の深いところについては、『パンプキン』の立場からすると想像するしかないのだけれど——訊いたところで空々が正しい答を返してくれるとも思えない。それは空々が嘘をつくと思うという意味ではなく、彼の現実に対する認識が正しいとはとても思えないという意味である。

この偏見は、大筋を外していない。

事前の情報があったとはいえ、たった一日の付き合いでよくわかっていると言える——ともあれ、空々空と『パンプキン』、手探りの同盟関係は、危うくはあったけれど、結果として成り立ってはいた——この時点では。

この時点では互いに互いを出し抜こうとか、騙してやろうとか利用してやろうとか、そんな風には思っていなかった。

魔法少女『メタファー』——登澱證が空々空と同盟を結ぶときは、彼を『盾』として考えていたようだけれど、そのときに較べれば非常に前向きで、建設的な組み合わせであると言えた。

これはひょっとすると、同い年であった空々空と『メタファー』との関係性と、明確に年上・年下のある『パンプキン』と空々空との関係性の違いなのかもしれない。

年下の子供だと思って接するのと、同い年の少年として接するのとでは、空々のイメージは随分と違うものになるだろうし——また、『彼女』や、かつての親友・花屋瀟にとってそうだったように、案外空々は、年上の女子には可愛がられるほうだった。そして長幼の序を重んじる空々には、同世代よりも先輩世代のほうが、接する相手としてはやりやすい。

まあ、こんな見てきたような推測みたいなことが言えるのは、あくまでも『この時点では』というだけの話であって、空々も『パンプキン』も、自分の意見をあっさりと引っ繰り返せる、撤回できるという点においては、完璧に共通している。

ある意味似た者同士。

握手した相手を背中から刺すことにまったく躊躇のない二人である——逆に言うと、そんな二人だからこそ、香川県での、ひょっとしたらわだかまりが残ったかもしれない、チーム『サマー』対英雄『醜悪』との戦いを引き摺ることなく、こうして同行できているのかもしれないけれど。

さて——と、考える。

魔法少女『パンプキン』は、先のことを考える。

頼れるパートナーを手に入れたところで、しかし危険分子が野に放たれている現状が、このまま現状を維持できるのか、それともマイナスになるのか——どれくらい余裕がないのかが、そろそろわかる。

わかろうがわかるまいが、この後彼女は空々に腹の内を晒すつもりでいるが――腹を割って話すつもりでいるが、できれば状況が多少なりとも好転したところで、言うならば明るく話したい。

どうやら空々はまだ、四国で行われているゲームの全容も全貌もつかんでいないらしいので――それで今まで生き残っているということが、彼女からすれば信じがたい――彼以外に、事件発生後に上陸してきた者達は総じて命を落としたというのに――、それは教えてあげなければならない、というより彼女からしても意識を統一するために、さっさと教えたいところなのだけれど。

ただ、それをするなら、せめて身の安全を確保してからだ――話している最中に命を落とすことは、今の四国では十分にありうる話なのだから。

はっきりとそう聞いたわけではないけれど、空々の言葉の端々（はしばし）から想像する限り、どうやら『メタファー』は、その用心を怠ったために、会話の最中に落命したそうだし――空々の認識ではそれは、『話す前に死んだ』ということになるのだが、『パンプキン』に言わせれば、『話す前に安全を確保していなかった』ということになるのだ。

そのあたりの認識のズレから、まずは調整していかなければならない――いずれにしても、この焼山寺道を終えてからの話である。

健脚五時間、平均六時間、弱足八時間。

藤井寺を出発してからそろそろ五時間が経過しようとしていて——ゴールもいよいよ見えてきた。先に空々に対して言った通り、『魔力』を使って、『パンプキン』は登山をしているのだが、もっとも彼女の使用する魔法は、別に山登りのためのそれではないので、決して疲れていないわけではないし、山道を楽々登っているわけでもないのだ。

それでも、道中何箇所かある休憩所で休もうとしなかったのは、急ぎの道だったからというのもあるけれど、空々空に対する見栄というのが第一だった。同盟を維持する上で、軽んじられてはならないという発想だ。

それを言い出したら、そもそも登山にあたって彼女は魔法を使う必要は特にないのに、にもかかわらず使っているのは、そういうことである——まあ、チームメイトだった魔法少女『パトス』あたりは認めようとしないだろうけれど、意外と『パンプキン』は、気を使う性格でもあるのだった。

「あ……そろそろみたいですね。焼山寺」

と。

後ろから空々が言った——行く先に立てられていた木製の標示板を見たらしい。

「そうだね、そらからくん」

『パンプキン』は頷く――さあ、この先、果たして吉と出るか凶と出るか。否、状況を鑑みると鬼が出るか蛇が出るかと言ったところなのだが――

「…………」

鬼と蛇なら、そりゃあ選択の余地なく蛇に出て欲しいものだと、『パンプキン』は思うのだった。

3

「鬼か……」

と、『パンプキン』が呟くのを聞いても、もちろん空々少年にその意味はわからなかった。そりゃあ彼女の慣用句についての思索は口に出されていないので、わかるはずがないのだけれど――それを強引に差し引いても、やっぱり意味不明な発言ではあった。

なにせ、到着した四国霊場八十八箇所、第十二番札所焼山寺の境内には誰もいなかったのだから。名刹であるこの場所が無人であるということは、それは平時であれば非常事態であり、異常事態であるのだが――今の四国では、どのような場所であれ、無人であることが当たり前だ。

人はいないものだ。

だから、ようやく到着した焼山寺に誰もいないということは、『鬼か……』だなんて物騒な呟きをするようなことではないし、そんながっかりしたような顔をするようなことではないはずなのだが。

「あの……『パンプキン』さん？」

空々は彼女に呼びかける。

黙っていても始まらないからだ。

今、彼女がどういう心境にあるにしたって、約束通り、そろそろ『説明』とやらをして欲しい——ある意味、茫然自失としていた『パンプキン』ではあったけれど、しかし空々の声が聞こえないほどに落胆していたわけでもないようで、

「ああ……」

と、彼を振り向いた。

ダウナーな目。

「うん、あれが焼山寺の一本杉だよ……、徳島県の天然記念物に指定されているの。徳島県についてよく知らないとは言っても、それくらいは聞いたことなかったかな？」

「あ、いえ……」

なかった。

　だから空々はお遍路に来たわけでも、観光に来たわけでもないのだ。大体、徳島県についてよく知らないとか言われても、それを言い出したら空々空に、詳しい都道府県などひとつもない。

　十三年のほとんどをすごした地元でさえ、正直、知っているとは言えない。

「あっちのほうには大蛇封じの岩って言うのがあってね――ああだから、蛇は封じられちゃったってことかな？」

「ええと……、『パンプキン』さん――何を言っているのかよくわからないんですけれど、要するに、何かあなたにとって期待外れの事態が起こったって言うことですか？」

　起こったもなにも、見る限りこの寺の境内では、何も起こっていないのだが――

「鋼矢」

「え？」

「鋼矢って呼んでよ――最初はそう呼んでくれてたじゃない。『パンプキン』って、あくまで仲間内でのコードネームなんだから。あんまり好きじゃないのよ」

「好きじゃ……ないんですか？」

「かぼちゃって呼ばれて喜ぶ女の子が、この世にいると思う？」

言われてみればそうだ。

食材として非常に美味なそれであっても、人間に対して言うのであれば、基本的には悪口である。空々は初めて聞いたとき、面(つら)の皮が厚そうな彼女には相応(ふさわ)しそうなコードネームだと納得したものだけれど、その納得はどうやら、彼女にしてみれば心外なそれであったようだ。

らしいと思って、同盟が成立してからはそう呼ぶよう心掛けていたのだが……、しかし思い出してみれば、彼女は最初からそんなことを言っていた。『パンプキン』さんじゃなくて本名で呼んで、と。

正直昨日から、もう『パンプキン』で呼びなれてしまったので、このタイミングで切り替えてくれといわれてもなかなか難しいものがあったけれど、もちろん空々は、相手が、しかも女子が嫌がっているニックネームを呼び続けるような人間ではない。

当然ながら、どう言われようとも、年上の彼女を呼び捨てにできるはずもないけれど——秘書的な部下である『焚き火』のことも、彼は相当頑張って呼び捨てにしているのである。

「じゃあ、鋼矢さん——」

空々は言う。

気持ちの切り替えは、このたびは彼にしても速めだった。

なにやら生半(なまなか)ならぬ事態が進行しているのだとすると、ぼやぼやしていると『パンプキン』――杵槻鋼矢が死んでしまい、また話が聞けないという展開になりかねないと、彼は真面目に危惧し始めたのである。

現実に対する適応能力が高いさすがの彼も、ここらでいよいよ展開を先読みし始めたということかもしれない。

「――何かあったんですか？　その……」

「期待外れの事態？　うん、そうね。起こったみたいね――期待外れで、そして概ね、予想通りのことが」

あやふやな返事である。

期待外れで予想通り、というレトリック的な表現はなんとなくわかるとしても――『起こったみたい』と言うのがよくわからない。

それを確認するために、彼女はあの香川の中学校の教室から、押っ取り刀でこの焼山寺に来たのではなかったのか――なのにどうしてこの期(ご)に及んで、推測を含んだ表現になるのか。

「あの……、鋼矢さん」

「ああいや、ごめんね、あんなキツい道程を歩かせておいて、こんな落ちで――すまないとは思っているわ。まああたしが悪いわけじゃあないいんだけれど。本来ならね」

本来というか、希望的観測としてはってことなんだけれど——と鋼矢は言う。

「ここで人と会うはずだったんだ、あたしときみは。そうすればあたしときみの——いっそあたし達って言っちゃおっか、あたし達の安全率が少しだけ上がっていた。現状を維持できるくらいには」

「安全率が少し上がって現状維持ですか……」

逆算すると、それは時間の経過と共に危険率は上昇していくということになるのだが——まあ、そんな状況に自分があることくらいは、もちろんわかっていたけれど。

改めてそれを示されるとややうんざりする。

「人と会うはずだったって言うのは？　鋼矢さんの仲間の魔法少女が、まだ他にもいたってことですか？　チーム『サマー』は、僕が会った五人で全員だとばかり——」

会ったというか。

戦ったというか——しかもその内一人は、空々が会った時点では既に死んでいたのだが。

「うん、その認識はそれで正しいよ、そらからくん。チーム『サマー』はあたしこと『パンプキン』と、『メタファー』、『パトス』、『ストローク』、『コラーゲン』の五人で全員」

「じゃあ」

「だけどチーム『サマー』はそれで全員でも、魔法少女のチームが『サマー』だけだとは、別にそらからくんも思っていたわけではないんでしょう？　『サマー』っていう名前からして、他にも季節の名前のついた、そういうチームがあるんじゃないかと、きみのような洞察力のある子が思わないわけがないよね？」

「洞察力は……」

別にありませんけれど、と言おうとしたけれど、しかし今論じるべきが空々の洞察力のありやなしやでないことは間違いがない。それに、鋼矢はどうせ皮肉で言っているのだとしても、もしも本気で言っているのであれば、別に洞察力があると思われて、得をすることこそあれ、差し当たり損をするということはない。

誤解されるのが嫌なだけだ。

まあとは言え、その季節の名前がつけられたチームのネーミングについて、そのような考察を、実際に空々がしたのは確かなので、この件だけに限れば、あながち誤解とも言いにくい。

だから空々は言いかけた文句のような言葉は中途で引っ込めて、

「つまり、鋼矢さんは他のチームの人と、他のチームの魔法少女と、ここで待ち合わせをしていたということなんですか？」

と訊いた。

ことここに至れば、これは質問というよりは確認のような問いかけだったし、実際に鋼矢は、

「まあ、そういうこと」

と、特に奇を衒（てら）うことなく頷いた。

「へえ……、ちょっと意外です」

「意外って？」

「いや、ですから……。すみません。これは僕の勝手な思い込みで、意外っていう言葉はちっとも相応しくないのかもしれませんけれど、なんとなく、仮に他に季節の名前のついたチームがあるとしても、あんまり繋（つな）がりみたいなものはないんじゃないかと思っていました」

なんとなく、と言ったものの、しかし決して根拠がないわけではない。チーム『サマー』の魔法少女は誰しも、チームメイトというか、仲間を——たとえ行き着けば殺し合いに到るような確執はあったとしても——五人ひとセットで考えていたようなきらいがある。もしも他のチームとの繋がりがあるのだったら、少しくらいはそのニュアンスを感じられていても不思議ではなかったはずだ。『メタファー』はともかくとしても、『パトス』や『ストローク』、あるいは『コラーゲン』は、他のチームと合流するという選択を、あまり考えていたとは思えない。

『パンプキン』が初めてなのだ。

　具体的にその動きを見せたのは。

　まあ、それは単に、たまたまそうだったと言うだけのことなのだろうと空々は判断しかけたけれども、しかしこれは空々の『なんとなく』が正しかったようで、『パンプキン』は、

「チーム同士の繋がりみたいなものはないよ――『サマー』も、他のチームも、それぞれが独立していて、いわゆる横の繋がりはない。そういうものはないように設定されていた、あたし達は」

　と言った。

「縦の繋がりはあっても横の繋がりはない――そういう構造だったの」

「え……いや、でも、実際に――繋がりがなかったって言うのなら、どうしてここで待ち合わせなんて……」

「チーム同士の繋がりはなくっても、個人として繋がることはできるということよ――あたしはそういうのが得意でね」

　得意と言うよりも単純に処世術なんだけれど――と、なぜか言い訳するように付け加える杵槻鋼矢だった。

　どうしてその口調が、言い訳じみたのかはわからなかったけれど、しかし言ってい

ること自体はわかった。

それはつまり、空々の部下である『焚き火』が、情報を集めるにあたって、上から降りてくる情報だけに頼らず、横の繋がりを大切にしていたようなものだろう。

いや、鋼矢の場合はもっと切実だったかもしれないが――なにせ彼女は、魔法少女でもなんでもない、完全なる部外者である空々にまで同盟を申し込んでくるというような臨機応変ぶりだ。

あれは彼女にとっては別段特異なことではなく、つまり裏を返せば、普段からやっている普通のことだったということかも――

「…………」

ひょっとすると。

ひょっとするとだが――鋼矢が『あの人』のことを知っているのだとすれば、それはそういう意味での繋がりだったのか。

だとすると、『あの人』が亡命しようとしたとき、四国を行き先に選んだのもわからない話ではない――というか、随分とわかりやすい話になるのだが。

「具体的に言うと、徳島エリアを根城にしていた魔法少女のグループ、チーム『ウインター』の中の一人とあたしは通じていてね――うん、一人。チームの中の一人よ。もちろん、チーム全体と通じていたわけじゃあなく、どころか公にしていた関係でもなく、こっそりと通じていた、通じ合っていた」

「通じ合っていたというとまるで仲良しだったみたいだけれど、決してそういうわけじゃあなかったけども――と言う鋼矢。

勝手な印象だけれど、付き合いの浅い空々でも、杵槻鋼矢が誰かと仲良くしているところはイメージしづらいので、その注釈は別にいらないと思った――ギブアンドテイクの、わかりやすい関係、つまり現在の空々と鋼矢の関係と似たり寄ったりの関係だったのだろうと予測する。

通じていた――というより、内通していたのだろうと。

「で、まあ……、ちょっと端折るけれど、ここで合流する予定だったのにもかかわらず、彼女が今、ここにいないっていうことは、たぶん、死んでるってことなんだよね――どうも失敗したみたいだわ、彼女」

「し――失敗？」

死んでる？

それは唐突な話だ。

まだそんな判断をするのは、いくらなんでも性急すぎるだろう――『起こったみたい』というあやふやな言いかたをしている理由は、どうやらそういうことだったみたいだが。

つまり待ち合わせ（？）をしていた相手に、何かがあったらしいと――そう判断せざるを得ない状況だと。

それにしたって、死んでいるとまで判断するのは不自然極まるが。通じている、通じ合っているという言いかたはともかくとして、少なくとも鋼矢が、自分が同盟を結ぶくらいの相手を、そんな簡単に『見切る』というのは……いや。

いや、違うか。

杵槻鋼矢が昨日一昨日、ひとつの大きな局面を迎えていたように――きっとその同盟相手、チーム『ウインター』に所属する魔法少女も、何らかの局面に置かれていたのだろう。そして今ここにいないということは、その局面から脱することはできなかったということなのか……。

それが失敗。

そうだ。

この四国では今、死ぬことはルール違反なのだから――失敗と言う他ない。それは冷たい言いかたではなく、ただの事実だ。強いて言うなら、冷たい事実なのだ。

「あの子が失敗したとなると、そのフォローもしなくちゃあいけなくなってくる――どうやらそらからくん。ここから先は忙しくなりそうだよ」

「はあ、忙しくですか……」

適当な、反復だけの頷きになってしまった。

真剣な人間に対して気の抜けた、ともすれば不真面目な態度を取ってしまったかもしれない——と一瞬不安になったけれど、しかし気の抜けているという意味では、鋼矢の態度だって、それほど真剣味を帯びていたわけではない。

落胆し、がっかりしてはいたようだけれど、『まあそれならそれで仕方ないか』というような、よく言えば諦観の境地、悪く言えばいい加減な——つまりはこれまでの彼女のイメージを覆すような何かを見せていたわけじゃあないのだから、ここで空々が、まだ見ぬ、名も知らぬチーム『ウインター』の魔法少女の身を思い、哀悼の意を捧げるというのも、かなり違う気がした。

まあ空々が誰かに哀悼の意を捧げたことなど、一度もないのだが……、たとえ見たことのある知人でも、名を知る友人でも、どころか家族であろうと——哀悼なんて。

そんな空々をどのように思ったかは不明だけれど——案外、状況にブレない彼の態度を、より頼もしいと思ったかもしれない——鋼矢は、焼山寺の奥を指差し、
と言った。

「宿坊があるから、そこで話そう」

「普段なら予約しないと泊まれないとこなんだけれどね——今ならがらすきでしょう」

「？　がらすきって……えっと、宿坊ってなんですか？」

「宿坊を知らないのか、最近の子供は」

「最近の子供だから知らないわけではないと思います」

　空々は主張した。

　レアだ——だが、横文字ではない日本語の語彙については、父親の影響もあって、強いつもりだという自負がある。そんなに簡単に、『最近の子供』とひとくくりにされるのは、そう、誤解もいいところである。

「それで、宿坊ってなんですか」

「まあ、簡単に言うと宿泊所みたいな建物だよ。霊場にはそういうところがあったりするの」

「宿泊所……、泊まれる場所？　え、つまりお遍路さんが泊まれる場所ってことですか？　ああ、そっか……、五時間以上かけて焼山寺道を登ってきて、到着したら夕方頃ってことも、あるわけですよね。それから山を降りるとなったら、真っ暗で危険かもしれないから——」

「まあ、夜道が危険だからってだけじゃあないけれどね——四国には全体的にそういう文化があるんだ。お遍路さんには親切にしようという……接待というのだけれど」

「接待……」

その言葉はさすがに知っているけれど、八十八箇所巡りの用語として使うときは、意味がちょっとばかり違うようだった。

お遍路をしているわけではない空々には、接待の意味が何であれ、どうであれ、あまり関係のない話なのだけれど――

「でも、宿泊するんですか？　まだこんなに日が高いのに……山を降りても十分、日暮れに間に合いますよ」

そう言えばまだ言っていなかった。鋼矢に対し、空々にはタイムリミットがあることを――だから彼女は、登山で疲れているであろう空々に対して、もう今日を閉じることを提案してきたのかもしれないが、空々からしてみればそんなの、たまったものではない。

否、空々だけの問題ではない。

無人になった四国の、数少ない生き残り達全員の問題でもあるのだ、これは――一週間というタイムリミットが過ぎれば、どれほどのリスクがあるのか、空々にも計り知れない『新兵器』が、四国に投入されるのだから。

投入。

投下されるのだから。

「僕の足なら大丈夫ですから――もう救急キットでの治療で傷は塞がっていて、もっと歩いても平気です。少なくとも山を降りるくらいは——」

「いやいや、早とちりしないで。あたしも別に泊まるつもりはないよ——がっかりしたから今日はもう休みましょうとか、明日に備えてもう寝ましょうとか、そんな悠長なことを言い出してるつもりはないよ。ただ、きみが待望している『説明』をするにあたって、ゆっくり腰を据えて話そうと思ってのことさ——立ち話もなんだしね」

「立ち話……でも、別に構いませんけれど」

立って話すのと座って話すのと、青天で話すのと室内で話すのとに、そんなに差があるとは思えなかったが——ただ、大して差がないのであれば、ここで強く、宿坊に向かうことを拒絶する理由も意味もない。

宿坊という未知の言葉——未知の場所がどのような宿泊所なのか、興味がまったくないというわけでもないし……。

参考までに付け加えておくと、どうして鋼矢が、ここで宿坊への移動を提案したのかは、直後に判明することになる——それを聞いたとき空々は、宿坊がどういう宿泊所かよりもむしろ、自分の見識のなさというか、気遣いのできなさを思い知ることになるのだが……それはまあ、言ってしまえばいつも通りの空々空。

通常運転の空々空だったので、特に言うべきことはなく——むしろここでの彼らしくないミスは、他にあった。

空々空の、徳島県における最初のミス。

それはチーム『サマー』という名前から連想するほかのチームの存在を、みっつに限ってしまったことだった。

『四季』に限ってしまったこと。

鋼矢も確かにそんな示唆をしたけれど――それはあくまでたとえとして示唆しただけであって、チームの数は全部で四つだと、そう言い切ったわけではないのに。

もちろん鋼矢に空々を陥れる意図があったわけではないのだけれど、彼女の言葉が足りなかったのは事実だ――いつもとそんなに変わらないと見えた彼女だったが、そういう意味では、落胆のほどは空々が考えていた以上のものだったのかもしれない。

いや単純に、これは空々に洞察力が欠けていた――というだけの話なのかもしれないが、ここでの認識のズレを正すのには、少し時間を要することになる。

いつつ目の魔法少女チーム。

チーム『白夜』を彼が知るのは――この焼山寺からずっと遠くの話となる。

今は空々はただ、とりあえず最悪の事態は回避されたと思っただけだった――最悪の事態、つまり焼山寺に辿りついたところで魔法少女『パンプキン』が命を落とし、またしても孤立する空々空という事態は回避された。

その代わりと言ってはなんだが、他の魔法少女がどこかで命を落としたようだけれど、何それは、空々にとっては最悪ではない。

4

だから空々少年は、宿坊に辿りついたと同時に、杵槻鋼矢が倒れ込むようにその場にくずおれたのを見たとき、かなり強く驚いた。驚いたと言うよりは、やっぱりこうなるのか、最悪になるのかと思ったというほうが正しいが――しかし、またしても彼の目の前で魔法少女が死んだとか、これはそういう話ではなかった。

幸いなことに。

幸いなことがほとんどない、彼の四国旅の中では幸いなことに――単純に杵槻鋼矢が、まるでスイッチが切れたように、倒れただけだった。

「『ぱ――パン』――鋼矢さん！」

癖で、最初に『パンプキンさん』と呼びかけてしまったのを律儀に訂正しつつ、空々は彼女に駆け寄る――すると鋼矢は、

「大丈夫――」

と、気丈に言う。

いや、あまり気丈ではなかったが、それはいつもながらの彼女の、気だるい口調と言うだけだったたかもしれない。

「——魔法が切れただけだから」

「魔法……？」

スイッチが切れた——わけではなく、魔法が切れた？

そう言えば彼女は登山に、魔法を使っていたということだったけれど——だから疲労を見せていなかったということだけれど？

けれどまるで、その分の疲れが、ここで一気に来たかのような倒れかた——彼女の魔法とは、いったいどういうものなのだ？

香川の中学校で、突然、空々の目の前に現れた——と言うより、最初からそこにいたかのように、いきなり空々の目の前に『立っていた』。

そのことから空々は魔法少女『パンプキン』が使う魔法は、隠密系だったり隠身系だったり、そんなステルス性の何かだと、ぼんやりと思っていたのだけれど——そういうわけではないのだろうか？

あとで話すと言われたから、それについての考察は意図的に避けていたところがあったが、考えてみればステルスと登山に、そんな関連性があるとも思えない……。

「きみの前で見栄を張ってたつもりなんだけれどね——まあ、これからきみにはあたしの魔法の内容を説明するわけだから、あんまり虚勢の意味もなくなるだろうし。あー、楽」

「楽って……、鋼矢さんの魔法は、使うのにエネルギーを消費する魔法ってことなんですか？　でも、空を飛ぶ魔法を使ったとき、僕、そんな疲れたりは──」

「いやいや、そういう意味じゃなくって、楽って言うのは、気が楽という意味──張り詰めちゃってたから」

「張り詰め……」

そんな風には見えなかったけれど。

むしろどちらかと言うと、ついさっきまでのほうが、『気が楽』というか、気楽にアルピニストをやっていたように感じられたけれど。

空々少年の、その直感にも似た感想は正しい──気楽に『感じられた』というその感想は、魔法少女『パンプキン』の使用する魔法を如実(にょじつ)に言い表している。

問題はそれを言い表したところで、言い表されたところで、彼女の魔法には、なんら支障を来たさないということなのだが──実際、空々はこの直後、敵として『パンプキン』と出会っていなかったことに、本気で胸を撫(な)で下ろすことになる。

もしも敵対する相手として杵槻鋼矢が空々にその魔法を使用していたら──ただ負けはしないまでも、相当な苦戦は強いられていただろうと。

「……要は鋼矢さん、困憊状態ってことですよね？」

「うん。見たらわかるでしょ」

「だったら玄関口で倒れたりせず、布団で倒れたほうがいいですよ――床で直接寝ると、あとがきついですから」

それはハードなトレーニングをすることも日常多々ある、空々の体験談だった。休むときは短時間であれ、ちゃんと休まないと、結果としてより酷い疲労に見舞われることになりかねない。

宿坊で話そうと空々を誘った理由は、どうやら空々の体力を気遣ったからではなく、シンプルに自分が疲れていたからだったようだと理解しながら。

「先に行って布団を敷きますので、寝床までなんとか来てくださいよ。……宿泊所ってことは、布団はあるんですよね？」

「あるけれど……、あたし、人が寝たことのある布団じゃあ寝られないんだよね」

「…………」

冗談かどうか判じかねたが、そんなデリケートな人には見えないので、空々は無視して、宿坊の奥へと這入っていった。

家事全般が非常に苦手で、かつては『あの人』に、今は『焚き火』に、生活のすべてを任せっきりにしている彼ではあるけれど、布団を敷くくらいのことはできる。できるはずだ。

そう思いつつ、己を鼓舞しつつ――掛け布団と敷布団の区別に四苦八苦したものの――なんとかミッションを終えて、鋼矢の到着を待ったが、一向にやってくる気配を見せない。

まさか玄関口から、一歩も動けないほどに疲労しているのだろうか――それともちょっと目を離した隙に命を落としたのだろうか。心配がしつこいようではあるけれど、しかし今の四国においては、『ちょっと目を離した隙』に命を落とすということは、普通にありがちなことなのである。

ルール違反ゆえなのか。

それとも他の魔法少女に狙われたゆえなのか。

あるいはもっと他の理由も十分考えられる――それを言い出したら、『大いなる悲鳴』を体験した現在の人類は、誰がどこでいつ死んでも、おかしくないような条件下に置かれているのだ。

『大いなる悲鳴』が鳴り響く、次なる時期を把握しているのは――この世で空々空、ただひとりだけなのだから。

ともあれあまりに到着が遅い鋼矢に不安になり、空々は玄関へと戻る――戻ろうとする。

すると廊下の中途に彼女はいた。

倒れていた――正確に言うと這っていた。

這い進んでいた。

「…………」

一応、空々から指示された通りに、『寝床までなんとか来て』いる途中のようだった――確かに空々はあのとき、立ち上がって来てくださいとは言わなかったけれど。人をからかうのが好きな性格ではあるようだが、そんな風にふざけるタイプの人には思えないので、単にそれは、一度倒れてしまえばもう起き上がれないほどに疲れていたということなのだろう。

足が棒のよう、という奴か。

まあ、登り終えた焼山寺道のことを合わせて考えると、そうなってしまうのもむべなるかなという気がするけれど、しかしただ、そこまでの疲労を彼女はここまでどうやって、どんな魔法で補っていたのかというのは疑問だった。

疲労を後回しにするとか、そういう魔法なのだろうか？　どのようなダメージを受けても、それを後払いにすることができるとか……、そんな魔法があるとすれば非常に便利なようにも思えるけれど、しかし結局後でそのツケを支払わなければならないのだとすれば、あまり意味がないとも言える。

大体、そんな傾向の魔法なのだとすれば、それは初対面のときに空々が、彼女に対して持ったイメージと食い違う——いや、今はそんなことを考えている場合ではない。

空々少年が持つ、あるいは知る倫理観に基づくと、年頃の女性に廊下を這わすような真似をさせるというのは、おおよそ許されることではない。それが元を正せば、自分の迂闊な発言が発端だと思うと、耐えられないような気持ちになる——空々は、

「鋼矢さん！　大丈夫ですか!?」

と、呼びかけながら、廊下を這う彼女のところに走った。あまり大きな声を出すタイプではないのだけれど、意図的に、というか頑張って、大声を出した。

「ああ、大丈夫——だよ。ちょっと立てなくなっただけだから」

意外とすぐ、返事が返ってきた。

雰囲気としては行き倒れのような姿勢だったので、這って移動している最中に力尽きたのではないかとさえ思えていたが、さすがにそこまで壮絶なことにはなっていなかったらしい。しかし立てなくなったと言うのは、取りようによっては、それ以上なくらい壮絶なことでもある。

「立てないって——捻挫とかですか？　焼山寺道のどこかで、足を挫いていたとか——だったら、僕が持ってきた救急キットで」

骨折まで行っていたら手に負えない感もあるけれど、なんにしても痛み止めくらいなら用意できると思った。だが、鋼矢は倒れたままで首を振り、

「そういうんじゃない」

　と言った。

「本当にただ疲れただけ。……向いてないんだよ、肉体労働は」

「ろ……労働？」

「足が痛い。本当に痛い。足に力が入らない。足がなくなってるんじゃないかって思うくらい」

「足がなくなるって……どういう現象なんですか、それは」

「そう感じるんだから仕方ないじゃん。感じるって言うか、感じないんだけど」

「はあ……」

　歩きかたに問題があったのだろうか。

　細身で体育会系には見えないと思っていたけれど、思った以上に虚弱体質のようだった。だとすれば益々、どうしてここまでの道中を、平然と登ってきていたのかが不思議だ。

「まったく目立つ目立たないという話さえ除けば、本当あたしこそ、飛んで登りたかったところだよ――もうここで話していい？」

「いや、でも、折角布団も敷きましたし――」

もうひと頑張りしましょうよ、と言いかけたけれど、そういうことではない。だからうら若き女子に廊下を這わせ続けることは、本意ではないのだ。

となると、彼が彼女を、布団まで運ぶべきだということになるのだけれど――そこで空々は、ちょっとしたパズルを突きつけられたみたいな気持ちになる。AをBまで運ぶ手順を問われるような種類のパズル――つまり、どんな風にして、鋼矢を布団まで運べばいいかと言うことなのだが。

「鋼矢さん、ちょっと手を伸ばしてください。布団まで引き摺っていきますから」

「え？　今そらからくん、引き摺っていくって言った？　はっきりと言った？　結果として、副作用として引き摺るとかじゃなくて、最初から引き摺るつもりで、それを主たる目的として、あたしに手を伸ばしてって言った？」

「言いましたけれど」

空々はそれが最善の提案だと思っているので、彼女からの詰問にも特に疑問を感じることなく、そう頷く。どうしてわざわざそんなことを確認するんだろうと、ちょっとだけ思ったくらいだ。

這わせるのは駄目でも引き摺るのはいいと考えている――当然のようにそれを当然と思ってしまっている。

「こういうときは、まあ、おんぶ……とは言わないにしても、肩を貸してくれたりするものじゃあないかな、そらからくん」

「肩を？」

「荷物じゃないんだからさ。引き摺るとか、ありえないでしょ」

「…………」

運ぶ以上は荷物なんじゃあないだろうかと思ったし、それだと引き摺るよりも時間がかかりそうだが、それに関して議論をする時間のほうが勿体（もったい）ないと判断し、空々は黙って彼女の片腕を取った。

「よっと……」

横合いから抱えるように、空々は彼女の身体を持ち上げる――足に力が入らない、足がないようというのは大袈裟な表現ではなかったようで、密着した状態で伝わってくる重量は、予想以上にずっしりと来た。

それでも普段の空々ならば、女子の一人くらいを短距離区間、運べる体力はあるのだが――しかしながら、彼女ほどではないにしても、空々だってここまでの道中で疲れているのだ。

共倒れになりかねない。

そう思い、最後の力を振り絞って空々は、自分よりも背の高い鋼矢を布団まで運んだ――危うく自分まで一緒に布団に倒れそうになったけれど、なんとか踏ん張った。踏ん張ったことで、足の裏の傷が裂けたかもしれないけれど、なに、そんなものはまた縫えばいい。

「そう言えば鋼矢さん、ここって、宿泊費いくらなんですか？」

「今の四国の状況で、宿泊費なんて必要なわけがないでしょ……」

「しかしそれだと心苦しいものがありますが」

「接待だと思って受け入れなさい。四国巡礼の接待の文化って言うのはね、それを受ける側の文化でもあるんだから」

「はあ……」

そう言われると黙るしかないが。

しかし文化も信仰も、人がいてこそのものだとするならば、今の四国には、そのどちらもないことになってしまうのだった。

そう思うと複雑だ。

「そらからくん、靴下脱がして、足揉んでくれるかな？」

「あ、わかりました」

当たり前みたいに頼まれたので、当たり前みたいに頷いてしまったけれど、足を揉む？　なんだろう、その要求は。

「正直に言うと足が痛くて、話どころじゃないところもあるんだけれど——でも、時間もないしね。マッサージを受けながらなら、なんとかお喋りできそうだから。ここは気持ちよく揉んでくれる？　足の裏やふくらはぎを」

「…………」

気持ちよく揉んでくれるというのは、ごちゃごちゃ言わずにさっさとマッサージをしてくれと言う意味なのか、それともマッサージに技術を要求されているのか、どちらにも取れるような物言いだったが、しかしそのどちらだったとしても、空々に対してはなかなか高度な要求だった。

マッサージの専門知識など彼が持っているわけがないし、また女子の柔肌に気安く触れていいというような倫理観もまた、彼が持っているわけがない。さっき肩を貸す際に身体が密着したのも、相当歯を食い縛って我慢したのである。布団までのわずかな時間の不可抗力だと思って——だが話す間ずっとマッサージをしているとなると、わずかな時間ではすまないし、不可抗力でもなんでもない。明らかに自らの手で鋼矢の足を揉んでいる。

「ほら、早く揉んでよ。あたしからいろいろ話、聞きたいんじゃないの？」

「いや、その……鋼矢さん」

なんだろう、急にだらしないというか、自堕落(じだらく)になったような感じがするけれど、焼山寺における『待ち合わせ』が不発に終わって、鋼矢は気が抜けてしまったのだろうか。

「話は聞きたいですけれど……あまりそう気安く、女の人の足を揉むというのは——」

足と言えば、そう言えば香川において、登澱證が足で踏んでこしらえた讃岐うどんをご馳走になったりしたものだが、なんだかんだと、女子の足に縁がある道中となっている。それを嬉しく思うほどに特殊な性癖を、まだ十三歳の少年である空々は有していないのだが。

「大丈夫だよ、そんな色気のある展開にはならないって。普通にブーツとか靴下とかで蒸れてて、どちらかと言うと、色気じゃなくて嫌気が差すくらいだって」

「嫌気が差すようなことを人にやらせないでくださいよ……」

言いつつ、しかしこの流れには逆らえないことはなんとなく空々にもわかったので、やむなく彼は、うつ伏せになっている鋼矢の足元に正座して、その患部へと手を伸ばした。

そうしなければ話をしないというのであれば、背に腹は替えられないという奴だ——足に手は替えられないとでも言うのか、この場合？

それに、這っている女子をそのままにしておけないのと同様、足が痛いと訴える女子に適切な処置を施さないと言うのも、彼の論理観には反する――人工呼吸みたいなものだと思えばよいのか？　人工呼吸だって、したことはないけれど。

「でも、僕、マッサージに関しては本当に素人ですからね――知りませんよ、どうなっても」

「いやどうなってもって……、たとえ素人でも、足をどうにかしてしまうようなマッサージはしないでしょ。いいんだよ、人に揉んでもらってるってだけで、ある程度気持ちいいんだから。リラックス効果は、少なくともそれで十分」

「………………」

それはあれだ、マッサージが気持ちいいんじゃなくて、単なる優越感だと思う。同盟を申し入れてくるとき、自分が下でいいという姿勢を見せていた鋼矢だったはずなのだが――まあ、その申し出を拒否し、対等でいいと言ったのは空々なので、そこに約束が違うと文句をつけるのはちょっと筋違いな感もある。

とりあえず、言われるがままに靴下を脱がせる――この靴下も魔法少女のコスチュームの一環なので、今の空々とペアルックである。サイズの違いはあるけれど……。

他人の靴下ってこんなに暖かいものなのかと思いながら、それを丸めて横に置き、いよいよマッサージを開始。

「野球部だったんでしょ？　整理体操とかで、マッサージのいろはを教わったりはしていないの？　そういうのはマネージャーの仕事？」

「いや、まあ、自己管理レベルのマッサージなら……、ただ、整理体操とマッサージって、いささか意味合いが違う気もしますし」

とりあえず、山道を歩いて一番ダメージが大きいのは足の裏だろうと思い、空々は鋼矢の、足の裏から揉み始める。

揉むというか、足裏マッサージなどをするときのような感じだ。今現在、自分の足の裏を治療中だから、無意識にそこから手をつけてしまったということかもしれない。

「あははは！　くすぐったいくすぐったい！　やだ、痛気持ちいい」

「痛気持ちいいと言われましても……」

その表現に若干引き気味になりつつも、しかしそんな風にわかりやすくリアクションを返してもらえると、作業が捗るというものだった。

しかしその態度が、これまでの鋼矢のイメージに大きく反するのも事実だ。たとえ待ち合わせが不発に終わったことで気が抜けたにしたって、抜け過ぎじゃあないだろうか？

さすがに看過し切れなくなってきた。

支障があるわけではないけれど、しかしこれはこれで異様な事態なのでは――

「あの、鋼矢さん」

思い切って空々は、訊くことにした。もちろんマッサージの手は緩めないままにだ――喋りながらマッサージをするのは危険かもしれないけれど、しかし鋼矢も言っていたが、危険の域に達するほどの按摩の腕を、そもそも空々は持っていない。黙って集中してやったところで、喋りながらやったところで、大差も大過もあるまい。

「マッサージもまだ始めたばかりなのに、リラックスし過ぎじゃないですか？　まだそんなに安全地帯ってわけじゃあないんですから――」

「いやいや、そういうわけじゃないんだ、そらからくん――これはあたしの魔法」

鋼矢は答える。

気の抜けた声で。

「あたしの魔法が切れた結果――じゃあそのあたりから話そうか。こうなるともう伏せておく意味もないしね」

「伏せておく意味……？」

「要するにあたしの魔法っていうのは、見栄を張るための魔法なわけ――そらからくんは、今のところ、あたしの魔法をどんな風に思っていたんだったっけ？」

「えっと、だから……、ステルス系の魔法なんじゃないかって思っていましたけれど。姿を隠したり、それこそ、存在を伏せたり……？」

「まあ、半分くらいはそれで正解だよ。信用できない相手に自分の魔法の内実を説明するときは、そんな風に言って誤魔化すことも多々あるしね」

「…………」

では、今彼女が、使う魔法の内実、その真実を開示しようとしているのは、空々を信用できる相手として認めてくれているということだろうか——会ったばかりの相手にそんな風に信頼されるというのは、空々にとってはやや重い話なのだが。

だがその重さを拒否し、話を聞かないと言うような選択肢があるはずもなく。

「……香川の中学校で、僕の前にいきなり鋼矢さんが現れたのは、その魔法を使ってのことだって言うので、いいんですよね？」

「うん——結論から言うと、あたしの魔法は」

と、鋼矢は言った。

空々少年に足をぐにぐにと揉まれながら。

「『自然体』——己を自然に見せる魔法とでも言うのかな」

5

『自然体』。

彼女の魔法を端的に言い表しているのであろうその言葉を聞いて、空々は概ね察する——そういうことだったのかと納得する。

魔法少女『メタファー』の『爆破』、魔法少女『パトス』の『ぴったり』、魔法少女『ストローク』の『ビーム砲』、魔法少女『コラーゲン』の『写し取り』に並ぶ魔法としての『自然体』——他の四人とは一線を画しているというか、やや違いの際立つ魔法を使うがゆえに、彼女がグループ内で浮いていたのか、それともグループ内で浮いている彼女だからこそそんな魔法を使うのかはわからないが、要は杵槻鋼矢、魔法少女『パンプキン』の使う魔法は『己を自然に見せる魔法』——換言すれば、己が身から不自然を、違和感を感じさせない魔法と言うことなのだろう。

不自然の削除。

だから、あのとき。

香川の中学校の調理実習室で、いきなり——ずっとそこにいたかのように、『自然』に空々の前に現れたのだろう。

焼山寺道を歩く彼女の姿が、平気そうに、健脚そうに見えた理由は、疲れや足の痛みといった『不自然』を、鋼矢は自分から取り除いていたから。

「取り除くと言っても、それは周囲に感じさせなくするっていうことだからね——疲れや痛みは、普通にあたしの中に積み重なっていくわけ」

「はあ……」

つまり。

見栄を張る――とは、そういうことか。

「極端に言うとあたしは、たとえ致命傷を負おうとも、命尽き、地面に倒れるその瞬間まで、平気な振りができるってこと――」

「……それは」

ず、と。

空々は考える――鋼矢の足を揉む手は緩めないままに、遂に出てきた新たなる情報を考察する。高速で頭を回転させる――肉体的には彼も疲れていたし、ここまでの道中だってほとんど考えっぱなしなので、ベストコンディションとは言えないけれど、しかし彼にしてみれば、今考えなくていつ考えるのかというテンションだ。

ハイテンションという言葉は彼からもっとも縁遠いもののひとつだけれど、今の状態が、ひょっとすると彼なりのハイテンションなのかもしれなかった――考える。考える、考える。ぐるぐると考える。

「……がっかりした？」

そんな空々の、沈思黙考している様子をそんな風に受け取ったのか、鋼矢は言う。

「確かに『ビーム砲』や『爆破』に較べたら地味というか……、およそ戦いには向かない魔法だもんね。でも、そらからくん――」

「いや、がっかりはしていません……むしろ望ましい――」

正直に言うと、今話しかけられるのは非常に億劫と言うか、危うく『静かにしてください』なんて言ってしまうところだったけれど、まさかそんなわけにはいかない。

なにせそれは――その『望ましいもの』は、彼女の魔法なのだから。

「――少なくとも、『ビーム砲』や『爆破』より、使い勝手はいいでしょう。あなた自身、そう思っているんじゃあないですか？」

「…………」

「バトル展開には、確かに不向きですけれど――今四国で行われているのは、デスゲームではなく脱出ゲームですから――」

「デスゲームじゃなくて？　證がそう言ってたの？」

「ええ」

「ふうん……」

そんな風に頷く鋼矢。いや、布団にうつ伏せになって、顎を枕に預けている姿勢なので、頷くことはできていない。

表情も見えない。

だから空々はどんな気分で鋼矢が『ふうん……』と言ったのかわからなかった――

いや、たとえ表情が見えたところで、空々にはわからなかったかもしれないが。

普段の空々でもそうなのだが、今の空々には考えるべき、優先事項があったのだ――杵槻鋼矢の魔法を、今後どのように有効活用するのかを、考察しなければならなかったのだ。

だが、それを後回しにしてでも、先に――真っ先に、杵槻鋼矢と登澱證の関係性について考えるという選択もあったはずだ。

プライオリティなんて、所詮は後から評価することしかできないし、それについて確かなことなんて何も言えないのだが――

「いくつか確認したいことがあるんですけれど、構いませんか？　鋼矢さん」

「確認って？」

「それって、自分にしか使えないんですか？　それとも、たとえば僕から、不自然さを消し去ることも可能なんですか？」

「それは無理。自分にしか使えない。人じゃなくて、物とかに対してもそうね――たとえば壊れたコップを、違和感なく誰かに使わせるとか、そういうことはできない。……使い勝手がいいって言ってくれてたけれど、だから、そんなに使い勝手がいい魔法とは言えないのよ。自分ひとりが生き残る分には都合がいい……わたし自身の評価としては、そんなところで、だから人と組むには向いていない魔法なのも確かよね」

「人と組むには向いていない魔法――」

そりゃあチーム内では浮いてしまうわけだ。

むろん、性格的な問題もあるだろうが――いざというとき、自分だけは助かる能力を持っている人間がいたとして、その人間と虚心な関係を築けるかと言えば、難しかろう。

何を言っても安全圏からの安全な意見としか取ってもらえないかもしれない――ただ。

それは相手が空々でなかった場合の話だ。

もちろん、自身だけではなく、任意の物体からも不自然さを消せる、違和感を塗り潰せるのだとすれば、更にその魔法の利便性は、飛躍的にアップしていたが――しかし空々にしてみればそれはいつも通りの駄目元で訊いただけと言うか、ただの高望みだった。そうだったらもっといいと思っただけで、そうでなくても別にいい。

十分だ。

四国を生き残るためには――とは言え、楽観的になるのはまだ早い。杵槻鋼矢の魔法の内容が判明したところで、わからないことは未だ、多過ぎるのだから。

「…………」

「ああ、でもそらからくん。ひとつ言うと――もしもそらからくんがこの魔法を、

『自然体』を使うのであれば、そらからくん自身から不自然さを消すことはできるよ」

またも黙り始めた空々に、それこそ不自然を憶えたのか、鋼矢のほうからそう言ってきた。

彼女からしてみれば、それは場繋ぎのためのアドオンというか、追加情報でしかなかったのだろうが——それにこそ空々は驚いた。

魔法を使えば空々からも不自然を消せる——不自然の塊のような、誤解されるために生きているような空々少年からさえ違和感を取り外せると言うことは、確かに驚愕の事実ではあるけれど、しかし空々が驚いたのはそこではない。

そらからくんがこの魔法を使うのであれば——という、彼女の仮定だ。鋼矢が当たり前みたいにしたその仮定が驚きだった。

「……ちょっと待ってください、鋼矢さん。その魔法、僕が使うこともできるんですか？」

「？　できるよ？」

今更何を言っているの、みたいな風に返された。

「実際、そらからくん、そうやって『メタファー』……、證のコスチュームを着て、空を飛んだりしたじゃない」

「飛びましたけれど——え？　でも、それはコスチュームありきで……えっと？」

「だからさ」

混乱する空々に、空々が何に混乱しているのかわからないらしい鋼矢が、じれったそうに言うのだった。

「コスチュームを着れば、誰だって魔法少女になれるように――マルチステッキを振るえば、誰だってステッキに応じた固有の魔法を使えるんだよ」

「そ……」

絶句した。

空々空は絶句した――息を呑んだ。

言いかけた言葉は、『それをどうしてもっと早く教えてくれないんだ』と言うものだったけれど、しかしそれは鋼矢にしてみれば、既に知っているだろう前提としての情報だったのだろう。

つまり。

たとえば魔法少女『ストローク』の『ビーム砲』にしたって――彼女の固有の魔法にしたって、あの子が振るっていた例のサイリウムみたいなステッキを使用すれば誰にだって放てるということになるのか――え？

あの無尽蔵のエネルギーを、空々が使える？　空を飛んだときのように――あっけなく？

代償も何もなく？

「……もうその時点で、固有の魔法じゃあないじゃないですか」

そういうのが精一杯だった。

あまりに反応を大きくし過ぎると、不安を与えかねないと思ったのだが、むしろ今、強迫観念的な不安を抱いているのは空々のほうだ。

できれば『自然体』の魔法を使って、この不安感を消して欲しいくらいだが——あ、それはできないのだったか。

「？　まあそうだけれど……、けれどまあ、ステッキはひとつの魔法につき一本しかないからね。ステッキごとに固有で、つまり量産はできないってこと……あれ？『パトス』はきみが『メタファー』の魔法を使うのを警戒しながら闘っていたと思うけれど、それ、ひょっとして知らなかったの？」

「知っていたか知らなかったかで言えば——」

いや。

これこそどう言ったって、知らなかったのほうだ——鋼矢からすれば、『ふうん、そうだったの。じゃあ今、知る機会があってよかったね』くらいのことかもしれないけれど、空々からすれば、気分的には天国から地獄に突き落とされたような気持ちだった。別にさっきまでが天国だったというわけではないけれど——確かに魔法『自然体』の存在は、これからを思えば好条件だったとは言え、それで天国とまで言うのは大袈裟かもしれないけれど、しかしここが地獄なのは確かだった。

待て……。

ただただ不安になるな、襲われるな――

「？　どうしたの？　そらからくん。何かまずいことでもあったの？」

「まずいことと言うか……」

鋼矢は本当にわかっていないのだろうか？

今の状況のシリアスさが――決してとぼけているわけではなく？

「すみません、鋼矢さん。それについてもいくつか確認させてもらってもいいですか？」

「確認ばっかりだね、そらからくん」

苦笑するような鋼矢。

その暢気(のんき)な感じにギャップを憶えるけれど――いや、むしろここは、結構前の時点から疲労困憊状態にあったらしい彼女を気遣って、空々も混乱を表に出さず、平静を装って会話を進行するべきなのかもしれない。

魔法は使えなくとも、平静を装うことくらいはできるはず――その魔法が使える、空々だけでなく誰にでも使えてしまうというようなテーマの会話ではあるのだが。

「魔法少女と呼ばれるあなた達が魔法を使っているシステムは、じゃあ、すべてコスチュームやステッキなどの、アイテムによるものなのだと考えていいんですよね？」

「そうだよ」

「コスチュームは『空を飛ぶ』ためのアイテムで――ステッキが固有の魔法を使うためのアイテム――『ビーム砲』とか『爆破』とか、そういう魔法を使うためのアイテム……」

「うん。そう。それ、わざわざ確認しなくっちゃいけないことなの？」

「はい」

できればもっと早く確認したかった――そのタイミングがなかったことも確かだが。それに、焼山寺道の途中で聞いていたところで、それが手遅れだったことには変わりがない。

仮に、香川の製麺所で證と話した時点でそれを聞いていれば、その後の展開は大きく変わっていただろうが――既にあの中学校を遠く離れた今となってはどうあれ後の祭りだ。

……違う、後の祭りとか、後悔先に立たずとか、そういう話じゃあないのだ。それどころの話じゃあないのだ。

これは過去にあった失敗で、うまくやっていれば、もっといい現状だったということではなく――未来に累が及ぶ失敗なのだ。

わかりやすく言うと、今こんな風に、足を揉んだり揉まれたりしている場合ではないということなのだが――一刻も早く、今後の対策のための行動に移ったほうがよさそうなものだが、しかし話をしなかったがゆえに陥った窮地なのだから、そこから脱するために、ここでまた話を避けるというのは、およそ正しそうな解答ではない。

むしろ今は、できる限りすべての情報を、鋼矢から聞き出すほかに、行動のとりようはなさそうだった――彼女の足を揉みながら。

思わず揉む手に力が入り過ぎそうになるけれど、そうならないように気を配る。むしろ彼女には、それこそ二重の意味で、気持ちよく質問に答えてもらったほうがいい。

「じゃあ、もしも……、もしもですけれど、證と鋼矢さん……、『メタファー』と『パンプキン』が、互いの持っているステッキを交換すれば、互いが持つ固有の魔法を交換できるってことに――なりますよね？」

「ああ……うん、それはまあ」

そういうことになるのかな、と鋼矢。

そんな発想はなかった、言われて初めて気付いたという風な反応である――コスチュームもステッキも、彼女達にしてみれば、『個々』に『支給』された『支給品』であるわけで、それを『取替えっこする』なんてことは、思いつきもしなかったのかもしれない。

もちろん、支給するほうも、個々人の適性を見て、アイテムを支給するだろう――地球撲滅軍において、『あの人』が『破壊丸（はかいまる）』を支給されていたように、空々が『グロテスク』を支給されていたようにだ。

だが、『破壊丸』が誰にでも使え、『グロテスク』もまた誰にでも使えるように――コスチュームもアイテムも、誰にでも使えるものなのだとしたら。

「……魔法のステッキを」

空々は言う。

「一人二本使うことってできるんですか？」

「ん？　いや、試したことはないけれど……、あたしの知る限り、ステッキを二本以上使っている子なんていなかったよ。だから使えないいんじゃない？」

「そうですか……、でもそれは、二本同時に使うことはできないって意味ですよね？　魔法だけに、理屈はわかりませんけれど――」

今のところ空々は、科学と魔法の違いを、理屈がつくかつかないかで判断している――いや、それを言い出したら『破壊丸』や『グロテスク』のシステムも、空々に決して理解できるものではないのだけれど――かの装備品が現代の科学の延長線上にあるのはわかる。

魔法はそうではない。

そして問題は、その『そうではない』魔法を、誰しも使用できるということ――固有と言いながら、他の魔法少女であってもだ。

「これはなんていうか、僕の感覚的な印象だったんですが――魔法少女『パトス』こと、秘々木まばらさんがステッキを取り出したとき、『どこからともなく』取り出したイメージがあったんですけれど……あれはどこから取り出しているんですか？　それとも取り出しているんじゃなくて、魔法の力で一回一回、無から作り上げているとか、そういうことなんですか？」

「そんな物質具現化みたいな高度な魔法、使える子はいないわよ――それもあたしの知る限りってことになるけれど」

鋼矢は言う。

物質具現化系の魔法を使う魔法少女がいないという情報は、不確かなものとして捉えておいたほうがいいだろう。二本同時に使えない、いわば二刀流の魔法少女がいないというのは、まあ経験則で語ってもいいところだと思うが、個々の魔法については、そういうわけにもいかないだろうから。

「コスチュームに収納してあるって感じかな」

「でも僕が調べた感じじゃあ、このコスチューム、ポケットみたいなものはどこにもありませんでしたけれど？」

「ああ、収納というのはそういう意味じゃなくって――じゃあ、それについてはいずれ実践して見せてあげるよ。ステッキの取り出しかた、仕舞いかた」

「………………」

あまり後回しにしたくはなかったけれど、しかし足を痛めている彼女を、そのためだけに今立たせるのも忍びなかったし、ここでは実際に見せてもらわなくとも、あのステッキがなんというか（思えば馬鹿馬鹿しい表現だが）イメージ体とか幽体とかではなく、ちゃんとした『物体』であるということを聞けただけでも十分だった。

空々は頷いて、質問を続ける。

「コスチュームとステッキは、連動しているものなんですか？　見る限り、コスチュームもそれぞれ、デザインは同じでも、カラーリングが違う感じですし……。あるステッキを使うためには、あるコスチュームを着ていなくちゃいけないとか」

「ああ、それはあるよ――ステッキは言うなら、コードレスホンみたいなものだから。ステッキ単体では少し使いづらいかも……」

「そうですか――コードレスホンっていう比喩は、まあ、ちょっとわかりにくいですけれど……」

「あれ？　そらからくんの世代だと、もうコードレスホンって知らないのかな？」

「まあ、携帯電話がもう、古いと感じるようになってきていますからね」

使いづらい、という、使用可能性を完全に消していないその言いかたに、決して気付かなかった空々でもないけれど、しかしコスチュームとステッキが個々に連動しているという情報は、焼け石に水程度には、救われる情報だった。

その情報を受けたところでなら、切り出しやすい——現状の危うさを、鋼矢に対して切り出しやすい。ただでさえ、待ち合わせが不発に終わって（空々にはまだその辺りの事情はわからないが）、暗い状況にある鋼矢を、更なる暗黒に突き落とすような真似をするのは心苦しい。そんな思いをするのは自分だけで十分だ——と思うような殊勝な人格では、空々空はないにしても。

「……鋼矢さん」

「なに？」

「まずいことがふたつみっつあります」

「？　ふたつなの？　みっつなの？」

「まあ、ふたつですかね……みっつじゃなくてよかったとも言えます」

別によくはないが。

こうなるとみっつがよっつでも、似たようなものだ——それくらいにひとつひとつがクリティカルなまずさを含んでいる。それに、それぞれの問題が密接に連結しているので、言いようによっては、問題はひとつと言うことができるかもしれない。

言ったところで何の気安めにもなるまいが。

「じゃあ……、言ってみて。そのふたつを」

さすがに鋼矢にも、空々の抱える危惧が（彼がいくらそれを隠そうとしたところで）伝わったようで、うつ伏せの状態からやや上半身を起こし、空々のほうを見て、言う。

「なにがまずいのかな」

「ひとつ。現在所在不明のステッキが何本かあります。ふたつ。その所在不明のステッキのうち一本を恐らく——というより確実に、魔法少女『ストローク』が所有しています」

「え」

「しかも『ストローク』が持っているステッキは、あなたが危険視していた魔法少女『コラーゲン』が持っていた固有魔法、『写し取り』を使えるステッキです——」

「あ……」

そんな声を鋼矢は漏らした。

空々の指摘を受け、現状に突きつけられた問題に、問題点にようやく気付いたのだ

ろうか――めでたく危機意識を共有できたのだろうかと思ったのだが、しかし果たして、

「そらからくん」

　と、彼女は言った。

「太ももまでは揉まなくていいよ」

「……………」

「あ、ごめん、そらからくん。気持ちよくって、まずい点っていうのを聞き逃しちゃった。もう一回言ってくれる？」

「……………」

　魔法『自然体』よりもあるいは、杵槻鋼矢のそんなメンタルは、よっぽど頼り甲斐があるかもしれないと空々少年は思った――何の根拠もなく、この先、ひょっとしたら彼女となら生き残れるかもしれないとまで思った。

　これまで行動を共にしてきた数々のパートナーのように、いきなり突然死することは、彼女に限ってはないかもしれないとまで。

「ちょっと。太ももから手を離してってば」

「あ、はい。ごめんなさい」

6

ともあれ、空々空少年の四国大冒険。
徳島エリア編、スタート。

（第1話）
（終）

悲惨伝

DENSETSU SERIES 03

HISANDEN

NISIOISIN

第2話「暴れる足と暴かれる真相! 開始されていた実験」

0

変わらないものが多過ぎる。

変わっても元に戻りたがる。

1

独裁者の病(やまい)。

そんな言葉がある——病と言っても肉体的なものではなく精神的なもので、強迫観念にも似た、あるいは強迫観念をも超えた妄想癖のことを言う。

自分は命を狙われているんじゃないかとか、周囲が自分を陥れようとしているんじゃないかとか、そこかしこに罠(わな)が仕掛けられているんじゃないかとか——あるいは身内ほど信頼できなくなるとか——要するにはそんな、人間不信、疑心暗鬼の精神状態を指し表した言葉が『独裁者の病』なのだ。

疑心暗鬼――略さずに言うと疑心暗鬼を生ず。

鬼が出るか蛇が出るかというのであれば、蛇は藪をつついて出すものだけれど、鬼は自らの心から生じるものとでも言うべきか――むろん、そんな精神状態は多かれ少なかれ、誰しも持つ物であり、必ずしも独裁者のみが罹患する『病』とは言えないが、しかし特に政治家に限らず、一代で成り上がった成功者や、スター街道、エリート街道を一段飛ばしで登りつめたような人物は――多くの人間を『追い抜いて』来た人物は、同じように『追い抜かれる』ことに対して酷く臆病になる。

自分が成功するとき、誰かが失敗してきたように――誰かが成功するとき、自分が失敗することを恐れる。

自分が一段飛ばしてきたように、誰かに頭の上を飛んでいかれることを恐れる。恐がる。

一般人から見ればそれは、過剰な心配というか、客観的には起こりにくい、低い可能性について考慮し過ぎているとしか映らない臆病さだけれど、しかし彼ら彼女らは、『それ』が起こりうることだと『知っている』。

自分の体験として『知っている』。

だから恐れる――怖がる。

伝統として受け継いだものではなく、周囲と共に作ってきたものでもない、そんなポジションに立脚することは、実のところそれほどに難しいのだ。

独裁者も、端から見るほどに楽しくはない。

彼が彼女が、これまでしてきたようなことを、誰かからされる日を恐れながら——怖がりながら生きる毎日が、楽しいはずもないのだ。

あまり独裁者というイメージはないかもしれないけれど、たとえば日本における立身出世の象徴とも言える豊臣秀吉が行った刀狩が、果たしてどういう動機の下に行われたかを考えればわかりやすいはずだ。

成功したからこそ失敗を恐れる——失敗が成功の母なら成功は過保護な母というわけだ。才能に恵まれたからこそ他の才能を危ぶむ。否、すべてに恐怖する——矛盾と言えば矛盾だし、独裁者にはどんと構えていて欲しいというのが、世間の強い願いかもしれないが、なかなかどうして、そんな風に世の中は回っていない。

地球は。

回転していない。

振り返って、空々空である——十三歳の少年、空々空である。彼自身にはもちろん、自分が成功者だというような自覚、自己認識はまったくないけれど、しかし描写のしようによっては、弱冠十三歳でありながら人類を救うための英雄となり、また多くの部下を抱える高い役職に就いている彼は、成功者の道を歩んでいると言えなくもない。

しかも、多くの敵を倒しながら、多くの味方を犠牲にしながら——周囲のすべてを、自分が生き残るために、犠牲にしてきた。

『あの人』も。

言ってみれば、空々の犠牲になったのだと言える——だからゆえ、彼があらゆる事象から、不安要素を見つけ出してしまうことにも、それなりの必然性がある。

空々空は、独裁的ではなくとも独善的ではあるのだから——ただ、この独裁者の病には、注意書きとして添えておくべき一文がある。

少なくとも独裁者が命を狙われるというのは、あながち妄想とは言えないということだ。独裁はリスキーで、また、疑心暗鬼の者が、他者から攻撃を誘発するのも事実。

いずれにしても、『病は気から』というけれど、その『気』が病の場合は、いったいどうすればよいのだろうか——

2

「じゃあ、そらからくん。ここらでいっちょう仕切り直して、互いの身の上、立場って奴を改めて明確にしておこうかな——つまり、自己紹介を互いにしておこうか」

「自己紹介。わかりました」

「あたしは魔法少女『パンプキン』。本名は杵槻鋼矢——四国・絶対平和リーグに所属する、まあ地球と戦うための兵隊よ」

「僕は空々空です。地球撲滅軍第九機動室室長——コードネームを『醜悪』と言う、地球と戦うための軍人です」

「コードネーム、醜悪……？　へえ……ふうん。すごいコードネームをつけられてるのね。そんな可愛らしいのに」

「いや、これは元を正せば自分でつけたようなものなんですけれど——」

二人はそんな風に『仕切り直した』けれど、しかし状況まで仕切り直してはいない。杵槻鋼矢は布団の上にうつ伏せに横たわったままだし、空々空は彼女の足を揉みっぱなしだ。

杵槻鋼矢の魔法についての説明が、とりあえず終わったところで、会話のテーマが次に移行したというだけのことである——言葉で言うほど、改まってはいない。

むろん、空々からしてみれば、次に移行したというよりも、ようやくそこに話が戻ったと言うべきなのだが。

自己紹介から始まるのは、そういう意味ではわかりやすい。

「ふうん──自分でつけたんだ」

「そんな、いかにも悪趣味みたいな風に言わないでくださいよ──まさかそれが自分のコードネームになってしまうとは、僕も思わなかったんです」

元々は例の隠身スーツにつけた名前だったのだ。

しかし空々は、そこまで説明する必要はないと判断し、話を進める。

「人類を滅ぼそうとする地球と戦うために、地球撲滅軍に配属されました──この四国に来たのも、地球との戦争行為の一環です。具体的には調査ですね。次なる『大いなる悲鳴』についての、調査と言いますか──」

「ふうん──まあそうでしょうね。ちなみに、一応、訊いておくけれど、外からだと──外部からだと、どんな風に捉えられているわけ？　今、四国で起こっていることは。現象は。はっきりと、地球の仕業だと思われているわけかな？」

「そう断定しているわけではないですけれど、とりあえずはそういう前提で、僕はここに来ています──」

それはあくまでも地球撲滅軍の捉えかたであって空々の捉えかたではないのだけれど。

それに、四国を数日体験してみて、空々の意見は、『これは地球の仕業ではない』という風に強く傾いている。

「──まあ、来て、こうして帰れなくなっているわけですけれど。早めに言っておくと、鋼矢さん。僕が戻らないと、四国はやばいことになります」

「やばい？」

あまり深刻性を帯びない表現をあえて選んだつもりだったが、あまりに俗な言いかたになってしまったらしく、鋼矢は怪訝な顔をした。

「やばいって何？」

「えっと、話す順番が前後はするんですけれど──僕にはタイムリミットがありまして。僕が一週間以内に──そうですね、一週間以内になんらかの成果をあげない限り、目に見える結果を出さない限り、地球撲滅軍は四国を沈めるつもりでいます」

「沈める？　なにそれ？」

素の反応が返ってきた──それはそうだろう。自分達の地元を、いうならテリトリーをいきなり沈めると言われて、いきなりぴんと来るほうがどうかしている。

「まあ、地球撲滅軍も一枚岩じゃないといいますか……、色々事情はあるんですけれど、裏事情さえあるんですけれどそういう『新兵器』があるんだと思ってください。なんであれ、何かが起こっているらしい四国の調査は、僕のラインまでで切り上げて──『新兵器』を投下し、四国そのものをなかったことにする」

「『新兵器』って……ああ、不明室ね」

詳細が説明されたことで、鋼矢はそんな風に納得した——という風に見れば、会話としては特に違和感のないやり取りではあった。

しかし、

「…………」

ここでは空々のほうが、危うく素の反応を返すところだった——すんでのところで、ただ黙るだけに留めたが。

鋼矢が的外れなことを言ったからではない——逆で、鋼矢が鋭過ぎることを言ったからだ。どうかしているというのなら、その鋭さは、よっぽどどうかしている。

と言うのも、地球撲滅軍の『不明室』なる部署は、つい最近までその存在が、組織内でさえ公になっていなかった匿名性の高い部署なのだ——同じ地球と戦うためのグループであるとは言え、言わば対抗組織である四国・絶対平和リーグに属する鋼矢が、そうも当たり前のように、不明室について知っていると言うのは、おかしな話である。

證もそうだったけれど——やっぱりこの人は、『あの人』となんらかの繋がりがあるのでは？　その話もこれから聞けるのだろうか……。

聞けるとしても、自分がそれを聞きたいのか、それに聞くべきなのかどうかが、空々にはよくわからなかった。

『あの人』のことを今以上に知りたくないと思っている自分もいる――もちろん、今以上に知る資格が自分にあるのかどうかという疑問もある。

……まあ、それでも、鋼矢のほうが話してくるのを、耳を塞いで聞きたがらないと言うほどに、拒絶するつもりはないのだが。

「はい、不明室です――」

結局空々は、一瞬黙り込んだのちに、そのまま話を逸らさず、そんな風に頷いた。

「――投下されるその『新兵器』がどういうものなのかまでは僕の立場では知りませんけれど、ここで、この局面で投入しようという以上は、すべてを帳消しにリセットできるようなウエポンなのじゃないかと思います」

「リセットというよりフォーマット……初期化かもね。まあ、それができるならそれがいいのかもしれないけれど――それは、それが他人事だった場合の話かな。……一応、無駄っぽい念押しをしてみるけれど、そらからくん、その際にその時点での生存者を救出しようなんて意図を、地球撲滅軍は働かせたりしないよね？」

「でしょうね。僕も含めて、すべての生存者を、鬼籍に入れるつもりでしょう――入れて、それで実験成功ということになるでしょう。まあ、その時点で僕がまだ生き残っているとは限りませんし、確かなことは言えないんですけれど……」

もちろん知る由もない。

　空々空は知る由もない——彼にとって、もっとも近い位置にいる部下であるところの『焚き火』が、昨日、地球撲滅軍不明室の長と接触を持ったことなど、知る由もない。

　つまり、彼女と連携が取れれば、多少なりとも、その『新兵器』について確かなことを言えるようになるのだが——今のところの空々は、まだ外部への連絡手段を有していない。

　外部には連絡できないというルールに縛られたままで——このゲームをプレイしているのだった。

「そっか、タイムリミットか——それはそらからくんのタイムリミットであると同時に、あたし達絶対平和リーグにとってのタイムリミットでもあるわけだ。いや、絶対平和リーグだけじゃあなく、現在四国で、かろうじて生き残っている少数の人間全員にとってのタイムリミット……一週間以内？　それはどういう一週間以内？　今日からって意味？　それとも、そらからくんが四国に上陸してからって意味？」

「残念ながら後者です——つまり、タイムリミットのうち、二日分以上を既に消費しています」

「……そう」

　小さくそう言う鋼矢。

そういう大切なことはもっと早く言ってほしいと思ったのかもしれない——が、それはお互い様というものだ。空々が、固有の魔法はあのステッキに由来するものだと、もっと早く言って欲しいと思ったのと同じで——

しかし鋼矢にとっては、それとこれは、同じではないようだった。

「そらからくん」

「はい」

「確かにやばいね。さっきの話よりも、むしろそのタイムリミットのほうがピンチ度が高いって言うか……、つまり残り五日以内に、この四国で行われているゲームをクリアしなければならないっていうことでしょう？　そんなの、事実上不可能どころの話じゃないし……」

鋼矢は言った。

「誰なの、そんなタイムリミットを決めたのは」

「誰なのと訊かれてしまうと、まあ、タイムリミットは僕が自分で切ってしまったようなものなんですが」

「……コードネームのことと言い、そらからくんって結構、自分で墓穴を掘りがちじゃない？　マッチポンプって言うか」

「そう言われると言葉もありませんが……」

「五日なんて、普通に四国を移動しているだけで終わっちゃうよ。そらからくん、高知県の広さを知らないでしょ？」

「広いって言っても、北海道よりは広くないと思うんですが」

「そりゃそうでしょ……、確かに北海道だけで、四国全土よりも大きいけれどさ……なに？　だったらそらからくんは、北海道を五日で回れると思っているの？」

「いや、鋼矢さん。僕にはゲームをクリアする必要はありません――四国全土を回る必要も。クリアできたらもちろん、それに越したことはありませんけれど、ある程度の成果まであげれば、それで十分だと思います」

本当に十分かどうかはわからないけれど、そういう落としどころを考えながらプレイしないことには、焦りからミスが生まれかねないというのが空々の気持ちだった。

そういう意味では、ある程度の成果でいいというのは、希望的観測というか、そうであればいいなという願望的予測と言ったほうがいいかもしれないけれど――ただ、地球撲滅軍にしたって、闇雲に四国を沈めたいわけではないはずだ。

それは地球撲滅軍の倫理観に頼るということではない――自分の属するかの組織に、そのような倫理観がないことはよくわかっている。痛感している――だからここで頼りにするのは、倫理観ではなくて使命感だ。

倫理観など信用できなくとも、地球撲滅軍の、地球を撲滅せんとする病的なまでの使命感だけは——いや、それだって信用はできなくとも、しかし基準にはできるはずである。

四国の現状から、地球に対抗できる何らかの知恵を得られるのであれば、不明室開発の『新兵器』を無理に今試すよりも、そちらを選ぶはずなのだ。

……もっとも、どうしたところでいずれ、その『新兵器』を、どこかで試そうとはするだろうし、そのとき、どこかの地域を犠牲にすることにはなり、そこが四国でないという保証までは空々にはしかねるけれど——所詮、彼にできることと言えば、その場をしのぐことばかりなのだけれど。

「ある程度の成果、ね——確かに、ゲームをクリアしなくとも、成果を得られるというケースはあるわけだ。四国を全部回らず、香川と徳島だけで旅程を終えられるケースも。途中経過だって立派な成果——だけど逆に、たとえゲームをクリアしたところで、それが地球に対抗するための成果を得られないというケースだってあるのよね？その場合は、いったいどうするのかしら？」

「その場合だって、口実がなくなっていれば、『新兵器』の投入はできないはずです。不明室って、地球撲滅軍の中じゃあ、今、あまりいい位置にいませんから」

「ふうん……じゃ、あたし達はそのつもりでプレイすればいいのか。この四国ゲームを」

四国ゲーム。

そんな風に鋼矢は言った――耳慣れない、新しい言葉だったが、今現在、四国で行われている脱出ゲームは、そんな風な名前で呼ばれているのだろうか。それともただ、鋼矢が勝手にそう呼んでいるだけなのだろうか。

ただ、語呂がいいというか、空々にとってはわかりやすい用語だったので、今後は採用していこうと思った――たとえそれが具体的にどういうものかわからなくっても、名前がつけば、なんだかわかったような気持ちになる。

「これも念押しになっちゃうけれど、そらからくん、実際にその『新兵器』には、四国を沈めるほどの力があると思う？　四国全土は、そりゃあ北海道よりは小さいかもしれないけれど、結構大きい島なのよ。どんな強力な魔法を使ったところで、それを沈められるかどうか――」

「正直、そこはわかりません。不明室にしたって、実験段階なんだと思いますしね――ただ、そういう前提で動かないと、迂闊に楽観していて、結果四国が沈んじゃったじゃ済まないでしょうし」

「そうね――不発に終わってくれたらラッキーだけれど、そんなラッキーがあたしの人生に起こるはずもないか」

そんなラッキーが自分の人生に起こるはずがない――というのは、どちらかと言うと空々の言いそうな台詞だったが、杵槻鋼矢が気だるげに言うのも、それはそれで様になった。

そんなネガティブな台詞が様になったところで、それがどうしたという話でしかないのだが――

「――どころかあたしの場合、経験則的に憂慮しておいたほうがいいのは、その新兵器とやらが不発どころか暴走して、日本列島すべてを沈めてしまうという可能性かしらね」

「…………」

それはネガティブ過ぎる――と思ったが、考えてみれば、考えてみるほどに、それはありそうな、起こりえそうな可能性だと思った。

特に自分の人生には。

そうなってくると、ぼんやりと考えていた『自分だけでも助かる方法』、生存率をあげる方法なんて、枯葉のように舞い散るだけだ――日本列島そのものがなくなってしまうときに、どうやって自分だけが生き残れると言うのか。

海外に逃げると言う発想はないではないけれど、空々にとって、他者との唯一の繋がりであるとも言える『言葉』――言語の通じない場所で生きていく自信は、はっきり言ってない。

控え目に言ってもない。

早めの段階でタイムリミットのことを鋼矢に告げたのは、彼女に気を引き締めてもらおうという意図があってのことだったけれど、どうやら結果として気を引き締めることになったのは、自分のほうだったらしい。

ある程度の成果をあげればいいなんて弱気なことを言わずに、このゲーム——四国ゲームをクリアし、かつ対地球のための情報を仕入れて、地球撲滅軍の快適なマンションに帰るくらいの気持ちでいなければ。

「外部から見て、今の四国がどのように映っているかという話ですけれど——ここからは順を追って話しますね。僕のところに降りてきた話だと……上がってきた話なのかな？」

「いや、そんなのはどっちでもいいんだけど。降りてこようが上がってこようが」

「ですよね。ええ……四国の住人が全員、失踪したという話でした——もちろん、現実には證やあなた、数人の魔法少女と既に接点を持っていることからもわかるように、全員が失踪したという情報には、エラーがあったみたいですけれど」

それでも大半——大部分の住人が『失踪』していたことには違いがない。

「とにかく、四国とまったく連絡が取れなくなった。当然ながら、そういったスケールの失踪は『大いなる悲鳴』や、あるいは『小さき悲鳴』を連想させるわけで……、地球からの攻撃なんじゃないかと危惧した地球撲滅軍、及びそれに類する組織は、調査班を四国に送り込むも——それら調査班も、上陸直後に連絡が取れなくなる。この点がまだ、僕にはよくわかっていないことなんですけれど——町に配置された防犯カメラや、空撮、衛星写真などでは、一切の異常が認められていないこともあり、それゆえに人を直接向かわせるしかなく……、結局、各組織が話し合った結果、僕という、調査は専門ではなくとも、戦闘力を持つ軍人を、四国に派遣することを決定した——とか、それが僕の、四国上陸までの流れです。ここで鋼矢さんに訊きたいのは、映像や音声で異常が記録されない、できないという点なんですけれど——これは、どういうことなのでしょう？」

既にこの二日間の調査——というか体験によって、四国住民の（ほぼ）全員失踪というのが、そのままイコールで（ほぼ）全員死亡という、救いのないニュースであることはわかっている。

彼らが四国ゲームのルールに違反し。

『処罰』されたのだということは概ね判明している——問題はそのルール違反をした映像や、処罰されたときの爆発音が、外部に伝わってこないことである。

それが外部からわかっていれば、空々ものこのこ、迂闊に四国の地を踏んで、四国ゲームに参加したりはしなかったのだが——いや、裏を返せば、肉眼でのみ、確認できる異常事態ということなのかもしれないけれど。

「肉眼でのみ確認できるというのは、少し違うわね——まあでも、そんなところでしょ。ひょっとすると、それこそエラーがあって、外部にあたし達が思っている以上の情報が伝わってたらいいなあ、くらいには思っていたんだけれど」

つまりこりゃあ、外部からの介入は期待できないってわけね——と、鋼矢。

「ああ、いや……、そらからくんや『新兵器』は、外部からの介入ってことになるんだけれど。ただ、それって介入というより、周辺被害って感じだしね——それとも二次被害かな。えっと、そらからくん。それについて説明すると、まあ、あたしの『自然体』って魔法を知ったあとならもう想像がついているかもしれないけれどさ。……それは言わば、魔法によるジャミングだよ」

「ジャミング——」

「チャフ系の魔法ってことになるのかな——要するに四国で起こっている異常事態を、い、い、い、感じさせないという、そんなバリアーが、四国全土に張られているというわけ」

「…………」

焼山寺道の登山で、実のところ疲労困憊状態にあった杵槻鋼矢を、空々に対しては平然としているように見せていたように——異常事態の起こっている四国を、映像上では、そうではなく見せていたということだろうか。

バリアーという言いかたも、いい加減古風だが――しかし魔法そのものが、本来古式ゆかしきものでもあろう。

「もっとも、魔法も万能ではないから、そらからくん……、地球撲滅軍が言うところの『全員失踪』まで隠蔽することはできなかったみたいだけれどね。ただ、少なくともそらからくんのところに、上がったり降りたりしてきた情報の中には、『生き残りの魔法少女がいる』って情報はなかったわけでしょう？　空を飛ぶ魔法少女が生き残っていたら、それが映像に残っていても不思議じゃないのに――」

「魔法少女という異常事態を……、そして、魔法という異常事態を、知らせないバリアー……」

魔法少女『パンプキン』である杵槻鋼矢にとっては、證にとってそうであったように、魔法はあって当たり前のものだから、その『バリアー』をそういう風には捉えていないのかもしれないけれど――ならば異常事態を感じさせない魔法というよりは、魔法を感じさせない魔法と言ったほうが、正確なのかもしれない。

魔法による現象をジャミングするチャフ――確かに、そんな結界が張られていたのであれば、外部からでは感知のしようがなく、直に足を伸ばすしかなくなる。

そして直に足を伸ばせば――否応なくゲームに参加させられる。とんだ強制参加だが――

「……だけど、鋼矢さん。それが魔法だとするのなら――どんな魔法使いが」

いや。

そうじゃなくて。

「どんな魔法少女がそんな魔法を使ったんですか？　いや、問題は誰が使ったかじゃなくて……、どうしてそんな魔法を使ったのかということになりますけれど――」

「答えないうちに問題から外されちゃったけれど、そらからくん。どんな魔法少女がそんな魔法を使ったのかははっきりしているわ――絶対平和リーグに属す魔法少女の、ほぼ頂点みたいな奴よ」

「…………？」

奴、という言いかたが気になった。

今まで鋼矢は、他の魔法少女について触れるときは概ね、『あの子』とか、そんな風に『子』と言っていたはずだが――『奴』？

気安い間柄の相手なのか――それとも、敵対している相手なのか？

いや、単純に、他の魔法少女と違って、鋼矢と世代が近い相手ということかもしれないけれど――

「ほぼ頂点……、魔法少女にもそんな風に、上下関係があるんですか？」

「いや、魔法少女としての上下はないけれど、それは組織としての話――ちょっと込み入るし、今は重要じゃないから、そこは飛ばすわ」

空々としては重要かどうかを勝手に判断されても困るのだが、しかし確かに、絶対平和リーグの組織構成について詳しく知ることに意味があるとも思いにくい。

ここで重要なのは、現在の四国における緊急事態を覆い隠しているのが——魔法少女、それも絶対平和リーグに属する魔法少女であるということ、その一点なのだ。

「…………」

地球撲滅軍が予測しているように——この際期待しているようにと言ってもいいが——、四国で起こっている何かが、必ずしも地球の仕業ではないだろうと空々は思っていたけれど、しかし、ならばそれが誰の仕業なのだという点においては考えを保留していた。

いくつか公算の高い予測は立ててはみたが、どれもこれも決定力にかけたし、また、四国に到着してからは息つく暇もなく危機また危機だったので、推理の裏づけをする余裕もなかった。

だが、ことここに至れば——決めて。

決めつけていいのかもしれない。

否。決めつけるしかない。

「つまり」

意を決して、空々は言う。

「現在四国で起きていることって――絶対平和リーグが、魔法を使って起こしていることなんですね？　ゲームマスターは地球ではなく――人類側、それも、地球と戦っている組織だと」

「うん」

鋼矢は頷いた。

そこで驚くのも今更感が溢れるが――空々としては、どう取り繕ったところで、それは落胆せざるを得ない答ではあった。

3

ゲームをクリアしたところで成果を上げなければ結局『新兵器』は投入されるんじゃや、というような心配を鋼矢がしていたのも、なるほどだとすると、頷ける話だった――四国ゲームの件に地球がノータッチだとするならば、空々はどんなに頑張ったところで、対地球のための何らかの情報を、組織に持って帰ることはできないのだから。

もちろん、地球が関与しているわけではないという情報を持って帰るだけでも、それはそれで成果となるし、地球撲滅軍は四国に介入する口実を失うことにはなるので、結果四国を守ることはできそうだけれど——少なくとも将来に向けた生産性は、空々の任務からはなくなったわけだ。

まあ、大抵の仕事とは『無意味の発見』と同義であり、終わりなき消去法のようなものなので、落胆こそすれ、それ自体に絶望するということはないにしても——

「……いや、でも、もしもこれが絶対平和リーグが起こした事件なんだとしたら、地球撲滅軍が介入する口実こそなくなるにしても、絶対平和リーグそのものはただじゃあ済みませんよね。人類を守るための組織が、人類を三百万人、亡き者にしてしまったというのは——」

地球撲滅軍とて、空々空一人を軍に引き入れるために、中学校をひとつ焼いたりしているけれど——それはまだ、彼らの政治力で隠蔽が可能なことだった。

しかし三百万人となると規模が違う。

もちろん全人類の人口と較べれば、三百万人でも『必要な犠牲』と定義することも、強引ながらできないわけではないだろうけれど——しかしそれで問題がなくなるとも思えない。この場合は、地域性と、イメージの問題なのかもしれない——全人類、ではなくとも、四国全土、四国住民全員を犠牲にするようなゲームを開催したというイメージは、いくらなんでも悪過ぎるだろう。

「……だから、そのバリアーで隠蔽しているってことなんでしょうか？　僕はてっきり、絶対平和リーグは、このゲームの中で潰滅したと思っていたんですけれど、そういうことではなく」

「いや、そらからくん。これはそんなシンプルな話でもないの。込み入っているというか、複雑というか——ごちゃごちゃしているの」

「ごちゃごちゃ……」

あまり詳細を聞くことに気が進まない表現だけれど、嫌だから聞かないなんてわけには、さすがにいかない——ごちゃごちゃしていようが、ぐちゃぐちゃしていようが、空々は鋼矢の話を聞くしかないのである。

生き残るために。

生きて帰り、これは地球との戦いにおいて何ら益にならないイベントだったということを、伝えるために——そう思うと、気が進まないのに加えて、気が乗らない話になってくるけれど、それでも聞くしかないのだ。

「そもそも、と言うか、もちろんのことなんだけれど、絶対平和リーグだって、たとえどんな理由があろうとも……、たとえそれが地球を倒すために必要不可欠なことだったとしても、四国全土を焦土と化すようなゲームを開催したりはしないわよ。当然でしょ？」

「はあ……」

頷いたものの、当然かどうかは判じかねる。

そもそも空々は四国・絶対平和リーグがどのような傾向のある組織なのか、はっきりと把握しているわけではないのだ――一時期、『あの人』と一緒に亡命先に選びかけたことがあるけれども、しかしあれは緊急事態の中、選択の余地なくという状況でのことで、亡命先候補について、勘案できたわけではなかった。

敵を知り己を知れば百戦して危うからずと言うが、それで言うなら空々は敵のことも己のことも、味方のことも知らない。

地球撲滅軍が科学に秀でているように――絶対平和リーグが魔法に秀でているという現在の把握だって、正しいかどうかはわからない。

「無責任なことを言うようだけれど――っていうか、下っ端の兵隊であるあたしの立場じゃあ、何を言っても無責任にはなるんだけれど、これは言うなら、事故みたいなものなのよ」

「事故？」

「そう。事件じゃなくて事故――あるいはまた、事件じゃなくて実験だったと言うべきかもしれないけれど」

そして実験失敗だったというべきかもしれないけれど――と、鋼矢は言った。

事故で——実験で——失敗？

あまり心地いい言葉の並びではない。不吉な未来が暗示されるばかりと言うか——どう考えてもろくな結論に繋がりそうもない。

事故の結果、実験の結果、失敗の結果、今の四国があるというのなら——今四国に張り巡らされているバリアーは、

「隠蔽じゃあなくて——隠滅のためのものってことですか……」

と言うことになる。なってしまう。

「外部からの介入を……、むしろ拒んでいるという——」

「そうだね」

と、鋼矢。

「あたしの立場じゃ、積極的にそれを望みたいところだけれど——バリアーを張った魔法少女を含む、絶対平和リーグの上層部としては、それはなんとしても避けたい、内々で解決したいところだってことかな。……上層部っていうか、上層部の生き残りってことだけれど」

「生き残り……と言いますと？」

「絶対平和リーグがほとんど壊滅状態にあるのは、そらからくんの言う通りだってことだよ。連携や体系も、まあ見るも無残というか……」

「…………」

「ただ、偶発的な——とは言わないまでも、とにかく事故が発端だったとは言え、この起こりが絶対平和リーグだったからね。絶対平和リーグの人間が、比較的他の、一般の四国住民に較べて、生き残りやすかったことは確かなんだけれど」

「生き残りやすかった——四国ゲームを」

「そうだね。ゲームの攻略法を、少なからず知っていたから……」

「ゲームの——攻略法」

「本当は、開始されるのは、開催されるのは、もっと小規模なゲームのはずだったのよ。ゲーム、ゲームという形を取った実験で——新たなる魔法を生み出そうという試み」

いよいよ説明が佳境に入ってきたのかと、空々は構える——構えながらも、鋼矢の足を揉む手が、おろそかにならないように気をつけながら。

本分を見失ってはならない——いや、空々の本分がまさか、女の子の足を揉むことのわけがないのだけれど、先ほど気付いた危機の真っ只中にいる現在、少しでも鋼矢の足からダメージを抜いて、いつでも動けるようにしておきたい。

いざというときはそれも仕方がないが、なるべくなら、彼女を残して宿坊から逃げ出すようなことはしたくないものだ。

まあ究極、魔法で飛べば、足のダメージなんてそんなに関係なくなるのだが……。

「魔法を生み出す仕組み……、メカニズムみたいなものが、絶対平和リーグでは確立されているんですか？」

思えば、これは馬鹿な質問でもある。

確立されているからこそ、コスチュームだったりステッキだったりで、多量の魔法を生み出しているのだろうから——訊くまでもないと言えば訊くまでもない。

だが、鋼矢はその馬鹿な質問に対し、

「確立されているとは言いがたいかな——」

と、後ろ向きなことを言う。

「——実際、失敗したわけだし」

「でも、確立されているからこその失敗でしょう？　普通は魔法を生み出すことを、失敗さえできないわけですし」

「逆説的だね」

そこで、ふ、と笑う鋼矢。

その姿勢は謙遜しているようにも見えたし、照れているようにも見えた——それは組織の一員としての気持ちなのだろうか。いや、人を見る目のない空々の感想なので、実際の彼女の心境がどうかなど、定かではないのだけれど。

「まあ、じゃあそらからくんの言う通り、失敗できる程度には、魔法のメカニズムを確立していたということにしようかな――絶対平和リーグは。……こうなってくると、絶対平和っていうフレーズも、なんだかむなしいものがあるんだけれど」

「それを言い出したら、地球撲滅軍というのも大概ですよ」

「絶対平和リーグの総本部が、どこにあるかっていう話は、知ってるっけ？」

「いえ、知りません。なので、その辺りも含めながら説明してもらえるとありがたいです」

「総本部は愛媛県の松山市――まあ、温泉地あたりよ。支部は四国中にあって、あたしとか證とかは、香川エリアに属す兵隊だった」

「本州、というか――まあ本州に限らず、九州でも北海道でもですけれど、四国以外の場所にも絶対平和リーグの支部が、まったくないってわけじゃあないですよね？」

「うん、まあ――でも、他の県にある支部なんかは、外部の情報を仕入れるための、出島みたいなものよ」

出島だと九州になっちゃうけれど、と鋼矢はたとえ話にどうでもいい注釈を付け加えた。

「だけど、外部にいる人達の中には、絶対平和リーグの実験によって、四国がこうなっているということは、予測がつく人もいるわけですよね？　たとえ分断されていても――」

「ついたとしても、言うわけないでしょ。どうなっているのかはわからなくっても、とりあえず他の組織と一緒に、混乱した振りをしておくのが吉だってことはわかるはず――というか、そんな内容の非常用マニュアルがあるんじゃない？」

知らないけれど、という鋼矢。

知らないのか。

まあ外部に、情報収集役として出されるような人材には、その辺の教育は、きちんと施されているのかもしれない――空々が一番最初に出会った魔法少女であるところの『メタファー』、登澱證は、魔法について空々に隠そうともしなかったけれど。

いずれにしても、外部に出ていた絶対平和リーグの人間は、そうやって被害者の一員である振りをしていたわけだ。

「実験はその総本部で行われた――その辺はざっくり端折るけれど、そういう実験施設があるんだと思って頂戴」

「はい。愛媛県にですね」

「愛媛県には詳しい？」

「蛇口からオレンジジュースが出ると聞いたことがあります」

「そう。えっと」

空々の偏った知識を相手にせず、鋼矢は続ける――マッサージをしてもらっている立場（寝ているが）とすれば不遜な話運びだけれど、空々も別に受けを狙って言ったわけではないので、流されたことにさえ気付かない。

「そこで実験が行われた――そしてその実験が失敗し、その失敗が四国全土を襲った。……こう言っちゃあなんだけれど、本州にまで累が及んでいてもおかしくなかったわ」

「…………」

『新兵器』が投入された際、暴走し、四国だけならず、日本がすべて沈む可能性を彼女が示唆したのは、そういう経緯を踏まえてのことだったのだろうか。となると、どうしてその失敗の結果が、四国全土の範囲に広がったのか、そして四国全土の範囲で収まったのか、その辺りも気になってくるけれど――今は実験失敗の理由を精査している場合ではないだろう。

失敗の後始末さえままならないような現状なのだ――被害の拡大をかろうじて抑えているような現状……いや。

被害を収めることができず、数少ない生き残りさえ、次々死んでいっている現状であると言える――そう思うと、空々がこうして、何も知らないままに生きていることの奇跡っぷりが際立つ。

　とそこで思う。

　死んだ魔法少女達は――彼女達は。

　どこまでことを把握していたのか。

「それが具体的にどういう実験だったのかは、悪いけれど、現場レベルのあたしじゃあよくわからない――色々推測はできるけれどね。まあ、どんなに推測したところで今更無意味だけれど……」

「……これは念のために訊くんですが、兵隊としての鋼矢さん――というか、魔法少女の皆さんの任務っていうのは、その、僕とかと同じで、『地球陣（ちきゅうじん）』――絶対平和リーグではどう呼んでいるのかわからないですけれど、いわゆる地球の『怪人』と戦うことだったんですよね？」

「ああ、うん。まあ他にも色々あったけれど、チーム『サマー』の最近の任務は、概ねそんな感じだった。戦闘班って感じかな」

「戦闘班――」

　戦う魔法少女。

　確かに『メタファー』の魔法や『パトス』の魔法、『ストローク』の魔法は、戦闘向きだ――その戦闘向きの三人を、後方支援するのが『コラーゲン』と『パンプキン』の魔法だったと見れば、相当に手強いチームだろう。

まあ、空々の経験からすると、怪人――『地球陣』との戦闘が、そんなに戦いらしくなることはないのだけれど。

基本、『地球陣』とのバトルは、一方的な殺害で終わる。

終わらせる。

……しかし、表現をチーム『サマー』に限ったということは、他の魔法少女のチームは、別の任務を帯びることがメインだったということなのだろうか？　空々の任務がそうというだけで、地球撲滅軍も、別に怪人とばかり戦っているわけじゃあないのだから……。

「…………」

余所(よそ)の組織をあれこれいう以前に、そもそも空々は、属している組織についてすら不案内であるという事実に改めて直面し、本当にその場をしのぐことしかできない自分が嫌になる。

ひょっとすると、この会話、この会議の結果として、地球撲滅軍よりも絶対平和リーグのほうにこそ、詳しくなってしまいかねないくらいだった。

……まあ、それについては空々空の人間性の責任というより、彼を組織に取り込むにあたって、ほとんど組織体系について開示しなかった当時の第九機動室室長『茶飲(ちゃの)

み話』や、空々の世話係だった『寸刻み』の責任のほうが大きいのだが。

見方を変えれば、秘密主義という点では、地球撲滅軍のほうが絶対平和リーグより も徹底していたとも言えるのかもしれない。

「いや、絶対平和リーグの秘密主義が徹底していないってわけじゃあないのよ」

空々が言うと、そんな風に鋼矢は言ってきた。

「実際あたし達レベルの兵隊には、今回の件は地球の仕業だっていう風に、情報は操作されていたしね——たぶん證はそう言ってたでしょう？」

「ああ——ええ、そう言ってました。こんなことができるのは地球以外にはないって。あれは、證の地球に対する敵対意識がそう思い込ませていたんだと思っていましたけれど、そうじゃなくて、そう思わされていたってことなんですか？」

つまり證は悲しいかな、所属する組織から騙されていたということになるのだが……、いや、しかし彼女が、あんな風に簡単に結論を決め付けていることは違和感ではあった。

上から言われたことを、ただ信じていただけなのだとすると、その辺りの違和感も拭えるというものだった。

「じゃあ、どうして鋼矢さんはそれを知っているんですか？　今までの口振りだと、鋼矢さんと證は、そんなに違う立場にいたわけじゃあないはずなのに——」

「そこはなんていうのかな、あたしの性格が悪いからよ。生き残ることに対して容赦がないというかね……、他のチームや他の組織と繋がることに躊躇がないし、必要とあらば、上層部とだって繋がりを持つ——完全なる越権行為だけどね」

「…………」

まあ、こうして空々と組み、組織の内実や組織の失敗をぺらぺら喋っている時点で、それは越権行為では済まない、組織に対する背信行為になるのだろうが——生き残ることに対して容赦がないというフレーズは、それもまた、そのまま空々に使えそうなフレーズでもある。

要するに杵槻鋼矢はうまく立ち回り、本来ならば知れるはずのない情報に触れて行動していたということのようだ——四国ゲームをプレイしていたということのようだ。

空々少年はそこまでは気付かないけれど、ある意味、共に行動することが死を意味するとさえ言える空々少年と行動を共にしながら、未だ『足が痛い』くらいの被害で彼女が済んでいるのも、『彼女』から事前に、空々空という英雄の情報を仕入れていたからだと。

用心深く、抜け目なく仕入れていたからだと言えるかもしれない——むろんそれは、ここから先の生存を意味するものではないのだけれど。

「……チーム『サマー』の五人の中で、今の四国ゲームの主催者が地球ではなく絶対平和リーグだと知っていたのは、鋼矢さんだけなんですね？」

「そうね。教えてあげなかった。そっちのほうがいいと思ったんだけれど——ほら、あの子達ってシンプルだから。それを知ったらもう、組織のために働けなくなっちゃうかもしれないじゃない」

でもまあ結果としてこんなことになるんだったら、教えてあげたほうがよかったかもね——最低限、證とまばらくらいには——と、鋼矢は、さして後悔も滲ませずにそう言った。

別に彼女達の死に責任を感じていないわけでも、彼女達の死を悼んでいないわけでもないのだろう——ただ、たぶん、これまでの人生でそういう経験が多過ぎて、ひとつひとつの事象にいちいち取り合っていられないだけなのだ。

それはそれで酷い話だけれど、しかし、麻痺するまでもなく、誰かの死に責任を感じたことも、誰かの死を悼んだこともない空々よりは、いくらかマシだとは思える。

どんぐりの背比べと言えばそれまでだが。

「……いや、でもちょっと待ってください、鋼矢さん」

「ん？　待てといわれたらそりゃあ待つけれど——何？　やっぱり、そらからくんとしては、教えてあげておくべきだったと思う？」

「じゃなくって……、つまり、その実験失敗のあとにもまだ、魔法少女達は組織のために動いていたっていうことになりますよね？」

「それはそうよ――でないと、あたしが真相を黙っている意味がないじゃない。地球憎しという気持ちがあってこそ、彼女達は頑張ってくれるわけなんだから」

「――具体的には、その頑張りっていうのは？　彼女達は何を頑張るのですか？」

「だからゲームのクリアよ」

鋼矢は言った。

静かに。

「期せずして開催されてしまったこの四国ゲームをクリアして、この馬鹿げたイベントを終結させること――それがあたし達、魔法少女に与えられた任務」

4

ゲームのクリアを目的に据えているということは、それは地球撲滅軍から派遣されてきた空々空と、方向性という意味では、基本的には利害が一致しているということになる。

ただ、それと『イベントの終結』というのが、いまいち繋がりにくい。

空々が今のところ理解している四国ゲームの構造は、脱出ゲームである——證がそう言っていた。様々なルールで雁字搦めにされた四国から出れば、プレイヤーはゲームをクリアしたことになる——ということなのだが、しかしこれを個人プレイヤーとして見るのではなく、全体を俯瞰するように見るのであれば、誰かがゲームをクリアすることは、イコールでゲームの終了を意味しない。

たとえば空々が万難を排して四国から脱出することに成功したとしても——四国の中に残っている『生き残り』のプレイヤー達は、その後もゲームを継続しなければならないのだ。

強いて言うなら、今四国でゲームをプレイしているプレイヤー全員がクリア——もしくはゲームオーバーを迎えたときが、イベント終結のそのときとなるのだが。

それともマラソンのような『足切り』があるのだろうか？

「つまり鋼矢さん達は、魔法少女全員のクリアを目指していたってことですか……？

それにしてはなんというか、魔法少女同士の連携が取れていないと言うか——」

「ゲームクリアとゲームエンドの違いについては、あたしも把握しているつもりよ。ただ、その辺はちょっとした解釈の違いというか——それも結局は情報レベルの差ってことになるんだけれど」

「情報レベル……。證がまた勘違いして——勘違いさせられていたっていうことですか？　絶対平和リーグに」

「ん、そこはまあ、微妙なラインかな。あの子が思い込みの激しい、こうと決めたら脇目も振らないところがあったのは確かだし——脱出ゲーム」

「はい？」

「いや、ここまで四国ゲームは脱出ゲームだという前提で喋ってきたけれど——そらからくん。もうそろそろ説明しておくわ、これは證の知らなかったこと。四国ゲームを抜けようと思えば、四国から出ればそれでいい。それをクリアとする見方もある——そう言っても、それはそれで正しい、もちろん、個人レベルではね。だけど、それは上層部に言わせれば、クリアというよりリタイアなのよ」

「クリアじゃなくてリタイア？」

ゲームオーバー……とも違う？

「ゲームから抜けようと思えば、別にクリアしなくってもできるってことよ。もちろん、それだって簡単じゃあないけれど……」

「え……じゃあ、リタイアが四国からの脱出だとするなら、クリアは、何をすればクリアってことになるんですか？　そのための方策を證達はやっていなかったってことになるんだとして——」

「いや、やってたわよ——リタイアするためには、それは避けられないことでもあるしね」

「？　クリアの延長線上にリタイアがあるっていうことですか？」

「そういうことでもない」

「…………」

思いつくことを次々に否定される。ただでさえわけがわからない状況が、更にこんがらがってくる気分だ――気が滅入るというのか。

ごちゃごちゃしていると、最初に言われていくらか覚悟はできていたものの、その覚悟を遥かに飛び越えてごちゃごちゃしている。

「そんな顔しないでよ、そらからくん。クリア条件がリタイア条件に較べて、特に複雑だったり煩雑だったりするわけじゃあないの――そらからくんとあたしが協力すれば、時間をかければできることだと思うよ」

「時間をかければ？」

「うん、まあ、その時間がどうやらないらしいと聞かされて、あたしは少々、焦ってもいるんだけれどね――」

焦っているという割に、暢気にマッサージを受けているようにも見えるが――その辺りは果たして、切り替えという奴なのか。

確かに今、気ばかり急いても仕方がない。

空々もそうだが、常人ならば気がふれてもおかしくないようなこの状況下で、落ち着いて話を続けているだけでも、彼女はただならない。

「ほら、ルールを集めていたでしょう？」

鋼矢は言う。

「證も、それに他の子達も——あれよ」

「あれ……と、言われましても」

抽象的だ。

ルールを集めていたのは、確かである——四国ゲームの理不尽とも言えるルールを、否、理不尽としか言いようのないルールを。

ルール違反を犯すと爆発に襲われる——たとえば空々が自身で体験したのは、外部と連絡を取ろうとすると、連絡機器が破裂し、その後一定期間一定範囲で、地雷のような爆撃に襲われ続けるというものだった。

空々はそれをすんでのところで回避したけれど——そんな（證いわく）初見殺しのトラップを回避できる者などそういるはずもなく、（證いわく）四国住民の大半は、それで命を落とすことになったらしい——そして『死ぬ』こともまた四国ゲームにおいてはルール違反になるようで、その後死体は爆発して消滅するという、文字通りの後腐れのなさ。

まさしくゲーム感覚だが。

そのゲーム感覚さが、今回の件が地球の仕業だと考えるときのネックだったのだが――失敗とは言っても、元々人的な意志から始まったゲームだと言うのならば納得できる。

ゲーム感覚の実験か――その辺りは不明室と通じるところがありそうだが。

そう考えると、絶対平和リーグの新たなる魔法を生み出すための実験が起こした不始末を、地球撲滅軍の新兵器の実験で始末をつけようというのは、人類同士が同士討ちをしているようなもので、人類を滅ぼそうと目論(もくろ)む地球から見れば、非常に愚かしくも、好都合なのかもしれない。地球の高笑いが聞こえてきそうだ――いや、『あれ』が高笑いなんてするとは、空々にはとても思えない。

大体『あれ』自身、笑ったことは二度しかないと言っていたような覚えがある。

「だからルール集め――それがゲームをクリアするための絶対条件」

「ルール集めがゲームをクリアする条件？　だけど……それなら證だって、まばらさんだって……、やってはいたわけで」

ああ。

それが『避けられない』という意味か。

四国から脱出するとき、ルールに反せずに脱出するためには、ルールを細大漏らさず、とは言わないまでも、相当数把握する必要があるのだから——とすると。

「リタイアのために集める以上に、クリアのためにはもっとたくさんのルールを集めなければならないってことですよね」

「ま、そういうこと——言うならば、四国ゲームの真実は、収集系のゲームってことね」

「…………」

リタイアしようと思えば脱出ゲームだが、クリアしようと思えば収集ゲームということになるのか——プレイヤーのスタンスによって、ゲームのありようが変わってくるという言いかたもできるが。

どちらにせよ、ルール集めが肝となるゲームであることには変わりがないとは言え。

「では、鋼矢さん。具体的には……」

「あはは」

「え？　なんでいきなり笑ったんですか？」

「いや、そらからくんが鋼矢さん鋼矢さんって言うのが、なんだか高野山みたいに聞こえて、おかしくって。ほら、四国八十八箇所ってね、霊場を全部回ったあと、高野山にお礼に行くんだよ。同行二人、一緒に四国を巡ってくださってありがとうございますって」

「……高野山って、四国にあったんですか？」

「いや、和歌山だけど」

「…………」

なんだか四国一周霊場巡りの締めとしては、詰めが甘いような気もするが、しかしそんな風に、霊場巡りをスタンプラリーのように捉えるほうが、本来的に間違っているのだろう。

名所必ずしも観光名所ならず――だ。

「まあ、と言ってもあたし、高野山に行ったことがあるわけじゃないんだけれどね。自分の名前が、『さん付け』で呼ぶと『こうやさん』になることも、今初めて気付いた。あるんだね、散々書いてきた自分の名前でも、そんな新発見」

「あの、鋼矢さん」

「あははは」

「ツボらないでください。たぶんそれ、絶対にルール集めに関係ないですよね――鋼矢さんが高野山に聞こえることは。話を戻してください、四国ゲームをクリアするためには具体的には、どれくらいの数のルールを集めればいいんですか？」

「全部」

「え？」

「全部よ——今四国に蔓延（まんえん）するルール、すべてを集めたら、ゲーム終了よ」

それは話運びのテクニックでもなんでもなく、ただの偶然、巡り合わせでしかないのだけれど——それを伏線というのはあまりに無理があるけれど、しかしすべての霊場を巡った後に、四国の外へとお礼参りに向かうというお遍路のありようは、あまりにタイミングがよかった。

「設定されているルールは全部で八十八個。それをすべてコレクトし、コンプリートすれば、ゲームクリア」

5

八十八。

その数字を多いと取るか少ないと取るかは、時と場合によるだろうが——空々少年はここではその数字を『思ったよりも少ない』と取った。

四国という土地は今、ルールに雁字搦めにされていて、何をするにも『爆死』のリスクが付きまとう地雷原みたいな場所だと思っていたので——八十八という数字は、その凄惨（せいさん）なイメージをいくらか軽減させるものではあった。

もちろん、ルールの内容がほとんどわからない現状、それで難易度が下がったとはとても言えないのだが——たとえば極論、八十八の中のひとつに、『呼吸をしていいのは三日まで』なんてルールがあれば、そのルールひとつの存在だけで爆死は避けられない——、しかし、勝手に無尽蔵にあるかと思い込んでいたルールの数が、まあ通常の感覚で把握できる範囲に収まっていることは、精神的に救いにはなった。

霊場の数と同じと言われても、四国の外の人間である空々にはあまりぴんと来ないけれど、そう、仮に星座の数と同じだけと考えれば、それが現実的な数字だとわかる。

現実的。

コレクトするにあたって現実的——

「八十八のルールをコンプリートすれば、ゲームクリアって、漠然と言いますけれど……、具体的にはどうすればいいんですか？」

「どうすればって？」

ポジションは変わっていない。

空々の意識は一段、また深いところへと沈んだが、二人の位置関係は相変わらず、足を揉み、揉まれているという関係だ——正直、こんなに揉み続けていたら、足の骨がなくなってしまうんじゃないかと心配になるが、鋼矢は気持ち良さそうにしているので、まあ大丈夫なのだろう。あるいは彼女としても、空々にマッサージをやめさせるタイミングを見失っているだけかもしれないけれども……。

「八十八個のルールを本当に集めたかどうかを、誰に対して、どういう風に証明すればいいんですか？　テレビゲームなら、そういうのって勝手にセーブされていくんだと思いますけれど……」

体育会系の半生を送ってきて、あまりゲームをやりつけていない空々なので、本当にテレビゲームなら勝手にセーブされていくものなのかどうかはわからないけれど、聞く限りはそういうものだったはずだ。

だが、これはテレビゲームではなく現実なのだから、いわゆるセーブデータみたいなものはないと思うのだが……。

「誰に対してどういう風にってのはないわよ——すべてのルールを頭の中に揃えたら、それでコンプリートってことになるわ。セーブデータは、だからまあるみたいなものよ」

「……それも魔法の一環ですか？　バリアーとかと一緒で」

だとすれば、セーブデータはどこに保存されるのだろうと考えつつ、空々がそう言うと、

「魔法の一環なのは魔法の一環なんだけれど、バリアーと一緒だと言うよりは、ルー

ル違反を犯したときの爆発・破裂と一緒と思ったほうがわかりやすいかな——あのルール違反にしたって、誰かが見張っていて、罰するためにスイッチを押すみたいな感じで、爆発・破裂させているわけじゃないでしょ？　ルールがあって、それに違反したらオートマチックに発動する魔法ってことじゃない」

と、鋼矢は答える。

「なるほど……」

あのルール違反に基づく『爆発』も魔法のひとつなのか——絶対平和リーグがゲームの主催者であることがはっきりした時点で、それはもう説明されるまでもないことではあったけれど。

とすると……。

「とすると、むしろ八十九番目のルールとして、『八十八個のルールをコンプリートすればゲームが終了する』みたいなものがあると考えればいいんでしょうか？」

「いいかどうかはともかく、わかりやすいかもね。そういうトラップ的で、しかも後催眠的な魔法もあるんだと思ってくれれば……」

「…………」

「どうしたの？」

「いや……、それって、またしても結構やばいなって思って」

「やばい？　またしても？　そう？」

素朴に訊いてくる鋼矢からは、そこに対する危機感は感じられない。

「便利じゃない。揃えたら、その後の手続き的なものが必要ないって言うのは――」

「ええ、そりゃあもちろん、便利は便利なんですけれど……」

空々が『やばい』と思ったのは、その点ではない――八十八個のルールを把握すれば、それでゲームが終了するというのが本当だとすれば、四国における『ルール』の発動は、決してプレイヤーの行動にのみ基づくものではないということだ。

頭の中にまで。

ルールの審判が及んでくる。

それはかなりやばいだろう――口に出さなくとも、『何かに対して何かを思う』だけで、それがルール違反になってしまうこともありうるというのは……。『言っちゃ駄目』なら対処のしようもあるが、『思っちゃ駄目』という、内心の自由を認めない圧政には、対処のしようがない。どんな厳しいルールだろうと、頭の中では回避できない。

仮に『対処のしようがない』と思っちゃ駄目というルールがあれば、ここで空々は終幕を迎えるわけで――

どうやら鋼矢の考えはそこまで及んでいないらしい――単純に、『ルールを揃える』という『行動』が、ゲームクリアの条件だと思っているようだ。

　だが、ひと言に『ルールを揃える』と言っても、八十八だ——確かにそれは空々にとっては『思ったよりも少ない』数だが、『揃える』のではなく『把握する』となるとどうだろう。行動ではなく記憶力の問題になって来る気もするし——それを言うべきか言わざるべきか。

「……じゃあ、鋼矢さん」

　悩んだ末、空々はそれを言わないことに決めた。少なくともここでは。まだ確信のないことを変に主張して、鋼矢の思考にまで制限をかけたくはなかった——もちろん、自分の思考にも制限をかけたくもなかった。

　そもそも、これがゲームだというのならば、一定のいわゆるゲーム性があるはずであって——その一文のせいでゲームがクリアできなくなってしまうレベルの、理不尽なルールは存在しないはずなのだ。例の初見殺しのトラップだって、空々は回避できたではないか。

　ただ、それを根拠に——ゲームマスターのゲーム性というか、ゲーム観に期待して動くためには、そもそも、そのゲームマスターについて知らなければならない。

「その八十八のルールを決めたのは、いったい誰なんです？　まさかランダムに決まったんじゃないですよね？　魔法の生み出しかたにもかかわってくるところかもしれませんが……」

「そうだね、まあ、ランダムじゃあないんだけれど――いや、そらからくん。わかっているとは思うけれど、こんな風に知ったように喋っているけれど、あたしの言ってることだって、百パーセント正確じゃあないからね？」

今更ながら、今更のことを、鋼矢は言った。

空々があまりに急いて考えるところに、いったんブレーキをかけようと思ったのかもしれない――確かに、今の空々からはやや性急さも感じられる。

内心の自由が侵されているかもしれないということが、彼を不安にさせたというのはあるので、そう指摘されれば、確かにその通りだろう。

「聞きかじりの情報を繋ぎ合わせて、パズルみたいに組み合わせてなんとか形にしているってだけで――あたしの組み合わせかたに間違いがあるかもしれないし、また、あたしにこそ間違った、エラーのある情報が入ってきていて、結果的外れなことを言っているかもしれないからさ」

「……話半分に聞いておいたほうがいいってことですか？」

「半分というのはさすがにあたしが自信なさ過ぎにしたって、七掛け八掛けくらいでは聞いておいて。会ったばかりのあたしのことを、あんまり信用されても困る」

「はあ……」

あんまり信用されても困る、と言われても困る。

そんな突き放すような、関係に一線を引くようなことを言われると寂しいから――では当然なく、もちろん空々は、そこまで過度に鋼矢を信用するつもりなどないからだ。

独裁者の病ゆえにでは、これはない。

情報の確実性は、たとえどれほど『確かだ』と思えたところで、それは確からしさでしかないことを、彼はよおく知っているからだ――これは情報の発信者に対する信頼性とは無関係である。

人類と地球が戦っているなんて荒唐無稽な筋書きにしたって、もうそれは信じるとか信じないではないのだ――確からしさというなら、地球撲滅軍や絶対平和リーグがわけのわからない異常な妄想にとらわれていると考えたほうがよっぽど筋が通るくらいで、今だって空々は、そうではないかという疑いを捨て切ってはいない。

十分ありえる可能性だと考えている。

だが、たとえそうだったとしても関係ない――だとしてもそんな妄想にとらわれた組織は実在するし、空々はそれに従うしかないという現実の前では、関係ない。

仕方がない。

と言うのなら、今の状態では、杵槻鋼矢の情報の確からしさは、実のところどうでもよく——彼女の話の信憑性がどうあれ、それに基づくしか空々にはないと言うことなのだ。

明らかな勘違いとかは、むろん、別としてだが……それは信頼とは違う感情だろう。

なんて、そんなややこしい心の動きをいちいち説明するのも億劫というか、興ざめ感も拭えないので、空々はただ、

「わかりました」

と頷いて、

「じゃあ、その……、推測でもいいので、聞かせてください。八掛けで聞きますので」

と、鋼矢に先を促した。

七掛けではなく八掛けと言ったのは、彼なりの気遣いなのかもしれなかった。

「うん、そうして。まあ、さっきも言った、魔法を生み出すメカニズムみたいなことになるけれど——関わってくるけれど、地球撲滅軍に開発室や不明室があるように、絶対平和リーグにも、魔法を生み出すための部署があるんだよ。あ、いや、あるみたいなんだよ」

「……わざわざ『みたい』と言い直したっていうことは、そこを直接知っているわけ

じゃあないということですね？」

「まあ……、絶対平和リーグの中でも、秘中の秘みたいな部署なわけで……、中枢というより、中核。その部署があるからこそ、絶対平和リーグは、地球撲滅軍に次ぐ業界ナンバー２であり続けられるわけで」

「魔法を開発・使用している上に、その魔法の存在自体を秘しているという意味で、情報戦でも先に行っているということ……ですかね？」

ナンバー２。

魔法の存在を『知っている』という点では、確かになんというか、ナンバー２どころか、地球撲滅軍より上に行っていると言えるかもしれない——オンリーワンとさえ言えるかも。

実際、空々が知る開発室の人間——落雁ギリーあたりが魔法の存在を知れば、歓喜しよう。その未知の『技術』を取り入れれば、彼女達の最先端科学は、更に鋭く尖ることになるだろうから。

もちろん、それは不明室も同じで——

「…………」

いや。

だとすると、絶対平和リーグにとって部外者でありながら、こうして魔法の存在を知ってしまった空々を、果たして無事に済ませるかという疑問は出てくる。

今のところ鋼矢とは友好的な同盟関係を結んでいるけれど――マッサージをし、されるる程度に友好的な同盟関係を結んでいるけれど、しかし、それはあくまでも個人同士の付き合いの話であって、組織としてはそうはいかないかもしれない。

鋼矢だって、個人としての意見と、組織人としての意見は違ってくるだろう――ましてや空々は、四国の情報を持ち帰るために来たことを公言してしまっている。

ゲームをクリアし、本州に戻ったとしても、そうなると次なる危機が空々を待ち受けているのかも――うんざりするような負の連鎖だが。

證の話だと、絶対平和リーグは現在壊滅状態にあるとのことだったが、しかしそれと鋼矢の情報を組み合わせて考える限り、相当の機能低下は起こしているようだが、組織としての命令系統は、十分に健在ということのようだし――いや、そんな先の話を考えても仕方がないか。

何をどう考えようと、空々にできることはその場を凌ぐことだけなのだから――まだ見ぬ場を凌ぐことを考えるのはやめよう。

今。とにかく今だ。

「鋼矢さん。その中核を担う部署には、名前はあるんですか?」

「?　名前?　名前は……それは普通に、魔法研究課とか、そんな感じだったと思うけれど……、なんで？」

なんでと言われると、確たる理由はないのだが。ただ名前がつくと考えやすくなる、イメージしやすくなるというだけだ。

「魔法少女製造課だったかもしれないけれど……、ごめん、はっきりとは憶えていない。そもそも聞いていないかもしれない」

「ですか……」

鋼矢は空々と違い、あまり名前や名称、名詞、固有名詞というものにこだわりのない人間のようだった――ならば仮に『魔法少女製造課』ということにしておこう。わかりやすく、そいでいて意外と、魔法研究課よりは胡散臭くない。

「で、じゃあその部署がルールを定めたと考えていいんですよね？　だったら、その部署の人間に聞けば――それでゲームクリアということになるんじゃありませんか？」

「そこがごちゃごちゃしているところというか――実験が失敗しちゃっているところなんだよ」

「生き残りがいないということですか？」

ゲームのルールを設定した人間が一人もいなくなって、システムがブラックボックス化しているというのだろうか――いや、それは十分に起こりうる『失敗』で、だからこその現状であると考えるほうが、そう考えないよりよっぽど妥当だ。

だがそうではなかった——いや、そうではあったのだが、それ以上だった。

「そうね、生存者はいない。彼らはあまりにも『失敗』のそばにい過ぎた。それに、設定されたルールは、いくつか変わっているかもしれない」

「え……」

「ランダムではないと言ったけれど——変化、変異はしているかもしれないってこと。つまり、ルールの設定者の心理を読んで、当てずっぽうでルールをコレクトするっていう方法は無理ってこと。当てずっぽうではなく手当たり次第で、地道に集めていくしかないってこと。おわかりかしら？」

設定者の心理を読んでコレクトしようという横着を、空々はまだ思いついていたわけではなかったけれど——遠からず思いついていただろうし、思いついていれば、ゲームクリアのために、間違いなくその方法を取っていただろう。

それを先んじて封じられた形だ。

ルールが変わる——そういうこともあるのか。

実験の全貌がわからない以上、そう言われてしまえば、そういうものだと納得するしかないが——

「……まさかワンタイムパスワードみたいに、一定時間ごとにルールが変化していくってことはないですよね？　収集したルールが有効な期間は限られているとか……」

「そういうことは……、ないとは……、思うけど。いや、確信があるかと言われれば……」

ないわね。

と、鋼矢は言う――ここではややその声に不安を滲ませて。

もしも『自然体』の魔法とやらを使っていたら、その不安さも僕は感じ取れなかったんだろうか……、なんにしても僕が感じ取れたくらいだから、ややどころか、僕は鋼矢をかなり不安にさせてしまったのかもしれないと、空々は少し失敗をしたみたいな気持ちになった。

空々としてはローラー作戦というか、ありそうな可能性、そしてあったら嫌な可能性を順番に潰していっているだけなのだが、鋼矢には『ワンタイムパスワード』という発想はまったくないものだったようだ――決まってしまった八十八のルールは絶対不変だと、頭から考えていたようだ。

それで当然である、本来、不変だからこそそのルールなのだから――しかし、その場その場でスタンスを変えることに躊躇のない空々に言わせれば、設定時に変化が加わっているルールが、その後も変化しないと決めつけるのは非常に難しい。

「嘘。やだな、困るな。だとしたら、あたしがこれまで集めたルールは、全部無駄かもしれないってこと……？」

「あ、いえ、そうとは限りません」

そもそもその発想を持ち出した空々が否定するのもおかしいが、とりあえず気休めを言う。

「その可能性もあるにはあるというだけで、たぶん、ルールは不変でしょう。でないと、ゲームとしての難易度が高過ぎる——」

いや。

それについては単に難易度が高過ぎるゲームと言うだけかもしれないし、ルールに変異があったのと同様に、設定者の意図せぬ現象ということもありうるのだ。

なんにせよ、生き残りがいないのであれば、ゲームマスターに何かを期待することはできない。

そうなると、そこについては、

「八十八個集めてみればわかること——なのでしょうね」

ということだ。

「ちなみに鋼矢さんはこれまで、いくつのルールを集めたんですか？」

「半分くらいよ——ざっと半分。自分ひとりで集めたってわけじゃないけれど。チーム『サマー』の成果と言えるかな。もちろん、さっき言ったみたいに、あたしは他のチームとも繋がっているから、そちらからもらったルールもあるけれど――」

「そうですか……」

ちなみに空々が現在把握しているルールは、せいぜい数個である――確実なのと言えば『外部と連絡が不可能』と『死んではならない』という、ふたつだけ。

とは言え、魔法少女『パトス』こと秘々木まばらが持っていたメモ帳を彼は戦闘の中ゲットしていて、そのメモ帳には四国ゲームのルールが記されていた――まだ軽く目を通した程度だが、四十近くの数はあったように思う。

それもあって空々は『八十八』という数字を、もう半分くらいは集まっているから、『思ったよりも少ない』と考えたのだったが――それは、鋼矢と合わせれば、更に現時点でコレクトされているルールの数は増えるという前提あっての考えでもあった。

だが、鋼矢の『半分くらい』が、チームで集めた成果だというのなら、その大半は、空々が持つ秘々木まばらのメモ帳に記されたルールとかぶっていることだろう。

別行動をしていた時間を考えても、総数は恐らく、八十八の半分から大きくは動くまい――四十と四十で八十なんて、都合のいい計算はありえない。そうなると、『もう半分』というより『まだ半分』という感じだ。

かつて、飢皿木鰻博士が出した、コップに入っている水を見て、『もう半分しかない』と思うか『まだ半分ある』と思うかを問う心理テストに対して、『コップに半分水が入っているとしか思わない』と答えたことがある恐るべき空々少年だったが、この場合は普通に、『まだ半分』である——タイムリミットのことを考えると、『わずか半分』と言ってもいい。

「やれやれ……参ったな。爆発に巻き込まれるリスクを冒しながら、女の子の死体の下着から取り出したメモ帳も、こうなると無駄だったかもしれないわけだ」

「何か言った？」

「いえ、別に……言ってないです。これは、四国から出られさえすればそれでいい僕にはあまり関係のないことなんですけれど、鋼矢さん。最後にひとつ、いいですか？」

「え？　もう最後でいいの？」

「ええ。訊きたいことは概ね訊けたという感じです——逆に、鋼矢さんのほうから、話しておきたいこととかってありますか？」

「いや、あたしのほうも、ネタはもう出尽くしたって感じかな——そらからくんに訊きたいことは、まだいくつかあるけれど」

「じゃあそれは、あとで受けつけます——まず、僕の最後の質問を受けつけてください」

「いいよ。なに？」

ひょっとすると杵槻鋼矢はここで、空々少年にとっての『あの人』——鋼矢にとっての『彼女』について、彼が訊いてくると予測したかもしれない。もしもそう訊かれた場合、鋼矢が素直に、それに正直にそれに答えたかどうかはわからないが、しかし空々にとってそれは『訊きたいこと』ではなかった。少なくとも現時点では、まだ。

訊くことから。

逃げていたいことだった。

「鋼矢さん。この四国ゲーム——ゲームクリアの報酬はなんですか？」

「え？」

「あ、失礼……報酬があると決め付けた物言いになってしまいました」

口に出してみると、なんだか図々しいというか、非常にがっついた、強欲なキャラクターが言いそうなニュアンスの質問になってしまい、それをフォローするように空々は釈明する。

「別に賞金があるべきとか、必ずしもそう思うわけじゃないんですけれど——ただし、それだけ大変なことをプレイヤーに強要しておいて、それでクリアしたとき何にもないっていうんじゃあ、ゲームとしていまいち成立していないようにも思えまして——」

実験の失敗の結果、生じている今の状況だと言うのであれば、ゲームとしていまいちどころか、全然成立していなくとも、特にそれでおかしいということにはならない理屈だが、そこは一旦置いての質問である。

話から読み取る限り、鋼矢が言うところのこの四国ゲームとやらは、本来、絶対平和リーグ本部の実験室——いわば小さな箱庭の中で行われるゲームだったのだろうと思われる。

そんな限られたフィールドの中で、『ルール』を八十八個集める収集ゲーム、または脱出ゲームだったのだと——フィールドはあくまで実験室の中で、プレイヤーはあくまで実験室の中にいる人数だけに限られたゲーム。

それがアクシデントによって、四国全土に及び、主催者も含んだ四国住民全員を巻き込んでしまったということ——その実験自体、魔法によって演出されたものなのだろうから、アクシデントも魔法がらみだったのだろうと予想はできるが、それはともかく。

「つまり、僕が言いたいのは——僕が訊きたいのはですね、鋼矢さん。魔法を生み出すためのゲームだったんだから——本来で言うと、もしもゲームをクリアしていれば、新たなる魔法が手に入っていたとか、そういうことじゃあないんですか？　ってことなんです」

「…………」

「その基本情報に変異がないとするのであれば——今、四国全土に広がったこのゲームをクリアすれば、それはそれで、報酬というか……、クリアのご褒美として、絶対平和リーグが欲していた魔法が入手できたりするんですか？　するとして——それはどんな魔法なんでしょう」

「…………」

「絶対平和リーグの魔法少女製造課が、果たしてどれくらいのリスクマネジメントをしていたかわかりませんけれど……結果として四国住民三百万人、全員巻き込むようなことをしてまで、彼らが欲した魔法とは」

いったいどういう魔法なんでしょう。

魔法少女ではない空々には、確かにそれは一見無関係な質問である——まさかルールを八十八個集め、ゲームを見事クリアしたからと言って、生み出されたその魔法を横取りするわけにもいくまい。

地球撲滅軍としてはそれを戦利品として欲しがるかもしれないけれど、空々の目的は、そこにはない——否、彼の目的は現時点で既に達成されているのだ。

四国ゲームに地球の意図が噛(か)んでいないとわかった時点で、地球撲滅軍第九機動室室長空々空の任務は終わっている——一応、これからそれを裏付けする作業もあるだろうけれど、それこそ彼は、これ以上がっつくつもりはない。

今着ている魔法少女のコスチュームも、ゲームを終えたあとには返すつもりだ——手に負えないものは欲しくないというのが彼の考えかただった。

もちろん魔法の存在自体は上層部に報告せざるを得ないが——その後は組織同士の話になるだろう。壊滅状態にある絶対平和リーグにどんな話ができるのか、話ができるだけの力が残されているとすれば、やはり魔法を知ってしまった空々を、報告前に手にかけようとしてくるかもしれないが……。

そのときはそのときだ。

このときがこのときであるように。

「目のつけどころが違うよね——そらからくんは。よく、そんなことが気になるね。悪いけどあたし、気にもしなかったわ——クリアすることだけに必死で、クリアしたことによる、その結果なんて意識もしなかった。目の前のことしか考えてなかった」

「目の前だけに必死なのは、僕も同じですけれど……気にもしなかったって言うことは、知らないっていうことですか？」

「そうね、知らない。わからない——知っておいたほうがよさそうだというのはきみの言う通りだから、すぐに情報を集めたいところだけれど」

ただ、あの子が失敗したみたいだからなあ——と鋼矢は言う。

　この場合の『あの子』というのは、この焼山寺で待ち合わせをしていた、チーム『ウインター』の魔法少女のことだろう。

「いや、あの子も知らなかっただろうな——たぶん。そこまで深入りした事情を知っていそうなのは、愛媛エリアの魔法少女か、総本部の生き残りってことになるんだろうけれど……、あそこは激戦区だからな……、迂闊には近寄れないというか——近寄りたくないというか」

「近寄れない？　近寄りたくない？」

「いや、それはまた別の話——内輪の話。内情って奴。ただ、そらからくん。今揃っている情報から考えるだけでも、何も知らないあたしレベルにだって、本部が新たに生み出そうとしていた魔法が、これまでとは一線を画すそれだったことは予想がつくよ。……これまでとは一線を画す失敗をしているわけだしね」

「…………」

　その言いかたからすると、規模が違うというだけで、この手の失敗自体は、過去にもあったことのようだ——ある種鋼矢の、失敗に対する対応が慣れている風もあるのも、そのせいか。

「もしもその魔法が予定通りに生み出されていたら——人類対地球の、長きに亘(わた)る戦争に、ピリオドを打てるような、きっと、そんな魔法」

「ピリオドを……、それって、つまり」

「そう。『大いなる悲鳴』の人間版というか——そういうと、きみ達の組織の名前になっちゃうんだけれども」

杵槻鋼矢は言う。

「地球を撲滅しうる魔法——だろうね」

6

果たしていつから継続しているかも知れない地球と人類との潰し合い——絶滅のさせ合いにピリオドを打てる魔法。

終止符の魔法。

いや、魔法であろうとなんであろうと、あるいはなんでなかろうと、不毛な戦争にピリオドを打てる方法があると言うのならば、誰だってそれに飛びつきたくなるだろう。

もちろん、理性的に考えれば、既にその魔法を生み出す実験の、失敗としての今現在なのだから、ここでクリアのための、八十八のルールをコレクトしたとしても、その新たなる魔法が手に入るとは限らない。仮に魔法が手に入るとしても、手に入る魔法はただの失敗作かもしれない。失敗から生まれた失敗作かもしれない——また、よしんば失敗でなかったとしても、あくまでもそれは鋼矢の予測でしかないわけで、たとえその予測が見事当たっていたところで、『撲滅しうる魔法』が本当に地球を撲滅しうるかどうか、保証があるわけではなかろう——なんにせよ、不確定要素が多過ぎる。

不確定要素が多過ぎるが、しかし——そうは言っても、地球撲滅軍に入隊して半年近く、そこまで明確に、地球に対する有効な戦略を示されたのは、空々にとっては初めての経験だった。例外があるとすれば、『地球陣』を見分けられる目を持った彼自身がそうだったということになるのだが……だが、空々のその目には、戦局を変える程度の力はあるだろうが、しかしピリオドを打てるほどの力があるとは思えない。そこまでの評価（空々からしてみると誤解）を受けたことは、さすがにない。

だから。

たとえ不確定要素であろうと——たとえ希望的観測であろうと、どれほどに期待薄であろうと、この四国ゲームをクリアした場合、地球を撲滅し、絶対的な平和を得ることができるという情報が提示されれば、それに興味を示すのが当たり前の動きだ。

手に負えないものは欲しくないのが彼の主義であろうと、ここでモチベーションが上がらなければ、いったい何のために日々、地球と戦っているのだという話になる

——が、ことをそんな話にしてしまうのが、我らが英雄、空々空なのである。

彼なのである。

何のために日々戦っているかなんて、教えて欲しいくらいだった。

「なるほど、そうですか、わかりました。じゃあ、まずそれはそれとして、鋼矢さん——足の具合は如何ですか？」

「ん？　え、ああ。それはそれとしちゃうんだ……まあ、もうだいぶん落ち着いたかな——痛みが麻痺しただけかもしれないけれど、そらからくんが一生懸命揉んでくれたお陰で、楽にはなった」

「では鳴門に向かいましょう」

「なると？　……徳島ラーメンを食べに行きたいの？」

「徳島ラーメン？」

会話が噛み合っていない。

激しくすれ違った。

徳島ラーメンというローカルフードがあることは知らなかった空々だけれど、しかし鳴門という地名が鋼矢に通じなかったのは、この場合、空々の発想が異端だったからだろう。

話の流れからして、鋼矢は、空々は愛媛県の絶対平和リーグ総本部に行きたがるんじゃないかと思っていたに違いない——だから、それを止める方法ばかりを考えていたのだろう。

ゆえに。

徳島県鳴門市——愛媛県とはおよそ逆方向の地名をいきなり出されても、直感的にはそれととらえられなかったのだ。

まあそこでラーメンの具材に発想が飛んでしまうのは、脚の痛みが多少は和らいだところで、空腹を思い出したからという線が強かろうが。

「徳島ラーメンっていうのがあるんですか？　鋼矢さん」

「知らないの？　ご飯のおかずになるラーメンなんだけれど」

「そんなラーメンが……？」

炭水化物をおかずに炭水化物を食べるのは、関西人だけではなかったのか。そう思うと戦慄（せんりつ）の情報だったが、今はそれを追及している場合ではないことは空々にもわかる。

話を戻す。

「じゃなくて、鳴門市です鳴門市——」

「ああ、場所？　地名？　え？　でもなんで鳴門市なの？」

「いや、別に鳴門市じゃなくってもいいんですけれど」

「？」

空々の言うことがどうにも要領を得ない感じに聞こえたのだろう、鋼矢は不思議そうな顔をする——焼山寺に来たことが空振りに終わった今、そろそろ次なる行動を起こすための指針を決めなければならないのは確かなのだが。

「鳴門市に向かうことが、なに？　ルールをこれから集めていくことにプラスになるっていう予測が立ったの？」

「いえ。現状、僕と鋼矢さんの集めているルールが、正確にはいくつあるのかはあとで精査するとして……、ざっと半分あるとしましょう」

「うん。まあ、そんなもんだろうね」

「半分もあれば、とりあえずサドンデスは避けられるはずです。だから、ルール集めは置いておいて、鳴門市に向かうんです」

「ルール集めは置いておいて……？　じゃあ、どうやってゲームをクリアするつもりなの？　そらからくん」

「だからクリアを置いておくんですよ。そしてなんで鳴門市なのかって言えば、大鳴門橋があるからです」

そう言った。

徳島県についてほとんど知識を持っていない空々ではあったが、しかし建造物としての大鳴門橋を知らないところまで、群を抜いた世間知らずなわけでもない。

四国と淡路島を繋ぐ、かの有名な大橋のことくらいは知っている——具体的にそれがどういう建造物かを知っているわけではないが、まあ、名前くらいは。

「大鳴門橋……まあ、あるけれど、それが」

「だからその橋を渡って、四国を脱出するんですよ。まあ、別に歩いて渡らなくても、その橋を目印に、魔法で飛んでもいいんですけれど——ただ、海上というか、下に地面のないところを飛ぶというのは個人的には怖いので、やっぱり歩いて渡りたいところです」

「え……四国を脱出って」

「僕の聞いた話だと、四国は現在封鎖状態にあるということですから、橋の向こう側は、地球撲滅軍なのか、それに類する組織なのかによって強固な非常線が張られているとは思いますが、まあ、非常線が張られているということは人がいるってことでしょうから、事情を説明すれば、保護してもらえると思います」

問答無用で抹殺される恐れもありますが、それは必然的なリスクとして呑み込むしかないでしょうね——と、空々は、彼の思う『今後の展望』をまとめた。

「え……？　つまり、ゲームのクリアを放棄して、そらからくん、リタイアを選ぼうってこと？　四国ゲームをクリアすれば、地球を倒すための方法が手に入るかもしれないって話になったのに？」

「いや、リタイアはしません」

「？　ごめん、ちょっと……本気でわけがわからないんだけれど。鳴門市っていうのは、橋があるから行くんだよね？　それは場所が近ければ、しまなみ海道でも、別にいいわけだよね？」

「はい。紀伊水道でもいいんです」

「紀伊水道は橋じゃないよ」

「あ、そうですか」

じゃあなんなのだろうと空々は首を傾げたが、まあ彼にしてみれば、蛇口の水道だと思ってなかっただけマシだろう。

「とにかく、瀬戸大橋でもなんでもいいんです――えっと、九州と四国は、橋で繋がっているんでしたっけ？」

「いや、フェリーだけ。本州と九州なら、トンネルで繋がっているらしいけれど……それも、普段から歩いて渡れるトンネル」

「そんなのがあるんですか。それはそれですごいですね……」

「うん。自転車でも行けるらしいよ――じゃなくって。どういうこと？　リタイアしないのに四国から出て行くって――四国から出たら、その時点でリタイア扱いになるんだよ」

リタイア扱いになるということは、つまり爆死の脅威から解放されるということで、そう悪いことでないのも確かだが――ここでそんな『逃げ道』を選ぶというのも、随分と後ろ向きだ。

杵槻鋼矢はそう思ったのだろうし、実際に口に出して、

「後ろ向きじゃない？」

と言った。

「そらからくんは消極的ではあっても後ろ向きではないと聞い――思っていたんだけれど」

「いや別に後ろ向きですけれどね……、ただ、この件に関して言えば、前向きな提案をしているつもりです。ゲームをクリアしなければならないことは、僕にもわかります――その地球を撲滅しうる究極魔法というのが手に入るかどうかはこの際ともかくとしても、四国をこのままにしておくわけには、当然いきませんからね。誰かがゲームをクリアして、四国を脅威から解放しなければならない……、けれどその誰かは、別に僕や鋼矢さんじゃなくってもいいわけでしょう？」

「…………」

「バランス的には……、絶対平和リーグの、魔法少女の誰かが究極魔法を手に入れた

ら、やったことの責任を取るという意味では、一番落ち着くと思うんですが、まあ誰にしたって、外部の僕じゃないほうがいいのは確かで——いえ、もちろん鋼矢さんでもいいんですが。ただ、誰がルールを八十八個コンプリートして、ゲームをクリアするにしたって、そのために僕にしかできないことがひとつあるでしょう？　だから僕はそれをやろうと思っています。鋼矢さんにはそれに協力してもらいたい」

「……そらからくんにしかできないことって？　なに？」

確かに『自分にしかできないことをやろうと思う』などというのは、普段の空々ならまず言いそうもない、前向きな台詞である。協力してもらいたい、なんて直球な台詞も、そうは言わないものだ——

空々は、鋼矢の質問に答えた。

「だから——タイムリミットという枷を、ゲームから取り外すことですよ」

「タイムリミットって——不明室による『新兵器』投入までの？」

「ええ。それは本来、成功に際しても失敗に際しても、絶対平和リーグの実験には付帯しない、地球撲滅軍側の都合で勝手に、ゲームに引っ付いてしまった制限でしょう？　というか、僕がある種勝手に決めてしまった制限というか——究極魔法を手に入れるということが絶対平和リーグの責任の取りかたなのだとすれば、僕の責任の取りかたは、そのタイムリミットを取り外すことだと思うんです。だから——一旦、四国から出る。リタイアして、地球撲滅軍に報告する——現在の四国の事件は地球とは何らかかわりがなく、だから新兵器を投入する必要はないと、報告する。そうすれば、タイムリミットはなくなり、焦ってルールをコレクトしなくともよくなるというわけです」

「……一旦って言ったよね？」

合理的ではある。

確かにそれは空々にしかできないことだ——仮に鋼矢が四国から脱出し、そう告げたとしても信用はされまい。調査のために四国にきた空々が言うから、信憑性を帯びるのだ——だが、一旦？　一旦四国から出る？

「つまりそらからくん、その後四国に戻ってくるつもりなの？」

「そりゃそうでしょう。鋼矢さんに、脱出するところまでを協力してもらうんだから——その後、鋼矢さんがルール集めをするのを手伝うためには、四国に戻らないと」

まあ鋼矢さんが、脱出できたところでゲームから抜けるつもりだというのなら別ですが——と空々が当然のように言うので、鋼矢にもそれが当然のように聞こえてしまったけれど、それが当然のはずもない。

四国の脅威を知りながら、一旦脱出した上に、その後また戻ってくるなど——空々は言いながらもそんな可能性を毛ほども考えていないようだが、しかし本音を言えば、鋼矢だって一旦出れば、出られてしまえば、進んで戻って来たいようなフィールドではない――どういう思考回路なのだ、この子は。

他人に借りを作ることを病的なまでによしとしない、徹底した個人主義者ということだろうか――もちろん、ゲームのプレイを手伝ってくれるのはありがたいが、しかしその徹底した態度は、少しありがたみを通り過ぎている印象も受ける。

「？　どうしました？　鋼矢さん」

「えっと――いや。仮にそうするとして、そらからくん――ネックがあるとすれば、半分しかルールを知らないのに、無事に脱出できるかどうかっていう点だよね。コレクトという観点を差し引いて考えるにしても、クリアに較べればそりゃあ難易度は低くなるけれど、リタイアだってやっぱり簡単じゃあないんだよ。実際、ゲームの超初期段階の偶発的なケースを除けば、このゲームからの脱出者は皆無なわけだし……そう言ってたよね？」

「はい。でも、それは逆に言えば、超初期段階とは言え、脱出者は歴然といたということです。じゃあ、少なくとも、ルールを集めていないプレイヤーが脱出すること自体が『ルール違反』ということはない――」

「…………」

「はず」

と、付け加えたのは、確かなことがほとんど言えない今の四国では仕方のないことだろうが、しかし空々の口調のほうは、ある程度の確信に満ちてはいた。

「変異したルールっていうのがどれくらいあって、どれくらいの変異なのかにもよりますけれど——少なくとも四国に到着してからこっち、二日以上経つのにまだ僕が爆死していないということは、普通に行動する分には安全ということですし。イメージほど不条理なルールに縛られているわけではないのかもしれないですしね」

「まあ、……それを言い出したらあたしだって、二週間以上、生存はしているんだけどね」

鋼矢の場合は前提となる知識があって、ルールを着実に収集しながらの二週間なので、手探りだった空々の二日間と一緒には語れないけれど、まあ、そこを含めて考えても。

「よしんば突然死的なトラップが発動するとしても、決して発動したそのトラップを、かわし切れないわけでもないようですし。それに、ルール集めをしている最中に突然死する確率と、脱出を試みている最中に突然死する確率って、そんなに変わらないでしょう」

「それはそうだけれど——」

いや、そうなのか？

それとこれとは大分違うように思えるけれど——しかし、いざ何が違うのかといわれれば、何が違うのかがわからない。

確かに、オープンにされていないルールがある以上は、何をするにも常にリスクは付きまとうわけで——だとすれば、行動の規準をどこに据えようと、似たようなものではある。

大鳴門橋（でないにしろ、なににしろ）を渡るための対策として、ルールをもっと集めてから東に向かうというのであれば、それはクリアのためにルール集めをしているのとさして変わらないわけだし……。

「で、でもせめて、そらからくん。半分じゃあ心もとないから、四分の三くらいまではルールを集めてから、安全性を高めてから脱出するっていうのは？　確かにタイムリミットはあるけれど、まだ半分以上時間は残っているわけだし——タイムリミットの枷を外すのは、つまり脱出するのは、極論七日目でもいいわけでしょう？」

まあ七日目だとさすがにぎりぎりすぎるにしても、五日目まではルール集めに集中し、六日目あたりに脱出するというのが、リタイアとクリアの折衷案ではないのだろうか。

鋼矢にはそう思えるけれど——しかし、地球撲滅軍の不明室を知る空々からすれば、それは違うらしい。

「地球撲滅軍がタイムリミットを、守ってくれるとは限りませんからね——僕からの連絡が途絶えたことを受けて、不明室はもう『新兵器』の投入に向けて動いているかもしれません」

「そう……そう言われればその通りだけれど。だとしても、不安は残るわよね。いや、どうしたってこうしたって不安は残るっていう話なのか——」

ゲームの構造を知っていた鋼矢としては、ただクリアにのみ邁進する姿勢でここまでプレイしてきたが、そういう外部を巻き込む姿勢は、確かに必要かもしれない。

限界状態にあるのは確かなのだ。

空々が地球撲滅軍にありのままを報告すれば、『新兵器』の投入を阻止できるのみならず、第三者機関からの助けも期待できるわけで——問題は。

「……問題はそらからくんが、無事に魔法を外部に報告できるかどうかよね——絶対平和リーグとしては、当然のこと、魔法のことは外には漏らしたくないわけだし」

「やっぱりそこは問題ですか」

「うん。あたしはこの際、そこは公にするしかないと思っているけれど——」

ここまで大ごとになったのだ。

もう内々で済ませられる状況ではない——世間に向けてはともかく、同類の組織に対して情報隠蔽できるレベルではないのだから。

「じゃあ尚更、そこは鋼矢さんに協力してもらうしかないですね。僕を頑張って庇ってください」

「…………」

頑張って庇ってくださいという頼まれごとも変な感じだし、正直、一兵卒としては安請け合いのしようもない感じだろうが、彼女としては断るわけにもいかない話だった。

繰り返しにはなるが、空々の考えは合理的ではある――合理的過ぎて人間味に欠け、ちょっと気持ち悪いと言うだけだ。

「わかった……じゃあ、鳴門市に向かおう。鳴門市の大鳴門橋――そうだね、このあと腹ごしらえでもして、互いの持っているルールを照らし合わせて後、出発だね」

「はい。そうしましょう」

空々は頷く。

どういう心境で頷いているのかは、よくわからない表情だ――『彼女』の言っていた通りの性格だとこれまで思っていたが、ひょっとすると言っていた以上かもしれない。

あたしはとんでもない船に乗ってしまったのかもしれない――振り落とされないよう、せいぜいしがみついておかなければ、『彼女』や證のように、簡単に落命することになるだろう……。

「…………」

「ただまあ、出発といっても、ちょっと気が重い感じもありますけれどね——気が重いと言いますか、足取りが重いと言いますか。あの焼山寺道を、もう一度歩くのかと思うと——しかも、今度は下りですから。一般に山道って、登りよりも下りのほうがつらいっていいますよね？」

「登りより下りのほうがつらいって言うのは、山道を下るときは大抵、登ったあとだからだよ。登った分のダメージが蓄積しているから、そりゃ下りはつらいよ」

と言ってから、鋼矢は、

「大丈夫だよ、そらからくん。それは無用な心配」

と言った。

「無用？」

「待ち合わせが空振りに終わったから、飛ぶのを控える理由はなくなったわ——だから帰りは飛んで行きましょう。帰りっていうか、ここから鳴門まで、びゅーんとひとっとびね」

7

　びゅーんとひとっとび、と、杵槻鋼矢――魔法少女『パンプキン』は如何にも簡単そうに言ったけれど、むろん、魔法飛行の初心者である空々にとって、それがそんなに簡単なことのはずもない。

　それに、別に待ち合わせが不発に終わったところで、飛行中に発見されるリスクは相も変わらず健在なのだ――いや、例の魔法少女『ストローク』が、魔法少女『コラーゲン』のステッキを持っている公算が高いという恐れが出てきた以上、空々としては空を飛んで目立つという振る舞いは、できれば避けたいところだ。

　飛ぶのを控える理由は、十分ある。

　だから空々は当然のように、鳴門市までは徒歩と自転車を併用するつもりでいたのだが――しかしよくよく考えてみれば、反論の余地こそあっても、選択の余地はないのかもしれなかった。

　空々の足は、焼山寺からの下山にも、その後の自転車漕ぎにも耐えられるだろうが、しかし鋼矢の足は、マッサージでようやく痛みが引いた程度だ――空々の献身的な按摩によって、日常動作くらいならできるようにはなったかもしれないが、あの長大な下山道に耐えられるとはとても思えない。

だからと言ってその回復を待っていたら、それこそ六日目、七日目を迎えかねないし——となると、飛行という選択は、もう他に並び立つもののない、一択でしかあるまい。

たとえ『ストローク』——手袋鵬喜に発見される恐れがあるとしても。

……まあ、必ずしも手袋鵬喜が、空々を狙っているとは限らないし、案外あの精神的に不安定な少女は、どこかでうっかりルールに、トラップに触れて、ゲームオーバーを迎えているかもしれない。

魔法少女『ストローク』のことを除けば、誰かから発見されることは、それほどのリスクではないのだ——むしろ協力者の発見に繋がるかもしれない、本来は歓迎すべき事態でもある。

脱出ゲームが収集ゲームだったとしても、それについては同じこと——四国ゲームは競争ではないのだから。

誰かがあるルールを集めたからと言って、それが直接的に誰かの不利になるわけではない——ルールを独占したり、隠したりすることはできないのだから。

自分がクリアしなくとも誰かがクリアすればいいという空々のような考えかたも含めて考えれば、彼が体験したような行き違いさえなければ、四国の生き残り全員が一致団結して、ゲームのクリアに臨むべきなのである。

——もちろん、『団体行動は〇人まで』というようなルールが、八十八の中に含まれていなければの話だが。

「となると、問題は、僕の飛行能力だけということになりますね」

宿坊から外に出たところで、空々は言う。考えたら、屋内に入るときにコスチュームの一部であろうブーツを脱いでしまっていたが、ひょっとするとこれを履いていないと飛べないのだろうか？

だとすると、迂闊に靴も脱げないが……。

「正直、鳴門市までちゃんと飛べる自信がありません。道路すれすれの低空飛行を、少しした程度ですから——」

「でしょうね。慣れない高高度飛行は危険よ——あんまり高くまでいくと、風で飛びにくくなるしね。酸素が薄くなるかもしれないし」

「え？　酸素が薄くなるところまで飛べるんですか……？」

「まあ、飛ぼうと思えば。危険な割にやる意味がないからやらないけれど」

「でも、それで、上向きにバリアーの外に出るって手もありますよね？　僕がヘリコプターで四国上空に来たときくらいの高度があれば、バリアーの、つまりルールの外側なんじゃないかと思いますけれど——」

「どうだろうね……、とりあえず、なんにしても今は、そらからくんが高山病にならない程度に、なるべく高いところまで飛んで、それから鳴門市を目指すって感じかな。正確には大鳴門橋を」

「山の頂上で高山病を心配するというのも、なんだか変な話ですけれど……、大鳴門橋って見えるものなんですか？」

「この辺からじゃ、木々に遮られて見えないけれど、あんな大きな建造物、四国のどこからでも見えるくらいだよ。保証する」

「たぶん迂闊な保証ですよね、それ……」

そんな冗談が言える程度には、回復しているようだ——今、『自然体』の魔法を使っているのでなければだが。……使っているかどうかがわからない魔法というのは、改めて厄介だと空々は思った。

ゲームをプレイする上で、大きなアドバンテージになる魔法——だと考えたものだが、しかしこの調子だと、それを使うことなく、空々は一旦、四国からは脱出できそうだった。

だから問題は。

「じゃあ、鋼矢さんがこれから、僕に高所の飛びかたをレクチャーしてくれるってことでいいんですよね？」

「いいんですよねって……、当たり前みたいに人を当てにしないでよ。あたしはきみの世話係じゃないんだから」

「世話係――」

「方針を決めた以上、さくさくいきましょ。こうやって」

軽やかなステップで移動したかと思うと、いきなり、鋼矢は空々の身体に、後ろから腕を回してきた――腕を回して、そのままロックした。

抱き締めたと言うべきか。

「え？　鋼矢さん？」

「飛ぶよ？」

飛んだ。

浮遊し、飛翔した――前触れなくである。

「う――うわっ」

「はは、そんな悲鳴をあげたりするんだね、そらからくんも――」

いや。

空々が悲鳴（というほどのものではないにしても）をあげたのは、急激な飛翔によってではなく、後ろからハグされたことによる驚きが、概ね原因だったのだが――実際、そこから先の、更なる飛翔については、彼は悲鳴をあげなかった。

もっともそれは、あまりの速度に、悲鳴が追いつかなかったと言うべきかもしれないけれど――

「――――っ！」

「言っておくけど、あたしの飛行は證とかのそれと違って乱暴だよ――乱暴な分スピーディなんだけどね。あはは――」

そんな、いくらか元の皮肉げな調子を取り戻した口調と笑い声を、妖怪のようにその場に残して――杵槻鋼矢と空々空は、真上へと消えていった。

確かに、飛行初心者、魔法初心者の空々に合わせて加減をして飛ぶよりも、鋼矢にしてみれば、空々を荷物として抱えて、加減抜きの全力で飛ぶほうが手っ取り早く、『さくさく』行けるのだろう。

大鳴門橋までの最短距離を。

もっとも早く、もっとも安全に――飛べるのだろう。

空々からすれば、わかるけれども、だったらせめて言ってからやってくれと言う感じだったけれど、しかしながら、とにもかくにも彼らは、名所霊場焼山寺を、結局ほとんど観光することなく――賽銭を入れて手を合わせることも、読経(どきょう)も納札もすることもなく、次なるステージへと移動する。

前向きに移動する――ただ、そんな風に、ようやく見えた光明に対して飛行を始めた空々空に対して水を差すようなことを言うのもなんだが、どれだけ時間に追われていようとも、彼らはこの焼山寺を観光しておくべきだったかもしれない。せめて、鋼矢が到着時に触れていた、樹齢数百年の一本杉を見ておくくらいのことは、しておくべきだったかも。

そうすれば。

そうすれば、その幹の陰に身を潜め、彼らの様子を窺っていた何者か、何者かの存在に気付けたかもしれないのだから――

「あの方向……、なるほど大鳴門橋に向かったのか。つまりルール集めを放棄して、一度四国を脱出しようというわけだ。さすが外部から頭脳を取り入れただけのことはある、なかなか冴えたいいアイディアではあるんだけれど……、でもそれをさせるわけにはいかないのよねえ、残念ながら」

何者かは呟く。

コスチュームに身を包んだ――魔法少女は呟く。

それは世界のすべてを馬鹿にするような口調だった。

「撃墜するしかないか。レッツ空中戦」

（第2話）

（終）

第3話「空中戦！目にも止まらぬ通せんぼ」

0

『天才の苦悩』ほど、どうでもいいものはない。

我々が望むのは悩まない天才だ。

1

トカゲの尻尾切り。

緊急事態に際して肉体の一部を切り捨てることで逃亡し、身の安全を図ることを言い表した慣用句ではあるけれど——しかしこの慣用句、現代の生物学的観点から見れば、やや印象が変わってくる。

というのも、『トカゲの尻尾切り』とは、トカゲの尻尾が切り離してもまったく元通りに再生することを前提に成り立っているけれど、しかしながら、確かに外面上、再生するトカゲの尻尾ではあるが、それを『元通り』というのは実は正確ではない。

元々はトカゲの尻尾の内部は、複数個の骨が組み合って連なることによって構成されているのだが、しかし有事の際に切り離され、その後再生された尻尾の内部に、以前のような複雑な骨はない。

一個のつるつるの軟骨があるだけで——元来できていた複雑な動きも、まったくできなくなる。尻尾を切り離した代償はそれほどに大きいのだ——気軽に切り離せるものではない。

何の話をしているかと言うと、この自切行為は、しかしそれでも自殺行為ではないという話だ——生きるために、生き残るために、必要とあらば必要なだけの犠牲を払う。

まさしくそれは空々空の生きかたなのだが——だが、彼がトカゲと違うところは、切り離す対象を尻尾のような末端部に限らないということだ。

脳であれ心臓であれ、必要とあらばばっさり切り離す——そんな精神力が彼をここまで生き残らせてきた。

必要とあらば。

心さえ切り離すことで。

2

「そう言えば鳴門金時というのを聞いたことがあります」

「あ、あるんだ。そらからくん、愛媛のジュースのことと言い、なんだか甘いもののことばかり知っているね……ひょっとしてかなりの甘いもの通？　虫歯とか大丈夫？」

「へえ。鳴門金時って甘い何かなんですか？」

「鳴門金時が何かは知らないんだ……」

「お好み焼きに入れる金時豆の原料ですか？」

「金時豆が何かも知らないの？　それはもう常識を知らないってことじゃないの？」

「基本、食事って、身体を作るために食べてましたから……、あんまり甘いものは食べていませんでした。虫歯ができると、噛み合わせが悪くなりそうですし」

「ストイックだね……鳴門金時はサツマイモだよ」

「ああ。言われてみれば」

「徳島名物……、というか、鳴門名物かな」

「渦潮（うずしお）で育てるんですか？」

「海水で育つサツマイモなんてないでしょ。根性あり過ぎでしょ。たぶんだけど……、それは常識を知らないって言うより、ただの馬鹿みたいな発言だよ、そらからくん」

そんな牧歌的な会話をしながらの飛行である――そんな牧歌的な会話をできる程度の速度にまで、つまり魔法少女『パンプキン』は減速したということだ。

当初、最高速度を保ったまま一気に一息に大鳴門橋を目指すつもりだった彼女だが、しかし、結構早い段階で、それを諦めた。

路線変更した。

魔法少女としてのキャリアは長い杵槻鋼矢ではあったけれど、主として取ってきた戦略上、または生来の性格上、やはり人を一人抱えて飛ぶという経験が、そうあるわけではなかった――まして、男子を抱えて飛ぶというのは、思えば初めてのことだったのだ。

十三歳の少年である空々の身体なら、荷物のように抱えて飛ぶこともできるのではないかという読みがあったのか、それとも見切り発車だったのかは定かではないけれど、女子を持ち運ぶのと男子を持ち運ぶのとでは、やっぱり同じではない。

男女差は消えない。

そもそも魔法で飛ぶ以上、運ぶ対象の重量はそんなに問題はないのだけれど――身体の形がいまいち持ち運びにくい。空々が鍛えているから、筋肉の形のニュアンスが同年代の女子とは違うのかもしれない。

まあ、もう少し言うと、後ろから抱いている都合上、空々を彼女なりに持ち運びやすいような形、最高速度を維持できるような形で抱くと、必然、彼の背中に胸を押し付けるような姿勢になるからというのもある。

ひねくれたお姉さんというキャラクターである杵槻鋼矢ではあるが、年下のうぶな子供をいたずらに誘惑して楽しむ趣味はない——数時間にわたり足を揉ませていたのも、あくまでも疲労回復のためである。

なので結果、多少不自然な形で彼を抱えて飛行することになり——その形では最高速度でのフライトを維持することは困難だったのである。

それでも、飛行初心者の空々に自力飛行をさせるよりは鋼矢が抱えて飛ぶほうがスピーディに飛べることは確かだったので……、空々少年は、気分的には遊覧飛行を楽しんでいるような感じだった。

遊覧飛行——気持ち的には、テレビで見たスカイダイビングのようではある。観光客を、プロが後ろから抱きかかえて、ヘリから飛び降りるというあれだ——浮遊（といえるような速度では、減速したとは言ってもさすがにないが）し続けているという点では、スカイダイビングよりもスリリングではあるかもしれない。

四国の新たなる観光の目玉にできるかも――などと、空々にしては相当どうでもいいことを考えた。もちろん、魔法の存在が秘されている以上、観光の目玉どころか、隠し玉にもできまいが。

冗談の類である。

とにかく二人は相当な高度を保ちつつ、会話できる程度のスピードで大鳴門橋を目指す――鋼矢が（誇張して）言っていた通り、確かに巨大建造物である大鳴門橋は遠くからでもよく見えて、あれで道を間違えるということはなさそうだった。

空中移動なので、道というよりは航路というべきかもしれないが――いや、航路というのも、元々は船の用語だった気もする。

「でもそらからくん、渦潮は知っているんだね」

「それはまあ、有名ですから……と言っても、それがどういうものなのかは、よくわかっていないんですけれど。海が渦巻いているんだとしか」

「それはそれであってるよ」

「そうですか……」

飛行について、鋼矢にすべてを任せ、完全にぶら下がっている状態の空々空――それはそれで不安になりそうというか、自分で飛んでいるほうが落ち着きそうなものだが、そこは空々空、既に現状には慣れたものだった。

バイタルは既に通常通りである。

真下に地表を見下ろしても、ああ地面が遠いなあとしか思っていない——あとは、人がいないと、そう確認できる程度だ。

普段からの生活を世話係に任せてしまっている彼だから、自分の生命を他人任せにすることに、それほどの躊躇がないのかもしれなかった。

もちろん彼は彼なので、彼以外にはなりえないので、落ちた場合の——うっかり鋼矢が自分を取り落とした場合の対策をきちんと練った上での、バイタルの安定ではあるのだが。

ひとつ言うとするなら、まるで女装少年を晒し者にするかのようなぶら下げる持ちかたというか、身体が密着しない感じの持ちかたが距離を感じさせるというか、鋼矢からリアルに嫌われていそうな感覚を生んでいて、『人にどう思われるか』を気にしがちな（その割にそれが功を奏しない）空々のメンタルを痛めていたのだが、まあそれは些細な話である——だからと言って、もっとぎゅっと抱き締めてくださいなんて要求するわけにもいくまい。

かつて抱き枕だったこともある彼だが、誰にとってもそうというわけではないのだ——あれだって、代替役としての抱き枕だったわけだし。

「まあ渦潮について知りたいんであれば、実物を見たほうが早いよ。百聞は一見にしかずって言ってね——とか言って、あたしも見たことはないんだけれど」

「ないんですか……じゃあなぜそんな風に、見てきたように語るんですか」

「見栄を張ってみたい性格なのよ——あたしって奴は。そんな性格だから、『自然体』の魔法を配られたわけだし」

「配られた……、魔法が個人ではなくステッキに由来するとわかった時点で、その辺の話は避けましたけれど、やっぱり本人の適性に合わせて、魔法は……配られるものなんですか？」

配られる、という言いかたが変というか、奇妙な感じだけれど、まあ、魔法少女本人のほうからそういう表現をしているのだから、そこはそれに合わせよう。

「いや、そこはケースバイケースかな——それだって所詮は実験の一環なんだしね。相応しい者に相応しい魔法を与えた場合と、相応しくない者に相応しくない魔法を与えた場合の違い——必ずしも前者が後者を圧倒するとは限らないわけでしょ？」

「そうですね——意外な才能を発揮することもあるでしょうし、意外な化学反応が起こるかもしれない——」

かもしれないにしてもかもしれなくないにしても、アイテムによってとっかえひっかえできるのであれば両方試せるわけだし、そこはローラー的にすべての可能性を試したいところだ。

だが、あれこれ試した末に、配る魔法を決定するとなると、やっぱり最終的には、本人の適性に合わせるということになりそうだが——

「……鋼矢さんに『自然体』の魔法は、確かに似合いますけれど」

「おやおや。褒めても何も出ないわよ」

「いや、これが褒めたことになるのかどうか微妙なラインですがね……」

本人も言っていた通り、『見栄っ張り』と指摘したようなものである——空々の感覚的には『見栄っ張り』というより、『立ち居振る舞いに難がない』ということなのだが、その辺りのニュアンスをうまく伝える語彙を持たなかった。

かつては持っていたかもしれないけれど、この半年で忘れた——空々に、年齢に似つかわしくない語彙を詰め込んだのは、今は亡き国文学者の父なのだから。

父が死んでからの半年でどれだけの言葉を忘れただろう——父のことも随分忘れた。

「でも、『自然体』って言っても、やっぱり程度はあるんですよね？」

「程度？」

「どんなに『自然体』だと思わそうとしても、無理っていうケースはあるんですよねって意味です——魔法も万能でないというのなら」

「そうね、魔法は万能じゃない。科学が万能だったとしても」

「…………？」

科学が万能だったとしても魔法は万能じゃない――彼女がそれこそ自然に口にしたそのフレーズの意味が、空々にはやや伝わりにくく、結局彼は、それは皮肉なことを言ってみただけという彼女独特のフレーズだったのだろうと判断した。

この判断は間違っているのだが、空々がそれに気付くことはない――少なくともこの空中遊泳の途中では。

鋼矢だって別に、深い意味を込めて、伏線を張り巡らすつもりで言ったわけではないので、これは空々に罪はない――かの罪深い少年にも罪はまったくない。

ただ、『魔法が万能ではない』というのが魔法少女の基本的な自己認識であることを、無意識でも憶えておくことは、彼の生存率をいくらか上げるのだった――あれだけ勝気なキャラクターだった登澱證が、魔法については、空々にまったくと言っていいほど自慢しなかったことも、いつか彼は思い出すべきだろう。

生き残るために。

逃げるために。

思い出さねばならない。

「……えっと、だから。たとえばさっきの例で言うと、焼山寺道をどんなに平気な風に――自然な風に歩いているように周囲に思わせても、思わせることができると言っても、鋼矢さんの足に限界が来て、その場にぶっ倒れちゃったら、さすがにもう誤魔化しも騙しも利かないですよね？　倒れたのに歩いてるようには見えないですよね？」

「ふっ。あたしの足に限界なんて来ない」

「いや……」

そこで見栄を張られても。

魔法『自然体』を使えば、その見栄さえも自然に思えるのだろうか——さすがに気付きそうなものだが——いや、今空々は、まさにそういう話をしているのだ。

「どこかにはっきりしたラインがあるわけじゃないとは思いますが、どのくらいの『不自然』までを『自然』に見せられるものなのかって、鋼矢さん、わかりますか？」

「んー。あたしは仕掛ける側だから……、たぶんそれ、個人差があるし」

「個人差？」

「ある人物の感覚は誤魔化せても、別の人物の感覚は誤魔化せないかもしれない、誤魔化せるとは限らないということよ——そらからくんが『地球陣』を見分けられるようにね」

「……厳密に言うと、僕のスキルは『地球陣』を見分けられることではなく、『地球陣』を見分けたところで、目が潰れることがないということなんですけれどね」

人間そっくりに擬態した怪人『地球陣』を区別すること自体は、地球撲滅軍開発室の『科学技術』だ。そう、今でも怪人を『退治』するときには使っているアイテム『実検鏡』——いや。

だが、そう言えば空々は、『犬に見える少女』を、少女だと看破したことがあった——正体を見抜いたことがあった。あれはどうだ？　あれはどうなる？　あのときは、『実検鏡』を装着していたわけではなく、肉眼で見抜いた。

それに近い話なのだろうか？

もちろん少女を犬に見せていたのは、魔法ではなく、地球撲滅軍不明室の『科学』だったわけだが——

「ただ、基本的にはそらからくんが今言ったような基準で、あたしは魔法を仕掛けるわね。誤魔化しが利かないときはある——あたしの足に限界はなくとも、魔法に限界はある」

「魔法に限界は——」

ある。

いや、足に自信を持ち過ぎのようにも思えるが。

「だけど、それがどうかした？」

「いや、今こうして空を飛んでいることは、どっちなんだろうと思いまして。僕と鋼矢さんが空を飛んでいることを、『自然』に見せることはできるんですか？」

「そらからくんが一緒に飛んでいる時点で無理——装飾品くらいならまだしも、人間大の荷物まではあたしの魔法ではフォローしきれない」

「人間大の荷物っていうか、人間ですけどね」

他の人間に適用することはできないと言っていたが、こういう体勢でもそれは無理らしい——では仮定の話として、今、鋼矢だけで空を飛んでいるのだとしたらどうだ？

「その場合も、大抵気付くでしょうね——さすがに『人が飛ぶ』ことを『自然』に見せるというのはない……。だって人は元々飛ばないんだから。あたしの魔法『自然体』で覆い隠せるのは、基本、コンディションレベルだと思ってもらったほうがいいよ」

「そうですか——」

傾向として、鋼矢は自分の魔法を一段低く置きがちだが、それには何か理由はあるんだろうかと空々は思ったけれど、それを聞き出すと話がそれ始めるので、まあ彼女は慎み深い性格なのだろうと考えて、納得しておくことにした。

およそ慎み深くなさそうな性格の鋼矢のことを、仮にとは言えそんな風に思える空々も、よくよく変わり者である——そもそも彼は根本的に、他人の性格にそこまでの興味を持っていないというのが大きいが。

なんにしても、空々にしてみれば、鋼矢の自己評価、自己認識がどうあろうと、魔法『自然体』は使い勝手のいい魔法であるという考えを捨てるつもりは毛頭ないのだが。

大体、訊きはしたものの、空を飛んでいることを隠せるとも思ってはいなかった――それができたら、『自然体』というよりは、最初に思ったような『ステルス性』の魔法じみてくる。

「そうですかって……、うん？　だとしたら、どうなの？」

「いえ、僕は一応さっきから、気をつけて下を見ているって話です――まあたとえ生き残りの人がいたとしても、この高さじゃ米粒くらいにしか見えないでしょうけれど……」

空々は言う。

「誰かがもしも今、上を見上げたら、僕達を見つけられるんだろうかって――」

「こっちから米粒のようにしか見えないんだったら、向こうからも米粒のようにしか見えないいんじゃない？　あたしが魔法を使うまでもなく、高い位置を鳥かなにかが飛んでいるとしか思わないでしょう」

「ですか、ね……ただ、僕としてはやっぱり、魔法少女『ストローク』――手袋鵬喜の行方、動向が気にかかるわけでして」

「ああ——まあ、そりゃわかるけどね。特にそらからくんは、彼女から『ビーム砲』の乱射を浴びたわけだし」

「ええ……」

『ビーム砲』の乱射。

確かにあれはすさまじかった——すさまじかったというより、もう滅茶苦茶だった。空々がしてきた数々の『滅茶苦茶経験』の中でもトップクラスのそれである。

「最終的には組織が見る限り、適切な魔法が配られるという話になりましたけれど、あの情緒不安定な魔法少女に、『ビーム砲』だけはなにがあろうと絶対に渡しちゃ駄目な魔法だったように思えますけれどね……」

「そんな風にそらからくんに思わせ、そらからくんに警戒させている時点で、絶対平和リーグ魔法少女製造課の狙いは当たっていると言えるんじゃないかしら?」

「…………」

そう言われれば……その通りなのか。

その通り……適切、なのか。

ああいうデリケートな人間に、あえて不似合いなアイテムを与えることで、いつ暴発するか、いつ暴走するかわからない存在を作り上げる。

必然、『敵』としては、たとえ取り越し苦労だと思っていても、そこに相当以上、相応以上の兵力を割かざるを得なくなる。

たとえば今、鋼矢が言ったみたいに、空々が——本来ならば鋼矢に飛行を任せて、自分は寝てもいいくらいなのに——絶えず休まず、鵜の目鷹の目を光らせて、地表や周囲を警戒しているように。

これが作戦通りなのだとすれば、なるほど巧妙ではある——いやらしいとも言える。酸いも甘いも嚙み分けたような、すれっからしのやりかたで、魔法というファンタジックなイメージからは大いに遠ざかることになるけれど。

あまりにリアリスティック。

……その作戦の難を言うなら、味方の側だって、その『暴走候補』の管理に、相当以上、相応以上の兵力を割かねばならないという点だが……、つまり、そのあたりを魔法少女『パトス』が担当していたということだろうか？

だから彼女亡き後、『ストローク』は暴走状態に陥った……。

そして今もって、暴走中。

暴れて走り——暴れて飛ぶ。

「まあ、あの『ビーム砲』は問答無用の脅威でしたよ——何度も諦めかけました」

「諦めかけた？　嘘でしょ？　そらからくんが——まあ、なんにしても、もうそれについての心配はいらないわけじゃない。『ストローク』はもう、『ビーム砲』のステッキを持っていないんだから」

「そうですが——」

『ビーム砲』のステッキは取り上げた。

魔法がステッキに由来するものなのだとすれば、それでもう、彼女は『ビーム砲』を撃てない理屈になる——だけどその代わり、別のステッキを彼女は手に入れている。

そう、『写し取り』のステッキを。

あれを持っている限りは、警戒は解けないのではないだろうか？　魔法少女『コラーゲン』がそうだったように、あらゆる魔法少女に対するジョーカーであるということに——

まあその問題については、手の打ちようがないというか、棚上げにするしかないのが現状だが——せいぜい、祈るだけだ。

暴走状態にある『ストローク』にとって、空々空が既に『取るに足らない存在』になっていることを——

「『ストローク』が『コラーゲン』のステッキを持っていることも問題ですけれど、失われたステッキが何本もあることも、また問題なんですよね——ルール違反の爆発で木っ端微塵になった魔法『ぴったり』の『パトス』のステッキはともかく――」

所在の知れないステッキがある。

魔法少女『コラーゲン』のステッキは、『ストローク』が持って行ったとして――残り二本。

『ビーム砲』のステッキと、そして證――魔法少女『メタファー』のステッキだ。

「でも、『ビーム砲』のステッキは香川の中学校にあると思うよ？　荷物を減らすために置いてきた、『ストローク』のコスチュームと一緒に。そんなにあれを放っておくのが怖いんだったら、取りに戻る？」

「取りに戻るというのもリスキーですよ――僕が『ストローク』のコスチュームを香川に置いてきたのは、ステッキがコスチュームに収納されているということも、ましてステッキの重要性も知らなかったからです……」

ステッキそのものが魔法の装置なんだと思っていたら、そんなものを無用心に無造作に、置いてきたりはしない。

荷物になるのを嫌うとしても、だったらコスチュームもステッキも壊してから来るだろう――いや、『ビーム砲』を使えるようになるステッキなら、たとえ冷蔵庫くらいの大きさがあったとしても、持ってきたいくらいだ。

「そらからくんって、荷物を捨てることに躊躇がないからね。例の空力自転車『恋風号』だって、藤井寺に置いて来ちゃったじゃない」

「いや、僕は元々は、あれで鳴門まで行くつもりだったんですけれどね――」

ただ、言われてみればその通りだ。

四国に上陸してからこっち、あれだけ世話になった自転車を、あっさり乗り捨てているあたり、空々のドライさ――物への執着のなさは窺える。それはもちろん、機会があれば取りに戻ってくるつもりがないわけではないが、その機会がたぶんないこともわかっている。

遠い将来、空々の人間性に大きな変化が起こり、真面目に四国巡礼をする気になったら、そのとき回った十一番札所藤井寺で、ピックアップすることになるかもしれない――まさか。

そんな先まで自転車が無事であるとも思えないし、また、自分がそんな先まで『恋風号』のことを覚えているはずもないし、そもそも自分がそんな先まで生きているとも思えない。

最後の項目が一番確信的だ。

絶対に自分はこのままの性格で死ぬと思う。

『あの人』の形見ともいえる大太刀、『破壊丸』を粉々に砕かれたときも、驚きはしたものの、それで悲しいとか、大切なものを失ったとか、そんな風にはまったく思いはしなかった。

物に対する思い入れがまったくない。

人に対する思い入れがまったくないように。

「飛ぶほうが明らかに速いから、いいんだけどね——まあ少なくとも『ビーム砲』のことなら心配しなくても大丈夫だよ、そらからくん」

「どうしてですか？　前も、鋼矢さんは鵬喜さんの『ビーム砲』を、軽んじるような発言をしていましたけれど……」

「軽んじてはいないってば、だから——でも、あたしに限っちゃあね。だってあたし、その気になれば『ビーム砲』よりも速く飛べるし」

「…………」

「弾丸より速く動ける標的に弾丸は当たらないみたいなものよ。……ああ、でも、その場合はそらからくんを落としていくことになるかな」

ふふふ、と笑う。

笑いごとではないが。

「冗談だよ、黙らないでよ」

「いえ……」

別にそんな趣味の悪い冗談には付き合えないと思って黙ったわけではない——鋼矢

の悪趣味な冗談にはもう慣れた。

まあ、今の四国の状況そのものが悪趣味な冗談みたいなものなのだから、それに較べれば鋼矢の軽口など、余裕で聞き流せる。

いや——聞き流しはしないのだが。

『ビーム砲』より速く飛べる……。

より速く。

「さっきの話だと、魔法少女の飛ぶ飛ばないにも、得手不得手——向き不向きがあるみたいな話でしたけれど」

「うん。あるよ。チーム『サマー』で一番うまいのがあたし——っていうか、あたしより飛ぶのがうまい魔法少女は、たぶんいない」

「そうなんですか？　いないって……えらい自信ですけれど」

「いや、自信と言うかね……。ほら、だからあたしの場合、配られた魔法がショボかったから、そっちを伸ばすしかなかったのよ。みんな、自分の固有の魔法を伸ばすほうに躍起（やっき）になって、魔法少女なら誰でも使える基礎とも言える飛行方面は、おろそかにしがちだから」

「…………」

「まあ、個性を伸ばす教育とか、そういうのって今風だけどさ——誰にでもできることを、誰よりも上手にできるようになるって、すっごく大事だと思わない？　実際、この飛行速度のお陰で、あたしは生き残っているわけだし」

「生き残って……ああ、四国ゲームをですね」

「いや、絶対平和リーグを」

　鋼矢は言う。

「あたしだけチーム『サマー』で、とうが立っているのが不思議でしょ？」

　とうが立っているという表現はやや行き過ぎているけれど、しかし彼女が他の四人の魔法少女に較べて年長者であることは事実だ。

　それ自体は認識していたが、その理由までは考えていなかった——単純に、要領のいい、生きることに達者な魔法少女『パンプキン』が、『長生き』をしていたからと解釈していたけれど。

　そうではなく——いやそれはあるにしたって、同時に、他の魔法少女の寿命が、異様に短いからというのもあるということなのか？

　證があの若さで死んだこと。

　あれは異例ではない——とか？

「あたしが魔法少女になったのは十歳の頃だからね——以降ずっと、生き残ってきた。生存をし続けてきた。結構過酷な任務もあったんだけど、いつもすれすれで——

タッチアンドゴーで、地獄を駆け抜けてきた」

「地獄を駆け抜けてきたっていうのも、随分な表現ですけれど……、いや、まあ、適切なんですかね。飛行速度は、イコールで逃走速度でもあるわけですか」

「逃走だけに限られるのは、さすがに抵抗があるかな？　でもまあそういうこと——もちろん、ずっと『ビーム砲』よりも速い速度を維持できるわけではないけれど……」

「そうですか……」

それを聞くと少しは安心できる。

元々身内で、『ストローク』とある意味気心が知れていただろう鋼矢と違って、一戦を交えた直後である空々は、どうしてもかの魔法少女に対する警戒心を解けないが——解けないまでも、緩めるくらいはしてもいいのかもしれない。

大体、そちらにばかり気を取られて、他への注意がおろそかになってしまっては本末転倒だ——把握していないルールが半分以上あるということを忘れてはならない。

爆死のリスクは常に付きまとっているのだ。

「……しかし十歳の頃から地球と戦っているというのはすごいですね。僕なんかとは、キャリアが違うというわけですか——」

『大いなる悲鳴』で、地球と人類との戦争の、戦局が逆転する前から、地球と戦い続けていた――まあ、空々よりもキャリアが浅い相手というのとも、まだ会ったことがないのだけれど。

「キャリアなんてなんの意味もないよ。地球と戦うのには――それこそ向き不向きの問題になるわけだし」

「僕は自分が、地球と戦うのに向いているなんて、思ったことはありませんけれど」

というより、自分が何かに向いているなんて思ったことがないのだ。すべてに背を向けて生きているような人間がいるとすれば、それが自分のことだと思う。

生きることにさえ向いていない。

「そう？　その割にさっきから、ずっと地球に向いているじゃない？」

「え？」

「じいっと、下ばかり見て。……普通、高いところから真下を見ると、くらっとくるはずなんだけれど。あたしもなるべく下を見ないように飛んでるよ――どれだけ地球が憎かろうと」

「……別に」

別に僕は地球を睨みつけるために真下を向いているわけではなく、生き残りを探しているだけのつもりなんですけれど――と言おうとしたけれど、しかし思いとどまる。

その言いかたからすると魔法少女『パンプキン』もまた、スタンスこそ斜に構えていても、地球憎しという気持ちを持っていないわけではないようなので、その辺で議論をするとややこしくなりそうだと思ったのだ。

地球関係の話に踏み込んで、うっかり口を滑らして、自分が地球と対話したことがあることがバレては敵わない。

「ん？　別に？　なに？」

「いや、確かに、真下ばかり向いているのも非効率的かと思いまして」

「？　効率？　非効率？　あれ、あたし、そんなこと言ったっけ？」

「考えたら、魔法少女は飛びもするわけですから――下から来るとは限らない。前からでも後ろからでも、上からでも来るかもしれない……」

言いながら空々は、きょろきょろと首を動かす。身体は鋼矢にロックされているので、向きを変えることはできないのだ。

だから首だけを動かす。

百八十度――三百六十度。

鋼矢の身体があるから死角はあるけれど、しかし少なくとも空々が見える範囲においては、そこに誰かがいるということはない。

魔法少女が飛行しているということもない――ふむ。

空を飛んで目立つことは、発見されるリスクを考えたら気が進まないところがあったけれど、しかし案外、周囲に対する警戒、哨戒という意味では、これほど見晴らしのいいポジションもなさそうだと、空々は思った。

遮蔽物が一切ないから。

誰かが空中の空々たちを狙ってきたとしても、それは一目瞭然だし——尾行や追跡だって、空中では不可能だ。

もちろん、『グロテスク』のような隠身系の科学兵器を使ったり、最初鋼矢の魔法をそういうものだと思っていたような、ステルス性の魔法を使われていたら、肉眼での発見は困難だろうが……だが、その条件なら地上でも同じことだ。

「仮に言動がルールに抵触し、爆発に襲われたとしても——鋼矢さんの移動速度なら、逃げ切れそうなものですしね」

「その場合は全速力で飛ばすから、そらからくんの身体の一部が千切れるかもしれないけれど、それは勘弁してね」

「わかりました」

「……冗談だよ」

「あ、冗談ですか」

怖い冗談はやめてくださいよ、と空々は言ったが、これは空々の受けのほうが怖い。

「ここから先の予定を確認しておくけれど、そらからくん――鳴門公園に到着したら、そこからは徒歩ってことでいいんだね？」

「はい。橋の上を徒歩です」

「あたしが飛ぶ分には、海の上でもちゃんと飛べるよ？　言ったように、あたし、飛ぶのは得意だから、そらからくんを落としたりしないよ」

「ええ、まあ、そのほうが速いのも確かでしょうけれど――けれど、四国から出るところまでで、やっぱり結構です。大鳴門橋がどれくらいの長さなのかは知りませんが、車で行ける距離なら、歩けないってことはないでしょう」

「歩くことにこだわる理由は？　訊いていい？」

「ええ、いや、僕にとっては当然のことなんで、説明の難しいところですけれど……」

「そらからくんにとって当然？　それは、あたし達にとっては当然じゃないってこと？」

「まあ……」

曖昧に誤魔化す空々。

難しいとは言ったものの、説明すること自体は簡単だ――橋の向こう側で非常線を張っているであろう地球撲滅軍の人間の前に、飛行状態で現れたら、きっとびっくりさせてしまうだろうと言うだけなのだから。

びっくりさせるで済めばいいが、最悪、撃墜されかねない——歩いて行っても射撃の的にされかねないのだから、わざわざその確率をアップさせる必要はなかろう。

魔法少女は飛行を当然だと思っているところがあるから、その辺の感覚的な説明が、感覚的ではない空々にはしづらかったのだ——とは言え、飛行に並々ならぬこだわりを持つ鋼矢ならば、言えばちゃんと理解してくれたかもしれないし。

先々の展開を思えば、空々は億劫がらずにその説明をしておくべきだったかもしれない——だが、仮に先々の展開を思ったとしても、これに限って言うなら、空々にはそれが不可能だった。

説明の易い難いの話ではない。

そのとき。

その話をしているタイミングで気付いたからだ——気付いてしまったからだ。

それは、ようやく気付いたとも、早くも気付いたとも、どちらとも言えるような絶妙のタイミングだった——だが、そのどちらにしたって、言う時間はなかった。

あ。

あっという間に——追いつかれたからだ。

最速を誇る魔法少女『パンプキン』は、瞬間で追いつかれ――瞬間で追い抜かれ――瞬間で通せんぼをされた。

両腕を大きく開いて――笑顔で。

「え……？」

理解できない状況に啞然となる鋼矢と、首を回す速度さえも追いつかず、まだ後ろを向いている空々に――彼女は言う。

魔法少女は。

黒衣の魔法少女は言う。

「ストップ。ここは通行止めよ、『パンプキン』」

3

隠身やステルスではない。

それは保証できる――論理立てて否定しようというのではなく、彼は見ていたからだ。周囲を警戒するように、首を回して――鋼矢からの指摘を受けてから、真下だけではなく、あちらこちらを見ることを心がけていた。

だから見ていた――見えていた。

鋼矢の質問を受けながら、後ろを向いたとき。

何かが小さく動いたような気がした――何か、が。まだ陽が沈んでいないので、その太陽の光でちょっと見にくいな――と思っているうちに、その小さく動いた何かは、あっという間に『大きく』なって、そして魔法少女の形になった。

要するに、空々の視力が及ばないような遥か後方から、瞬間で間近にまで『飛んで』来たということだ。

身も蓋もない超スピード。

警戒も哨戒も、まったく意味をなさない――人間の感覚器を超越した飛行速度。そうなると遮蔽物がない、見晴らしがいい安全なポジショニングが、いっそマイナスにしか働かなかった。

弾丸よりも速い物質に弾丸が当たらない――それは当然の理屈だが、それを言うなら弾丸よりも速い物質だって、それよりも速い物質には追い抜かれるというのも、また当然の理屈だった。

今、それを痛感しているのは、空々よりもむしろ鋼矢のほうだろう――与えられた魔法をよしとせず、言ってしまえば当たり前な『飛ぶ技術』を磨いてきた、魔法少女『パンプキン』のほうが。

「…………」

黒衣の魔法少女。

手にしているステッキも——黒い。

鋼矢や空々が着ているコスチュームと同じデザインではあるが……、カラーリング違いという点では、これまでに見てきた流れから大きく外れるものではないはずだが、しかし——明確に違った。

違う、と空々は感じた——何が違うのか？

そこまでは咄嗟にわからない——彼女のことをもう少し長く観察していたなら、あるいはわかったかもしれないけれど、

「…………っ！」

視界が急転する。

いや、急転したのは視界だけではなく、彼の肉体のすべてだった——彼の身に何が起こったのかというと、乱暴に振り回されたのだ。

彼を抱えていた魔法少女『パンプキン』によってだ——何のことはない、杵槻鋼矢が予告通りのことをしたのである。

危機が訪れれば、空々の身体が千切れようとも、全力で飛行するという予告——本当に身体が千切れるんじゃないかというような方向転換、そして加速だった。

「…………！」

「飛ばすよ、そらからくん！」

と、かろうじてそんな声が聞こえた気もするが、これは錯覚だったかもしれない
――とてもじゃないが、喋れるような速度ではない。確かなのは彼女が、本当に『飛ばした』ということだ。

飛んでいるところから飛ばすというのも、語義がかぶっているようにも思えるが、これが『飛んでいる』なら、さっきまでの彼女は飛んでいなかったのではないかと言うような加速である。

焼山寺から上空に舞い上がるときの速度も相当なものがあったが、あれも一応(空々の身体が千切れないようにか)、抑えてはいたらしい。

否。

今、鋼矢はただ全力を出しているということではなく――これまで密着を避けるための持ちかたをしていた空々を、形振り構わず、重心を一体にするためにか、ぎゅうと抱き締めている。

できる限りの流線形。

『ビーム砲』よりも速いと誇っていた彼女にしてみれば、それは不満のある比喩かもしれないが――その軌道は、端から見ればレーザービームのようでもあった。

身体の一部が千切れはしないまでも、喋ることはもちろん、呼吸さえも危ういスピ

ード。口を開ければ喉の奥が一瞬で乾いてしまいそうな飛行――魔法少女であり、自ら飛行している鋼矢にはその心配がないのかもしれないが、しかし頑丈過ぎるメンタルを持つ空々にしたって、脳の作りが頑丈なわけではないので、ブラックアウトしかける。

しかけただけで、しなかっただけでもめっけものと言うべきだが――

「くっ――」

呻きながら、空々は後方を確認する。いや、確認なんてものじゃない、ただ風圧に押された首の向きから、たまたま後ろを確認できただけだ――追って来ていない。

遮蔽物のない空中であるがゆえに、どれほど高速で離れようと、そこにいるのは見える――黒衣の魔法少女は、空々を、鋼矢の飛行を、まったく追ってこない。

あまりの反転、高速の逃走に、見送るしかないのだろうか？　まさか、そんなわけがない。今、あの子がぴくりとも動かない、微動だにしない理由があるとすれば――いい、いい、いい、いい、ものともしていいないいからだ。

鋼矢の、咄嗟の判断による全力逃走を――ものとも、なんとも。

大鳴門橋が遠ざかっていく――近付いていくときには、その巨大さゆえに、距離感のよくわからなかった巨大建造物だったけれど、しかし離れていくときは、離れていくという実感があった。

気持ちの問題なのか。

速度の問題なのか。

それとも――間に黒衣がいるからか。

「顔を見たらいきなり逃げるとか酷いじゃない、『パンプキン』。そういう心ない行いが、思春期の女の子をどれだけ傷つけるか、ちゃんと考えたことあるわけ？　え？」

「!?」

そんな声が聞こえたのは。

果たして錯覚ではなかった――後ろを見ていたはずだった。たまたま視界に入っていた後方を――微動だにしない黒衣の魔法少女を。

見ていたはずだった
目を逸らしたわけでもない――目を逸らしたくっても、ブラックアウトを起こしかけている空々は、逸らせるようなフィジカルにはなかった。

なのに。

いつの間にかその黒点は消え――そして彼らの前方に存在していた。

レーザービームを風のように追い抜き。

再び通せんぼをした。

衝突しないよう急ブレーキをかける鋼矢――慣性の法則は魔法少女の飛行にも働く

ものなのか、急ブレーキをかけようと、その場で即座に止まれるわけでもなかったが、相手のほうもその分余裕を見て通せんぼをしていたようで、完全に停止したところで、互いの距離はいいくらいになった。

何にいいくらいなのかはともかく。

話すのにか――それとも、殺し合うのにか。

「だ――」

二度にわたる『通せんぼ』は、さすがに彼女の心を折ったのか――杵槻鋼矢は更に反転して逃げようとはせず、足を止めた。空を飛んでいるのに足を止めたというのもおかしいが――とにかく飛行をやめ、ヘリコプターで言うところの、ホバリング状態になって。

言う。

「誰よ――あんた」

「誰と問われてしまうと困るわね――私は人に訊かれて、名乗るわけにはいかない身分なのよ」

黒衣の魔法少女は答えた。

いや、まったく答にはなっていないのだが――しかし同じ魔法少女でありながら、『名乗れない』というのは、それだけで十分、はっきりと、何かの答になっているようでもあった。

「それでももしも、どうしても私を呼びたいって言うんだったら、こう呼んで頂戴——魔法少女『スペース』と」

4

「『スペース』……？」

聞いたことがない名前なのか、鋼矢は怪訝そうな顔をする——『スペース』というのが、宇宙という意味なのか、それとも『空白』という意味なのかを考えているのかもしれない。

彼女が纏うその黒衣からすると前者の意味かもしれないが、しかしその奇妙で、なんとも名状しがたい存在感からすると後者の意味のほうが適切なようにも思える。

「…………」

何にしても、それについて空々空は考えることができずにいる——名乗った彼女のコードネームも、現状、頭に入ってきていない。

急反転と急加速に続いた急停止に、彼は今度こそブラックアウトを起こしたのだ——仕方がない、体調次第によっては死んでいてもおかしくないような目にあったのである。

わずか数秒で、その失神から意識を取り戻したのが、もう奇跡みたいなものだ。もちろん、取り戻した意識も朦朧としたそれで、二人の魔法少女の会話など頭の中を通過するだけだ——それについて精査することなどできない。

だから。

魔法少女『スペース』に応じるのは——魔法少女『パンプキン』だ。

「『スペース』って、……そんな奴、聞いたことないけれど」

「だからあなたじゃ、聞いたことがないレベルの『少女』なのよ、私は——私という存在は。私のレベルは、本当は知っちゃいけないレベルなのよ。『パンプキン』、あなたは色々と、知っちゃあいけないことをあれこれ手を巡らせて、知っているみたいだけれど——それにだって限界はあるって話。いや、違うか。限界があるんじゃあなくて、あるのは知っちゃあ駄目なこと——なのかな？」

「…………」

「リミットではなく、タブー……まあ、あなたが本当のところ、どこまで知っているかなんて、組織が壊滅状態にある今、もう私にもわからないんだけれどね」

「なによそれ——あたしが泳がされていたとでも言うわけ？　言いたいわけ？」

「泳がされていたと言うより、この場合は飛ばされていた——なのかしら？　私に言われるまでもなく、チーム『サマー』には、そういう子が配属されがちだってことには、あなたならば気付いていていたんじゃないの？」

「そういう子って、なによ、どういう子よ」

会話をしながらも、鋼矢はちらちらと、周囲を窺っている——おそらくは逃走経路を探しているのだろう。

魔法を使って『スペース』と戦うという選択は、最初からないようだ——あれほどの速度の差を見せ付けられては、やむをえない判断かもしれない。

最速を自負していた飛行で、自信を持っていた飛行速度で、ああも格差を見せつけられて、なお挑もうと思えるほど、彼女の神経は図太くないらしい——だが、それは逃走する上でも、同じことだ。

自分より速い者からは逃げられない。

大仰にルールで定められるまでもない、それは法則だ。

……ただし、厳密に言えば、魔法を使って戦うつもりもなく、魔法を使って逃げることもできなくとも——彼女、杵槻鋼矢は既に魔法を使用している。

魔法。

飛行の魔法ではなく、『自然体』の魔法だ——外部に作用させる魔法ではなく、己のありようを変えて見せる魔法なので、『ストローク』が『ビーム砲』を放つときのように、これ見よがしにステッキを構えたり、振るったりする必要はないのである。

だからその魔法は既に発動していて。

黒衣の魔法少女『スペース』には――だから伝わっていないはずなのだ。今現在、鋼矢が感じている動揺や焦り、恐怖感、戸惑い――そう言ったあれこれは。

あくまでも普通に。

ふてぶてしく、皮肉混じりに対応しているように感じられているはずである――まあ、つまり彼女は『スペース』に対して虚勢を張っているわけなのだが、この混乱した状況でも忘れずにそれをするあたりが、彼女の歴戦を物語っていた。

ただ、それが効果を表しているのかどうかはわからない――対する『スペース』のほうこそ、にやにやとふてぶてしい笑みを浮かべていて、こちらの魔法が通じているのかどうかが不安になるような感じだった。

同じ魔法を使っているんじゃないかと思えるくらいだが――果たしてありうるのだろうか？　そんなことは。

同じ『自然体』の魔法を持つがゆえに、彼女も飛行方面を鍛えていて、それがゆえのあの速度だったという仮説を立てるなら、一応の筋は通る――いや、通らない。

もうそういう段階の速度ではなかった。

だったら『スペース』の魔法は、いっそ瞬間移動やワープの類（たぐい）だと言われたほうが納得ができるくらいである――そんな風に鋼矢が思うのは、これまでの己の研鑽を否定された気持ちになるからかもしれないが。

「そういう子はそういう子よ――あなた達みたいな子。いや、それだって所詮はただの実験で、数多く行われているあれこれのひとつで、言ってしまえばどうでもいいことのひとつなんだけれどね――特に、すべてがご破算になってしまった今の四国じゃあね。無意味という意味さえ失なわれている」

「…………」

何を言っているのかわからないが、たぶんそれは、わかりにくいことを言っているのではなく、わざわざ、わかりにくい言いかたを選んで、はぐらかしているのだろう。

会話自体にさしたる意味を持たせず、単純に彼女は、こちらの腹の中を探っているだけとも思える――『通せんぼ』という、考えてみれば非暴力的なブレーキのかけさせかたといい、『スペース』はある種穏やかに、平和的に話しかけてきているだけのようにも思えるが、しかし、敵意がそこにあることは確実だ。

敵意。

と言って乱暴だったら――害意だろうか。

とにかく彼女の、鋼矢達の行動を邪魔しようと言う目論見だけははっきりしていた

——彼女は鋼矢達が、鳴門に向かうことを止めたかったのだ。

これは確実。

だが、その彼女から逃げるように、鳴門から離れようとした——つまり逆方向に向かった鋼矢達まで『通せんぼ』した意図はなんだろう？

放っておけば、更に鋼矢達は鳴門から離れたというのに——なぜ止める？

「すべてがご破算——それは実験のことを言っているのかしら？　『スペース』。四国をこんな風にしてしまった実験のことを——」

「だから実験は無数に行われていたんだって、『パンプキン』——常時、無数にね。無数にして無制限。ゆえにあれだけを特別扱いするのも、私に言わせれば少し違う——」

「……通してはもらえないものかしら？」

埒の明かない会話を続けることは不毛だと判断し、鋼矢はそう切り出す。抱えている空々少年は、ぐったりして動かない——死んではいないようだし、目も明いているけれど、どう考えても健康体とは思えない。処置が必要だ——少なくとも空中高所に、こんな風にぶら下げていていいような体調ではなかろう。

「鳴門方面があなたの縄張りだというなら、もう近付かないからさ」

「縄張り？　ははは、私に縄張りなんてないわよ——あの辺はチーム『ウインター』の領土でしょ。もっとも、そのチーム『ウインター』も、四国ゲームで、もう半壊状態にはあるみたいだけれど——あなたが情報交換をしていた魔法少女、彼女、なんて言ったっけ？」

「……訊かれて答えるわけがないでしょ。内通者の名前なんて」

「そりゃそうだ。名前なんて」

あっさり引く『スペース』。

その『あっさり』さは、とぼけただけで、『名前なんて』とっくに知っているという風にも取れた。

鋼矢は考える。

黒衣の魔法少女——情報通の『パンプキン』をして見たことのない色のコスチュームを着た、見たこともない魔法少女。チーム『サマー』はもちろん、チーム『ウインター』の所属でもチーム『オータム』の所属でもチーム『スプリング』の所属でも見たことがない。

だとすると——何が残る？

い、い、い、い、

「通して欲しいの？　いや、もちろん、やぶさかじゃあないわよ、『パンプキン』。別にあなた達のプレイを邪魔しようっていうわけじゃないんだから、私は——」

言いながら、両腕を開いた姿勢を『スペース』は変えようとしない。『通せんぼ』という、思えば滑稽(こっけい)なポーズを取っているのだけれど、しかしそういう面白い感じはまったくしなかった。

「だったら――」

「早まらないで。邪魔しないのはプレイのほうよ――ゲームをクリアするためのプレイのほう。リタイアするための、なんていうのかな、消極的なプレイのほうは、もう目一杯邪魔させてもらうってこと」

わかるかな、と『スペース』。

「私は別に、あなた達が鳴門に向かうのを差し止めたいわけじゃないのよ。あなた達が四国から出るのを差し止めたいわけ――『パンプキン』、あなたのような優秀なプレイヤーにリタイアして欲しくないの、わかるでしょ？」

「…………」

わかるでしょ、と、それを当然のことのように言われても、鋼矢にはわからなかった――いや、厳密に言うと、まったくわからないわけでもないのだが……だが、その想像が当たっていたらと思うと恐ろしい。

彼女がそれを恐ろしく感じていることは、魔法『自然体』によって、外には漏れていないはずだが――しかし、『自然体』は、自分自身にまでかかるわけではない。

自分が今、恐ろしく感じているということ。

怖がっていることは、よくわかる――

「『パンプキン』。あなたはもう少し自覚するべきと言う話よ——自分がどれだけ期待されているかということを」

「期待？　なによ、泳がされ——飛ばされていたあたしが、期待されていたって言うの？」

「ええ——私は個人的には、この四国ゲームをクリアするのは、あなたしかいないと思っているくらいよ」

まあこれはオフレコだけどね、と『スペース』は付け加えた——何に対するオフレコなのかは不明だったが、『個人的には』という意見が、ポイントだった。

つまり組織的な意見もあるということで——やはり、となると魔法少女『スペース』の立ち位置は、『奴』と同じ——今、四国に。

バリアーを張っている魔法少女と同じ——

「詳細はもちろん言えないから、勝手に想像してもらっていいんだけれどさ——とにかく私としては、あなたにはこのゲームをクリアしてもらって、地球を打倒するための究極魔法を手に入れて欲しいわけよ。リタイアなんて許さないし、許されない」

「……誤解があるみたいね、そこについては」

鋼矢は言う。

抱えている空々——リタイアを提案した少年に、少しだけ意識を向けて。

彼は相変わらずぐったりして動かない――最初に『通せんぼ』された際、反射的に反転し、高速で逃げてしまったが――こうなると、この状況で、空々を頼れないのは痛かった。こういう緊迫した場を切り抜けるためにこそ、頼りになるのがこの少年だと言うのに――

「別にリタイアするつもりなんてなかったわよ、あたしは――一回外に出ようとしただけ。そのあとちゃんと戻ってくるつもりよ。絶対平和リーグに属するあたしが、このあたしが、四国をこんなままにしたまま、逃げたりするわけがないでしょ」

「それは殊勝な心がけね……、いや、その辺、別に誤解してはいないわよ。概ね予測はついている。だってその子」

と、『スペース』は空々を示した。

両腕は『通せんぼ』の形のままなので、指さしたわけではなく、視線の動きで示したのだが。

「地球撲滅軍の空々空でしょう？」

「…………」

「だったら、なんとなくわかるわ――どういうことなのか」

「迂闊な判断はしないほうがいいと思うわよ……、ひょっとしたらあたし達が直面しているのは、あなたの想像よりももっと大変な局面かもしれないんだから」

そう言ってみたものの、目前の底知れぬ魔法少女がどこまで『なんとなく』わかるのかは、未知数だった――不明室のことやタイムリミットのこと、何より『新兵器』のことまで、彼女が知っていたとしても、それはそれで不思議ではないようにも思える。そんな風に思わされている時点で、相手の雰囲気に呑まれているのだが。

「かもしれないわね」

当の本人は、抜け抜けとそんなことを言う。

「ただ、正直、あなた達がどういう局面に直面していようと、私はそれを勘案するつもりはないわけよ。私にも任務ってものがあるからさ――そういう話は私の上司としてくれないかな？　もちろん、会えたらだけど」

「…………」

「私のことはね、だから、別枠のルールだと思って頂戴――四国ゲームのルールブックには『リタイア禁止』なんて条文はないけれど、しかし、それとは別に――私達独自のルールがあるんだと」

「あなた達のルール――とんだマイルールね」

マイルールなら、それを周囲に適用するのはおかしいのだが――だが、それがマイルールではなくアワルールなら、さほどおかしくもない。文字通りの私達で、しかもその『達』の中に、杵槻鋼矢、魔法少女『パンプキン』も含まれているのだとすれば、だ。

「……あたしが把握しているよりも、どうやらずっと——絶対平和リーグは、機能しているみたいね。機能しているのが、総本部なのか各県本部なのか支部なのか——それとも一部署なのかはわからないけれど」

「おっと、探りを入れるのはやめてもらおうかしら——」

とぼけるように言いつつも、そのこと自体は否定しない。否定しないことが即ち肯定でもないのだろうけれど——そうだ。

害意を向けられようと。

邪魔をされようと。

そこは揺るがないのだ——『スペース』が、黒かろうが何色だろうが、とにかくそのコスチュームを着ている以上、彼女は鋼矢の『仲間』なのだ。

共に地球と戦うための——『仲間』。

……もちろん、今鋼矢が抱えている空々少年も、コスチュームを着ていると言えば着ているが、それは勘定の外である。

ただ、この『仲間』は、もしも鋼矢が、それでも強引に、大鳴門橋へ向かって押し通ろうとした場合は、容赦のない『敵』へと変わるのだと思う——違う、その場合、『敵』へと変わるのは、鋼矢のほうなのだ。

組織の敵に。

絶対平和リーグに害為すものに――だが、何が不都合なのだろう？　鋼矢が四国から出ることの、何が――どんな理由があろうと、とにかく一度でも外に出たら、こんな危険地帯にはもう二度と戻ってこないだろうと思われているのか？

そうだとしたら、その気持ちはわかるが。

残念ながらわかるというしかない――もちろん、今は当然、リタイアし、タイムリミットの枷を外したのちに、少なくとも彼女一人でも、四国に戻ってくるつもりでいるけれど――しかし百戦練磨の鋼矢は、人の心がどう動くかわからないことくらいは知っている。

戻ってくると、当然のように言えるのは、だから空々空くらいのものだ。

ゆえに――脱出を阻（はば）もうという黒衣の気持ちがわからないわけではないのだが……。

「じゃあ……、あたしが今、大鳴門橋からの脱出を諦めると誓えば、あなたはそれで帰ってくれるのかしら？」

どこに帰るのかは定かではないけれど、とにかく、どこに行こうと回り込んで来る『スペース』を追い返すためには、それしかなさそうだ。

タイムリミットのことや、『新兵器』のことをいくら訴えても、彼女の言う通り、それで退いてくれるということはないのだろうし——上司と掛け合えと言われても、その上司を明かすつもりがないというのだから打つ手がない。

「もちろんよ」

と言う。

「私は言わば、関所みたいなものだから——通ろうとしないものに、危害を加えたりはしないわ。『パンプキン』、もしもあなたが余計なことを考えず、ゲームのクリアに集中してくれるというのなら、特別ボーナスをあげてもいいくらいよ」

「…………？」

ボーナス？

「私を引っ張り出したご褒美——それが何かは、誓ってくれたあとのお楽しみってことにしておくけれど。シークレットサプライズ」

そんなサプライズはいらない——言葉通りのボーナスであれ、いらないくらいだ。幼い頃から絶対平和リーグに属し、まともな教育を受けているとは言いがたい鋼矢ではあるけれど、それでも『知らない人からものをもらってはいけない』ということくらいは知っている——だからと言って、これ以上『スペース』のことを知りたいとは思わない。

生き残るための情報収集に労を惜しまない彼女だが、知ることで命を脅かされる情報だってあるわけで――『スペース』は、間違いなくそんなジョーカーだ。

彼女の危険察知レーダーにびんびん来る――誰のレーダーにも来るだろう。

仮にこの状況で、それが来ない者がいるとすれば、それは――

「じゃあ……」

言いかける。

あなたの言う通りにするわ、と言いかける――正直に言えば、と言うか、欲を言えば、言う通りにするけれどボーナスとやらは遠慮させて欲しいという主張をしたいところだったが、しかしこれ以上余計なやり取りをしたくない。

シークレットサプライズとやらがなんにせよ、不要なものならすぐに捨てればいいと考えよう――捨てられるものだったらいいのだが。

「わかったわ。あなたの言う通り――一旦にせよ何にせよ、四国ゲームをリタイアしようという考えは捨てるわ」

「そう。……念のため言っておくけれど、大鳴門橋以外の場所からのリタイアも、当然駄目だからね？　瀬戸大橋を渡るとか、フェリーを動かすとか、そんな頓知みたいなことも許されないよ？　そのたび私が飛んでいく――そのたびに私が飛んでくる。次は警告じゃあ済まないかもしれないわよ」

「……ええ」

警告。

そう、今回は警告だったのだろう。

だから『通せんぼ』で済んでいるが——もしも彼女がその気になれば、鋼矢も空々も、無事では済んでいない。いや、空々は現状、十分に無事では済んでいないけれど——たとえばあの、目にも止まらぬ速度で衝突でもされたらと思うとぞっとする。

ただの体当たりが必殺技だ。

鋼矢の自信を木っ端微塵に打ち砕く飛行速度——更に、その上、固有魔法を重ねられたならと思うと……。

「わかって——ひゃうっ!?」

「？」

急に高い悲鳴をあげた鋼矢に、魔法少女『スペース』は、不思議そうな顔をする——鋼矢は明らかに挙動不審と言える動きを見せたわけだが、それが魔法『自然体』で可能な限りまで減殺(げんさい)され、結果、ほんのわずかの違和感としてあちらには届いたのだろう——『何か変だったたな』くらいには思っても、だからどうしたとまでは思わない、それくらいの違和感。

だが、悲鳴をあげた張本人である鋼矢には、その『くすぐったさ』は、もう違和感どころではなかった——膝(ひざ)の裏。

膝の裏、だった。

敏感と言えば敏感だし、鈍いと言えば鈍い、そんな箇所に抱えている少年、空々空の指が当たったのだ――いや、最初は偶然、気絶して、ぶらぶらしている手が当たったのだと思った。

だが、鋼矢の膝の裏に当たった空々少年の人さし指の動きには、明確な意図があった――動きと言ってもわずかな動きで、意識していないと、本当に、ただのくすぐったさの中に隠れてしまいそうなかすかさだけれど――その指は、確実に『字』を書いていた。

メッセージを。

伝えようとしていた。

「…………」

箇所が膝の裏なのは、『スペース』からの死角を考えてのことだろう――死角と言うなら、ひらひらふわふわのスカートの中のほうがよっぽど死角になるのだが、そうせず、その小さな死角を伝言板に選んだ理由は、きっと、

『太ももには触るな』

という、焼山寺宿坊における鋼矢の言葉を、この状況下でも生真面目に受け取ってのものだと思われる――空々空は。

空々空は、いつの間にか、そんな彼らしさと共に、ブラックアウトから帰ってきていた——朦朧としていた意識から復活していた。

いや、復活したとまでは言いがたいが——けれど、今、外面から窺えるほどに疲弊していないのも確かなのだろう。

魔法少女『スペース』に対し、自分を会話の枠外に置かせている——ぐったりとしているのではなく、ぐったりと見せている。

自然体ならぬ不自然体とでも言うのか……。

いつから二人の会話を聞いていたのかはわからないけれど、彼はここを介入のタイミングと見て、その『不自然体』のままで、鋼矢の膝の裏にメッセージを送ってきたのだろう。

気をつけていないと、否、気をつけていたところで見逃しかねないようなかすかなサインだけれども、鋼矢ならそれを見逃すまいと確信して。

「…………」

ごくりと息を呑み、鋼矢はそのメッセージを読み取りにかかる。

読み取ろうとする際、普通ならば、身体が強張ったり、表情が崩れたり、緊張で言葉に詰まったりという違和感がどうしたって出るものだが、それを出さないのが彼女の魔法——つい数時間前に知ったばかりの鋼矢の魔法を、空々が早速活用している形だった。

「失礼。くしゃみを我慢しようとしただけよ。スカートがちょっとスースーして——」

「ああ、そう。わかるわ。魔法少女のコスチュームとか言って、勘弁して欲しいわよね。空を飛ぶ女の子の服にスカートって、ねえ——」

一応の、悲鳴のフォローとして、『スペース』とそんな会話をしつつ読み取った、空々からのメッセージは、果たして。

『この子の言うことは信用できない』

だった。

5

信用できない。

それを言い出したら、一体何を信用できるのかという話であり、じゃあ空々本人は信用できるのかと問われれば、その問いにもっとも否定的なのが、空々空本人であろう。

そういう矛盾を孕(はら)む端的なメッセージに、杵槻鋼矢は戦慄する——そこまではっきりとした言葉で、空々少年が黒衣の魔法少女を『敵視』していることは、驚きというより新鮮だった。

魔法『自然体』で、その驚きは外部には漏れない――『スペース』に対してもそうだし、メッセージの送り主である空々に対しても漏れない。

ゆえに伝わったかどうかが確認できないので、用心深く、空々は鋼矢の膝の裏に、同じメッセージを何度も繰り返し、書く。

『この子の言うことは信用できない』

『この子の言うことは信用できない』

『この子の言うことは信用できない』

『この子の言うことは信用できない』……

「…………」

たぶん、強く拒絶するような言葉になっているのは――端的なメッセージでなければ、伝わりにくいと考えているからなのだろう。

あまり文章が長かったり、込み入ったりすると、こんなやり方では伝わらないだろうから――が、そう考えると、そんな気回しができる程度には、空々は回復しているということになる。

仮病（？）とは思えないほどぐったりして見えるけれど――実際には決して、浮ついたうわ言で、そんなメッセージを鋼矢に送っているわけではないのだ。

「その……。ボーナスの話なんだけれど」

鋼矢は言った。

会話の繋がりがやや強引であることは承知の上で、そこは己の魔法『自然体』に頼りつつ。

「信用してもいいのかしら？　それが今後のプレイにとって、有益であるって——」

「さあ、どうかしら——そこも含めてシークレットサプライズなわけだしねえ」

予想通りの答だ。

鋼矢も別に、こんな質問に答えて、『ボーナス』の中身について教えてもらえるだなんて思っていない——単に、自分が抱える少年、空々空に聞こえる形で、『信用』というキーワードの入った台詞を言おうとしただけだ。

それで空々に、メッセージが伝わっていることを伝えようとした——すると即座に、膝の裏での、彼の指の動きが変わった。

この反応の速さ。

やっぱり、混乱状態の中で、過度にすべてに否定的になっているわけではなく——むしろ彼らしい、冷静な判断力の下での『敵視』なのだと思わされる。

その実体はもちろんわからないにしても——

「そんな不安なものが用意されていると、迂闊に誓えないいんだけどね——ボーナスは遠慮させてもらうってことはできないかしら？」

「え？　なんでそんなこと言うの？　自分がそんなことを言われたらどんな気持ちになる？」

からかうような受けが返ってくるところを見ると、魔法少女『スペース』は、会話の引き延ばし、結論の先送りに気付いていないようだ。

気付いていて、手のひらの上で転がして遊んでいるという線もあるだろうが——そんなせめぎ合いの中、当の空々が鋼矢に送る第二のメッセージは、

『逃げる』

だった。

『逃げる』

『逃げる』

『逃げる』——

「…………」

逃げる——これまた端的ではある。

端的ゆえ、どうとでも解釈できそうなところもあるけれど、普通に思えば『逃げよう』という意味だろう。

ただ、そう思いにくいのは、『逃げると言っても、どうやって逃げるのだ』という

圧倒的な課題があるシチュエーションゆえだった――空々に言われるまでもなく、逃げられるものなら逃げている。

いや、もっと言えば、逃走ならば既に一度試みて失敗しているわけで――その結果、空々はブラックアウトを起こし、今のようなコンディションにあるわけで、ここで『逃げよう』と促されても、それは無茶振りもいいところだった。

「じゃあ――どうやっても」

鋼矢は考えながら、言う。

これで空々に伝わるかどうかと不安にかられつつも――だが、たとえ文脈上強引であろうと『どうやって』というワードさえ入れれば、彼には自分の意図が通じるだろうという、変な確信もあった。

「どうやっても――選ぶしかないわけね。リタイアを諦めてボーナスをもらうか、ボーナスを受け取らずリタイアするか」

「選ぶ余地なんてないと思うけれど。その二択で後者を選ぶようだったら、あなたは私達が期待するようなあなたではないと言うことだから――そのときは容赦なく、私は残酷になるわ」

残酷に……。

その口振りは、軽口めかしているけれど、そして実際軽口でもあるのだろうけれど、だが、軽口であっても嘘ではなかろう。

今更考えるまでもなく、そんなことはとっくにわかっているから、鋼矢としてはもう諦め、この苦境を脱するために前者を選ぼうとしていたのだが――だが、空々の決断は違った。

彼は、鋼矢の膝の裏に、こう書く。

『残酷になる前の今なら、逃げられる』

もう繰り返しては書かなかった。

このやりかたで十分伝わると判断したのだろう――確かにその通り、伝わりはするけれど、だが、それは空々の言いたいことが『伝わる』というだけのことであって、決して『わかる』わけではないのだが……。

残酷になる前の今なら逃げられる――そんな発想によくもまあ、なるものだ。他人の言動に対する考えかたが、根本的に違う。

「で、どうするの？　まだ迷っているようなら、私が迷わずに済むようにしてあげてもいいんだけれど――」

「あ、いえ――えっと」

『スペース』の、最後通牒とも取れる言葉に、魔法『自然体』でもカバーできるかどうかわからないほどの、露骨な鈍い反応を返すことになってしまったのは、今、空々が鋼矢の膝の裏に書くメッセージが、急に端的ではなくなったからだった。

無理からぬ。

そこから空々が書き始めたのは、端的ではなく具体的な――この場からの脱出方法だったからだ。

「迷っては――もう、いないんだけど、でも――」

「………………？」

幸いだったのは、ここでたとえ多少の違和感が伝わったところで、黒衣の魔法少女『スペース』にしてみれば、それが選択を迫られている者の、当たり前の混乱として映ることだった。

だって、あるはずがないのだ。

彼女に言わせれば、この場からの脱出方法など――四国ゲームからの脱出を阻むために現れた彼女から逃げることは、ある意味、四国からの脱出よりも難易度が高いということになるのだから。

絶対の自信。

絶対の自身。

それを傲慢だったり、増長だったりと言うのは、いささか指摘としては厳し過ぎる――それはあくまでも、単なる『常識に基づいた判断』でしかないからだ。

たとえ彼女が、非常識に基づく空々少年のことを知っていたとしても――外部からの頭脳に、一定の警戒を払っていたとしても、彼とこうして向かい合うのは初めてなのだから。

そういう『絶対』的な不利からの逆転を当然のものとする空々空を、己が身で体験するのはこれが初めてなのだから――たとえ出し抜かれたとしても、それは同情の余地があることだ。

むろん、そんな風に同情されることが、彼女にしてみれば一番屈辱的だろうが。

「…………」

空々は一度しか、その作戦を書かなかった。

鋼矢には一度で伝わると判断したのと、また、作戦の根幹部というクリティカルな部分であるがゆえに、万が一の漏洩を警戒したのだろう。

用心深いことだ。

だからこそ、鋼矢には信じられなかった――用心深い彼が、そのように大胆な作戦を提案してきたことが。

読み違いなんじゃないかと思うような大胆な――大胆不敵な提案。無謀と言えば無謀だったし、無茶苦茶と言うまでもなく無茶苦茶だった――そんな作戦で生き残れると思っているのか？

この子は――そんな風に、ここまで生き延びてきたのだろうか。だとすれば、それはギャンブルどころの話ではない。

しかも今は、決してそうするしかないというほどに、追い詰められた状況下ではない――いや、もちろん、追い詰められてはいるのだけれど、しかし救済の道は示されている。

そちらは特に難しくない。

ただ、魔法少女『スペース』の提案に頷けばいいだけなのだ――たとえ口先だけであれ、四国からの脱出を諦めると言えば、少なくともこの場は凌げる。強制的に付与されるボーナスとやらが気になるところだが、話の流れからすれば、いくらなんでもそれで死ぬというような類のものではなかろう。

その場を凌ぐことばかりを生業として きた空々空が、その程度のことに気付いていないはずもないのだが――それでは凌げないと考えたのか？

凌げないと――凌げていないと。

たとえ口先でも、たとえ一時的でも、この魔法少女に阿ることは、彼の感覚ではリスクとして甘受できないということなのだろうか――確かに、こんな正体不明の相手の言われるがままになるというのは、理屈抜きで気持ち悪いものがあるが。

ここでそんな肌感覚のほうを優先し、そんな作戦を選ぶというのは、常軌を逸している。と言うより……。

「よく思いつくわね、そんなこと……」

ぼそりと呟く。呟いてしまった。言葉になった。

これはさすがに、魔法少女『スペース』に、決定的な違和感を伝えてしまった——彼女の表情から笑みが消え、露骨に怪訝そうになる。

空々の作戦までを察したわけではないだろうが、鋼矢の心境に変化が起こっているということは、はっきりと認識しただろう。

こちらは向こうを知らなくとも、魔法少女『パンプキン』のことを知っているあちらは、当然、固有魔法『自然体』も知っているだろうから——一度疑いを持たれたら、どんなに違和感を糊塗したところで、逆にその疑いを晴らすことはできない。

決断するなら今しかない。

『スペース』の提案に乗るのか——それとも空々空の提案に乗るのか。

換言すればそれは、敵の提案に乗るのか味方の提案に乗るのかという選択であって、こんな二択、それこそ迷う余地なく味方の提案に乗るに決まっていそうなものだけれど、しかし、それを踏まえようが何を踏まえようが、躊躇される——彼女の中の『常識』が、前者を選べと主張する。

空々は、意識を取り戻し、思考も取り戻しているとは言っても、まだ動けるほどではないだろう――鋼矢の決断を邪魔できはしないはずだ。最終的な選択は鋼矢に、完全に委ねられている。

確かに。

確かに――そう考えれば、逃げられるかもしれないけれど――そんなの、鋼矢から見ればすべて仮定の上に成り立っている、砂上の楼閣のような作戦だし、また、どうしてそこまでして逃げなければならないのかがわからない。

必要もなく意味もなく、確率の低いほうの目にかけているようなもので、百歩譲って、それでたとえ魔法少女『スペース』の『通せんぼ』から逃げられたとしても、その後どうすると言うような話だ。

追われ続けることになるのでは？

話を聞く限り、彼女は単独で行動してこそいるものの、何らかのグループに属していることは間違いないようだし――彼女だけではなく、そのグループの他の者から追われることにもなりかねない。

最悪。

鋼矢が知る限り最悪の魔法少女がお出ましになるかもしれないじゃないか――考えれば考えるほど、空々の案を採用する理由がなくなっていく。それは朦朧とした状態で考えた、的外れな案でしかないんじゃないかと思えてくる。

「……くっ」

それでも。

それでも最終的に鋼矢が、『スペース』の提案を蹴り、空々の案を実行するという、常識外れの無謀な決意をした理由は――最後に空々が、彼女の膝の裏に書いた文章ゆえだった。

それもまた、根拠にもなっていない。

どちらかと言うと気休めみたいなものだった――もしも彼がそこを立脚点として、こんな作戦を立てたのだとすれば、神経を疑う。

けれどそれは、そう言われてしまえば、鋼矢としては空々の案に乗るしかないという、言うならば殺し文句のような文章だった。

殺し文句。

あるいは――口説き文句。

案外この子は、将来とんでもないプレイボーイになるんじゃないかと思わされた――もちろんそれは、将来があればの話で。

その将来をここから作らねばならないのだが。

「……『スペース』」

と。

鋼矢は切り出す——決意の証として、初めてここで、相手のコードネームを呼んだ。

敵意を込めて。

あなたは信用に足らないという、空々空の意志を乗せて——

「……なによ、『パンプキン』」

「折角の提案だけど、お断りするわ」

言って鋼矢は。

抱え、ぶら下げていた十三歳の少年、空々空から——手を離した。

6

高空上空で、支えを失うとどういうことになるかと言えば、もちろん上から下へと『落ちる』——落下することになる。

それは当然のことで、地球撲滅軍において過度に特別扱いされている英雄、空々空にしたって、その法則には抗えない。

遥かなる高みから、四国・徳島県の地面を目掛けて——地球を目掛けて、なすすべもなく墜落する。

「！」

その予想外の出来事に、『スペース』の肉体が一瞬、強張る——というのも彼女は、それを『失敗』だと思ったのだ。

自分と対峙し、(魔法で誤魔化してはいたのだろうが)緊張状態に陥っていた『パンプキン』が、うっかり手を滑らして、抱えていた仲間を取りこぼしてしまったのだと、そう思った。

失敗して落としたのだと。

妥当な判断ではある。

だが、そうではなかった——そうではなかったとわかるのは、空々を手放した彼女が、真下に向かって落ちていく彼とは正反対の方向、即ち真上に向かって飛翔を開始したからだ。

上下に分離した。

いや、分離と言っても、空々のほうはただただ、重力に従って、墜落しているだけなのだが——とにかく、彼らは上下に分離したのだった。

上下に分離し——どんどん離れていく。

「くっ——馬鹿っ……」

『スペース』は余裕をたたえていた態度をわずかに崩し、そう毒突く——意表をつかれたことに毒突いたのではない。

どうしてここでそんな決断をし、自分に逆らう道を選んだのだと、言うなら鋼矢の『判断ミス』を責める意味での、だから文字通り、罵る意味での『馬鹿』だった。

私から逃げられるとでも思っているのか。

しかもその逃げかたが気に入らない――まるでトカゲの尻尾のように、自分の仲間を切り離して行くだなんて。

自切行為。

確かに合理的ではある――高速移動に耐え切れず困憊状態になった仲間は、今は両腕を封じる手枷にしかならないわけだから。

魔法少女の飛行に重量は関係ないが、姿勢は速度に影響を及ぼす――それに、人を一人抱えていれば、どうしたって、それを落とさないように気を配ることになり、それは無意識の減速を生むだろう。

だから。

『役立たず』の仲間をパージするのは、スピードアップの上では冴えたやりかただと言える――かつ、真下に落とし、自分は真上に行くというのも、また惚れ惚れするほどに『正しい』。

上下に分離した彼らは見ようによっては二手に分かれたとも言えるのだから――追

跡をかわす上では、なるほど、こちらが単独行動である以上、どちらを追うかは選ばなければならないわけで……、もしも『スペース』が、空々のほうを追ってくれれば、自分の逃走成功率はアップするというわけだ。

合理的だ。

合理的過ぎて嫌になる――確かに『パンプキン』は、仲間に対して一定の距離を取り、時には見捨てることにも躊躇のない性格だと知ってはいたけれど、ここまで露骨に仲間を捨てていく奴だとは思っていなかった。

見捨てるのではなく、捨てるなど。

その案を、まさか捨てられた、切り離された側の空々空が提案したとまではさすがに察せられない『スペース』は、ゆえにただ、『パンプキン』に対して落胆した。

彼女にゲームのクリアを託すのは、判断ミスだったのではないかとまで思った――そうなるともう、逃走した彼女を追う理由もまた消失してしまうのだが、しかしそこは、そんな理屈ではない。

むしろ落胆したからこそ、容赦なく――残酷に追えるというものだった。もう『通せんぼ』では済ませない。

加減なく追える――加減なく終える。

『荷物』を捨て、姿勢を正して、一心不乱に飛行すれば、そりゃあ速度は先ほどと較べてアップするだろうが、しかしそんなもの、『スペース』に言わせれば微増に過ぎない。

否、たとえ倍速にまでスピードアップしたとしても、それでも追いつける自信が彼女にはあった――これが地上での追跡劇だったなら、どこか物陰にでも隠れられたらお手上げだけれど、彼女は空から、更なる空へと逃げただけだ。

隠れる場所のない空。

かなりの高速で飛翔したのだろうが、それでも遠ざかっていく彼女は、まだ『スペース』の視界に残っている。

空の星を見失わないようなものだ――流れ星みたいに燃えつきでもしない限り、逃げる『パンプキン』を逃がしはしない。

不愉快なことはとっとと実行するに限ると、恐らくは一瞬で終わるであろう追跡を開始する前に、『スペース』はちらりと、下方を見る。

下方――下方へと錐揉み状に落下していく空々空を見る。

そして、きっと『パンプキン』が囮として落としたのだろう彼をどうするべきか、考える――あの少年を追うことが、『パンプキン』の策に引っかかることになるのであれば、もちろん、追うわけにはいかない。

それに、『スペース』が特に何もしなくとも、彼はあのまま、地面に直撃して、死ぬことになるだろう。頭から落ちようと足から落ちようと関係なく。そして死後、四国のルールに従って、爆発し、影も形もなくなるだろう。

一応、彼は魔法少女のコスチュームを着ているので、飛ぶ意志を明確に持てば、飛ぶことも可能のはずだが——しかしブラックアウトに陥っていた彼が、たとえ今、意識を取り戻していたとしても、そこまで明確な意志を持てるとは思いにくい。飛行しようとしても失敗し、より高速で地面に叩きつけられる結果になるのが関の山だろう。

もしも今、『パンプキン』ではなくあの女装少年のほうを追う理由があるとすれば、彼の落命（文字通りの落命）を防ぐためということになる——そしてそんなことをする必要は、理由は、『スペース』にはなかった。

地球撲滅軍空々空のことを、彼女は知ってはいたが、しかし彼女にとって重要なのはあくまで『パンプキン』だ——その重要さがたとえ失われつつあるからと言って、部外者のほうを優先するということはない。

そもそも『パンプキン』がリタイアという道を選ぼうとしたのは彼の入れ知恵なのだろうから、今後の『パンプキン』のプレイのためには、あの少年にはここで死んでもらったほうが都合がいい。

もちろんそれは、『パンプキン』が私の本気の追跡を受けながら、今後もプレイすることができればの話だけれど——と、どうでもいい風景から目を切るように、彼女は空々から視線を外し、再び上を向く。

上を向き。

『パンプキン』を見る。

そして大雑把(おおざっぱ)に……、激突してもいいくらい大雑把に座標を定め、一気に上昇する。目にも止まらぬ速度で、風のように――

7

風のように追いついてこなかった魔法少女『スペース』の姿が、地表の景色に紛(まぎ)れていよいよ見えなくなった辺りで、杵槻鋼矢は上昇速度を緩め、水平移動へとシフトする。

油断はできない、上から下を見るこちらからはもう見えなくとも、下から上を見る向こうからはまだ見えているだろう――とは言え、安全圏まで抜け出たことは確かのようだった。

空々が言うところの安全圏まで。

「言うところのって言うか……、言った通りと言うか――」

肌寒い、どころの高度では最早ない。

ここはもう、酸素が薄くなり、訓練を積んでいない常人であれば呼吸ができなくなるほどの高度なのだ——飛行者本人であってもブラックアウトを起こしかねないほどの、後の体調のことをまったく考えない高さである。

　こんなところに向けて飛び上がれというなんて、本当にあの子は滅茶苦茶だ——鋼矢自身が彼に、確かに低酸素の空域まで飛べるとは言ったものの——だが、そのお陰で、あの黒衣の魔法少女から逃げられたことは事実のようだった。

「そらからくんの言った通り——『スペース』は風使いだったってことなのね……」

『風使い』。

　もう少し具体的に言うと、彼女は大気の流れを操る魔法少女だったということだ——あの、目を疑うような超加速、超高速飛行は、飛行魔法プラス、風によるブーストだった。

　ゆえに魔法少女『スペース』は、まさしく一陣の風のように、鋼矢の飛行を追い抜き、回り込んでの『通せんぼ』ができたのだった。

……いくら鋼矢が飛行魔法を鍛え、研鑽（けんさん）していたところで、飛行魔法プラス固有魔法の、重ねがけに及ぶべくもなかったというわけだ。

　鋼矢を精神的に圧倒するために、あえて飛行魔法だけしか使っていないような、ハッタリを利かせていたのだろう——すっかり騙された。

そんな騙しで自信を喪失させられた中で、あんな交渉をされていたと思うと本当に手のひらの上だったが、しかしそれをさて置いても、『風使い』を相手に空中戦なんて、考えただけでもぞっとする――だからそれを見抜いたところで、逃げるという決断を、空々は下すしかなかっただろう。

なぜ空々が、そのハッタリを看破したかと言えば、その理由は鋼矢からすれば驚くべきものだった――膝の裏に書かれた文章だけで、彼の真意までを理解することは難しいが、とにかく空々はこう考えたという。

『固有魔法ではなく基本魔法を鍛えようという発想をする人が、そういるとは思えない――まして、長い戦歴の中、磨いた鋼矢さんの飛行技術を、ああも圧倒的に追い抜くフライトができる魔法少女は、一人だっているとは思えない』

……要は、追い抜かれた時点ですっかり自信を喪失していた鋼矢と違い、空々のほうは、鋼矢の飛行技術が、並び立つものがいないそれと見做（みな）していたということだ。

『ワープ』や『瞬間移動』ではなく、飛行のサポートとしての『風使い』だと判断したのは、『ワープ』にしても『瞬間移動』にしても、もしもそんな魔法が実在し、かつ使えるのであれば、変にハッタリを利かせるよりも、そうだと真っ向から宣言したほうが、こちらに与える絶望感は大きいはずだというのが根拠だろう。

まあ、もちろん『風使い』というだけで、十分に脅威なのだが――自然の力を我が物として使用する魔法少女が、脅威でないわけがない。手袋鵬喜の『ビーム砲』など、それに較べればまだ常識の範囲内に思えるくらいである。

が、空々はそれを看破すると同時に、それに向けた対抗策まで考えていた——対抗策と言っても、戦うための策ではなく、逃げるための策だというのが悲しいところだが、なんにしても策は策だ。その策というのが、鋼矢に自らを手放させ、自らは落下し、鋼矢には上昇させるというものだった。

鋼矢に自分を手放させた理由は、概ね『スペース』が推測した通りであっている——鋼矢に最高速度を追求させること、二手に分かれること、概ねそんなところだ。

だがあえて、そこにもうひとつ理由を並べ立てるとするならば——たぶん空々は、その飛行についていけなくなるからだ。

速度ではなく——高度に。

酸素の薄さに——だ。

「……大気密度が薄くなれば……、風も万全には使えなくなる……か」

そのための、真上への上昇飛行。

事実、『スペース』は、まったく追いついてこられなかった——というより、恐らく上昇の途上でそれに気付き、追跡を断念したのだろう。

これ以上の高さに行くと、返り討ちもありうるとシビアに判断した——確かに『風使い』の彼女にとって、風の使えない場所は鬼門である。もっとも、大気の薄い高度に誘うような戦いかたを、あるいは逃げかたを、されたことはこれが初めてだろうけれど……。

当然ながら、酸素の薄い高度は、『風使い』ではない鋼矢にとっても、もちろん鬼門だ——だが、普段から飛行訓練を繰り返している彼女は、宇宙飛行士や戦闘機乗りのように、ある域までの低酸素状態には耐えられる研鑽を積んである。意図してのものではなく、飛行速度を追求していたら、結果としてそういう研鑽を積むことになったというだけのことなのだが……、決して快適な空間ではないけれど、短時間に限れば、地表よりも宇宙空間のほうが近くさえ思える、この高度を維持することは、そんなに難しくはなかった。

あとはこのまま、雲の中にでも姿を隠して、『スペース』の視線をやり過ごせば——びしょ濡れになってしまうだろうが、それは仕方がない——とりあえずの逃走劇は完了する。

もちろん、それは本当にとりあえずで、とりあえずでしかなく、鋼矢の今後の人生をなんら保証するものではないのだが——しかし、あの高速の魔法少女から逃げ切れたということは、失いかけていた自信の回復に繋がった。

空々少年のお陰だ——彼の殺し文句を思い出す。

鋼矢に、この作戦を実行させる決意をさせた殺し文句を――彼は鋼矢の膝の裏に、こう書いたのだった。

『条件を揃えれば、あなたより飛べる魔法少女はいません。自分の努力を裏切らないでください』

……努力は裏切らないとはよく言うけれど、努力を裏切るなとは、言ってくれたものだ。今から思えば、説得というより、ほとんど脅迫されたような気分だった――やいいいいいいいいいや、やるしかなくなってしまう。

どうやら実際には、魔法少女『スペース』は、『風』を使えないエリアまで上昇した時点で、追跡を取りやめたようだけれど、もしもそこで止めず、遮二無二(しゃにむに)追ってきていたとしても――鋼矢ならそれを振り切れるはず。

空々はそう言って、鋼矢を鼓舞したわけだ――人の心をわからないと言う割に、なんというか、メンタルに関節技をかけるような真似をしてくれる少年である。

終わってみると――それも成功に終わってみてもだが――ほっとすると言うよりも、文句を言いたくなるような無茶をさせられてしまったものだ。

しかもこの成功が何に繋がるのかわからないと言うのだから――たとえボーナスがなんだったにしても、魔法少女『スペース』の提案に頷いておいたほうがよかったのでは、という疑問はどうしたって残る。

文字通りの雲隠れをし、一時的に逃げられたとしても、今後鋼矢は、あの魔法少女に追われ続けることになるのだろうから――『ストローク』のみならず、『スペース』にまで追われるというのでは、どうするにしたって、ゲームのプレイに支障を来たすのが目に見えている。

だが、それにもかかわらず杵槻鋼矢が、どんなに文句を言いたくたって、実際には言わないだろうと思うのは――言うまでもなく、彼がこの逃亡劇において、鋼矢など問題にならないくらいのリスクを背負っていたからである。

自分自身を切り離して囮となるという、捨て身に投げ身――落ちていく彼に、ほんの一瞬でも目を取られてくれれば、そのほんの一瞬の間に、鋼矢は更なる高みに上昇できるのだから。

当然ながら、ただなすすべもなく落下していく空々のほうを、『スペース』が追うという可能性も十分考えられただろうし――その場合は彼女は、存分に『風』を使って追っていくだろう――そうでなくとも、彼はただ落下したのである。

対策はあると言っていたが――本当にその対策が上首尾に終わるのかどうかはわからない。ブラックアウトから目覚めたばかりの彼のコンディションを思えば、失敗する公算は高そうだ――そうでなくとも、落下の最中に失神するということは起こりうるわけで、そうなればもう失敗以前の問題だ。

地面に叩きつけられてゲームオーバーである。

その場合、鋼矢は本当にただ、『トカゲの尻尾切り』をしたというだけの結果に終わってしまう。

仲間を盾に生き残ったという汚名を受けるのは今更にしても、それをここまで直接的にやったというのは、どう考えてもいい気分ではない。

今後一生、こんな気持ちで暮らしていくなんてのは冗談ではない——それを思うと（思わなくてもだが）、なんとしても空々には対策を成功させて、生きていて欲しいものだ。

「どちらにせよ……、そらからくんとは、しばらくは別行動をすることになりそうね。さて……、この広大な四国で、あたしは彼と再会できるのかどうか——」

もちろん、空々少年が墜落死していたなら、再会なんてことは夢のまた夢なのだが——ただ、そんな心配をしつつも、あの子がこんなところで死ぬわけがないよなあと、変な確信を持ってしまっている自分を、鋼矢は見つけていた。

8

そしてその通り、高空からの落下程度では、数奇な運命に彩られた空々少年の人生は終わらない——大体、空々空という名前の彼が、空から落ちて死んだのでは、小噺にもならない。

空々にとって、この作戦のリスクは大きくみっつ——あの魔法少女が鋼矢ではなく自分を追跡してくるリスクが、まずひとつ目。まあ、交わしていた会話からして、彼女が自分をさほど重要視していないことはわかっていたので、このリスクはそこまで高くないと判断した。あるとすれば、自分のスピードに自信を持つ彼女が意外と完全主義で、落下していく空々を先に追い、それから鋼矢を追うという、二手に分かれた彼らを二手とも逃がそうとしない、『二兎を追う』性格だった場合だ。その場合、上昇した鋼矢は逃げ切れるだろうが、空々はどうしようもなかった——ここはただ、何の理屈も理論もなく、そうではない目を望んだだけである。

二つ目のリスクはもちろん、鋼矢も心配していたブラックアウト——どんな策を練っていようと、万全を期そうと、空々が意識を失ってしまえば、すべてがご破算である。そこは『努力を裏切らない』ではなく、『努力は裏切らない』に賭けるしかなかった——普段から鍛えている、自分の肉体に賭けるしか。

そして最後のみっつめは、装備の不具合という奴だ——これはもう、運を天に任せるしかない。空から落下するのに運を天に任せるというのもおかしな話だけれど、とにかくそこが、この三点目が、空々にとっての一番のギャンブルだった。

だって、保証はなかったのだ。

一度使用したパラシュートが、折り畳んだらもう一度使えるようになるかどうかなんて——元々は、飛行中に何らかの事故で落下したときのための対策として、空中遊覧の途中から、背負っていたパラシュートだったのだが。

四国に上陸する際、ヘリコプターからあの中学校へと飛び降りる際に使用した、地球撲滅軍から持ってきたパラシュート——簡単操作のパラシュート。魔法少女のコスチュームによる飛行はできなくとも、パラシュートの紐を引くくらいは、ぎりぎり意識が残っていればできる。

できると思った。

まあできないかもしれないとも思っていたが、そのときはそのときでまた考えようという気持ちだった——その辺りの適度な投げやりさが、空々にこんな大胆不敵な策を実行させるのだろうが。

とにかく、あの中学校でパラシュートを捨てなかったことが、彼らの逃走を成功させた——『恋風号』を乗り捨てたり、『ストローク』のステッキを置いてきたりという彼だったが、あのときはまだ四国到着直後という余裕のある段階だったことが功を奏したわけだ。

魔法少女『スペース』が鋼矢を追い、上昇を開始したのを目視して、空々はパラシユートの紐を引いたのだった――そして心配していたような『事故』は起こらず、傘は開いたのである。

まあ、四国に到着してからこっち、ずっと魔法に圧倒されっぱなしだった科学技術が、ここでようやく、一矢を報いたとでも言うのだろうか――とは言え、それが空々空の人生である以上、万事うまく行ったかと言えば、もちろんそんなことはなかった。

あの魔法少女から『逃げてしまった』ことは、あるいは『逃げ切れなかった』ときよりも彼の将来を悪いものにしてしまったかもしれないとか、そういうことはさておくとして――それは空々にとっては後悔のあるところではない、あの子からは逃げるしかないというのが空々の評価だ――である。

問題はそういう因果に辿り着く以前の話で、具体的に言うと、辿り着く地表の話だった――もっと具体的に言うと、落下傘の落下地点の話だ。

ヘリコプターで香川の中学校のグラウンドに降下したときとは違う――落下地点を見定める余裕なんてなかった。というか、ただ、鋼矢に手放されて、地上に落ちただけだ――位置も座標もあったものではない。

いや、それを言うなら高度もだ――パラシュートが有効な高度というものがあると、空々を四国まで運んできたヘリコプターの操縦者が言っていた。それが具体的にどういう高度を指すのかは、名前の割には空に関してまるっきり素人の空々にはわからないけれど、鋼矢に手放されたあの位置が、グラウンドに降下したときのヘリコプターの位置よりも、ずっと高かったことは確かだ。

実際、ただでさえどこに落下するかわからなかった空々だったのに、更にパラシュートは大きく風に流された——魔法少女『スペース』が作り出したわけではない、自然の風に。

自然の風というか、それは落下の際の空気抵抗というべきかもしれないが——そんなものを、パラシュートが開いたところで、カバーし切れるわけもなかった。果たして重力加速度に従って、近付いてきた地表は、幸運にも四国三郎の異名を取る一級河川の吉野川だったとか、幸運にもクッションとなるような木々が生い茂る山間部だったとか、そういうことはなく、むしろ密集した都市部だった。

どこに落ちても何らかの人工建造物に直撃するような、最悪の降下地点——それを視認したところで、どうしようもない。

いくらパラシュートが開いていても、既にその時点で落下のスピードは、空々がコントロールできる範囲を大きく逸脱しているのだった——なすすべもなく、なすがままに墜落するだけだ。

そして空々は、彼のこれまでの人生を思えばまったく不思議なことではないけれど、中でも最悪と言える、一軒の民家の屋根に落ちた。

厳密に言うと、民家の屋根に落ちたと言うより、民家の屋根を突き破ったのだが。さながら天から飛来した一本の槍のように——屋根を貫き、二階部分を貫通し、そして一階のリビングの床にめり込んだところで、彼の落下はようやく止まった。

止まったというか、パラシュートが突き破った屋根のささくれに引っかかって、ゴムのようにぶら下がったという感じだった。それがなければ、フローリングの床でも停止することは敵わず、天からの槍どころか、宇宙からの隕石のように地面までも抉っていたかもしれない。

「…………」

ふう、と空々は嘆息した。

見知らぬ民家のリビングで仰向けになって、だ——なんとか急場は凌いだ、と思った。いや、凌げたとはまだ言いがたいが……、間抜けな落下死というケースだけは避けることはできた。

「ま……、パラシュートがなくっても、究極、助かっていたかもしれないけれどね……」

魔法少女のコスチューム。

登澱證の忘れ形見——というには、空々が勝手に、彼女の死体から強奪しただけのことだけれど、とにかくこのコスチュームの効用は、『空を飛べる』という、それだけではないのだ。

人が空を飛ぶという荒唐無稽を成し遂げるゆえに、どうしてもそちらの機能ばかりに目が向きがちだが、このコスチュームは防御力にも秀でている。

魔法少女『パトス』と戦闘になったとき、策略を練って彼女に手斧を振り下ろした際、かの兵器のエッジは、コスチュームをほつれさすことさえできなかった。

衝撃さえ、彼女には伝わりはしなかった。

だから、高高度からの墜落という衝撃も、このコスチュームを着ていれば、その身に受けることなく着陸ができ――

「いや、さすがに無理だったかな……いくらコスチュームの防御力が高いとは言っても、たとえば、死体の爆発には耐えられなかったわけだし……。パラシュートがなければ、無事じゃあ済まなかったか……」

『無事』の定義にもよるけれど、とにもかくにも空々は、あの窮地からは脱することができた――そう思いながら、絡まってしまったパラシュートを解き始める。

そう、脱出したのはあくまでも『あの窮地』からだけだ――大きなピンチ自体はまだ続いている。それは大枠で言えば、四国ゲームそのものでもあるし――あの謎の、黒衣の魔法少女を、倒したわけでは、まったくないのだ。

「鋼矢さんは――」

パラシュートを取り外しつつ、自分が落ちてきた真上を見る。大きく穴の空いた一階天井部、二階床部、二階天井部、そして屋根――空。

見える範囲が限定されていることもあり、また引っかかったパラシュートが邪魔になって、空がよく見えるとは言いがたい。

当然、杵槻鋼矢の姿は見えない。

まあ、促した通り、雲の中にでも隠れていてくれれば、どんなに開けていようとも、地表からは見えなくなるのだが――

「……まあ、心配はいらないか。この四国を、僕よりもずっと前から生き延びてきた人だ」

とにかくあの場から逃げ出すことしか考えていなかったので、合流の手段など、今は思いつきもしない――だが、そっちのほうがいいかもしれない、と空々は思う。

下手に合流できてしまうよりも、別行動を取るしかないという状況のほうが、彼女は空々という足枷ならぬ手枷なしで、再び大鳴門橋を目指せるかもしれないし――まあ、彼女が一人で地球撲滅軍と交渉できるかどうかという不安は残るが、外部との交渉には一日の長のある魔法少女だ。

むろん、あの魔法少女『スペース』がそれを許すとも思えないが……。

「最悪の場合、鋼矢さんなら、あの黒衣の魔法少女とうまいこと交渉できるかもだしな……」

僕には無理だけれど、と呟く。

信用できないとして、彼女からの申し出を堅く拒絶し、きっと傾きかけていたであろう鋼矢にもそう促した空々だが、じゃあどうして魔法少女『スペース』をそこまで堅く、頑なに拒絶したのかと言えば、そこはもう、本当に肌感覚と言うしかない。

しいて理由を挙げるならば、脱出を阻んできた彼女のタイミングが『嫌』だったという感じだ――それに、『風使い』であることを伏せ、鋼矢の飛行を圧倒するというハッタリを利かせてくるところが、『気に入らなかった』。

そういう手法を取ってくる相手の言われるがままに行動するのは、危険を通り越して自殺行為のように感じたのだ――肌で。

しかも言う通りにすれば、一方的にボーナスを差し出してくるという――それがまた気持ち悪かった。

とは言え、諸々含めて勘の域を出る話ではなかったし、そんな勘に鋼矢を巻き込んでしまったことは、今から思うと、心苦しくもあった。

あのときは、鋼矢を『スペース』の策略から守ろうという気持ちもあったつもりなのだが――結果として、それが彼女にとっていい未来を招くのかどうかは、正直、保証しかねた。

だから『最悪の場合』、いざとなったら鋼矢さんはうまく僕を裏切ってくれたらいいんだけれど──なんて、そんなことを思いながら、空々はもつれたパラシュートをほどき終えた。

ほどいたというか、引き千切ったというか。

こうもボロボロになってしまえば、もう回収する意味はなかろう──三度目の利用は、もう無理だ。捨てていくしかない──魔法のステッキや『恋風号』と違って、捨てて行っても、それを誰かにピックアップされるということはないだろう。

強いて言えば、ここでここにパラシュートを置いていけば、空々が墜落した場所がここだということをわかりやすく示してしまうことになるけれど、まあそんなもの、屋根に穴が空いている時点で、もとより一目瞭然だろう。

その後始末を考えるよりも、さっさとここから逃げ出したほうが良策だ──やれやれ、また逃げるのかと、うんざりした気持ちになるけれど、まあ今こうして生きているだけでも、本来は奇跡みたいなものなのだから、贅沢は言えない。

この状況を嫌がることを贅沢がってしまう彼の人生も、とことん悲惨だが──ともあれ、逃げるにしろ離れるにしろ、どう表現するにしたって、迅速な移動が望まれる。

鋼矢を追うことを、恐らくは中途で断念するであろう魔法少女『スペース』が、次に取る行動は——まあ、およそ予測の難しいところではあるが、確率の高いものから順当に考えれば、鋼矢が切り離した空々の行方を確認しにくるだろう。

防御力の高いコスチュームでもカバーし切れないであろう墜落の結果、どうせ死んだに違いないと追跡をしないという線もあるが、ルール違反で爆発する前に、死体の確認をしたいと思うのは人情のはずだ。

ん。

だとすると、パラシュートはやっぱり、回収したほうがいいだろうか？　ひょっとするとここでうまく逃げおおせれば、魔法少女『スペース』には、空々は墜落後、骨も残さず爆死したと思わせることができるかもしれない。

しかし屋根に引っかかったパラシュートを見られてしまうと、彼の存命はあえなく露見する——死を装うことができれば、後々の助けになりそうではあるのだが……、かと言って引っかかったパラシュートを回収している時間はない。

そんなことに躍起になっている間に、魔法少女『スペース』が風に乗って下りてきたら本末転倒だ——鋼矢を生かしておく理由はあっても、空々を生かしておく理由はなかろう。

『風使い』という彼女の魔法を、移動ではなく、攻撃に使用されたときのことを思うと、欲をかかずに、パラシュートも何も放って逃げると言うのが正しい判断だろう。

「……いや、待てよ」

立ち上がり——まだブラックアウトの後遺症は残っているが、回復の兆しは見えてきた——ようやく頭が通常通りに近い形で働いてきた感がある——リビングと連結しているキッチンが目に入り、空々はある着想を得た。

着想というような、それは常識的なアイディアではなかったけれど——しかし空々ならではのアイディアではあった。

「キッチンがあるならガスがあるな……、全部燃やすか」

放火の宣言である。

死ぬことがルールに抵触し、その結果爆発するというのが今の四国のありようならば、それによって誘爆がおきてもおかしくはない——いや、実際には、ここまでのところ香川でも徳島でも火の手を見ていない以上、誘爆や延焼が起こるタイプの爆発ではないのだろうし、起こったとしても、それは時間が経てば（香川の中学校のグラウンドのように）元通りになるものなのかもしれない。

しかしだとしても、空々がリビングではなく、少しずれてキッチンに墜落していたとすれば、そこから火事になったとしても不思議ではあるまい——その結果、パラシュートが焼けてしまっても。

まあ、それがどこまで誤魔化しになるのかはわからないが、できることはやっておくべきだ——延焼した結果、この辺り一帯が焼けてしまうかもしれないし、そうなると消防署が機能していない今の四国では、大惨事になりかねないけれど、しかし幸い(なのか、どうなのか)、今の四国は既に大惨事状態でほぼ無人なのだ、被害者が出ることはないだろう。

むしろそんな大惨事になれば、それこそ『風使い』が消火活動に気を取られ、その間に空々は遠くに逃げられるはず——彼女が消火活動をするかどうかはわからないけれど、まともな神経をしていれば、町がひとつ火の海になるのを見過ごしたりはすまい。

と、まともな神経をしていない空々は思い、そしてすぐに行動に移る。時間がないのだ、早く油を撒いて火をつけよう。

かつて通っていた中学校が全焼したときのことを思い出しつつ、キッチンに向かう空々——そのとき。

そのときだった。

リビングのドアが開いた。

「えっ……?」

完全なる予想外。

天空から魔法少女が風に乗ってくるという展開は予測しても——普通にリビングの

ドアが開いて、誰かが這入って来るという展開は、どこをどうこねくりまわしても、空々の脳から出てくるものではなかった。

だって、今の四国は無人のはずなのだ。

生き残っていて、特殊な魔法を使える魔法少女を始めとする、ことの元凶である絶対平和リーグの者だけのはず——まして。

「だれ……？　おきゃくさん？」

「…………」

明確に自分より年下の幼児が、生きているなんてことがあるはずが——しかし、ドアを開けてこちらを見ていたのは、空々が墜落してきたこの家の娘と思しき、年長組くらいの女子だった。

「だめやけん。おきゃくさんなら、げんかんからはいらんと、おねえちゃん」

そう言われて、返す言葉もない。

玄関から這入らなければならないのはその通りだったし、また、空々は今、『おねえちゃん』と言われても仕方のない格好をしていたのだから。


（第３話）

（終）

悲惨伝

DENSETSU SERIES ∅3

HISANDEN

NISIOISIN

第4話「地下へ潜れ！消えるお菓子とオレンジジュース」

才能にあふれることは、罪ではない。

0

1

一説には、隕石が直撃して人が死ぬ確率は、宝くじの一等が当たるよりも高いという——これは『夢を買うのだ』と言い張って、低確率のギャンブルに打って出る者を窘(たしな)めるために出されがちな話ではあるが、しかし少なくともここ最近の歴史、試みに宝くじ成立以降の歴史を振り返ってみるに、宝くじの一等を当てた人間はそれなりにいるはずだが、隕石が直撃して死んだ人間はそうはいないことを思えば、実は案外、この説にはいまいち信憑性がない。確率と統計、試行錯誤が込み入ってくると、それぞれの事象を同じ土俵の上で語るのは難しくなってくるというわけだが、まあ何にしたって、隕石が直撃して死ぬ確率も、宝くじの一等が当たる確率も、共に問題にならないくらいに、数学的にゼロとみなせるくらいに低いことには変わりがない。

では、たとえば空飛ぶ魔法少女に、高高度から手放され、墜落した先の民家に、絶望的と思われていた生存者がいるという確率は、果たしてどれくらいのものだろう——一回勝負のギャンブル、二度と体験したくないような墜落ギャンブルで、その確率を見事引き当てて見せた空々空は、果たして類稀（まれ）なる幸運の持ち主と言えるだろうか。

わからない。

空々空についてはわからない。

彼の幸運と不幸はあっという間に引っ繰り返るからだ——人間万事塞翁（さいおう）が馬（うま）。彼についてはは何も断言できない。だが、これだけは確かに、現時点でも断言できることがあるとすれば、相手の側にしてみれば、空から家に空々空が降ってくるという事態は、もうこれはどうしようもないほどに不幸な出来事であるということだ。

絶対平和リーグの所属でもないのに、ここまで四国ゲームを生き抜いていた彼女、六歳の幼児、酒々井（しすい）かんづめが迎える試練としては、あまりにそれは過酷過ぎて——

2

人生は判断と決断の連続。

それは異端の少年、空々空にしたって変わらない――否、異端の少年であるからこそ、人として生きていくためには、判断と決断を徹底して連続させていかなければならない。そうでなければ彼は一秒だって生きていけない。

彼がここで迫られるのは、突如現れた幼児を、何者と判断するかであり――そして彼女をどうするかという決断だった。

まあ、彼女のほうからしてみれば、突如現れたのは空々のほうであり、よっぽどこちらを『何者』だろうと思っているかもしれないが、今は相手の気持ちを忖度している場合ではない。どうせ忖度したって相手の気持ちなんて、空々に人間の気持ちなんてわかるわけもないのだし――

魔法少女のコスチュームは着ていない。

彼女が着ているのは普通のスモックだ。

ということは、魔法少女ではなく、また絶対平和リーグに属している者ではないと見るべきか――いや、コスチュームは別に身体の一部ではないし、魔法少女とて、四六時中こんなふわふわの、生活に支障を来たしそうな服を着ているわけではなかろう。逆に言えば、魔法少女でもないのに、こうしてそのコスチュームを着ている空々のような者もいるのだから、ファッションから相手の属性を判断するのは危険である。

たとえ相手が幼稚園年長組くらいにしか見えなかろうと（現四国では、その幼稚園も機能していまいが）、それが絶対平和リーグに属していないという根拠にはなりえないのだ——対地球の戦争には、とかく前線に、少年兵が使われがちなのだから。

……と言っても、さすがに幼児というのは、行き過ぎではないか？

いや、だが、そうは言っても、今の四国で『生きている』というだけで、それだけで既に只者ではないのは確かなのだ——見た目で判断することは、あらゆる意味でできない。

そうだ、そもそも幼稚園児に見えるからと言って幼稚園児とは限らない——『地球陣』しかり、あるいは空々のギャンブルの師匠筋にあたる左在存（ひだりざいぞん）しかり——目で見えるものが当てにならないということはある。

それを言い出したら、地球。

かつて空々空の前に姿を見せたあの地球だって——幼稚園児くらいの子供の姿をかたどっていたではないか。

「…………」

だけど、それでもこの子が絶対平和リーグの者という線は薄いように空々には思えた——自分がここに墜落してきたのは、これは百パーセント、ただの偶然だ。狙って落ちたわけでもないし、狙って落とされたわけでもない——それなのに、落ちた先に生き残りがいたことだけでもありえないのに、その生き残りが絶対平和リーグの者だなんて……、いや、仮に空々空の前ではどんな低確率の事象でも起こりうるのだとしても、この幼稚園児と先ほどの黒衣の魔法少女『スペース』が、連携を取っているという可能性は、ないと考えるべきだろう。

たとえこの幼稚園児が何者だろうと——待ち伏せをされていたということだけはありえない。

そこまで考えてようやく空々は、

「きみは誰だい？」

と誰何した。

空々には弟が二人いる——二人いた。

無惨に斬殺されるまで、二人いた。

それに小学生時代には少年野球団で、後輩の面倒を見ていたこともある——だから年少の子供への接しかたを、まるで心得てないということはない。

ただ、それは相当昔のことだったし、相手が女子というのは、新鮮な感じもあった。左在存も、言ったら年下の女子ではあったけれど、しかしあれは年下という感じでも、女子という感じでもなかった……。

「きいとるんはこっちやけん、おねえちゃん」

と。

幼稚園児は質問を返して来た——いや、この場合、質問を返してしまったのは空々のほうで、確かに空々は先に誰何を受けていたし、また、どう考えても明らかに不法侵入者である空々のほうが先に名乗るべきではあった。

もっとも、すべてを疑い何も信じない空々空にしてみれば、まだ相手が、この家の住人なのかどうかを『判断』していないが……。

「だれなん、おねえちゃん」

「……空々空」

名乗った。

咄嗟に偽名を名乗ろうかと思ったが、下手な嘘はつかないことにした——問題は相手が自分のことを『おねえちゃん』だと認識しているらしいことだが、それをどうしたものかを決めきれないままの自己紹介だった。

幸い、『くう』という名前は、男女どちらのものだとしても不自然ではあるまい。

「そうか。うちはしすいかんづめや」

相手は——酒々井かんづめはそう名乗った。

そこに戦略的な気配は感じられなかった——単に、空々が名乗ったから、礼儀として今度は自分が名乗ったというだけの感じだった。

「しすい……」

「かんづめ。かんづめってよんでええけん」

「…………」

屋根から這入ってきた空々は、この家の表札を見ていない。だから『酒々井』というのが、この家の持ち主の苗字なのかどうかがわからない——煙突から各家に這入るというサンタクロースは、どうやってそれぞれの家の名前を確認しているのだろうと思いつつ、空々はリビングを見渡した。

どこかに、名前を確認できるものがないかと思ったのだ——何かの表彰状でも飾っていてくれれば、一発でわかるのだが。

と、そこでお誂え向きにというか、空々は目敏く、キッチンの冷蔵庫にマグネットで貼り付けられている封書があるのを見つけた——なるほど確かに、そこに書かれた宛名の苗字は『酒々井』だった。

漢字を見て、一瞬、違う苗字だと思いかけたが、『酒々井』で『しすい』と読んだはずだ——公共料金の請求書のようだし、まずこの家の主の名前と見ていいだろう。

まあ、偽装かもしれないし、たとえこの家の表札が『酒々井』だったとしても、この幼児が『酒々井』なのかどうかは、決め手にかける——免許証でも出してもらうか？　幼稚園児に？　何の免許を持っていると言うのだろう——というか、この状況では、だから空々のほうが身分証を要求されても仕方がないのだ。

「お——お父さんと、お母さんは？」

と訊いてから空々は、

「パパとママは？」

と、訊き直した。

『お父さん』『お母さん』が通じる年頃かどうかがわからなかったのだが、なんだかこの質問をしたことで、より自分の怪しさが増したようにも思える——そもそも現在の空々の素性は、怪しいどころの話ではないのだが。

「おとんもおかんも、おらんけん」

彼女——かんづめは答えた。

利発そうな返事だった——思えば、不審人物どころではない空々を前に、まるで物怖じしたところがない。

「しんだわ」

「…………」

「おねえちゃんもきいつけないかんで。なんか、ばくはつするけん──へんにうごかんほうがええみたいや」

「…………」

んん？

と、空々は混乱する。

この子はどうやら、四国ゲームのことを認識しているらしい──だけど、だからと言ってそれだけで絶対平和リーグの所属だとみなすのは、やっぱり無理がありそうだ。

父親と母親は死んだ？

彼女の短い言葉から判断する限り、ルールに抵触して死んだということか──『ばくはつする』というのが、爆死したということを指しているのか、死体が爆発したということを指しているのか、それともその両方なのか、はっきりさせたかったけれど、こんな子供を質問攻めにするのも気が引けた。

時間がないというのもある。

今は切羽詰まっている。

いつ、空から魔法少女『スペース』が降りてくるかわからないのだ──確かなのは、この子が今の四国を生き延びているということ、それだけである。

それをどう『判断』するか。

そして何を『決断』するかだ。

仮にこれを選択問題とするならば、空々に示されるその選択肢はざっと、こんな感じになるだろう――
①この子を連れて逃げる。家は燃やす。
②この子を連れて逃げる。家は燃やさない。
③この子を置いて逃げる。家は燃やす。
④この子を置いて逃げる。家は燃やさない。
⑤この子を殺す。家は燃やす。
集合論的に言うと、厳密には六番目の選択肢として『この子を殺す。家は燃やさない』という文面が成立しそうだが、それはあまりに意味がないので、考慮する必要はあるまい――殺す場合は燃やすのが必然だ。

というか、五番目の選択肢だって、まあない、ありえないものだと空々は思っている――そんな鬼畜そこのけの所業をするつもりはない。

それでも一応、考えてみただけだ。
①～④の選択肢が全滅した場合、嫌でも⑤を選ばねばならない状況も起こりうるこ

とを知っているだけ——まあ、たとえそうだとしても、やっぱり五番目を考えるのは、まともな人間の思考ではないのだが。

「おねえちゃん、そらからきたん？　なんかしっとる？　いま、なにがおこっとるんか……、うち、ぜんぜんしらんけん」

「知っているというか……」

ただでさえ不審なのに、黙り続けているのもまずかろうと、そんな風に曖昧に対応しつつ、空々はまず、家を燃やすかどうかはともかくとして、この子を連れて逃げるか、置いて逃げるかを考える。

自分の半分くらいの身長の女子が、逃げる上で足手まといというか、荷物になるのは間違いなかろう——一刻も早く、一寸も遠くに逃げたいときに、そんな重りを背負い込むのは、普通に考えれば遠慮したいところだ。

だが、顔を見られてしまった。

姿を見られてしまった。

かんづめをここに置いていけば、追跡してきた魔法少女『スペース』が、彼女を発見するだろう——そして『スペース』は、空々の生存と、逃げた方向を知ることになる。

地上での追跡は、空中ほどに容易ではないだろうけれど、明確な指針があれば話は別だ——空々はすぐに追いつかれることになる。

いや、そうとは限らないか——この子に対して『東に行った』風に装い、実際には西に行くというフェイントを使えば、逆に追跡をかわしやすくはなるかもしれない。そこは戦略の練りようがある——罠を仕掛けられる余地がある。だけど、どちらにしたところで、魔法少女『スペース』と接点を持ったこの子はどうなる？

別に『スペース』は殺人鬼というわけでもないだろうから、接点を持っただけで殺される、始末されるということはなかろうが——だが、ただで見逃してもらえるとも思えない。

なにやら彼女が、鋼矢を利用しようとしていたのと同じように——どうやら『一般人』の生き残りという稀有(けう)な存在であるらしいこの幼児を、利用しようとするかもしれない。

「…………」

駄目だ。置いていけない。

置いていく気になれない。

となると、③と④がなくなり——⑤はもとよりないとして——ならば①か②ということになるのだが、これはもう、②しかないだろう。

その家の子供の前で、放火なんてできるものか。

かつて地球撲滅軍に所属していた超A級の危険人物、元放火魔の『火達磨』ならやるかもしれないが——ちょっと真似できない。

それだって、他に選択肢がなければ空々はするかもしれないけれど、必ずしも家を燃やす必要があるわけでもないし——かんづめを連れて行く上で、彼女に抵抗されても困る。

目の前で家に火をつけた奴に、どんな子供がついて行くというのだ——いや、家族を惨殺されたのに、大人しく『犯人』についていった、空々空のような子供もいるけれども。

それが一般的なはずもあるまい。

「——一緒に来るかい？」

とりあえず、そう誘った。

一緒に来いと命令形で言って、逆らわれたら面倒だと思ったのだ——逆らわれたらと言うか、普通は逆らうだろう。

最後の部分で選択を相手に、『判断』を、『決断』を、委ねたとも言える。

「詳しく教えてあげてる時間はないんだけれど、ここは危険なんだ。……わかるかい？」

「わかる」

頷いた。

そもそもこの年齢差でコミュニケーションが取れるかどうかから、空々は危ぶんでいたんだけれど、あっけなくかんづめは頷いた。

彼女の理解が、空から人間が降ってくるかもしれないからここは危険だという意味でなければいいのだが……。

「けど、どっかあんぜんなとこなんか、あるん？」

「……ここよりは安全な場所はね」

思いのほか鋭い指摘を、舌足らずな口調で言われて、空々は誤魔化すように答えた──というより、誤魔化した。

今はこの家から離れるということしか考えていない。どこに向かうかさえ決めていないのだ──だが、このままここに留まることが命取りであることは間違いないのだ。

空々にとっても、かんづめにとっても。

例外なく誰にとっても。

「じゃあ行こうか……、かんづめちゃん」

見知らぬ子供を馴れ馴れしく呼ぶことに抵抗はあったけれど、無理してそう呼んだ。これを馴れ馴れしさではなく、親しみとしてかんづめが感じ取ってくれることを祈るばかりだ。

地球撲滅軍の中で生き続けるために、対人関係においても分析や戦略を用いる空々だったけれど、それを幼稚園児にまで使うのは、やや原則に忠実過ぎるとも言えよう。

「うん。いこや、おねえちゃん」

そんな返事。

……そんな風にあっさりと誘いに乗ってきた理由が、もしもかんづめが空々のことを『おねえちゃん』だと思っているからだとすると、正体を明かすのは後回しにしたほうがよさそうだと思った。

すっかり魔法少女のコスチュームも板についてきたが、しかしこれまではまだ、空を飛ぶため、防御力のために着ているのだという言い訳が利いたけれど、ついにただの、本物の女装少年になってしまったわけである。

その件について何も思わないわけではないけれど、しかしそれもまた、後回しにすることにした——今はただ、逃げるだけだ。

いつものように。

3

逃走の上では足手まといとしかならないであろう、生き残りの幼児、酒々井かんづめを連れて行くことになった空々空だが、しかし彼女を連れて行くメリットが皆無かと言えば、そんなことはない。

　逃げることばかりが主題になる彼の冒険譚ではあるけれど、そもそもこの四国に来たのは魔法少女と戦うためではなく、四国で何が起こっているのか、調査をするために来たのだ。

　いわばフィールドワーク。

　證やまばら、鋼矢から聞いた情報や、自分の体験を報告するだけでも、それは調査員としての役割を果たす十分な成果であるとは言えるけれど、子供とは言え、一般人の生き残りの『被害者』を、もしも本州に連れて帰ることができれば、それ以上の成果はないだろう——そこまで考えて彼女を連れ出したわけではないけれど、しかし後からそれに気付き、空々はあと付けながら、モチベーションをあげた。

　まあ、彼女を地球撲滅軍の本部にまで連れて行くかどうかは、成果になるならないはさておき、また選択になるけれど——家に隠れていたと思しき幼児を連れ出してしまった以上、道義的な責任として、四国の外にまで安全に保護し、連れ出さなければならないとは思うが、しかし、地球撲滅軍に引き渡すのは、彼女のその後のことを考えれば気が引ける。

　両親が犠牲になったというのが嘘とは思えないので、彼女は今、天涯孤独の身の上である——そういう『都合のいい』立場の人間は、兵隊として、地球撲滅軍に引き入れられてしまいかねない。

しかもかんづめは、どんな風に生き延びてきたのかはわからないが、どうあれこの四国を、これまで生き抜いた才覚の持ち主だ——軍はそういう才能を欲しがるだろう。

資質を見出すかもしれない。

まあ、地球撲滅軍の幹部クラスである空々としては、そういう人間を見つけたらむしろ積極的に軍に報告しなければならないのだが、もちろんそんな帰属意識が彼にあるわけもなく、自身が軍に強引に引き入れられた経験に基づけば、なんとかかんづめをそんな目には遭わせずに済ませたいと思う。

思いたい。

自分をそういう人間だと思いたい。

「で、おねえちゃん、どこにいくん?」

「どこにというか——ひとまず、休めるところかな。地下みたいなところがあればいいんだけれど」

「ちか?」

「うん。この辺に地下鉄の駅とかない?」

「しこくにちかてつはないけん」

「そうなの？」

『ここより安全な場所に連れて行く』と約束して、かんづめを家の外に連れ出した身でありながら、まったく土地勘のない自分の感じに、やや羞恥を憶える。

まあ相手は子供とは言え土地の人間なのだ、土地勘で負けるのは当たり前なのだが、そこは体育会系育ちの空々空というか、年下の人間の前ではしっかりしたい性分があった。

「じゃあ、地下鉄じゃなくても、地下の施設とか、ない？」

「えきんとこのでぱーと」

空からの襲撃に備えるためには屋根のある場所、できれば地下が望ましいというのが空々の考えだった。

地下鉄の駅がいいと思ったのは、レールの上を移動すれば、安全性を保ったまま、しかも現在地がわかりやすい形で動けると思ったからなのだが、地下鉄自体がないというのならば仕方がない。

そう言えば全国的に見ても、地下鉄がある都市というのは実は限られていると聞いたことがあった――

「じゃあ、その駅っていうのは、ＪＲの駅？　ショッピングモールみたいなものかな

「……」

「うん。じぇいあーる」

「そうか。JRはあるんだね」

「うん。すいかはつかえんけどな」

「すいか……？」

西瓜（すいか）？　誰何？

ああ、あのペンギンのICカードか——別に空々も持っていないし、電車に乗るわけでもないので、使えようと使えまいと構わないのだが。

デパートの地下が、隠れるのに適した場所かどうかはわからないけれど——少なくともそこから移動はできない——しかし案外、一時的な避難所としては悪くないかもしれない。

ものには不自由しないだろうし——食べ物はもちろんのこと、装備の補給もできる。

というのも、高高度からの墜落時、コスチュームに守られた空々は傷ひとつ負わなかったけれど、背負っていたリュックサックはそうはいかなかった——リュックサックと、その中身は。

手斧『切断王（せつだんおう）』を含めて、地球撲滅軍から持ってきた選りすぐりの装備が、全部壊れていた。パラシュートと違って、そちらは壊れていようとあの場からは持ってきた──追跡してきた魔法少女『スペース』に、自分の情報、手掛かりを残したくなかった。こちらはかんづめとは違って、本当にただの荷物にしかならないので、どこかで見つからないように捨てなければならないが。

粉々になっていた携帯食も含め、補給できるものは補給しなければ──四国で異変が起きてから二週間以上が経過しているので、生鮮食品売り場あたりは目も当てられないような有様になっているだろうが、保存食品や冷凍食品が、置いていないということはあるまい。

「かんづめちゃんは……」

保存食品からの連想でもないけれど、そこで気になって訊いてみた。答がなんとなく予想できる質問でもあるけれど。

「今まで、何を食べて生きてたの？」

「れいぞうこのなかみをたべとった」

「冷蔵庫の中身……」

その言いかただと、コンプレッサーとかを食べて生きていた驚異の女児みたいだけれど、たぶん、あの公共料金の封書がマグネットで留められていた、あの冷蔵庫の中身から、食料を食い潰していたということだろう。

それほど大きな冷蔵庫ではなかったけれど、身体の小さな、必然胃袋の小さな子供一人ならば、二週間くらいは持つか——節約すれば。

それを思うと、この幼児、やっぱり単なる幸運で生き残っていたというわけではないらしい——利発さと、頭の回転で、おそらくは『そつ』なく、生き残っている。

地球撲滅軍が本当に欲しがりそうな人材だ——連中が欲しがろうと思えば思うほど、空々としては渡したくなくなるのだが。

だが、仮に渡さないとして、この子にはどんな将来があるのだろうか？

両親を失ったというだけではない、コミュニティごと、比喩ではなく自身以外のすべてを失っているのだ——知ってはいけないことを知った立場でもある。

口止めが有効な年頃には思えない。その辺は利発さとは無関係だろうし、仮に有効だったとしても……、事情を説明しなくとも、天涯孤独の子供を引き取ってくれるような、心優しき施設があるだろうか？　あるとしたら、それはもう『心優しき』施設ではないようにも思える……。

「……まあ、いいか」

先のことは後に考える——それが空々の原則。

今を生きなければ、未来はない。

そんな原則を、自身のみならず、鋼矢にもかんづめにも適用してしまう彼だったが、とにかく、彼は酒々井家を脱し、リュックサックの代わりに子供を一人背負って（リュックサックには、壊れ物を詰め込んで、腹面に背負った――腹面に背負うというのは変な表現だが、わかりやすく伝わるだろう）、最寄り駅のデパートへと向かったのだった。

気休めだとは思いつつ、なるべく建物の陰となるようなルートを選びながら――早く辿りつきたかったが、走ったり飛んだりすると、背負っているかんづめに衝撃が大きく伝わりそうだし、また、上空から見つかりやすそうに思えたので、意識して、時速四キロメートルくらいの徒歩に留めた。

幸い、酒々井家は駅近物件だったようで、道路の交差点にあるような、自動車用の案内板に従うだけで、道に迷うことなく、そしてそんなに時間をかけることなく、かんづめが言う『でぱーと』に到着することができた。

「ひとりもおらんな」

背中でかんづめが言った。

駅を見ての感想らしい――平時であれば、駅の周辺がこの時間帯にこんな無人であることなど、まずないのだろう。地元民としては、より感じるところがあるのだと思う――外部から来て、それが四国の第一印象である空々は、もう人がいないこと自体にはすっかり慣れてしまったが。

だから、

「ああ、そうだね。一人もいない」

と、相手の言葉を繰り返すことしかできなかった——ああでも、心理学的には、こんな風に相手の言葉を繰り返して言うというのは、信頼関係を築く上で効果があると、何かの本で読んだことがある。話を聞いているアピールになるそうだ。

「やっぱなあ」

と、そう呟くかんづめに対し、それが有効なアピールなのかどうかはわからないが——案外、頭の回転の速さで、空々の対人能力の薄っぺらさを見抜いて、呆れているかもしれない。

「どないなるんやろ、これから」

「……大丈夫だよ」

空々は言った。

何が大丈夫なのか、言っている自分も、わからないままに。

「さあ、行こう。地下で何か食べながらお話をしよう——お話を聞かせて頂戴。かんづめちゃん、きみがどんな風に過ごしてきたか、教えて欲しいんだ」

「ええで。なにかたべさせてくれるんやったらな」

空々の要請に、かんづめは答えた。

ごく当然のように。

「なまのにくとか、もうたべたくないけん」

4

空々の予想がネガティブ過ぎたということもないのだろうが――果たして、魔法少女『スペース』が、酒々井家に降りてきたのは、彼らが駅のデパートの地下へと這入り、その身を隠したのとほぼ同時だった。

一時的な避難という意味では、杵槻鋼矢が文字通りの雲隠れをしたのと同様に、空々は完全に、魔法少女『スペース』の追撃を撒いたということになるのだが――彼女の追跡がやや遅れる形になったのには理由がある。

と言っても、大した理由ではない――彼女にとっては自殺したくなるくらいに大した理由ではあったけれど。

要は中空で、『呆然』としていたのだ。

彼女は。

風の使えない場所まで、真上に飛翔するという鋼矢の行為、その意図に気付いたとき――そしてこれ以上の追跡は無駄で、危険でさえあるということに気付いたとき。

彼女は呆然とした。

引っ掛けられた、裏をかかれたという屈辱感もあったけれど、主に彼女の心を占めていたのは、それ以上の感覚だった。

わかりやすくいうと、魔法少女『スペース』は、自身を完全に否定された気分になったのだ。

というのも、彼女が使用する固有魔法である——『風使い』という空々空の予想はほぼ的中しているが、それを更に厳密に言うなら『大気使い』ということになる。

誰の周りにも当たり前にある、世界中にある——大気、空気を司る彼女は、傲慢のつもりも増長のつもりもなく、特に意識さえせず無意識に、己のことを万能だと思っていた。

万能で、万全で、万感だった。

世界を掌握しているのに近い魔法だと——その全能感を言外に否定されてしまったのだから、それがショックでないわけがない。

いや。

否定されただけなら、そこまでのショックは受けない——問題なのは、彼女自身が、自分の魔法が、自分が、決して万能ではないことを認めてしまったという点にある。

大気の薄い場所では——自分の魔法はまるっきりの役立たずになるのだと、認め。飛行を、追跡を、自分でやめてしまった——諦めてしまった。飛行だけでは、ゲームをクリアするための駒としか思っていないような魔法少女『パンプキン』に、まったく及ばないことを、戦闘になったところで敗北するだろうことを、認めてしまった。

自分で自分を見限って。

自分で自分を見下した。

それがショックだった——呆然ともする。

その呆然としていた間に、空々はからまったパラシュートをほどき、放火行為に及ぼうとして、幼児・酒々井かんづめと出会い、彼女と一緒に、デパートへと逃亡を果たしたのだった。

「！　そうだ——あいつ」

と、中空で、魔法少女『スペース』が我に返ったのは、しかし遅ればせながら、その空々のことを思い出したからである。

『パンプキン』にトカゲの尻尾のように切り離され、切り捨てられ、哀れ地上へと落下していった、地球撲滅軍からの調査員——だと、たった今、今の今まで思っていた、十三歳の少年。

だが本当にそうなのか？

あそこまで華麗な戦略的撤退を決めた『パンプキン』だ、空々空のことも、ただ見捨てたわけではないのではないか？　切り離した後、なんらかの助かる目算があったからこそ、ああもあっさりと、彼のことをパージしたのではないだろうか？

もちろん、残酷にも彼を切り離したからこそ、華麗な戦略的撤退が決まったという見方をするべきなのかもしれないが……だが、そもそも、らしくなかったのだ。

そのことに『スペース』は落胆を覚えたものだが、仲間をああも露骨に、積極的に見捨てて逃げるなど、『スペース』が把握する、魔法少女『パンプキン』のキャラクターにそぐわない。

一旦だろうとなんだろうと、クリアを放棄し、ゲームからのリタイアを目指そうとするプレイスタイルが、彼女らしくないように——そのアイディアを出したのは、外部からの頭脳である、空々空と推察できたように——

今回の逃亡劇も、かの少年が思いついたものではなかったのか。ブラックアウトを起こし、ぐったりしていて、少なくともあの場においては『スペース』は、彼のことを物の数に含めていなかったが……、むしろ『パンプキン』の、いい足枷になるとばかり考えていたのだが……、あんな瀕死にも似たコンディションで、彼は『スペース』からのエスケープを、プランニングしたのかもしれない。

それだけで既に想定として無理のある、単に同じ魔法少女として、『パンプキン』に遅れを取ったなどと思いたくない『スペース』の、強引な妄想のような推測だったが、そこまで考えてしまうと、更にもう一歩踏み込んだ推測も成り立つ。

もしも『パンプキン』の真上への上昇飛行が、空々のアイディアだったとするのならば――彼が自ら、自分を切り離すように『パンプキン』に、なんらかの手段で促したとするならば、当然のこととして、自分が助かるための対策も講じていたと見るべきではないのだろうか……？

自己犠牲の精神で、足枷となるのを厭い、自らを切り離させ、むしろ囮となることで、魔法少女『パンプキン』を救おうとした――という考えかたも、もちろん成り立つは成り立つだろうが、少なくとも『スペース』が把握する限りにおいて、あの地球撲滅軍の英雄は、そんな殊勝なキャラクターではない。敵よりも味方のほうを多く殺す戦士――仲間を守るために犠牲になるなんてことをするとはとても思えない。

自分が助かるために、『パンプキン』を囮にしたと考えたほうがまだ納得が行くくらいだ――なんにせよ、あのまま彼が、無残に墜落死したとは、もうまったく考えられなくなった。

どうやってあの墜落から生き残るのか、見当もつかないまま――あの精神状態から飛行に成功した？　しかし――彼女は、今度は風のブーストを全開に使い、一気に地表まで降りた。それこそ重力加速度で墜落するような降りかた、落ちかただったけれど、地面に到達する直前にブレーキをかけ、また大気をクッションにしたので、まったく衝撃を受けることなく、『スペース』は酒々井家に到着したのだった——無人の酒々井家に。

「パラシュート、か……。種明かしをされてみれば、しょーもないわね——」

屋根に空いた穴から、酒々井家のリビングに這入り込み、引っかかったまま放置されているそれを見つつ、呆れたように言う。

むろん、呆れた対象は空々のアイディアではなく、そんな『しょーもない』ことに頭が回らなかった自分である。

彼がどのようにして四国に上陸したのかを考えれば、その着想に至ることはできたはずなのに——

「……いや、あの高度でパラシュートを使うなんて思わないか。屋根や床の傷つきかたを見る限り、魔法少女のコスチュームの防御力を保険にした墜落だったってことね……、そりゃあ魔法少女の発想の外だわ」

なんにしても迂闊だったことには違いない。

墜落していく空々を、早々に見捨て、見限ったのは、『パンプキン』ではなく自分だった——自分はあまり何かに対して『腹を立てる』というタイプではなかったはずだが、しかしこの件に関しては、生まれて初めてとも言えるような、強い怒りを覚えた。

激怒と言っていい。

あたり構わず当り散らすようなことこそしなかったが、正直、すべてを破壊してしまいたいくらいの衝動にかられていた――それをしなかったのは、今彼女は、空々の足取りを追うために、この酒々井家を調べなければならないからだ。

『パンプキン』を追う糸は、ほぼ途切れてしまった――それでも虱潰しに彼女を追うほうが、彼女の本来の目的には適っているのだが、しかし今は空々を追うべきだと、彼女の直感が言っていた。

それはあるいは直感ではなく直情だったかもしれないが――間違っても、『パンプキン』と空々を、合流させてはならないと思った。

まさか墜落時、打ち所が悪くて落命し――コスチュームを着ていたところで、守られていない頭から落ちれば死ぬだろう――その後死体が爆発したという可能性は、からまっているとは言え、パラシュートが無事に残っている時点で消える。

問題はその後、彼がどこに逃げたか、単純に逃げたのか、それとも再び四国からの脱出を目論んでいるのか――

「……ん？」

そこで気付く。

どうして空々は、パラシュートを残していったのだ？

こんなものを残していけば、自分が生きている、生き延びていると言っているようなものじゃないか――うまくすれば、墜落して死んだように装うことだって、できたはずなのに。

死体が残らないという、今のゲーム的状況にある四国なのだから、そんなに趣向を凝らすまでもない、パラシュートに火でもつけてから、逃げればよかったのだ。火をつけるのが危険だったり、あまりにあからさまではないかと思ったにしても、他にもパラシュートを処分する方法はいくらでも――とは言わないまでも、いくつかはあったはずだ。

それをあえてこうして残していくところに、なんだか作戦性を感じてしまうというのは、一度してやられたがゆえの発想だろうか？

「…………」

たとえば、こうしてパラシュートを残していけば、発見した者に生存を示すことができ、精神的に焦らせ、慌てて家を出、追跡を開始するだろうことを想定しているとか？　つまり、家を出たと思わせて、二階に潜んでいるとか、そういうミスリードを目的としている？

ミスリードというなら、パラシュートがこの家にあることこそがミスリードで、本当の空々の着地地点は全然別の場所だとか――

「……いや、違うねえ」

意味がない。

わざわざ二階や、周辺を見回るまでもない――そんなことをするより、キッチンという火元がすぐそばにあるのだ、パラシュートを燃やすほうがよっぽど合理的である。

これが他の場合であれば――他の者を追おうとする場合なら、魔法少女『スペース』は、ここまで確信的には『違う』とは思えない。

合理的でない、色んな可能性を含めて考えることになるだろう――追われて混乱状態にある『獲物』は、むしろ非合理的な行動をすることだって多いからだ。

名案だと思って、あるいは逆転の一手だと思って、とんでもない悪手を打つ奴ばかりだ――そういう人間を追跡することが多かった『スペース』は、普通ならば、このパラシュートの残骸(ざんがい)という手掛かりを、そこまで重視しない。

たぶん、『逃げるにあたって、普通に忘れていっただけ』『急いでいて、処分する方法が思いつかなかった』くらいに判断して、つまりはほとんど無視する形で、追跡を開始しただろう。

だが。

今追っているのは空々空だ。今はそういう場合なのだ——ブラックアウト直後という最悪のコンディションの中で、ああも鮮やかに、自分だけではなく仲間まで逃がすという離れ業を見せた彼だ。

こんな凡庸なミスをするとは思えないし——思いたくもない。それでは『スペース』の腹の虫が納まらない。

かと言って、やっぱりこのパラシュートの残骸に、作戦性を感じるのは無理がある。強いて言うなら、こうして『スペース』を惑わすという作戦性があったとすれば、今、それに彼女は嵌っているということになるのだが——微差だろう、そんなもの。

彼女の『風』の魔法を使用した飛行速度の前には、均されてしまう作戦を、生存の隠匿よりも優先するとは思えない。

高高度から自分を切り離させるという作戦自体、己の死を演出するための作戦だったのだ——その延長線上で、死を演出する作戦を、空々が思いつかないはずがない。ならば、思いついておきながら、彼にはそれを実行しなかった理由があると考えるべきだ——したくてもできなかった理由が。

それはもちろん、『処分する必要が思いつかなかった』とか、そういうことではなく、回避不可能な、絶対的な理由が——絶対的で、合理的な理由が。

「…………」

そこで彼女に、何か思いつきがあったわけではない。空々がパラシュートを残していかざるを得なかった理由があったとしても、それが何かという糸口まではつかめない。

だから単純な、漠然とした情報収集として、他に彼が残していった手掛かりがないだろうかと周辺を見渡しただけだった——空々がこの家でそうしたように、別に家屋の持ち主の名前を、知ろうとしたわけではない。

ただ、そこで彼女が気付いた物は、空々と同じで、冷蔵庫にマグネットで貼り付けられた、公共料金の請求書だった。

酒々井、という名前。

もちろんそこに空々に関するヒントがあるわけではなく、得られるのは『この家に住んでいた家族の名前は酒々井というのか』というだけの情報である——彼女にとってそれが大した情報であるはずもないが、しかし人間は、何からでも顔認識をしてしまう生物であり、同様に人の名前には、意味がなくとも注目してしまう生物だ。

それは魔法少女であっても変わりはなく——また、『酒々井』というやや特徴的な名前が、『スペース』の視線を止めた。

「……冷蔵庫、ねえ。そう言えば昔、冷蔵庫にシールとか貼って、すっごく怒られたなあ——あんな怒らなくてもいいって思ったけれど、まあ、そりゃあ怒るよなあ——」

そんなことを呟きつつ、『スペース』は、冷蔵庫の扉を開けた。注目し、意識が向いてしまった冷蔵庫をまず調べようとしたのに、『なんとなく』以外の理由はない——いずれは調べただろう箇所を、まず最初に調べただけのことだった。

まあ冷蔵庫を調べるというのは、家屋調査の基本だし、また貴重品が隠されがちな箇所でもあるので、泥棒も最初に物色するのが冷蔵庫だというけれど——果たして。

果たしてここで『スペース』が、いきなり冷蔵庫を調べたことは、空々少年にとっては不都合極まる事態だった。

「へえ……？」

冷蔵庫の中身が、空っぽだったのだ。

正確にはほぼ空だった——マーガリンの容器や、タッパーのような入れ物が入ってはいたが、それらも舐めたように奇麗な空っぽだった。

調味料の入れ物まで空である。

「…………」

続いて冷凍庫を開けるが、そちらも空だった——まるで新品の冷蔵庫だが、物自体の型は相当古い。買い替えを勧めたくなるくらいだ――さて。

この『空っぽ』をどう解釈する？

空腹だった空々が、逃げるにあたって、食料を持って行ったとか――マーガリンまで？　どれだけ飢えているのだ、そんなわけがあるか。

だが、ここまで奇麗に冷蔵庫が空であることに理由がないわけもない――四国ゲームの始まりは唐突だった。ゲームに備えて、冷蔵庫の中身を始末する時間なんかなかったはずだ。

「となると――生き残りがいて？　冷蔵庫の中身を空っぽにするくらいの間、生き延びていた？　とか……？」

考えながら『スペース』は、キッチンのシンクや、ダストボックスを確認する。料理をしていたような形跡はないが、しかしダストボックスは飲食のあとでいっぱいだった。

「……料理がまったくできないような生き残りが、それでもきっちり生き残っていたって印象？　この家で？　で、その生き残りと空々空が遭遇した……？」

そういう思わぬトラブルが彼にあったのだとすれば、その結果、パラシュートを始末できなかったとしても不思議ではない……のか……？

余裕をなくして？

その生き残りを警戒し、咄嗟に逃げなければならなかったとか……？

ありそうと言えばありそうな展開だが、果たして空々空がそういうタイプだろうか——生き残りと偶発的に遭遇したとしても、そこまで慌てるタイプには思えない。しなければならない、パラシュートの始末を忘れるというタイプには——

「……想定される『生き残り』が、この家の人間だったとして——その『生き残り』が彼の放火を妨げようとした？　いや、相手が一般人なら、いやしくも軍人のあの子が、妨げられはしないよね」

となると、心理的な問題か。

家人の前で、家に放火するのは気が引けたとか——

「……もしも、あの子がそんな甘さを持っているのだとすれば、それは付け入る隙になりそうよね。なんにしても、あの子はその『生き残り』を、そのままにはしておかないでしょうけれど」

それこそ二階にでも、その『生き残り』が潜んでいれば話は早いのだが——たぶん、空々が一緒に連れて行ったのだろう。

地元の人間がそばにいれば、逃走にあたって益にもなるだろうし——

「——だけど、地元の人間の知恵を頼って逃走しているんだとすれば、追う側としてはやりやすいんだけどね。無知な人間のランダムほど怖いものはないから——」

むしろ空々にいい足枷がついたようなものだと、『スペース』はキッチンから移動する。もちろんこのあと、家中を調査・捜索するけれど、既に欲しい情報はあらかた手に入れたような気分だった。

「当然、油断は禁物だけどね……、さっきだって、『パンプキン』の足枷だと思ってた空々空に、見事出し抜かれちゃったわけだし――」

一応、気を引き締めておかねばと思う。

だがまあまさか、あんなでたらめな少年みたいなのが、何人もいるとは思いにくい――たまたま四国のルールに抵触せず生き残っていた者が、たまたま空々と遭遇してしまったというだけのことだろう。だったらそれが足枷として作用しているうちに――空々がその生き残りをパージしないうちに――追いつきたいものだ。

絶対平和リーグ所属の魔法少女だって、何人も何人もゲームオーバーを迎えている現状、まだ一般人の生き残りがいたということは、正直驚きなのだが――

「……ん？　いや、待てよ、酒々井って――そう言えば」

空々を追う目処がついたところで、ようやくマグマのような彼女の怒りが、なくなりまではしないものの落ち着いてきたところで――思い至った。

酒々井。

この家の主人の名前だが、それは重要ではなく――

「まさか……、今空々空と一緒にいるのって……、酒々井かんづめ？」

5

想像通り、デパートの地下、地下二階・生鮮食品売り場は酷い有様だった——食べ物というのは放っておくとこういうことになるのかと実感し、空々はぞっとした。現在の空々の食生活は、概ね『焚き火』によって管理されていて、そして彼女の食材管理は週間単位で完全が期されているので、発酵食品を除けば、『腐敗した食べ物』を見るのは久し振りだった——精神的にきついものがあった。

生物の死体はゲームの特性上消滅する定めにある今の四国だが、同じ命でも食材に関してはそういうことはないらしい。

ご都合主義とまでは言わないにしても、どうにも恣意的で、やっぱりゲーム製作者の意図が感じられる——そのあたりが四国ゲームをクリアする上でのポイントになりそうなのだが。

こうなるとゲームをやりつけない空々としては、もっと普段からテレビゲームで遊んでいればよかったと思わざるを得ない。遊んでいればよかったというのも、子供らしからぬ発想だが……。

非常事態に、共に連れてきたかんづめは、テレビゲームをやるにはまだ幼い感じだし……。

「ちょっと……、すごい匂いだけれど、しばらくはこのフロアに身を潜めるしかないから、かんづめちゃん。我慢してね」

「うん。わかった」

物分かりのいい子供だ。

追われる立場である今の状況で、年少の子を連れて移動しなければならないというのは結構なハンデなのだが、救いがあるとすれば、彼女の利発さ、物分かりのよさ——言いかたを選ばなければ、従順さだろう。

空々の言うことには、二つ返事で従う。

まるで、そうすることが自分が生き残る道だと知っているように——自分がこれくらいの歳の頃はもっと生意気だった気がするとか、弟達の面倒を見ていたときに較べれば、比較にならないくらいのユーザビリティだとか、そんな風に感じる。

ひょっとすると、二週間以上一人で生き延びてきたことで、その孤独感から精神を病んでいるのかもしれない——そんな酷い想像もした。想像と言っても、それは十分ありうる話で、だとすると専門家のカウンセリングが必要になってくる。

この場に飢皿木鰻博士がいれば、診断してくれるのだろうが、生憎専門知識のない空々には、今のところ『大人しい子だ』以上の認識は、かんづめに対しては持てない。

「がまんする」

「……おなか、減ってるんだよね？」

「へっとる」

「じゃあ――」

今、彼らがいるのはフロアの外れ、非常階段の辺りである――あの腐敗臭の真っ只中に踏み込むのには、結構な勇気を必要とした。

生理的嫌悪というのもあるけれど、それ以上に、健康を害しそうだ。何らかの毒ガスが発生していてもおかしくはない。

「……僕が何か、食べられそうなものを取ってくるから、ここでおとなしくしといてね」

「いやや」

「うん、すぐ戻るから――って、あれ」

従順なはずのかんづめが、いきなり反旗を翻（ひるがえ）した。階段を椅子（いす）代わりに座っていたところから立ち上がった空々に、続いて立ち上がってくる。服の裾（すそ）をつかんだりはしないものの、ぴったりと引っ付いてきて、離れようとしない。

「あの、かんづめさん……？」

さん付けになってしまった。

緊張のせいか。

それには反応せず、かんづめは言う。

「はなれたら、おねえちゃんもしんでまうかもしれんけん」

「……そっか。わかったよ」

一瞬、言葉に詰まりかけたが、すぐに空々はそう返答し、腐敗領域へと歩き出した――それもまた、かんづめの手を引いて歩いたりはしないけれど、彼女はちょこちょことついて来た。

歩幅が違うので、自然、やや空々が先行してしまうが、ところどころで足を止めて彼女を待つ。歩幅を合わせるという発想はない彼だったけれど、とりあえず後ろを振り返るくらいのことはするらしい。

「ハンカチとか持ってる？　意味があるかどうかはわからないけれど、口を押さえといたほうがいいかもだよ」

「はんかち」

「持ってるわけないか。お出かけの準備をする時間も、ほとんどなかったもんな――」

だろうか？

利発なだけでなく、行儀もいいというわけだ——亡くなったという両親の教育方針

「持ってるのか……」

「んっ」

「もっとる」

見ると、かんづめがもう、取り出したハンカチで口元を押さえている。行動が早い——こうなってくると、利発というより才気煥発（かんぱつ）だ。

こういう子でないと、魔法少女でもなく軍人でもない身で、今の四国を生き残ることができないのだろうか——話を聞いていると、なんらかの異常事態が進行しているとわかった時点で、かんづめは家から出ず、ずっと引きこもって、ほぼ自分の部屋で大人しくしていたということらしい。

空々はその話から、子供ゆえの行動範囲の狭さ、世間の狭さが、この子をルールに抵触させることなく生き残らせてきたのだという風に考えていたが——どうもそういうことでもないのかもしれない。

なるべく生鮮コーナーを避けつつ、保存食売場を目指す——なんとなく保存食と言えば缶詰ばかりが頭にあったけれど、二週間やそこらで賞味期限が切れないという意味では、お菓子なんかも、カゴに入れていいのかもしれない。

電気はまだ生きているので、アイスクリームや冷凍食品もイキだろう——やっぱり実際に歩いて、見てみないと、わからないものだ。

現地調査の大切さを知る——まあ、四国に空々を送り込んだ地球撲滅軍上層部が、現地調査が大切だからそうしたのだとは思えないが。

「かんづめちゃん、お菓子とか食べる？」

子供と言えばお菓子が好きというのも、勝手な偏見だし、こういう頭のよさそうな子供は、むしろお菓子なんて食べないかもしれないと思ったが、一応訊いてみた。

子供に対する接しかたというのがよくわからないので、優しく気さくに接しようとすると、なんだかただ阿っているみたいになる。

難しい。

せめてもうちょっと年長であれば、先輩風の吹かせようもあるのだが——いや、やっぱり問題なのは性別が異性だということか？

その上で向こうはこちらを『おねえちゃん』だと思っているというのだから、ことはややこしい——いや、そんなことにややこしさを感じている場合でもないのだが。

と言うか、どうだろう。

向こうがこちらを『おねえちゃん』だと誤認していることについては、地下に逃げ込んで一息ついたことだし、そろそろ明かしてもいいんじゃないだろうか……。

だが、今まで黙っていたことを、今まで騙していたのだと受け取られてしまうと、今後の関係性の構築が難しくなる——どうもかんづめは従順なだけと言うわけではなく、譲らないところは譲らない我もあるようだし、一度歯車が狂えば、取り返しがつかないことになりそうだ。

……いっそその利発さで、空々の女装も看破して欲しい気もしたが、このくらいの歳の女子に対しては、こういうふわふわのコスチュームが持つ影響力は思いのほか強いのかもしれない。

「おかきたべる」

「？　お菓子食べる？」

「おかしちゃう。おかき」

「おかき……？」

「おかき」

「柿……？　牡蠣……？」

ああ、おかきか。

空々はあまり食べないが、餅米で作ったお菓子だったはずだ——要するにかんづめは、食べるお菓子の種類を指定していたらしい。

子供にしては渋いセレクトだが……、しかしとは言えこの程度の会話がすれ違っているようでは、まともなコミュニケーションは望めそうにないが、とりあえず空々は、スナック類のコーナーを目指す。

一口におかきと言っても色々種類があるようで、選択肢が多過ぎて空々には選びきれそうになかったが、かんづめには目当てというか、最初から意中のものがあったようで、二、三袋、素早く取りに行く。それまで空々の陰に隠れるような位置にいたのに、思わぬ積極性だ。

というか、対象こそ渋めのおかきだが、ようやくかんづめの歳相応の子供らしさを見たような気持ちになった。

お菓子に食いつくというのは――いや、普段からそういうキャラクターだとは限らないか。二週間、ほぼ家から出ずに、冷蔵庫の中身をロクに料理もせず、生で食べていたという彼女は、しばらく甘味に飢えていたのかもしれない――だとすれば空々が促すまで、スナックコーナーに行こうとしなかったかんづめは、やっぱり子供離れしていると言えるのかもしれない。

空々も一応、自分が食べたいお菓子がないかどうか見てみる。徳島の名産品が置いてあれば食べてみようかという気まぐれも起こしかけていたのだが、そういうものはこのコーナーにはなかった。

広島（ひろしま）でいうもみじ饅頭（まんじゅう）のような、そういうのが徳島にもあるはずなのだが――まあ、ああいうのは基本的に食品コーナーではなく、むしろ駅の中のほうでこそ売っているものなのか。

機会があればあとでそちらを見に行くというのもありか——いや、そんなことをし始めたら、いよいよただの観光に来た奴だ。

「ん。どしたん、おねえちゃん」

「……徳島の銘菓って、何か知ってる？　広島でいうもみじ饅頭みたいな奴」

「ぶどうまんじゅういちごみるくあじゅうんがある」

「ぶどう饅頭いちごみるく味!?」

驚いた。

なんなのだそれは……、情報量が多過ぎて、何なのかさえわからない。葡萄なのか、饅頭なのか、苺なのか、ミルクなのか……。

「それは……見てみたいけれど……」

だが、デパートを出て駅の中へとそれを買いに行き、そこを『スペース』に見つかってしまえば本末転倒だ。いや、本末転倒でさえない。この状況で暢気にお土産を買うなど、起こすべきアクションのうち、本でもなければ末でもないだろう。

「っていうか、そもそも、ここ、どこなの？　まだ徳島なの？」

「？」

「あ、いや……」

なんとなく、まだ徳島にいるつもりでいたけれど、思えば大鳴門橋に向かい、そこを『通せんぼ』され――鋼矢はそこから、一目散に、彼女から逃げることだけを考えて逃げた。

空々は急激な反転にブラックアウトを起こしてしまったので、確かなことは言えないけれど、鋼矢があのとき、どこかを目指したとか、徳島から外れないようにしようとか、そんな風に配慮して飛んだりはしなかったはずだ。

反転してから、『スペース』に追いつかれるまでに彼女は、どれくらいの距離を飛行しただろう――飛行魔法プラス風の魔法で、追いつかれるまでは一瞬だっただろうが、しかし追跡を始めるまでに彼女は、若干の余裕を見せていたように思う。

その余裕の間に、『パンプキン』がどれくらい飛んだのか――仮に大した距離を飛べていなかったとしても、鳴門市というのは比較的香川に近い場所に位置していたはずだ。

だからここは徳島ではなく香川だという可能性も――まあ、高知ということはないだろうが……。

迂闊だった。

冷蔵庫に貼られた公共料金の封書で、かんづめの苗字を確認した際、住所も確認するべきだった——彼は注意深い少年ではあるけれど、別に映像的完全記憶能力の持ち主というわけでもないので、目には入ったはずの住所まで、思い出せなかった。

ぶどう饅頭いちごみるく味を、かんづめが知っているということは、まあ、徳島県内なのだとは思うけれど……。

駅の名前からじゃあわからなかった。

四国の地理に詳しくもないし、ＪＲ四国の路線図にも詳しくない。

ふむ。

訊くしかないか。

「かんづめちゃん。ここ、どこ？」

「どこて」

「何県？」

「とくしまやけど？」

しこくのみぎしたや、とかんづめは言った。

四国の右下という表現は、徳島県のキャッチフレーズかなにかだろうか……、それはともかく、まだ、徳島県から出てはいないらしい。

ただ、問題となるのはその位置だ。

目標としていた大鳴門橋から、いったいどれくらい離れたのだろう？

「大鳴門橋って、ここからどれくらい？　歩いて行ける距離かな？」

「おおなるときょう。ぐるぐるのやつや」

「そうそう」

ぐるぐるの奴と言うのは渦潮のことだろう。

この歳の子が大鳴門橋を知っているということは、案外そう離れていないのかもしれないと、期待感を持ったけれど、

「こないだ、おとんとおかんにくるまでつれてってもろた。ふたりがいきとったころ」

とかんづめは続けた。

生きていた頃というのが重いエピソードだったし、また同時に、車で行く距離であるということが明らかになったわけだ。

まあ、どっち道、大鳴門橋は、もうルートとして考えないほうがいいかもしれない――魔法少女『スペース』が、待ち伏せをしている可能性が高い。彼女じゃなくとも、彼女に類する存在が……。

かと言って、他のルートというのが、土地勘のない空々には思いつけない。紀伊水道は橋ではないと言うし……、他に徳島から、本州に繫がっている道はないのか？　あったとしても、あるいはそこも押さえられているのだろうが……。

脱出を物理的に阻む奴がいる脱出ゲームなんてあるのかよ、と思ったけれど——だからこれは脱出ゲームではなく、収集ゲームなのか。

さしずめあの魔法少女『スペース』は現場判断を下す、アンパイアという立ち位置だったのだろう……。

橋というルートが使えないとなると、コスチュームによる飛行での脱出というのが現実的になってくるが、その飛行を、誰よりも速くできるのがあの黒衣の魔法少女なのだから、そちらも現状、封じられているようなもの……。

となると手詰まりだが、手詰まりだからと言って、まさか諦めるわけにもいくまい。何か考えなければ。『新兵器』が投入される、タイムリミットまでに——

「ん。どないしたん、おねえちゃん。おおなるときょうが」

「いや、ここから遠いとわかれば、それでいいんだ」

「とおいなんていうてないけん」

「車で行かなきゃいけないって時点で、遠いでしょ……」

まあ、そうとも限らないと言えば、そうなのだが。

「おねえちゃん、くるまのうんてん、でけへんのん？」

「はは、まだ十三歳なんだから、できるわけ……」

ん。

違う、できるのだった。

子供の前だからと言って思わず常識人の振りをしてしまったけれど、空々はこれまでに何度も、四輪の運転経験がある――空を飛ぶのよりはよっぽど得意なくらいである。

車の運転か……。

車なら橋も渡れるわけだし、案外その辺が突破口になるのかもな――などと、漠然と考えながら、空々は買い物を再開した。買い物と言っても、払うお金もなければ、払う相手もいないのだが――彼はこの時点では気付かない。

酒々井かんづめのひと言がヒントになり、次なる突破口を見つけようとしている自分に気付かない――いや、もちろんそれ自体には気付いているけれど、彼女に思考を促された形になっていることには、空々はまったくと言っていいほど気付かなかったのだった。

6

結局缶詰は入手しなかった。

売っている場所がわからなかったとか、好みの缶詰がなかったとか、そういうことではなかった——缶詰自体は、結構なバリエーションをもって、ずらりと並んでいたのだ。

しかし缶切りがなかった。

どうやら食器類を売っているのは別のフロアらしい——同じ場所で売っていてもよさそうなものだが。聞いた話だと、缶切りが発明されたのは、缶詰が発明されて随分経ってからなのだという。言うならば缶詰は、作られた時点では『開けかたのわからない金庫』みたいなもので、食べようと思うと破壊するしかなかったらしい——かと言って、まさかそんな野性的な真似もできないし（『切断王』が壊れていなければできただろうが）、だから缶詰は諦めるしかなかった。

ぶどう饅頭いちごみるく味を買いに行くのを諦めたのに、地下から他のフロアに缶切りを探しに行くというのも違うだろう。

ただ、これについては、空々が早々とそう判断してしまっただけで、現代の缶詰にはプルトップ式のものもあるので、ちゃんとひとつひとつ吟味（ぎんみ）して探せば、缶詰だって食べられたはずなのだが——結局空々は、腹ごしらえの食べ物として、菓子類とアイスクリームだけを選んだのだった。

偏食である。

まあ、缶切り同様、箸も見当たらなかったので、素手でつかめる菓子類と、付属のスプーンで食べられるアイスクリームというのは、妥当なセレクトだったかもしれないが——そもそもこのセレクトはかんづめに合わせたものであって、彼自身はそれほど、甘いものが好きというわけではないのだ。

腐敗エリア、もとい、食品売り場から非常階段のところまで戻ってきて、

「いただきます」

「いただきます」

と、二人、手を合わせる。

ちょっとしたピクニックみたいだと思ったが、ピクニックにしては正体不明過ぎる二人組でもあった。まあ、現状女装少年の空々がいる時点で、どんなシチュエーションであれ、どんな組み合わせであれ、大抵は正体不明にはなるのだけれども。

お菓子やアイスを食べるのに手を合わせるのも、思えば不思議な感じだった——奇しくも、デパートの壁にかかった時計を確認すれば、ちょうどおやつどきではあったが。焼山寺を飛び立ってから、思ったほど時間が経っていない——しかし刻々とタイムリミットが削られていっているのも確かだった。

それを言い出したら、そもそもタイムリミットなんてアテにはならないのだけれど……不明室が痺(しび)れを切らし、上層部の説得に成功したら、今夜にでも投入されても、全然おかしくないのだから。

一寸先は闇という諺を、ここまで再現した状況もそうないだろう——大体、一寸先が闇ならば、今いる場所だってもう闇だと思う。

ばくばくと、かんづめは器用に両手をつかい、おかきを食べる——豊かさとは縁遠い食生活が続いていたからと言うより、単純に飢えていたような食べかただ。

冷蔵庫の中身は、案外早い段階で尽きていたのかもしれない……、だとすると、この子の生存も、結構際どかったんだろうなあと、空々は考えた。

食べるものがなくなり、本当に飢餓状態に陥れば、さすがに家を出て、食べ物を探しに行かざるをえなくなっただろう——そして行動範囲と行動の選択肢が増えれば、それだけルールに抵触するリスクも増える……チームで行動しない限り、『ルールに抵触したら爆死する』なんて法則を見出せるはずもないし。

……………。

両親の死から、それを既に学習していたなんてことは、さすがにないよな……？

「うまいうまい。うまい」

「…………」

なんにしても彼女は、空々と出会っていなければ——空々が空から降ってきていなければ、こうしておかきを頬張れてはいないことは確かなので、そこはなんだか自分が善行を施したみたいな気持ちになれた。

彼がそんな気持ちになれることは滅多にないので、浸りたくもなった――が、浸っている余裕はないし、そんなことが許されるはずもない。

別に空々はかんづめの保護者でもなんでもないが、しかし展開上、この子を保護しなければならない立場になったわけだから、その点、考えに含めて行動しないと――共に行動する相手が突然死することの多い空々だから、そこに関して、慎重に慎重を期して、慎重過ぎるということはなかろう。

ただ、現実問題、子供を一人抱えて、空々一人で魔法少女と戦うというのは不可能だろうから、あの『スペース』とは、二度と相対しないように動かねばなるまい――こうなってしまうと、できれば早々に、『パンプキン』――杵槻鋼矢と合流したくもなるが。

ブラックアウト直後の頭ではそこまで気が回らなかったけれど、待ち合わせ場所を決めておくべきだったか……ブラックアウト直後の頭であの苦境を脱出できたことが既に出来過ぎなのだから、あまり多くを望むべきではないかもしれないが、だったら焼山寺を出発する時点で、はぐれたときの待ち合わせ場所を決めておくべきだった。

通信機器が使えない今の四国なのだから、それくらいは当然の用心――ん？

いや、待てよ。

通信機器が使えないというのは言い過ぎだ。勝手な思い込みではないのか？　外部に連絡を取ろうとしたら、確かにそれは四国ゲームのルールに抵触するようだけれど――それは空々も身をもって体験済みだ――かんづめの両親もそのルールで爆死したのかもしれない――四国内部で連絡を取り合うことがルールに抵触するかどうかは、まだ試していない。

試すことに爆死のリスクが伴うため、おいそれと試すわけにはいかないが――少なくとも、『パトス』の作ったルールブックと、『パンプキン』の作ったルールブックを合わせて作った、今のところの空々のルールブックにある四十七のルールの中には、その条文はなかった。

外部に連絡を取るのはアウト――それが初見殺しのトラップというだけで……いや、どうなのだろう。使っていいのなら、魔法少女達はもうちょっと連携を取れていたように思えるし――彼女達の連絡の取り合いは、もっと原始的なそれだったと推測できる――

「……まあ、どっち道鋼矢さんの連絡先を知らない時点で、たとえ使えたとしても、今は使えないいんだけどね」

「ん？　なんかゆうた？」

「あ、いや……」

一人じゃないのだ。

思わず呟いてしまったけれど、独り言で考えるのは危険である——変人だと思われる。地球撲滅軍は空々のそういう変人振りを喜ぶ傾向にあるけれど、かんづめは彼らとは違うのだから、普通に変だと思って、警戒して終わりだろう。

ふむ。

たった半年、地球撲滅軍の軍人として暮らしただけなのに、空々は一般人との接しかたをすっかり忘れてしまっていた——いや、そもそもそんなものを、それ以前は身につけていたのかどうかも、今となってはわからない話なのだが。

「大鳴門橋は車で行く距離だとして……、かんづめちゃん。焼山寺……じゃないや、藤井寺って言うのは、ここら辺からどれくらい？」

「ふじいでら？」

おかきを咀嚼（そしゃく）するのを止めて、首を傾げるかんづめ。

「それはしらんな」

「焼山寺は？」

「うさぎさんがたぬきさんにひぃつけたやまか」

「それは……カチカチ山かな？」

ニアピンというか、当たらずといえども遠からずだが、全然違う。

いかに徳島県の名所といえど、そのすべてを幼稚園児が知っているということはないか——それでも近隣にあるのだったら、この子なら名前くらいは知っていそうなものなので、距離があると見做していいだろう。これから移動を開始するにあたって、空力自転車『恋風号』を取りにいけるかどうかを考えたのだが、その未練は断ち切ったほうがよさそうである。

そうなると、さっき『思いついた』みたいに、自動車を使用して移動するのがいいのか……、デパートに併設されている駐車場に、自動車ならきっと何台もあるだろうが、ただ自動車の移動は、発見されやすくはなるだろう。普段ならばともかく、今の四国で、動く車は恐らくそれ一台だけとなるだろうから。

追跡者が一人いるだけで、随分とゲームがやりづらくなった——移動のみならず、行動にかなりの制限がかかる。

「そないにここがどこかきになるんやったら、ちずみたらええやん。じーぴーえすとかは？」

「じーぴーえす？　ああ、GPS。持ってないんだよ。通信機器にアプリで入ってたんだと思うけど……」

到着早々に爆発した。

なんでもかんでも一台のマシンに集約するというのは、一瞬ですべてを失うというリスクでもあるわけだ——貴重品は分散して隠すべしという教えでもある。

紙の地図も、酒々井家に降下したときの衝撃でびりびりになった――電子データに較べて保存性が強いと言われる紙の限界を、思わぬ形で知ったという感じだった。

「デパートなんだし、本屋はたぶんあるだろうから……、落ち着いたら道路地図とかを探すか」

「どーろちず」

「うん。知りたいのは道だから――あ」

言いながら、気付いた。

そうだ、さっきかんづめとの会話の中、自動車の話が出た時点で気付いて全然よかった――自動車があれば、今の時代、大抵はナビゲーションシステムが搭載されているじゃあないか。

自動車を運転しないまでも、ナビだけでも利用すれば、大鳴門橋や藤井寺までの距離、四国から脱出するためのルート、そういうのが一目瞭然に、わかりやすく示される。

はずだ。

気付いてみると、どうして今まで思いつかなかったのか、デパートの地下に潜る前に、駐車場に寄ってもよかったくらいだというアイディアだった――しかし、どうして今の今まで思いつかなかったのかと言えば、今の今まで酒々井かんづめに促されなかったからだというところには、空々はまだ気付かない。

GPSというヒントも、彼女が出したものだということにも、まだ。

それに――自動車の運転というワードからの連想には、あともう一歩先があることにも、空々はまだ気付いていなかった。

ここで考えを留めるか更に進めるかが、彼の明暗をわけることになるのだが――ゲームの選択肢で言うなら、決定的なチョイスとなるのだが。

「どないした、おねえちゃん」

「いや、ひらめいたことがあって――だけどどうせ、試すのはもうちょっとあとだ。今から駐車場に出るのはリスキーだし……、もうちょっとここに身を隠しておきたい」

「かくれんぼか」

「かくれんぼ……うん、まあ、そうかな」

こちらを探すのは鬼ではなく魔法少女だが。

それに、タッチ交代で、こちらが追う側になるというケースはない――見つけられたらそれでおしまいというか……。

「かくれんぼはとくいや。よおかくれとった」

「そうなんだ」

「うまいうまい」

「…………」

かんづめが食事（おやつ）に戻ったのを受け、空々は今後の方針を考え続ける――ブラックアウトからは、もう完全に回復したと言っていい。たぶん、正式な診断を受け、精密検査をしたら、あちこちに色々と不具合は発見されるのだろうけれど、とりあえず身体が動き、いつも通りに考えることができるのであれば、何も言うまい。

先のことは後に考える。

自分の身体についてもそうだ。

……まず、ここでしばらくはおとなしく身を隠して――『かくれんぼ』し、『とおせんぼ』の魔法少女をやり過ごす。

何をもってやり過ごしたことになるのかが、いまいち決めづらいところでもあるが……、もしも『スペース』がいつまでもしつこく空々のことを探していると仮定すると、いつまでも外には出られない。

このデパートの地下で、静かにタイムアップを迎えることになる――いや、そんな成り立ちもなかなか悲惨ではあるが、考えてみれば、この地下に、それほどの安全性があるというわけでもないのだ。

なにも、地下深くに設置された、核対策用の防空壕（ぼうくうごう）というわけじゃあない――階段を降りたらそれで来られる、ただの地下だ。

屋内で、窓もないから、飛行状態で探す難易度が高いというだけなのだ——だが、魔法少女『スペース』が、地面を歩けないというわけではあるまい。『あのデパートの地下が怪しい』と思えば、彼女だって、地に足をつけて調べようと思うだろう。

彼女がプレイヤーとしての魔法少女『パンプキン』を監視していたとするなら、『パンプキン』が歩いているときには、歩いてあとをつけていたはずだし……一時的な避難所としては、地下というのは正解だろうが、いつまでもここにいるのは、それはそれで危険ということになる。

じゃあどこに行けば安全なのか？

もちろん、四国の外、四国ゲームの外ということになるのだが——だが、思えば『スペース』が空々を追ってきているはずというのも決め付けで、案外今自分は、一人相撲を取っているだけという可能性もあるにはある。

『パンプキン』に追いつくことに失敗した彼女が（失敗するところまでは、ほぼ確信はある——それを前提に考えていいほどには）、まずその後、墜落した空々がどうなったかを確認しようとするかどうか。そこで死んだと決めつけたままでいてくれるかもしれない——その場合は、パラシュートの残骸を発見されることもないわけだし。

よしんばパラシュートの残骸が発見されたとしても——空々の生存を知ったとして

も、重要視しない空々のことなど放って、『パンプキン』の捜索を再開するかもしれない。

だとすればここでこうしているのは大いに時間の無駄だ――リスクを考えるとその可能性にかけて、いきなり外に出るというのはありえないが、しかしどこかでバランスは取らないと。

穴倉でずっと怯えているわけにもいかないのだから――まさか自分が、あの魔法少女『スペース』を、これまでにないくらい怒り心頭にさせていることなどつゆ知らず、空々はそんな風に考えを進める。

とことん人の感情のわからない少年である。

「となると、また判断が必要になってくるけれど――どの段階でここから出て行くかだな。タイムリミットのことを考えると……、そのタイムリミットを解除するためには――ううん」

「おねえちゃん」

「あ。え……なにかな？」

また独り言で考えてしまっていた、と思いつつ、空々は応じる。

「どうかした？　かんづめちゃん」

「のどかわいた」

「ん？」

「おかきたべたらのどかわいた。みず、のんでええ？」

「ああ……そうだね。飲料もいったね」

失念していた。

アイスクリームは水分とも言えるが、おかきから食べ始めれば、そりゃあ喉も渇くだろう。まあ、おかきに合うような熱ーいお茶を用意するというわけにはいかないけれど、ペットボトルの飲み物なら、文字通り売るほどあるだろう。

売る人がいないだけで。

密封されているペットボトルならば、多少放置されていたとしても、賞味期限切れの心配はないだろう……。

「じゃ、またあの腐敗エリアに行って、いくつか見繕って持って来るけど……、えっと、かんづめちゃんは」

「いっしょにいくけん」

「……だよね」

おかきを非常階段のところに広げたまま、もう一度腐敗エリアに戻る——空々として、できれば二度と戻りたくないエリアだったのだが、最初の一回で飲み物まで揃えなかった自分が悪いと思えば、仕方がないことだ。

　それに年端も行かぬ幼児を巻き込んでしまったことは、仕方ないでは済まない問題になってしまうけれど……。

「お茶でいい？　それとも好きな飲み物とかある？」

「しゅわっとするん、いかん」

「しゅわっと……」

　ウルトラマンかな、と思ったが、そんなわけがない。すぐに炭酸飲料のことだとわかる——子供は炭酸飲料を苦手とするものだっただろうか？　わからない。自分が苦手でないものを他人が苦手としていると、感覚的な不具合、不協和を起こしてしまう空々である。

「じゃあ、やっぱりお茶？」

「にがいんもいかん」

「苦い……まあ、お茶って苦いと言えば苦いのかな……、じゃあ、オレンジジュースとか？」

「おれんじ」

　かんづめは頷いた。

「だいだいなん、すきや」

「……わかった。じゃあオレンジジュースで」

オレンジジュースというか、四国の右下の対角、四国の左上の愛媛県の名物が、みかんであることは、さしもの空々でも知っている。オレンジジュースの出る水道というのは、半ば都市伝説のようなものだとしても。

とは言え、だからと言って、徳島県にオレンジジュースが売っていないということはあるまい。

「ふう……」

嘆息する。

なんだか、やっぱり無理があるよなあと思う。完全に、子供が子供の面倒を見ているような状況だ――欲しい飲み物を聞き出すだけで一苦労ではないか。

こうして、世話をする身になってみてわかる、『あの人』や、『焚き火』の苦労というわけだ。空々はもう十三歳だけれど、彼女達から見れば、空々もかんづめも、かかる手数という意味では、似たようなものだろうし。

むしろ素直さがある分、かんづめのほうが手がかからないくらいか――空々は飲料コーナーで、オレンジジュースと、あとは自分の分に、二リットルのスポーツ飲料のボトルを取って、Uターンする。

「なにそれ。おいしいん？」

「おいしいというか……、飲み慣れてるんだ」

「ふうん？」

「えっと、昔からよく運動をしていて……だから……」

普通ならば普通に説明できそうなことでも、子供が相手だというだけで、うまく説明できなかった。簡単に説明しようとし、逆にしどろもどろになってしまう。

まあ、しどろもどろになりがちなのは、かんづめが空々のことを『おねえちゃん』だと思っているせいで、『僕』という一人称を使えなくなっていることも一因なのだが。

一人称が『俺』だった左在存のような女の子もいるのだから、そこまでこだわるというか、神経質になる必要もないのかもしれないけれど。

「ふうん。うんどうするひとようの、のみものなんや」

しかしかんづめは、空々のしどろもどろの説明がちゃんと伝わったようで、そんな風に納得したらしかった。

「ほな、かんづめにはいらんな。かんづめ、うんどうせえへんけん」

「そうだね……なんにせよ、飲み慣れてるものを飲むのが一番だよ」

よくわからないまとめかたをした辺りで、非常階段に帰還できた。帰還したことよりり、腐敗エリアを脱したことのほうにほっとしたけれど――ただ、帰還すると、広げたままにしておいた。

おかきとアイスクリームがなくなっていた。

7

「……あれ？」

あれ、と言ってしまった。

言ってしまったことは仕方ないとしても、しかしただ、これは、そんなちょっとした違和感を憶えた、程度の出来事ではない。

もっと動揺して、なんだったら悲鳴をあげてもいいくらいの出来事だ——異常な事態だ。ただ、現象だけを取り上げると、お菓子と甘味が、誰かにつまみ食いされたっぽいと言うだけのことなので、なんだか、今ひとつ、気の抜けたようなニュアンスを否めない。

とは言え、その『誰か』がいないのが今の四国であり、また、この地下に潜み、隠れているつもりの空々としては、把握していない『誰か』が、すぐ近くにいるということが、気の抜けた話であるわけもないのだ。

「なんや。ないで」

「……そうだね」

かんづめのような生き残りが他にいて……、そして、何らかの理由があって、この地下に潜んでいる……とか？

考えづらい。

かんづめという実例の生き残りがいるのだから、他にも生き残りがいるはずと考えるのも、妥当と言えば妥当――いや、生き残りが、一人いるだけでも相当レアな確率なのだから、それが二度も三度も続くことが、妥当であるはずがない。

となると、一般人ではない、絶対平和リーグ所属の魔法少女が、空々を追ってここに来たとするのが――でも、だとしたらなんでその魔法少女が、おかきを食べるのだ？

空々に圧力をかけるためか？　周囲からじわじわと追い詰められる気持ちを味わわせようと――だけど、おかきやアイスクリームを横取りするという、いうならば牧歌的な行為では、残念ながら空々は、驚きこそすれ、精神的な圧力を感じたりはしない。

そんな罪のない妖怪みたいなことを、魔法少女がするだろうか――あの『スペース』が、あの『ストローク』が。

空々空の知る限り、そんな悪戯(いたずら)じみた真似をしそうなのは、せいぜい、今は亡き登澱證くらいなのだが――いや、わからない。部外者として、敵として、彼女達と接している空々には、所詮彼女達の、真のパーソナリティなんて、わかるはずがないのだ――だが、とは言え。

とは言えだ。

「おかき、のうなってしもた。またとってこな。あのくさいところにもどらなあかんで、おねえちゃん」

「そうだね……」

そうなのかな？　何にせよ、およそ起こりうべからざることが起こったのだ――一刻も早くここから離れるというのが、正しい選択ではないのか？

一目散に、鋼矢が『スペース』に『通せんぼ』をされたときのように、踵を返して全速力で逃げるというのが――だが、それをするタイミングは逸してしまった感があるし（反射神経や危機意識が働かないタイプの異変だった）、また、逃げるとしても、いったいどこに逃げるというのだ。

そもそも彼らはここに逃げてきたのだから――酒々井家よりも安全な場所があると言って、空々はかんづめをここに連れてきたのだから。

もっとも、ここを空々に教えたのはかんづめなので、正確にはかんづめに導かれたようなものだが……。

「じゃあ、戻ろうか……大丈夫、かんづめちゃんが選んでいたおかきは、まだたくさん陳列されていたから」

「ちんれつ？」

「えっと……、並べられていた？　在庫が？」

外国人に日本語の説明をしているみたいな口調になってしまったが、とにかく空々は、平静を装って――事実、精神は平静だったのだが――三度、腐敗エリアへと戻ることにした。

取り乱したり、起きた出来事に過剰な反応をしたりせず、雨が降ってきたから傘を差すと言うような、ほとんどスルーするような対応だけれど、それが今の空々にできる精一杯だった。

危うさとしては、崩れそうな崖を見ているようなもので、それはそれで安定しているので、見ている側が騒ぐと、その振動で本格的に崩れかねない――だから落ち着いて見守ろうとか、そんな感じの危うさだった。

だからかんづめの言う通り、『なくなっているものを取りに戻る』くらいの対応をすべきか――ただ、如才のない空々は、ひとつの実験を、その際に忘れない。

「じゃ、重いから飲み物は置いていこうか」

と、それらしい理由をつけて、スポーツ飲料の入った二リットルのペットボトル、それにかんづめ用のオレンジジュースをその場に置いて、反転することにしたのだ。

ひょっとすると、そのことについてかんづめが、持ち前の利発さで、飲料を置いていくと、また飲まれたり、持って行かれたりするかもしれないという注意を空々にしてくるかもしれないと思ったが、しかし彼女は、何も言わずに空々の後ろについてきた――例によって、ぴったりと張り付くように。

飲まれたり、持っていかれたりするかもしれない――まさしくそれが空々の狙いであることを、理解したからこそ、かんづめは何も言わなかったのだろうか？　だとすればそれは、あまりに目端が利き過ぎるが……。

三回目となれば、しかもこの短時間で三回目となれば、もう慣れたもので、空々は一度目と同じおかきとアイスクリーム、それに、何かの役に立つかもしれないと、一直線にスナック菓子のコーナーへと向かう。

他のスナック類も多めにカゴに入れる。

一連の空々とかんづめの様子を、ここだけ切り取って見ていると、とんでもないお菓子好きの子供達みたいだ。そういう童話があったか？　ヘンゼルとグレーテルだったっけ……、お菓子の家？　……あれは、兄妹の話だったたと思うが、ヘンゼルが兄でグレーテルが妹だったか、グレーテルが兄でヘンゼルが妹だったか、見失ってしまった。

童話の話でもすれば、かんづめに怖い思いをさせずに済むかと思ったのだが——まあ、元より空々同様、あの現象を怖がっている風でもないので、その辺は余計な気回しか。

空々自身そうだったように、子供は案外子供扱いされることにうんざりするものなので、気を回し過ぎるのもよくないだろう。

だが、そうなると今、彼女がどのようにあの現象を捉えているのか興味も出てくる。魔法少女『パンプキン』が、魔法少女ではない『一般人』を必要として空々を仲間にしようとしたように、空々もまた、『一般人』であるかんづめの意見を聞いてみようと思った。

すべてが自分の半分くらいの子供に頼るなんて、相当追い詰められている——とも思わない。彼女がただの幼児でないことは、もう十分にわかっている——どの程度まで只者ではないのかは、まだ決めかねているが。

それも、この問いに対する答でわかるかもしれない。

「ねえ。かんづめちゃん。さっきの、どう思う？」

別にあの場で誰かが耳をそばだてていると警戒したわけではないけれど、一応、非常階段から十分に離れたところで、さりげなく空々は、かんづめに訊いた。

さりげなくというのはあくまでも彼の『つもり』であって、本当にさりげなかったかどうかはわからないけれど。

「だれかがかんづめのおかきくうた」

「……うん。そうだね」

「くうてにげた。ちがうん？」

「いや、そうだと思う――まあ、それ以外はないよね。おかきに足が生えて逃げるってこともないだろうしね……」

あまりに当たり前の答に、自分がどんな答を期待していたのか、すっかりわからなくなる――というか、とても馬鹿馬鹿しくなる。

そんな奇を衒ったような答を、かんづめが返してくると思っていたのだろうか？

違う視点からの意見というのは、そういうことではないだろうに。

「…………」

ただ、色々複雑に考え過ぎていたのも事実だ。答なんてそれ以外ない――空々達が不在のうちに、空々達のお菓子を、誰かが食べた。それだけのことだ――その『誰か』が『誰』かなんて、どうでもいいことなのだ。

そしてその『誰か』の意図がどういうところにあったとしても、今のところ空々を（かんづめを）害するつもりはないのは間違いない――まさか、食糧を奪っての兵糧攻めを目論んでいるわけでもあるまいし。

わからないことはわからないままにし。

起きていることにだけ対処すればいい――急き立てられて、地下から炙り出されて、それで『スペース』に見つかるなんて、自滅ルートを辿ることこそ、避けるべきだ。

だから、まずは戻ったとき、置いていった飲料類がどうなっているかだ――『誰か』が広げていたおかきを食べたのであれば、かんづめ同様に、喉が渇くはずなのだが。

逆に、戻ってもまだ、飲料がそのままあれば、その『誰か』は、もうこの地下にはいないと判断してもいいのではないだろうか――いや、そう短絡的にはいかないだろうが（罠を警戒して、二度目のチャレンジはしなかったという線は残る）、とにかく、戻ったときの飲料のあるなしが、次の判断材料になるはずだ。

果たして、おかきとアイスを詰め込んだカゴを持って非常階段に戻ってみると――オレンジジュースのペットボトルが空になっていて、スポーツ飲料のペットボトルがなくなっていた。

「またや」

「まただね……」

「またとりにもどらないかん」

「うん、ただ……」

オレンジジュースについては空のボトルが残っていて、スポーツ飲料はボトルごとなくなっていることを、この場合はどう解釈しようか？

喉の渇きが我慢できず、まずは小さいボトルに入っていたオレンジジュースを一気飲みし、それから、まあこの場では飲み切れないであろう二リットルのペットボトルを持って、この場から逃げた——という解釈がまず思いつくが、というよりそれ以外思いつかないが、どんなものだろう？

推理小説のパラドックスとでも言うのか、どんな謎の解明も、冴え渡る推理も、

『真犯人が探偵にそう思わせようと仕組んだ』という一文からは逃れることはできなできないわけで、『論理的にありえない可能性をすべて除いて残った可能性はどれほど論理的にありえなく見えても真実である』と、そう思わされているだけという真実だって、ありえないわけではない。

だが、ここで空々に、そんな風に思わせることに、どんなメリットがあるというのだ……、ごちゃごちゃ考えるより、さっさと、何の考えもない奴が真犯人だと決め付けてしまったほうが、展開が速そうである。

「だれか、めっちゃおなかすいとるひとがおるんやね。ちょっとめえはなしたらのみくいしよる」

「そう……みたいだね」

「かんづめかておなかすいとんのになあ。いうてくれたらわけたんのに」

「…………」

それだよな、と思う。

いや、別に言ったらわけてあげるというような、そんな人情味溢れるかんづめの台詞に同調したわけでもない――言われてわけるかどうかは、言われて見ないとわからない。わけそうな気もするし、冷たく断りそうな気もする。自分の他人に対する対応なんて、予想もつかない。

かんづめのことだって、今はたまたま面倒を見ているような状況になっているけれど、そうじゃない状況になっているパラレルワールドも多数存在するはずである。

だから問題なのは、空々達がわけるかどうかではない――わざわざ空々達からわけてもらわなくとも、ちょっと足を伸ばせば、食べ物はいくらでも手に入るということだ。

そんな、人から奪い取るというようなリスクを冒さなくとも、すぐそこに、お菓子もアイスクリームも飲み物も腐るほどあるのだ――本当に腐っている食品だってあるのだ。

『ごっつうおなかすいとる』というのなら、いくらでもそこのものを口にすればいい

――どうしてわざわざ人の食べかけ飲みかけを、横取りするような真似をする？

もしもそこに意図があるのだとすると……、なんだろう、嫌がらせ？　人から奪ったものじゃないと食べる気にならないとか？　どんな歪(ゆが)んだ性格だ……、しかもそんな歪んだ性格の割に、やっていることには愛嬌があるという……。

あるいは、考えられる可能性としては、腐敗臭漂うエリアに近付きたくないという考えの持ち主なのかもしれない。だから、腐敗エリアから持ち出されてきた食べ物飲み物を狙うのかも。

……まあ、悪戯や嫌がらせでやっているというよりは、まだありそうだが。ただ、そういう潔癖さが、食欲より優先されるものなのかどうかは、空々には判じかねる。

ただ、潔癖症も症状が重くなると、手を洗い続けることをやめられなかったり、片付けることで自分が汚れるのが嫌で、むしろ部屋を片付けられなかったり、そんな事態になったりもするそうだから、そういうこともあるんだろうとは思うが……。

「どないしたん？　はよ、とりにもどろよ、おねえちゃん。おかきばっかたべたら、またのどかわいてまう」

「そうだね――じゃあ、また、このおかきを置いて、取りに行こうか」

そんなことをしたら同じことの繰り返しになりそうなものだけれど、むろん、もう同じことを繰り返すつもりなどない――テストは終わった。十中八九、こうしてここにおかきを置いて立ち去れば、またそれを持っていく『誰か』が現れるだろう――それを、今度は見逃しはしない。

腐敗エリアの飲料コーナーに向かったと見せて、いいくらいの距離でこの非常階段を見張る――そして犯行現場を押さえる。

『真犯人が探偵にそう思わせようと仕組んだ』の一文は万能だが、唯一それに拮抗しうる探偵側の作戦があるとすれば、それは犯行現場を押さえ、現行犯でつかまえることだ。

正直に言うと、この無害さから考えると、放っておいてもいいような気さえするのだが――食べたければ好きなだけ食べろというような、投げやりな気持ちにもなるのだが――さすがにそういうわけにもいくまい。

大ピンチを潜り抜け、体調も概ね戻り、一旦落ち着いた風な空気もあるけれど、今だって全然、空々は常に爆死の危機と隣り合わせの四国ゲームをプレイしている真っ最中なのだ。

不確定要素はできる限り排除するに限る――それに越したことはない。

「うん。ほな、とりにいこ。こんどはなくなってもええよう、ようけもってくるけん」

疑問を差し挟むことなく、そんな風に従順に空々に従うかんづめは、やはりこちら過ぎだ。

の意図を察し、それに協力的に動いているように思える——子供としてあまりに出来

　ある意味、おかきやアイス、飲み物が、席を外している間に消えることよりも、この幼児、酒々井かんづめのほうがよっぽど不思議である。

　不思議な、不確定要素だ。

　排除すべき不確定要素——まあ、とは言え、解ける問題から先に解いていくというのはテストの基本である。

　まずは取り急ぎ、空々とかんづめの食べ物飲み物を持ち去った、『誰か』の正体を見極めるとしよう——空々は食品の陳列台に向かう振りをして、角を折れたところで巧みに、レジコーナーの内部へとかがみこんだ。

　こういうことそする技術ばかりが巧みになったからと言って、何の役にも何の益にもならないのだが——しかしそれ自体はともかく、自分が生き残り、生き延びることが、今や空々には役でも益でもないように思えていることは重症である。精神的に重症である。

　だからと言って生き残りを放棄するつもりは、彼にはまったくないのだが。

「ふっ」

　と、意気込むような声を発しつつ、かんづめもまた、空々に倣ってレジ内部へとか

がみこむ。別に彼女の身長ならばかがまなくても、レジ台の陰に隠れることになるだろうが――とにかく、何も言わずに空々と同じ行動を取った。

やはり彼の意図を汲み取っているらしい。

阿吽（あうん）の呼吸が成立するほどパートナーシップを成り立たせた憶えはないし、むしろ知り合ってまだ数時間。何を考えているかわからないという触れ込みで知られる空々空の意図を、今回は比較的理解しやすいとは言え、こうも汲み取る者というのは、老若男女問わず、そうはいなかった……。

「ねえ、かんづめちゃん……」

「しっ」

むしろ話しかけようとした空々のほうが黙らされてしまった――これでは主導権がどちらにあるかわからない。

この子は普段は入れないレジの内側にテンションが上がったりはしないのだろうか――そんな場合じゃないことはわかっているけれど、もしも空々が児童だった頃のことを思えば、ミステリアスなスポットであるレジの内部というのは、入って嬉しくなりそうなものだった。

「きたで。おねえちゃん」

「ん」

言われて、見る——角度的にはぎりぎり、非常階段を窺えるポジショニングだ。お金を置くトレイがやや邪魔だけれど、それはこちらの姿を隠してくれるものでもあるだろうから、贅沢は言えない。

と言うか、もう来たのか？

普通はもう少し用心しないか？

罠かと思って、しばらく様子を見たりはしないのか——たとえば一回スルーするとか。おかきとアイスクリーム、飲み物をそれぞれそれなりにゲットしているのだから、どれほど飢えていたとしても、喫緊(きっきん)の事態はとりあえず回避できているはずなのだから——だが、それがかんづめの見間違いということはなかった。

果たして。

犯人は——真犯人は、非常階段を降りて来た。

レジに隠れる空々以上に、こそこそと。

8

魔法少女だった。

いや、魔法少女だったという描写は、それを何人も何パターンも見た今となってはあまりに漠然としているというか、ざっくりし過ぎていて、何も伝えていないのと同じになるが――とにかく、空々が現在着用しているふわふわでひらひらした、ワンピース系のファッションに身を包んだ、年頃の女の子だった。

杵槻鋼矢よりは年下で、手袋鵬喜よりは年上だろうか？　女子の年齢はよくわからないし、この距離でこの角度だと、尚更よくわからないが――まあ、鋼矢より年下なのは確かだろう。

空々と同世代。

真っ黒いロングヘアーをシニョンにしている――過剰にそれが黒く見えるのは、まあ頭髪の量が多いからだろうが、しかしコスチュームの話をすれば、まったく黒くない。

通常のカラーバリエーションだ。

寒色系のコスチュームなので、ひょっとするとチーム『ウインター』の魔法少女なのかもしれない――とまで判断するのは、ちょっと早計かもしれないけれど、何にせよ、かの高速の魔法少女『スペース』が持っていたような、違和感というか、威圧感はない。

こそこそした、そしておどおどした態度は、むしろ『スペース』とは真逆である。

魔法少女ではあるのだろうが、『地球陣』どころか、一般人にも負けそうな弱々しい雰囲気がある。

「………」

きょろきょろしながら彼女は、猫背で、空々が置いてきたおかきをかき集め始める。床に置いて来たそれを拾うのにもおっかなびっくりで、すぐに逃げられるようにかかがんだりはせず、なんだか落ち穂拾いのような有様だった。

まあ落ち穂拾いは別におっかなびっくりではないのだが……、彼女の場合はどんな画家の琴線にも触れそうにない、情けない感じの拾いかただ。

きょろきょろしている割に、全然こちらからの視線に気付く風もないし……、電気などのインフラが生きている以上、地下であろうと結構明るいのだが、しかし彼女はまるで、薄暗いお化け屋敷の中でも歩いているかのような足取りである。きょろきょろしている割に、何かや誰かを見つけることには臆病で、本当に見なければならない箇所からはむしろ目を逸らしているというのか……。

声をかけるのが憚られる。

関わりたくない感じもあった。

ただし、そんな風にこそこそしながらも、彼女はちゃっかり、空々が置いて来たおかきをすべて、その腕の中に抱え込んだ。

一撃離脱とかタッチアンドゴーとか、そんな考えかたはないらしく、すべてを収奪していくつもりらしい——そこは評価すべきと言うか。意志が強いと見るべきなのかもしれない。

「上から降りて来たよね、あの子」

「うん。おりてきた」

「ってことは、ここが地下二階だから……、地下一階にいたってことかな……？　それともっと上のフロアとかに……」

「わからん。ほんにんにきいてみたら？」

そう促された。

身も蓋もない答だけれど、確かにそれしかないだろう——これ以上様子を見ていても仕方がない。

一応、選択肢としては、今、現行犯の彼女に声をかけるというのと、泳がせて後をつけ、更に様子を窺うというふたつがあるけれど、しかし変に後をつけるようなことをして、彼女が地上まで出て行ってしまった場合は、ややハードな困難に直面することになる。

それを思えば今のうちに——彼女が階段を登り始めないうちに、接触するしかないだろう。少なくともあの様子からして、彼女が『スペース』の命令を受け、空々を探しに来たということはなさそうだし——リスクが何かと言えば、どれほどおどおどとしていようと、おっかなびっくりであろうと、彼女が魔法少女だということだ。

あれがたまたま似ているロリータファッションでない限り、あの子は魔法が使えるのだ——理屈や理論を超越した、科学と似て非なる魔法を。

その魔法次第によっては、接触後の展開は変わって来よう——持ってきたすべての装備を現状失っている空々としては、警戒すべきではある。

大太刀『破壊丸』も手斧『切断王』もないし——また、こちらには幼児が一人いる。ガチの戦闘になると、分が悪い。

となると、策を弄するしかないわけだ。

策を弄すると言っても、あのびくびくしている魔法少女が相手ならば、雀を捕まえるときより複雑な策を練る必要はなさそうだが——雀を捕まえたことなどないけれど。

まあ油断は禁物だ。

当たり前だが。

「かんづめちゃん。お願いがあるんだけど。ちょっとあっちのルートから回り込んで、あの子の前を横切ってくれる?」

「よこぎる? くろねこみたいにか?」

「そう、黒猫みたいに……」

よくわからない比喩だけれど、まあ、かんづめが何のつもりで横切ろうとそれで不具合が生じるわけでもないので、空々は適当に話を合わせた。

要するに、彼女がかんづめに目を取られた隙に、空々が背面から、腕をねじ上げてしまおうと考えているのだ――飛行魔法がコスチュームに由来しているように、固有魔法は、なんであれステッキに由来している。

新しく仕入れた新知識だが（本当にもっと早く仕入れたかった）、ならば魔法少女がそのステッキを取り出す前に、彼女の身柄を押さえればよいという発想である。

更に言うと、そのために幼児を囮に使おうという発想なのだが……、鋼矢を逃がすために自分自身を囮に使った空々少年である、幼児を囮にすることに躊躇などあるわけがなかった。

いや、厳密に言うと躊躇がまるっきりなかったわけではない――幼児を囮に使う戦略が、どれだけ非人道的なものであるかというような知識は、ちゃんとある。

だからもしもかんづめが断るようだったら、また別の策を考えようと思っていた――しかしかんづめは、

「よっしゃ。わかった」

と、ごく当たり前に頷くのだった。

快諾と言っていい――ことの危険性を認識できていないのかもしれない、と空々は

思った。四国で何かが起こっていることはわかっていても、ずっと家の中にいたのであれば、魔法の存在を認識しているわけではないだろうし……。

案外、あの魔法少女が空々と同じような服を着ているのを見て、空々の友達だとでも思い込み、友達を驚かすために協力してくれと頼まれたと思っているのかも。

いや、この子はそんなタマじゃないか……。

「合図するから……そのタイミングでね」

「あいずはいらん。かんづめのたいみんぐでいくけん」

「ん？　あ、そう？　じゃあ、先に回り込んでおくね……」

時機のズレた思わぬ拒否に、空々は虚をつかれ、かんづめの提案を呑んでしまった。呑んで悪いということもないのだが……とにかく二人は、同時にレジの内部から出発した。

空々とかんづめが、それぞれ、新たなる魔法少女を挟み撃ちにするような形で回り込む――タメはなかった。

酒々井かんづめの『自分のタイミング』は、思いのほか早かった――決断力が半端じゃない、危うく空々のほうが間に合わないところだったが、ともあれかんづめは空々に言われた通り、魔法少女の視界を横切る形でとてとて走った。

年齢的に、速いとは言えない速度。

消去しきれない厄介な可能性がひとつ残っていて、それは彼女が既に魔法を使っているという可能性だった——鋼矢が常にステッキを振り回しておらず、『自然体』を発動させるときだけ、密かにステッキを振るえばいいように、彼女もまたステッキを持っていないというだけで、何らかの魔法を発動させているということは、ありえないわけではない。

鋼矢は魔法は万能ではないと言ったけれど、空々から見れば立派な『なんでもあり』だ——あんな風に『おどおど』している風なのも、魔法でそう見せているだけという線だってある。

考えればきりがない——考えあぐねる。

だが、魔法少女『パンプキン』のような魔法の使いかたは、やっぱり例外的であるはずなのだ——『スペース』だって、風の魔法を使い、ブーストをかけるときには、ステッキを振るっていたはずである。

もしも空々の読みが外れていた場合、かんづめの身は今、かなりの危険に晒されていることになるのだったが、果たして——

「え、う、うひゃあ！」

と。

まるで膝かっくんでもされたかのように、魔法少女はその場に引っ繰り返った。抱えていたおかきを、ライスシャワーみたいに撒き散らす。おかきは餅米なので、むしろキョンシー退治みたいに、と言うべきかもしれない。

その悲鳴と、大き過ぎる（よ過ぎる）リアクションに、空々のスタートが遅れる——ということはなかったが、気持ち的には何が起こったのかとやや動揺しつつ、後ろから彼女に駆け寄った。

尻餅をついて、両手を地面につけてしまっているので、予定していた『腕を捻(ひね)り上げる』ということはできなかったけれど——九割の確率で利き腕であろう右手だけではなく、両腕を共にひっとらえることができたのは、望外の収穫だった。

「え、え？　何？　誰ですか!?」

「誰と訊きたいのはこっちだけれど」

空々は言う。ロープや紐を用意する時間はなかったので、自分の手で拘束を続けるしかない——両腕を封じられ、振り向くこともままならない彼女は、

「あ、あ、あ」

と言う。

「すいません、悪気はなかったんです！　よかれと思ってやったんです！」

「よかれと思って……？」

「はい、つまり、別にいいだろうと思って……」

「…………」

そういうのはよかれと思ってとは言わない。

「って言うか、あれ？　ま、魔法少女？　な、仲間ですか、あなた？」

「仲間かどうかと訊かれると――」

違うと言わざるを得ないのだが。

だが、そもそも逆はあっても、あちらからこちらに、何かを訊かれるような状況ではない。

空々は彼女から目線を切り、かんづめが走り抜けたコースを見る――倒れているとか、こけているとか、そういうことはない。ちゃんと駆け抜けたらしい。どこまで走っていってしまったのかは定かではないけれども――まあ、無事なのであれば、よかった。

うまくいくと思って実行した作戦だったので、かんづめの無事に、こんなにほっとするとは思わなかったけれど。

「わ、私、チーム『ウインター』の魔法少女、『ジャイアントインパクト』と言います」

視線を逸らしてしまっている空々に対し、名前負けもいいところみたいなコードネームを名乗り、彼女は言った。

「お、お願い、お願いがあるんです——」

「いや、きみさ、お願いができる立場だと……」

「わ、わかってます、わかってます、このことはあとでちゃんと言い訳をしますから」

「言い訳をするのか」

「お、おね、お願いです、も、もしももしも」

彼女——『ジャイアントインパクト』は、両腕を封じられながらも、そんな風に懇願してきた。

「もしもチーム『サマー』の『パンプキン』をご存知でしたら、待ち合わせには行けないと伝えていただきたいんですが——」

「…………」

待ち合わせ？

『パンプキン』と待ち合わせ？

それってもしかして……焼山寺で？

（第4話）

（終）

悲惨伝

DENSETSU SERIES 03

HISANDEN

NISIOISIN

第5話「捕われの少女! 生き残り達の地下会議」

0

愚かさは武器だ。
危険で、しかも安価な。

1

振り返るほど昔の話ではない、それはついさっきの出来事と言ってもいい——本日の午前中のことである。空々空は魔法少女『パンプキン』こと杵槻鋼矢と共に徳島県、焼山寺道を登り、遍路ころがしの異名を取る十二番札所焼山寺に向かった——理由を説明されたのは後になってからだったが、飛行もせずにそんな難路を登ったのは、それは鋼矢が焼山寺で待ち合わせをしていたからである。

待ち合わせをしていた相手はチーム『ウインター』の魔法少女だったそうだ——そ

れがどういう相手で、何を企み、どういう待ち合わせをしていたのかは、定かではない。

空々は聞いていない。

時間がなく、他に訊くことがたくさんあって、気が急いていたというのもあるけれど、突っ込んで訊かなかったのは、失敗した作戦や目論見を聞く意味が、あまりないと思ったからだ——失敗談というのは話すほうも聞くほうも、それなりに楽しいものだけれど、それも時と場合によりけりである。

とにかく『パンプキン』と、待ち合わせ相手の魔法少女は失敗したのだから——成功に向かって、次なる動きを考えなくてはならなかった。少なくともそれが鋼矢の判断だったわけだ。

しかしそこが早とちりというか、彼女にしてみればシビアな判断ということだったのだろうが、鋼矢は待ち合わせ相手の魔法少女は『死んだ』ものだと決め付けていた——今の四国の現状を思えば、決して早まった判断とは言えないわけだが、しかし、だからと言って、もしもその相手が生きていたとしても、それがおかしい、不自然だ、ありえないと言うこともできまい。

魔法少女『ジャイアントインパクト』。

『パンプキン』の待ち合わせ相手、チーム『ウインター』における彼女の内通者が、今もって生存していたという事実は、しかしながら十三歳の英雄・空々空の冒険譚を、あらぬ方向へと大きく捻じ曲げることになる——

2

すべき『判断』は、そして『決断』は。

「…………」

空々空は考える。

言うまでもない、まずはこの魔法少女の言っていることが本当かどうかのジャッジだ——大仰なコードネームからしてはなはだしく疑わしいのだが、そこはまあ信じるとして、すべきは彼女が本当に『パンプキン』の待ち合わせ相手だったのかどうか——という判断だ。

空々も鋼矢の言う通り、決め付けていたつもりはなかったけれど、彼女の待ち合わせ相手は死んだのだろうと、もう思っていた——鋼矢が言うのだからそうなのだろうと。そしてそれが思い込みでなく真実だった場合、その死者を名乗り、入れ替わることはそんなに難しくない。

たとえば空々は今、魔法少女『メタファー』こと登澱證のコスチュームを着ているわけだが、ひょっとすると證本人を知らない人に対してなら、自分が魔法少女『メタファー』だと言い張ることも可能かもしれない……性差はともかくとして。

この場合、コスチュームが同じである必要もない――鋼矢の待ち合わせ相手の服の色なんて、空々は知らないのだから。

「『パンプキン』……って言ったよね？」

空々は、とりあえず沈黙を避けるために、『ジャイアントインパクト』に声をかける。相手の両手を封じたまま、後ろからだ。

まあ直接訊いてみよう。

そこから始めよう。

「『パンプキン』さんと、待ち合わせをしていた？　本当？」

「え？　ほ、本当ですよ。どうしてそんな嘘をつかなきゃいけないんですか。わ、私はですね、嘘や悪事っていうのが、大嫌いなんです。後ろめたいことっていうのが、どうしてもできないんです。そうすれば生きやすいってわかっていても、ついつい倫理的であってしまうんです」

「…………」

言い訳がすごい。

気弱そうな割に、かなりの自己弁護だ。

「……その割に、僕達の食べ物や飲み物を、こっそり盗んでいたみたいだけど」

「そ、それはですね」

「いや、最初にそれを聞いてみようか。きみの行動の中の、一番不審というか……、一番よくわからないところなんだけれど、なんで、陳列棚にずらっと、食べ物も飲み物も並んでいるのに、僕達の食べかけ飲みかけを持っていくんだい？　どういう嫌がらせなんだい？」

「い、嫌がらせなんてとんでもない。私がそんな、嫌がらせみたいな人の嫌がることをするわけがないですよ。するわけがないんじゃない、できるわけがないんです。私に嫌がらせをしろって言うのが、最大の嫌がらせですよ」

「別に嫌がらせをしろなんて言わないけど……」

本当に言い訳がすごい。

おどおどして、気弱で弱々な感じなのに、言い訳をするときだけ、生き生きしているようにさえ見える。

「じゃあなんで、僕達から持っていくんだ。それを合理的に説明してくれない限りは、きみの言うことはまったく信用に足らない」

「な、なんて悲しいことを言うんですか。驚きました。人を信用できないなんて。あなたそれでも魔法少女ですか」

違う。

後ろから摑まえられて、彼女はうまく振り向けず、また捕獲されてパニック状態にあるので、空々をうまく視認できずにいるから、どうやらまだ空々が男子だということに気付いていないらしい。

それは厄介な問題でもあった。

今は大丈夫でも、正面から見られたら、さすがに空々の性別はバレるだろう——いや、バレるというほど隠すつもりはないのだけれど、しかし連鎖的に、かんづめにもバレてしまうのはどうだろうか。

あの子はもうすぐここに戻ってくるだろうが……、まあ、それはなんとかなるか。なんとかなるというより、なんとかするしかないのだが……。

「だ、だって、ほら、いくら店員さんがいないからって、お店のものをお金も払わずに勝手に取ったら、泥棒じゃないですか。でも、泥棒のものを取っても泥棒じゃないですよね。その場合はなんて言うんでしたっけ、あれです、善意の第三者ってことになりますから。善人なんです、善人」

「…………」

善意の第三者というのは法律用語なので、『善意』の意味が、『善人』の『善』とはまったく違う。その場合は『事情を知らない第三者』という意味になるから、今回のケースにはまったく当てはまらない。

そういう意味では言い訳の構築が割と甘いのだが……、だが、どうやら、さっき言っていた、『後ろめたいことができない』とか『倫理的であってしまう』とか言うのは、あながち嘘でもなかったようだ。

焼山寺の宿坊を無断で使用するのが後ろめたかった気持ちを思い出せば、彼女の言いたいことは見えてくる。

泥棒からしか盗まない泥棒というと、なんだか義賊っぽいというか、ジュブナイル小説に登場する怪盗みたいなイメージだけれど、『ジャイアントインパクト』の場合は、どんな非常事態であろうと、今の四国のような状態であろうと、窃盗行為は働けないという理由で、飢えていたらしい。

飢え、渇いていたらしい。

だから空々達の食べかけ飲みかけを、根こそぎ持っていこうとしていた——ということ。行動原理は滅茶苦茶で、とても筋が通っているとは言いがたいけれども、しかし彼女の中では、それは筋が通っているのだろう。

滑稽ではあるが。

しかし角度は違えど、かつて『過度に倫理的であろうとする』人生を歩んでいた空々空には、世の中にはそういう『病』があることもわかっている——厄介なことに。

　今の四国ほどの状況ではなくとも、非常時であれ、犯罪行為に走らないというのはもちろん立派で、褒められこそすれ責められることではまったくないのだが、しかしそれも行き過ぎると、危険なキャラクター性になるだろう。

　たとえるなら、どんな道路状況であれ制限速度を守ろうとすれば、却って事故に繋がるようなものか——そこまでいくと行動性が倫理観とは無縁になってくるので、結果、独自というか、独特の理論を組み立てることになるわけだ。

　もちろん、泥棒から盗んでも泥棒だ。

　と言うより、サバイバル状態に近い今の四国で、わざわざ狙って、ピンポイントで生き残っている他人からものを奪うというのは、より罪の重い行為に思える。

「……まあ、わかったよ」

「わかってくれましたか。じゃあこの手を離してください」

「いや、離さないけどさ……」

　実のところ、そんなにわかってもいないけれど、しかしその点について、これ以上突っ込んでも仕方あるまい。

　彼女にしてみれば、飢え死にするかしないかの瀬戸際だったのだろうし——どう言い繕ったところで、空々だって、このデパートの商品を勝手に食べようとしていたことに違いはないのだ。

彼女の罪が無罪でないのなら、空々だって同罪のようなものだ。

実害を被ったわけでもないことで、これ以上『ジャイアントインパクト』を詰問する理由は、まあ、なかろう。

「……そうだ。次にきみの名前を訊こうか」

「え？　もう言ったじゃないですか、やだな、聞いてなかったんですか？　駄目ですよ、人の名前はちゃんと憶えないと。『ジャイアントインパクト』です。チーム『ウインター』の。あなたのチームはどこですか？」

「だから質問しようとしないでくれるかな……、この状況で」

空々は言う。

性格的に空々は、相当に忍耐強いほうではあるのだが、しかしそんな彼をして、なかなか『苛々』させてくれる相手の受け答えである。

気弱だとか臆病そうだとか、そんな第一印象はさして変わらずそのままに、しかし結構予想外の人格である。こんな性格の魔法少女が、『パンプキン』と繋がっていたなんてことがあるのだろうか——と思うが、まあ、それについては、『パンプキン』は、別に繋がる相手を性格で選んでいたわけではないということもあろう。実際彼女は、空々をパートナーとするという、地球撲滅軍に言わせればほぼ自殺行為に近い真似をしているのだから。

　というか、空々もそうだが、こういう性格的に孤立しがちな人間のほうが、内通するには都合がいいという考えかたもあるだろう。仲間内で浮いている奴ほど籠絡しやすいと聞いたことがある——そういう人間は大抵、『自分は正しく評価されていない』と思っているので、気難しい風を見せつつも、自分のことをわかってくれる（ような素振りを見せる）人間には、あっさり懐柔されるとか。

　そう考えると、『パンプキン』はかなりのやり手ということになる——空々をパートナーとしながら、ちゃんとそのメリットだけを享受し、生き延びているのも頷ける話だ。

　と、空々本人が他人事のように思う。

「コードネームじゃなくて本名を訊いているんだよ。『ジャイアントインパクト』って——その、長くて言いにくいしさ」

　らしくなくて言いにくい、というのが第一の理由だったけれど、それを正面切って言うのもまた言いにくいものがあったので、第二の理由のほうだけを彼は述べた。

「あ、そうですか？　へえ、これくらいが言えませんか？　別に発音の難しい英単語とか含まれてませんけれど。ネイティブっぽく言わなくてもいいんですよ？」

「…………」

「な、なんですか、黙らないでくださいよ、怖いなあ。てへへ」

照れ笑いっぽいものを浮かべる。

笑顔はコミュニケーションの基本だというが、その卑屈そうな笑顔に関して言えば、まるっきり建設的な人間関係の構築に役立ちそうにはなかった。

「た、確かにこのコードネームを呼びにくいって言う人はいますね。そういう人は『ジャイ子』って呼びますけれど。てへへ、なんだか可愛らしくって素敵なニックネームですよね」

「きみは『ドラえもん』を知らないのか……」

どんな日本国民だ。

聞けば、あのガキ大将の妹は、『同じ名前の女の子が苛められないように』という配慮で、かような命名を受けたということだが、なんだかそれは問題の本質がずれているようにも思える。

「『ジャイ子』とは呼ばない」

「あ、そうですか」

「本名を言って」

余計な会話をせず、端的に要求だけを述べることにした。正しいコミュニケーションの手法なんて、空々にわかるはずもないが、この子を相手にするにあたっては、たぶんこれが正解のはずだ。

言い訳がましいこの魔法少女に、言い訳の余地を与えるような物言いをしてはならない——話が遅々として進まない。

「地濃（ちのう）と言います」

「ちのう？」

知能？

それとも知嚢？

「いえいえ。地面が濃いと書いて、地濃です。地濃鑿（のみ）と言います」

「ちのうのみ……」

「のみは、工具ののみです。虫じゃないです。私、虫じゃないです」

「虫だとは言っていないけれど……」

むしろ、限定の意味での『のみ』が、空々の辞書では最初に出た。『知能のみ』と変換されたのだ——それだけ聞くと、なんだかすごい頭脳キャラみたいな本名である。

だとすると、まったく名は体を表していないけれど……。

「幼稚園の頃は『ちのの』と呼ばれていました。もしもそう呼びたければ、ご随意に」

『ちのの』とも呼ばない……」

「ちのさんBとも呼ばれていました。いえ、同じ幼稚園に茅野さんがいたんですよ。その人がちのさんAで、私がちのさんBだったんです」

「…………」

どうでもいいなあ。

とにかく、それも本当かどうかはわからないけれど、『ジャイアントインパクト』の本名は、地濃鑿と言うらしい。

どちらのネームも、呼ぶのがためらわれるくらい彼女に不似合いだったけれど――固有名詞というものにこだわりを持ちがちな空々にはキツいものがあったけれど、まあ、空々だって、空のように爽やかな性格をしているわけではないし、コードネームの『グロテスク』も、そもそもスーツの名前だ。

この場では、呼ぶ名前があればそれでいい。

「じゃあ、地濃さん。地濃さんって呼ぶよ」

「はい。どうぞどうぞ。あ、さん付けで呼ぶ場合は、『う』をちゃんと発音してくださいね。ちのさんBと呼ばれていたのはトラウマですから。今でも引き摺ってますから」

「きみは今でも引き摺っているような自分のトラウマを、ああもさらっと紹介していたのか……」

　おっと。

　余計な会話だ。

　まだそんな、打ち解けたみたいな会話をするのは時期尚早である――食料の取り合いについてはともかくとして、彼女が絶対平和リーグ所属の魔法少女であるという時点で、空々的には警戒以上に値するのだから。

　四国の現状を引き起こした絶対平和リーグ――また、黒衣の魔法少女『スペース』のことを思えば、香川で経験したような、誤解に基づく戦闘とは、違うレベルの先入観でもって、彼女たちには臨むべきなのだ。

　と、あまりの『ジャイアントインパクト』――地濃鑿のエキセントリックさに緩みかけていた気を、空々がそんな風に引き締め直したところで、囮として彼女の前を走り抜けた酒々井かんづめが、役割を終えて帰還してきた。

　地濃の幼稚園児時代の話をしているときに、幼稚園児が帰ってきた形だ――示し合わせたようなタイミングだが、まあ、そこに意味があるわけはないだろう。

　ちょっと帰りが遅いので心配していたが、たぶん、向こうの突き当たりまで走って、帰りは歩いてきただけのようだ。

　それで気付いたが、かんづめは歩くたびに光る靴を履いていた。今までずっと、空々の後ろに引っ付いて歩く形だったので気付かなかった——この子はこんな目立つ靴を履いていたのか……。

迂闊だった。

機会があれば、あとで交換させないと……、デパートまでは昼間の道だったからよかったようなものの、発見されやすくなる。発見されるための靴なのだから当然だが。

「おねえちゃん。よかった、ちゃんとつかまえてんな」

「うん。ご苦労様」

空々はかんづめに労い(ねぎら)の言葉をかける。まあ、今から思えば、別に囮がいなくても捕まえられたかもしれないというほどの地濃の鈍さだったが、それはあの時点ではわからなかったことだ。

「帰ってきたばかりで悪いんだけど」

と、空々は言う。

「どっかその辺から、紐か……、ガムテープみたいなものを探してきてくれないかな。この子を縛るから」

「し、縛る？　な、なんですかそれ？　北海道弁ですか？　イカ飯とかですか？」

露骨に動揺する地濃。

ちなみに北海道弁は『しばれる』だし、イカ飯は北海道弁ではなく北海道の駅弁だ。

「うん。わかった」

空々が単独行動をしようとしたとき、離れたら死ぬかもしれないという理由で引っ付いてきたかんづめである、これに従ってくれるかどうかは半々だと思っていた空々だったが、かんづめはそんな風に頷いた。

融通が利いた――と言うよりも。

ここはそうするのが正解であることを、知っているような態度、知り尽くしているかのような対応だった。

「うえのかい、いけばええのん？」

「いや、あまり離れられると困るな。このフロアの中で探して頂戴。売り物としてはないかもしれないけれど、商品を縛ったりするときに使うはずだから、どこかにはあるはず」

「わかった」

行動が早い。

そう言ったと思うと、もう反転して、かんづめは食品売り場へと向かった――食品売り場は換言するところの腐敗エリアなので、もちろん彼女はハンカチで口を塞ぐことも忘れていない。

　本当しっかりしてるなあ、と思う。

「あ、あの」

　と、地濃が言う。

　かんづめが去ってのちだ——一応、かんづめと空々の会話を邪魔するまいというような、気を使っていたらしい。

　決して空気が読めないというわけでもないようだ。

「あの子はいったい……？　あなたの妹ですか？」

「妹に見える？」

「えーっと、見えませんけれど」

「じゃあ違うんだろうね。じゃあ質問を続けるけれど、地濃さん——」

　かんづめを、ロープの捜索に出したのは、当然ながらそれが必要だからでもあるのだが、地濃を尋問するにあたって、あまり幼児の前で酷いことをするべきではないというような常識を働かしたからである。

　裏を返せば酷いことをしなければならない状況もあると、空々は思っているわけだが——むろん、そんなことにならなければいいとも思っている。

　が、上のフロアに行かせず、この地下二階だけでの捜索を命じたのは、そのほうが探すのに時間がかかるだろう、時間を稼げるだろうという読みも含めてのことだというのも、また事実だった。

「し、質問の前にひとついいですか。いいですよね」

「……なに」

「私まだ、あなたの名前を聞いていません。人に名前を訊いた以上、自分も名乗るっていうのが礼儀なんじゃないですか。ていうか本来は名乗られる前に名乗るべきなんじゃないですか」

「…………」

「それともあなた、不匿名多数ですか」

不匿名多数？

どういう意味の言葉になるのだ、それは……？　匿名希望と不特定多数が混じっているのか……？

「……空々空だよ」

ここで名乗ってしまったのは、用心深い彼にしては、ややうっかりだったと言えるかもしれない——彼女の抜けたペースに巻き込まれてしまったとも言えるが。

とにかく空々は。

「え……空々空って、地球撲滅軍の？」

そんなリアクションが、地濃から返ってくることをまったく予想していなかったのだ――しかし思えば、黒衣の魔法少女『スペース』は空々空の名前を知っていたし、證や鋼矢だって、地球撲滅軍に関して、何らかの知識を持っていた風だった。

名乗れば、その名を知られている可能性を考えることは十分にできたはずである――既に相手を拘束しているのだから、今更こちらの素性が知られたところで問題にはならないという考えは、この場合、成立しない。

なにせ、空々空を、具体的に知っているということになれば当然、

「あれ、でも空々空って、男の子のはずじゃ……」

となるのだから。

3

両手を封じるのを片手で為すというのは簡単なことではないけれど、封じる両手が女の子の細腕だったこと、そして元スポーツ選手である空々の手は平均よりは大きかったこともあり、短時間であればできなくはなかった。

もちろん簡単なことではなく、相手に強く抵抗されれば振りほどかれかねなかったけれど、もう片方の手を、彼女、地濃鑿の首に添わせるのだから、問題ないと言えば

問題ない。

「ひっ……」

いきなり後ろからうなじに触れられ、びっくりしたみたいな声を出す地濃──というか、人体急所のひとつである首に不意に触れられて、びっくりで済むわけもない。

それでなくとも気弱な性格だ、したほうの空々から見ても、ともすればショック死するんじゃないかと言うような、身体の震わしかただった。

ショック死した場合は、心臓マッサージをする用意はあったが。

「な、なななな……」

「首──細いね、きみ」

「ひ、ひい」

「まあそれはともかくだ。僕も話を聞いてもらおうかな、地濃さん」

「聞きます、聞きます。た、ただ、ただただ、聞きたいというこの気持ちも、身体と頭が首で繋がっていてこそです。断線したら聞きたくても聞けなくなります」

「…………」

制するための脅しにしては少々強烈過ぎるかとも思ったのだが、地濃の調子のいい言い訳は、とどまるところを知らなかった。

脅しが通じているのかどうか、いまいち判断しかねたけれど、首筋の頸動脈に触れた手から感じる拍動の激しさは、意図して変えられるものではないだろうと判断し、手を戻した。

首から手首へと。

脅しという意味では、もうしばらくの間、地濃の首に触れ続けていたほうが効果的だったかもしれないが、これは空々のほうが、それに耐えられなかったと言っていい。

女子の首に触れるという行為は、今の彼にとって、そうそう気軽にできることではないのだ——わけあって。

もちろん、必要とあらばそれをすることに躊躇はないのだが、躊躇がないのと抵抗がないのとは、少し違う。

「さ、さあ、何を聞けばいいんでしょうか、空々空さん、いや、空々空さま。あなたの奴隷が話を聞きますよ」

「さま付けとか、わざとらしいことはしなくていいよ」

「で、ではでは、空々さん。私はどういう話を聞けばいいんでしょうか。どういう」

「とりあえず、僕が男子だということは、あの子の前では伏せておいて欲しいんだよ」

「お、『おねえちゃん』と呼ばれてましたよね。つまりあの子はあなたを、女の子だと思っているんですか」

「そうだね。そういうことだ。その夢を壊したくない」

「は、はあ……」

彼女自身、ついさっきまで空々のことを女子（魔法少女）だと思っていたからだろうか、返事が曖昧だ――別に彼女が、空々に対して夢を見ていたわけではないだろうが。

「え、えっと……、なんていうんでしょうか。いえ、もちろん空々さんが言うのであれば、伏せておくことにやぶさかではないのですけれど、どうして地球撲滅軍の英雄、空々空が、魔法少女のコスチュームを着ているんでしょうか？　地球撲滅軍から絶対平和リーグに、コンバートされたんですか？」

「当たらずといえども遠からず――いや、当たらずで遠いけれど、まあ、まるっきり的外れということではないよね」

なにせ空々は、展開次第では『あの人』と共に、絶対平和リーグに属していてもおかしくはなかったのだから。

そのあたりの事情までも彼女が把握しているとは思えないが――さて、地濃は果たして、空々をどこまで、知っているのだろう。

「え、こ、コンバートもされていないのにコスチュームを着てらっしゃると言うのであれば、つまり趣味と言うことでしょうか……」

「コスチュームを着ているのは、空を飛ぶのに便利だからだよ。趣味じゃない」

「空を飛ぶ……、ああ。空々だけに」

「空々だけにじゃない」

僕の名前がなんであろうと、今の四国で、こんな便利なアイテムを使わない手はない――誰だって、どんなむくつけき男達だって、このふわふわの衣装を着るはずだ。

「で、でも、いまいち話が繋がらないんですけれど、空々さん。どうして空を飛ぶのに便利だから着ているコスチュームなのに、あの子には自分を女の子ちゃんだと思わせているんですか？『おねえちゃん』と呼ばせているんですか？それはどういう趣味なんですか？」

「だから趣味じゃない――って言うか、質問をするのはこっちだ。にもかかわらず、質問に質問を重ねないでくれ」

もう一度首に触れたほうがいいだろうかと思ったが、しかし先ほどの反応から判断する限り、地濃には、あんまりあの脅しは効果がないようにも思えた。

首に触れられようが首を折られようが、この子はずっとこんな調子なのかもしれない――ならばいちいち相手をするほうがストレスになると言うものだ。

尋問行為はするほうにもストレスを与えるとは言っても、こういうストレスではないはずなのだが……。

「で、でも質問したくもなりますよ。女装少年に捕らえられている自分の身がどうなるのか、果たして不安にならない奴がいるとお思いですか？」

「不安になるなと言っているわけじゃない……むしろこの状況で安心されても困るんだ。おののきたければいくらでもおののいてくれ。とにかく、あの子の前で僕の性別に触れないでくれたらそれでいい。別にきみに僕を、『おねえちゃん』と呼べとか、女の子扱いしろとか、そういうことを要求するつもりはない」

「そ、それは振りでしょうか。暗に要求しているんでしょうか」

「違う」

空々は端的に否定し、

「それよりも——どうして僕の名前を知っている？」

と、スムーズに違う話題へとシフトした。魔法少女のコスチュームを、自分が今着ていることに疑問はなくとも、しかしあまり長きにわたってしていたい会話ではないのだ。

「な、何を言っているんですか。知っているも何も……、今空々さんが、ご自分で名乗られたんじゃないですか。嫌ですね、忘れちゃったんですか？」

「…………」

嫌なのはこっちだ。

根気強く空々は質問を言い直した——根気強さや我慢較べには評価のある空々である。この場合、相手は弱いし、較べようにもそこについては完全な一人相撲になっているのだが。

「じゃなくて、僕が名乗る前から、きみは僕の名前を知っていただろうってこと」

「いや、知りませんよ。さっき名乗られるまであなたのことを私は、ただの魔法少女だと思っていたんですから。騙されていたんですから」

「ただの魔法少女と言われてもね……」

飲み込みが悪過ぎる、この子。

一を聞いて十を知り、阿吽の呼吸で動いてくれるかんづめと接した後だと、なんというか、際立つ。

「空々空という人物を、以前から知ってただろうという意味だ」

「ああ、ええ。『パンプキン』から聞いていました」

「…………」

これだけのことを聞き出すのに、どうしてこんなに時間がかかるんだ——時間稼ぎのために使いに出したかんづめが、もう戻ってきてしまうかもしれない。

ひょっとしてそれが狙いなのだろうか——だとすれば、それはなかなかの巧緻なストラテジーではある。見方を変えなければならない。

「『パンプキン』から……」

確かに、『パンプキン』──杵槻鋼矢は、地球撲滅軍と繋がりを持っていたらしく、『あの人』のことも知っている風だから、当然、空々のことも以前から知っていたとして、不思議はない。

また、焼山寺で待ち合わせをしていた相手が本当にこの魔法少女『ジャイアントインパクト』だったならば、『パンプキン』が空々を仲間にするつもりだということを、以前に聞いていたとしても……、時系列がやや微妙になるが、そういうこともあるかもしれない。

ふむ……。

とりあえず今のところは、それくらいの理屈で納得しておくか……、納得と言うか、ほとんど棚上げだが。

要するに他の組織に名前を知られる程度には、空々も有名人になったということだ──その有名人が女装をして自分の腕をとっ摑まえているというのが、どんな気分なのかはわからないが。

「そ、そのリアクション。やっぱりあなた、『パンプキン』を知ってるんですね？　じゃ、じゃあすぐに伝えてくださいよ。質問はあとでいくらでも受けつけますから、決して私は約束をすっぽかしたわけではないと」

「すっぽかしてるでしょ……」

空々は彼女の言葉に応じる。

まあ、彼女が『パンプキン』の待ち合わせ相手だったという主張、これも一旦であれば本当だと思って接してもいいだろう――いつでも覆せる。

「『パンプキン』……鋼矢さんなら、きみが死んだと思って諦めてたよ」

「し、死んでません。生きてます。私幽霊じゃないです」

「それは見ればわかる」

「え？　幽霊が見えるんですか？」

「……見えない僕に見えてるんだから、きみは幽霊じゃないってことだろ」

「なるほど、論理的ですね。頭いいなあ」

「…………」

鋼矢がこの子と待ち合わせをしていた理由がわからない。

この子から、いったい何を得るものがあったというのだろう――空々を仲間にしたことからも明らかなように、彼女のギブアンドテイク感はかなりシビアなので、情報交換の相手、四国ゲームの協力者として地濃を選んだのには、地濃が組しやすい性格だったというのを差し引いても、もっと何かあるはずなのだが。

それはなんだろう。

たとえば……ものすごく有効な『固有魔法』を使えるとか、か？

「あ……そうだ。地濃さん」

「はい。……あの、関係ありませんけれど、地濃さんって、空々さんの発音で言われると、私のＩＱが３しかないみたいに聞こえませんか？」

「関係ないことを言わないで。気になるんならイントネーションを変えるから」

「そうしていただけると。……関係ありませんけれど、空々さんって言うと、酸性雨みたいですよね。空から酸」

「だから関係ないことを言わないで」

鋼矢さんと高野山という話もあったが。

真面目な空気に耐え切れないメンタルの持ち主なのかもしれないけれど、緊迫した雰囲気に身を置く空々にしてみれば、とんだ道化役だ。

今だって、いつ黒衣の魔法少女『スペース』が、このデパート地下にやってくるのか、わからないというシチュエーションなのに――である。

「これこそ最初に言っておくべきだった。ステッキを出して」

「ステッキ？」

「なんで疑問符なんだよ――魔法少女のステッキだ。マルチステッキって言ってたかな……、あのサイリウムみたいな奴」

「サイリウムってなんですか？　元素ですか？」

「きみは元素を出せるのか」

「元気なら出せますけど。がんばるぞー！　って」

この状況で元気が出せるというのもすさまじいが、感心している場合ではない。空々は詰め寄るように言う。

「元素でも元気でもない。出して欲しいのは魔法少女のステッキだ。コスチュームのどこかに収納してあるんだろう？」

そういう話だった。

空々が調べる限り、コスチュームには収納らしい収納はなく、どこにもステッキをしまう場所なんてないように思えたけれど――『パンプキン』はそういうことではない、と言っていた。

どこからともなく取り出しているわけではないと――結局、あとで実践して見せると言っていた彼女だったが、その後どたばた焼山寺を飛び立つ形になったので、その機会はなかった。

「え……どこに収納してあるか、知らないんですか？　空々さん。あ、えっと、いや、空々さーん」

「僕は酸性雨みたいな発音になっても気にしないから、むしろ偽外国人みたいなイントネーションで呼ぶのをやめてくれ。そうだよ、知らない。それも一緒に教えてくれると尚いいね」

尋問においてこちらの無知を曝け出すのはあまり得策ではないが、ここは率直に押すことにした。策を弄するよりも、押しを強く行ったほうが、この子を相手にするにはいいように思えたのだ。

コミュニケーションの苦手な空々にとって、それは得意な対人関係の作りかたではなかったけれど、相手もまたコミュニケーションが苦手だった場合には、もう主導権を握っていくしかない。

「は、はあ……で、でもステッキを渡したら、私、魔法が使えなくなっちゃうんですけれど」

「それが狙いなんだから当たり前だろ」

「あ、そういうことですか。私を完全に捕虜として扱うつもりなんですね。じゃ、じゃあこのあと、服を脱がせたりするつもりですか」

「それは……」

魔法少女『ストローク』のときはそうした。だけれど、あれはその後に着せる服があったからだ――今はそれがない。

リュックサックに入れていた空々の着替えは落下の衝撃でびりびりだ——そんな服なら着せないほうがまだマシだろう。

デパートなので、フロアを登れば、『捕虜』に着せる服も見つかるに違いないけれど、今はその手間を惜しみたいし、また、迂闊にフロアを移動したくない。かんづめの帰りも待たなければならないし……。

もちろん徹底するならば、着替えがあろうとなかろうと、完全に魔法を使えなくするために、コスチュームを剝ぐべきだろうが——

「そこまではしない」

と、空々は言った。

『決断』した。

「ステッキをどうしても渡さないというのならば、そうすることになるけどね……、『パンプキン』さんに聞いた話じゃあ、コスチュームを着ていなければ、ステッキも使えなくなるということだったから」

「ひゃ、ひゃあ。じゃあすぐに渡します。渡しますから脱がさないでください。お代官様、お戯れをとか、言いたくないです。よいではないかとか言われたくないです」

誰が言うか。

口が裂けても言うか。

「で、ステッキは、どこ」

「あ、じゃあクイズにするから、当ててみますか」

「余計な工夫はしなくていい」

「左手首です。空々さんが今握ってるところ」

「ん？」

「て言うか、それがわかってるから空々さん、私の手首を抑えていたわけじゃなかったんですね。手首の袖、まくってください」

「袖……コスチュームの袖に仕込んであるってこと？　でも、そんな風には……」

「じゃなくて、袖の中。腕時計があるでしょ」

「腕時計……、ああ、あるね」

コスチュームと統一デザインされた時計だ。

いかにも女の子向けという、ベルトの細い時計――デジタルではなくアナログである。現在時刻の、四時半を示していた。

日付の表示機能はない。

「それです」

地濃は言った。

それは彼女にとっては隠し立てするようなことでもなく、当たり前のことだからだろう、別段、秘密の暴露をしているという風ではなかった。
「ステッキは普段、腕時計の形で手首に巻かれているんです」

4

コスチュームという言葉に、これはどこまでが含まれるかという問題だったが――思えば、ブーツも衣装の一部に含めるのであれば、時計という装飾具も、その一部と考えることもできるだろう。

ただ、空々は登澱證の死体からコスチュームを脱がせる際にはそう考えず、彼女の手首から時計を取り外すことはなかった――ゆえに。

あのとき、あの爆発で、證の時計は失われたと考えるべきだろう――これで所在不明だったうちのステッキの一本、登澱證、魔法少女『メタファー』のステッキがどうなったのかという問題は解決したわけだ。

彼女の『爆破』は、使うことができれば便利な魔法だっただろうが――まあ、他の誰かにお手軽に使われるのに較べたら、全然マシだ。

どこからともなく取り出して、どこへともなく収納するあの感じは、ステッキを手首に仕込んでいたからだったのか……。

まるで手品のギミックだ。

ただ、腕時計があのような棒状に変化するというのは、得心しかねる――実際に見てみないと、本当かどうかはわからないが、しかしここで、地濃にそれを試させるわけにはいくまい。

性格的には、そんな強力な魔法の使い手には見えないけれど、しかし固有魔法に性格が一切関係ないことは、既に明らかになっている。『ビーム砲』並の魔法を付与されていたら、今の形勢は簡単に逆転する。

ことの真偽はともかくとして、腕時計は腕時計のままで回収するべきだろう。地球撲滅軍の科学力ならば、腕時計型の爆弾くらいは作れることを知っているので、こう簡単に相手の装備を、言われるがままに回収するのは危険性を孕むのだが、絶対平和リーグにその科学力はあるまい。……こう言うと魔法と科学の境界線がますますわからなくなる感じだけれど、なんにしてもこの距離で爆弾なんて手渡さないだろう。

そこまで考えが足りないということはないはずだ――いや、十分ありうるが。

とにかく空々は、地濃鑿の左手首から腕時計を取り外した――取り外したところでどうしたものか、まさか捨てるわけにはいかないけれども、とりあえず脇に置く。

取り外すときに地濃の両腕を拘束する手が片手になってしまったので、それを早く両手に戻すのが先決だった。

「あ、預けただけですからね、預けただけですからね」

地濃はしつこく繰り返して言う。

しつこくはあったが、しかし魔法少女の必須アイテムとも言えるステッキを渡しておきながら、妙にノリが軽い——何か奥に秘めた策があるという余裕の態度にも見えるが、単にことの重要性がわかっていないだけのようにも見える。というか正直、後者にしか見えない。

「返してくださいよ、ちゃんと。いらなくなったら」

「いらなくなるなんてことがあるとでも……？」

現時点でも既に、取り上げたステッキをどうすればいいのか、もてあましていることは確かだが——使いかたを知らない以上、自分で使うわけにもいかないし——とりあえず、どういう固有魔法が使えるのか、聞いておくか？

「す、ステッキを渡したんですから、空々さん、いい加減、今度はこっちのお願いもいい加減きいてくださいよ」

「そんな返報性の原理が適用されるような場面だとでも……？」

「『パンプキン』に伝えてくださいよ、私は死んでないと。びっくりしますよ、知り合いの中で自分が死んでることになってるとか」

「……もちろん、頼まれなくてもそのこと自体は伝えるつもりだけれど」

　現在、『パンプキン』とは分断され、空々もまた連絡が取れなくなっていることを、ここで言う必要はないだろう。

　むしろ自分が『パンプキン』と、コンタクトが取れる立場であると、思わせておくべきだ——変に主張するとわざとらしくなるだろうから、その件に対しては、訊かれるまでは沈黙を保っておこう。

「きみが生きているとして」

「生きてますよ、見ての通り」

「……生きているとして、そして焼山寺での待ち合わせには、行けなかっただけだとして、じゃあ、どうして行けなかったのか、どうして『パンプキン』さんとの待ち合わせをすっぽかす形になったのか、ちゃんと説明してもらおうか」

「えー？　空々さんにですか？　そういうのは直接、『パンプキン』に言うべきじゃないんですか？」

　それは正論かも知れなかったが、しかし正論を聞きたいわけではなく、空々が今聞きたいのはあくまで、どうして地濃が鋼矢との待ち合わせをすっぽかしたかである。

　あとは鋼矢との待ち合わせをすっぽかした彼女が、なぜ、こうしてデパートの地下に潜んでいたかである——地下一階と地下二階の違いはあれど、彼女は空々同様に、『ここ』にいた。

その理由は質したい——だが、地濃からその回答を引き出すのに、いったいどれくらいの時間がかかるのかを思うと、途轍もなく途方もない気分になってくる。

「『パンプキン』さんには僕が言うから、きみは僕に言ってくれ」

「で、でも、そういう伝言ゲーム的なことをすると、情報が歪んじゃうじゃないですか。間違った情報が伝達されるのは、私としては本意じゃないんですよ、空々さん」

「きみが本意であろうと本意でなかろうと、この場合僕のスタンスが変わることはないんだよ、地濃さん」

「なるほど、空々さんは自分本位というわけですね。てへへっ！　まあでも翻意したくなったら、いつでも言ってくださいね！」

「…………」

感情の死んでいる空々をこうもざわつかせるとは、地濃は何らかの天才なのかもしれない。そう思うと、空々の彼女に対する接しかたは、いささか牧歌的というか、紳士的に過ぎるようにも思える。

天才には天才に対する接しかたがある。

肉体や精神を痛めつける感じの、拷問をもってあたるべきなのでは——ただ、今のスタンスだと、彼女がぺらぺらと、お喋りをしてくれることも確かだった。ただでさえ怯えがちな彼女を、これ以上の追い込みかたをすると、口を閉ざしてしまうかも

——でも、首筋に触られても、この子はあの調子だったからな……。

ぺらぺら喋ると言っても、今のところ彼女が喋ったことの九割がたは、ノイズみたいな情報なわけだし……。

ならばいっそ思い切って、もう一歩踏み込んで、両腕の骨をへし折るとか、そういうダメージ・ストレスを与えてみてもよいかもしれない。

「はい、行けなかった理由はですね、追われていたからなんです」

空々の思想が若干危険な方向へと向きかけたタイミングを見計らったかのように、地濃はそう言った——本題に入った。

如才ないと言えば如才ない調子だ。

立ち回りが巧みな『パンプキン』と、それは通じるところがあるかもしれなかったけれど、『パンプキン』の要領のよさは、人をこんなにざわつかせない。

「追われていた？」

「わからないですか？」

「そりゃ……わからない」

「追われるというのはですね、私の身柄を確保しようと、私の行く道歩む道を、尾行してくる者がいたということです」

「………………」

追われていたという言葉の意味がわからなかったわけではないのだが。しかも説明する単語より、説明のための言葉のほうが、熟語が多く含まれる、より難しいものになっている。

辞書作りには向かないタイプだ。

空々だって別に向いてはいないだろうが。

「追われていたって、誰に？」

「あー、これ、空々さんに言ってもわかるかなあ。あ、違うんです、空々さんの理解能力を疑っているわけじゃないんです。ただ、空々さんって基本的に余所者じゃないですか」

余所者……。

その通りだが、いちいち言葉のチョイスが絶妙だ、この子は。

「余所者にこんなことを言ってもなあって気はするんです。わからなかったとき、私のせいにされても困るなあって思うんです。こういうことを言うと意外に思われるかもしれませんけれど、私、人に責められることが大嫌いなんです」

「大丈夫、意外じゃないから」

『パンプキン』との待ち合わせに行けなかったことを、随分気にしている風なのも、その後の『パンプキン』がどうなったかを心配しているというよりも、圧倒的に、

『自分が待ち合わせをすっぽかすような人間だと思われたくない』という気持ちが強いようだし、まあ、そういう性格なのだろう。

それこそ、そこを責めても始まらない。

「わかるかわからないかは僕が決めることだ。追われていたから——待ち合わせに行けなかった？　そう言ったね？」

「はい。あなたの聞き違いでなければ」

「だから僕の聞き違いでないかどうかを確認したんだよ。……だけど」

追われていた。

端的で、それ以上説明が必要のないような簡素さがあるけれど、それは平時だったらの話である——今の四国では、『尾行してくる者』というのが、ほぼいないのだ。

人間があらかた『ゲームオーバー』を迎えているのだから——そこを思うと、『追われていて待ち合わせに行けなかった』というのは、『通学路で困っているおばあちゃんを助けていたら遅刻しました』というのと同じくらい、嘘っぽさの溢れる言い訳ではある。

「だから、誰にって訊いたんだけど。……まさかきみ、今の四国の現状を知らないってことはないだろうね？」

「四国の現状？　ああ、今は地下にいるので、今日の天気とかは知りませんが……、あ、でも、四国ゲームのことは存じてます」

「そうかい……」

今日の天気は晴れだよ、と、さっきまで地上にいた空々は、参考までに告げた——その発言から、彼女のほうが、先客としてこのデパートに潜んでいたと見ていいのだろうか？

「で、誰なの。誰に追われて、『パンプキン』さんとの待ち合わせに行けなかったの」

「たぶん仲間だと思うんですけど、私を追跡していました。あれ、敵だと思います」

仲間が追跡？

そして敵？

矛盾したようなことを言った。

ちぐはぐだ。

だからまた、地濃が何かおかしなことを言い出したと空々は思ったのだが——しかし、おかしなことを言い出したのは確かだったが、しかしそれは、矛盾してはいなかった。

と言うより——今しがた、そんな関係性を、空々は間近で目撃したのだった。ブラックアウト中だったとは言え——

「追われているとき、遠目にちらっと見ただけなんで、確かなことは言えないんですけれど――黒いコスチュームを着た魔法少女でした。名前は知りませんし、今まで見たこともないようなかたでした」

5

期せずして、二番目の質問をする必要がなくなった――どうして彼女が、デパートの地下に潜んでいるのかを訊く理由が。

空を飛び、上空からの捜索ができる魔法少女から身を隠すためだったのだ――地下一階地下二階と、フロアこそ違え、空々達と同じ場所にいた理由もまた、空々達と同じだったのだ。

むろん『遠目にちらっと見ただけ』という彼女の場合は、空々ほど切実な追跡を受けているわけではないのかもしれないが……。

むしろ地濃を追跡することで、間接的に、彼女と繋がっている『パンプキン』のことを、あの魔法少女『スペース』が探っていたと見るほうが、正しそうな気もする。

というのも、この子が『スペース』の追撃を、たとえ一時的にでも振り切れるとは思えないからだ――『スペース』は、途中で彼女の尾行を切り上げて、それから、彼女の待ち合わせを乗っ取る形で、焼山寺に向かったのでは？

そしてあの『通せんぼ』に至ったのでは。

待ち合わせ場所を把握するために『ジャイアントインパクト』をつけていたのだとすると、こうして地下に身を潜めている彼女は、まるっきり的外れなことをしていると言えるし（『パンプキン』に、まともにゲームをプレイさせることを目論んでいる『スペース』からすると、むしろ『ジャイアントインパクト』は、焼山寺に向かってくれたほうがよかっただろう）、そして不運なことに、地濃はここで空々空と出会ってしまったことによって、再び、その黒衣の魔法少女との縁が生じることになった。

今、空々を追って『スペース』が現れたなら、彼女は果たしてどんな顔をするだろうか……運がないと言うのか、何と言うのか。

ただ、そんな経緯で待ち合わせをすっぽかした彼女に、こうして巡り合えたことは、空々にしてみれば、幸運の部類に入ることだろう――こういう性格の人間に巡り合えたことを幸運と見做すのは、なかなかのハートの強さが必要になりそうだが。

ただ、四国の広さを考えると、まるっきりの偶然で、この巡り合いがあったと考えるのは、やや確率的には無理があるようにも思える――同じ魔法少女に追い詰められてという土台があるので、通常よりは起こりやすい確率にはなっているだろうとは言え――

「……きみにも訊いておこうか」

同じことを、かんづめにも訊いたのだが。

「ここって、どこ？」

「え？　知らないんですか？」

「うん。知らないから訊いたんだと思ってもらっていいよ」

「はあ。じゃあお教えしますね。ここはデパートの地下二階です。食料品売り場です」

「……それを僕が知らないと思ったのかい？」

「だから確認したじゃないですか。私を責めないでくださいよ。ひょっとしたら、腐ってるものばかりだから、このフロアにあるものを空々さんは食べ物だと思っていないのかもしれないと、愚考したわけですよ。あ、愚考って言っても私、自分を愚かだと、本気で思っているわけじゃないんですよ？」

「このフロアが食料品売り場であることは知っている……」

きみが愚か者であることも知っている。

とまで言う性格の空々ではないが、しかしここは自分の控えめな性格が恨めしくもあった。このシーンで地濃のことを愚か者と喝破できたら、どれくらいすっとするのだろう。

「問題はここが、焼山寺からどれくらいの距離か、なんだよ。待ち合わせ場所が焼山寺だったってことは、ここはそんなに、そこから離れていないってことなのかな?」

動力なしで単独飛行が可能な魔法少女に、距離はあまり関係ないのかもしれないが
……、そういう推測は可能だ。

かんづめの証言とは矛盾することになるが……、思えば彼女の証言も曖昧なのだ。

決して正確な位置を示してはいない。

「ああ。そうですね。そんな遠くないです」

地濃は言った。

……その軽い請け合いかたからすると、正直全然、全然断然、かんづめの証言のほうが信頼に足る感じだった——こんな信用に足らない人間を尋問する意味を、そろそろ考え始めたほうがいいのかもしれない。

「本当?」

「やだな、疑うんですか。本当に遠くないですよ。電車で半時間も行けばすぐです」

「…………」

半時間。

結構遠いな。

かんづめの証言のほうが、やはり感覚的には正しそうだった。飛行でどれくらいかかるかはわからないが、やっぱり『恋風号』を取りに行くにはやや手間か——ただ、

思い切れば取りにいけないというほどの距離でもないようだ。

どうしたものか――この地下を出たとき、どこに向かうかによるか。今ある危機を乗り越えさえすれば――いや、ただその場合、この不可解な魔法少女の処遇をどうしたものだろう？

いずれ『パンプキン』と合流することを思えば、どこに行くにしてもこの子を一緒に連れて行くべきではあるのだろうが――気が進まないというのが本音だ。

リスクをただ抱え込むことになりそうな――本当にどうして、鋼矢はこんな子と繋がっていたのだろう？

「……そうだ。それだよ。きみは結局、『パンプキン』さんと、どんな情報を交換する予定だったの？」

「情報交換？」

きょとんとする地濃。

空々の言いたいことが何も伝わっていない感じだ。

「まあ、情報交換じゃあないのかもしれないけれど――待ち合わせをしていた理由はあるはずだよね。その理由を知りたいんだ」

「え？　私が『パンプキン』と果し合いをするとでも思ってるんですか？　まさか、そんなことはしませんよ」

「どうして僕がそんな風に思ってるんだよ、きみは……。何にしても、理由もわからないまま、待ち合わせをしていたなんて言葉を信じられるわけがないだろう？」

「私だったら信じますよ」

「へえ……そりゃあ立派だね」

「なにせ、自分のことですからね」

「…………」

別に、はっきりした理由なんてなくとも他人との信頼関係に殉じることができるとか、そういう高潔なことを言おうとしたわけではないようだ。

「きみがきみを信じるのは、きみはきみの、待ち合わせの理由を知っているからだろう？」

「え？　まあ、そうですけれど、理由なんてなくとも、自分を信じることはとても大切だと、よく歌手の人が言ってますよ」

「歌手の人は歌ってるんだよ」

「はあ。言っていると歌っているは違いますか」

ぴんと来ない反応の地濃だった。

打てば響かないにも程がある。

「いえ、でも空々さん。余所者のかたにそこまで具体的なことを説明するのは、どうかと思うんですよ」

またこまっしゃくれたことを言い始めたと、空々はいよいようんざりし始めたけれど、しかしよく考えれば、今回に限っては、地濃は比較的、彼がきちんと対応しなければならないようなことを言っていた。

「――そもそも、あなたが本当に空々空なのかどうか、本当に『パンプキン』と繋がっているのかどうか、私にはわからないわけですし。あなたはむしろ、『パンプキン』の敵なのかもしれませんし。私の迂闊な発言で、『パンプキン』を窮地に追いやることは、できれば避けたいんです」

私が怒られるかもしれないじゃないですか。

地濃鑿はそう言った。

「…………」

怒られるかもしれないというエクスキューズはともかくとして――空々のほうからの歩み寄りがまったくないというのは、いささかまずいかもしれない。

もちろんこのように、明確に相手を拘束している状態である――別に『パンプキン』を本当に知っていることや、その『パンプキン』と本当に仲間であるということを証明する必要はないのだが（事実上、この場でそんな証明は不可能であるように思えるし)、だが、ついさっき、『今後』のことを考えてしまったのがまずかった。

どう考えたところで——空々がどれほど気が進まなかったところで——この魔法少女をこのままここに放置していくという選択はないのだから、あまりに非人道的、ないしは非協力的な態度を彼女に取り続けるというのは、うまくない。

実際、彼が彼女をこんな風に後ろ手に拘束している根拠が何かと言えば、『おかきやアイスやジュースを奪われた』ことであり、それについてはこのデパートのものを勝手に食べている空々だって、確かに理屈の上では彼女を批難できるような立場にはないのだ——だからと言って決して彼女が善意の第三者だとは思わないけれど。

『パンプキン』を窮地に追いやりたくないという気持ちが、まるっきり嘘ってことでもないだろうしな——どうしたものか。

鋼矢から何か、仲間であることを証明できるようなアイテムをもらっておけばよかった——分断されたときのために、割符のような何かを。

「ど、どうしたんですか、急に黙って、空々さん。なんですか、怒ったんですか？やめてくださいよ、私を怒っても何の得もありませんよ」

「損得で怒る人って、そうはいないと思うんだけどね——いや、きみの言うことももっともだと思っているところだ」

「でしょ？　もっともなこと言っちゃうんですよ、私は！」

「ただ、正直なところ、きみは僕に協力するしかないとも思うんだけど――」

「な、なんですか。捕虜だからですか」

「じゃなくて……、きみだって、四国の現状がわかっているんだったら、ゲームをクリアしようとは思ってるんだろう？」

「え？　あ、はい。そりゃもちろん、一刻も早く、この四国から出たいと思っていますよ」

「……そうかい」

　四国を出ることをゲームのクリアだと思っているのは――四国ゲームを脱出ゲームだと思っているのは、チーム『サマー』の魔法少女達と同じじか。

　どういう狙いがあったのか、具体的にはわからないけれど、『パンプキン』は、そこにあえて情報格差を設けているということだったが――チーム『ウインター』に対してもその姿勢だったようだ。

　ならばここで、空々がその格差を均すような真似をするべきではあるまいと、そこはスルーして、

「ところで、チーム『ウインター』の他の魔法少女達は、今、どうしているの？」

　と、角度を変えた質問をした。

　それは話を流すためにした、特に意味がないつもりの質問だったが、口にしてみ

て、結構重要な質問かもしれないと思い直した。

それについては『パンプキン』を窮地に追いやる云々とはまったく無関係だったからか、地濃は答えてくれた。

「あ、四人とも死にました」

6

魔法少女であれ一般人であれ、香川であれ徳島であれ、生き残りであれ誰であれ、死ぬときは死ぬ。

爆死するときは爆死する。

聞けばチーム『ウインター』の、『ジャイアントインパクト』以外の四名は、全員、ルールに抵触して死んだそうだ――死体はもちろん、残っていない。

彼女はチーム『ウインター』の、最後の一人だったのだ――だから選択の余地なく鋼矢は彼女と通じたのかとも思ったが、しかし鋼矢と地濃が通じていたのは四国ゲームが起こる前からの話で、彼女が最後の一人になったのはつい昨日とのことなので、その辺りに関連性はないらしい。

チームメイトが全滅しているという状況にしては、あまりに悲愴感のない地濃だったが（だから空々は自然に、チーム『ウインター』は無事なのだと思っていた）、それが四国ゲームにおける人死にに対する麻痺によるものなのか、それとも元々の彼女の性格によるものなのかは、判断しかねるところがあった——と、なんにせよ、事情が切迫していることが改めて浮き彫りになったところで、

「こんなんでどうやー」

と、かんづめが戻ってきた。

これで尋問は一旦中止である——肝心なことを何も訊けていないようにも思えたけれど、しかしそれは裏を返せば、地濃があれだけの言い訳、自己弁護を繰り返しながらも、肝心なことは何も言わなかった、口を閉ざし続けたと表現することも可能なのかもしれない。

空々も、魔法少女『パトス』——秘々木まばらに、壮絶な拷問を一晩に亘り受け続け、それでも沈黙を保ち続けたものだけれど、そういう意味ではこの気弱そうな少女もなかなか侮れないのかもしれない。

……そんな深い考えがあるようには、まったく見えないのだが。

かんづめが『こんなん』と言って持って帰ってきた、腐敗エリアからの戦利品は、果たして、ガムテープでも紐でもなかった。

自由の女神がトーチを掲げるように、かんづめは『それ』を掲げているけれど、

空々は初めて見るものだった。形もなんというか、トーチに似ているけれども……。

「何それ……？　サランラップかな……？」

サランラップなら、食料品売り場にあっても、まあ、おかしくはなさそうだが……ただ、サランラップで人を拘束できるだろうか？

「ちゃう。さらんらっぷやのうて、これ、『すとれっちふぃるむ』ゆうやつや」

「ストレッチフィルム……？　あ、ああ」

それなら、見たことはないけれど、聞いたことがないでもない――『焚き火』が、荷物の整理などに使っているとか、使っていないとか。

梱包材に類するもので、確かにガムテープや紐の、パターン違いであり――丈夫で、ビニール同士が引っ付くので結び目いらず、かつストレッチの名からもわかるよう、このビニールは高い伸縮性を有するので、手足の拘束にはむしろそれらより向いていると言える。

文字通りの子供の使いで、何も見つけられずに帰ってくるということもありうると思っていたけれど、彼女は期待以上のアイテムを持って帰ってきてくれた。

だけどそんなもの、いったいどこで見つけてきたのだ？

サランラップとは似て非なるものなので、間違っても食料品売り場には売ってそうにない代物なのだが……。

「うらにあった」

「裏？」

「ばーんゆうてひらく、どあのむこう」

「……………？」

「バックヤードのことを言っているんじゃないですか？」

　空々がかんづめの言葉を解読できずにいると、意外や意外、地濃がそんな助け舟を出してきた――かんづめは彼女を拘束するためのアイテムを持ってきたにもかかわらずだ。

　頭がいいのか悪いのかよくわからない発言だったが、なるほど確かに、商品としては売っていなくとも、店の裏側――バックヤードにならば、ありそうな代物ではある。

　ただ、バックヤードにならば、空々が言ったガムテープや紐もあっただろうに、それらよりも拘束するのが簡易で効率的なストレッチフィルムをわざわざ選んでくる辺りに、かんづめの利発さが遺憾なく発揮されているのが感じられた。

　そもそも空々なら、バックヤードという盲点の空間に、わざわざ這入ろうと思わないだろう――それは完全に発想の外だ。幼児ゆえ、先入観がないからこその潜入だったと言えば、それだけの話で終わってしまうのだろうが、しかし、これまでのかんづめの行動と併せて考える限り、ただならぬ風格さえ感じられる発想である。

本当に何者なのだろう、この子は。

実はやっぱり魔法少女だという落ちではないのだろうか――いや、空々の耳には、ついさっき、徳島県で魔法少女が四人死んでいるという情報が入ったばかりだ。

魔法少女だから今の四国を生き延びているなんて理論は成り立たない――となると、魔法少女以上に、見事なプレイを見せていることになる酒々井かんづめは、まるっきり、未知の存在だった。

デパートの地下で魔法少女『ジャイアントインパクト』と遭遇した偶然には、どちらも黒衣の魔法少女が噛んでいて、そういう意味では多少の必然性はないでもないにしろ――しかし、この子と空々が出会ったことは、完全に純然たる偶然の結果だ。

墜落したところにいただけだ。

その偶然を、どういう風に扱うかが、今後の自分を左右する気が、空々はした――ともあれ。

かんづめが持ってきたストレッチフィルムで、空々空は地濃鑿の両手首から肘（ひじ）にかけてをぐるぐるに巻き、また、両脚も膝のところまで、ぐるぐるに巻いた。

「な、なんだかエステみたいですね。あるんですよ、こういうの。ビニールを身体に巻いて汗をかいて、身体をしゅっとさせるって言う……、汗をかきやすくなるから、体重が落ちるんです。でも私、ダイエットとか必要ないかもなー。細身だもんなー」

そんなことをうだうだ言いつつも、地濃は抵抗することなく、拘束を受け入れた――ビニールを巻くときにどうしても一瞬、両手を使わなければならないタイミングがあるので、相手がそのときを狙って素早く動けば逃げられるかも、という警戒をしていたのだけれど、まるっきりの杞憂だった。

たぶん地濃は、背面で行われる拘束がゆえ、その隙に気付かなかったのだろうが――しかしひょっとすると、彼女自身も、空々に言われるまでもなく、気付いていたのかもしれない。

どうあれもう、この状況下では、これから空々と行動を共にするしかないということを――それしか現状の打開策はないということを。

黒衣の魔法少女の正体がなんであれ、まさかいつまでも地下にこもっているわけにもいくまい――特に彼女は性格上（病状？）、自分で食料を調達することができないのだから。

……そこまで考えているとは、正直思いにくいのだが、しかしそれくらい思ってくれる才覚はあって欲しいという、これは空々の願望に近いものがあった。

「ふう……」

と。

一仕事終えて空々は、ようやく地濃の背面から離れ、そして正面に回り込む。かんづめはそのすぐ隣に位置取った。空々の足の後ろに半身を隠す形で、彼女は彼女で、地濃をじっと見ていた。

幼児のつぶらな瞳でじっと見られることに耐えられなかったのか、地濃は、

「…………」

と、気まずそうに目を逸らした。

まことに気の弱いことだ。

いや――かんづめのような幼児に正面から見つめられれば、案外、多くの者は、今の地濃のように、顔を背けてしまうかもしれない。

「さっきの話に、少し戻るけれど」

「さっきの話？　なんでしたっけ」

背面から離れたので、もう空々が不意に首筋を狙ってくるという恐れからは、とりあえず解放された地濃ではあったが、しかし約束を守るつもりはあるようで、かんづめの前で空々の性別について触れるつもりはないようだった。

「きみもこのゲームをクリアしたいという気持ちはあるんだよねって話だよ」

「あ、はい。はいはいはい。ありますよ、もちろん。でないと死んじゃいますしね。私、死にたくないんです」

「そんな改めて主張しなくても、誰だって死にたくないよ……」

たぶんね。

空々はそう言って、

「じゃあ、協力プレイをしよう」

と申し出た。

「きみを完全に拘束できたところで、ようやく言えることだけれど――きみが後をつけられていたという黒衣の魔法少女に、こっちも遭遇していてね」

「え？　そうなんですか？」

地濃は驚いた風に、言う。

背けていた顔をこちらに向け直して。

「ど、どうして今まで黙っていたんです。言ってくれれば、それで盛り上がれたのに」

盛り上がれはしない。

もちろん黙っていたのはあの時点では彼女に余計な情報を渡したくなかったからだ――だが、もうその段階ではない。

魔法少女『パンプキン』の今も、ここが告げるべきタイミングだろう。

「きみみたいにつけられていたってだけじゃなく、こちらは間近で接近遭遇している

――なんとか逃げたけれど、そのときに『パンプキン』さんとは分断されちゃってね。今は連絡が取れない」

「え？　じゃ、じゃあ嘘をついたんですか。私が待ち合わせをすっぽかした理由を伝えてくれるとか。騙したんですね！　許せない！」

「…………」

両腕両脚を拘束された姿勢で、よくそんな文句を言えるものだ――まあ、その件については確かに騙したので、しかも騙そうとして騙したので、責めは甘んじて受けるしかなかったが。

「合流するつもりはあるから、そのときにはちゃんと伝える気でいたよ――だけど、この際、きみも一緒に合流したほうが話が早いだろう」

「え、ええ。だから言ったじゃないですか、理由は直接『パンプキン』に言うって。そのほうが絶対いいと思ってたんですよ。ほら、私の言った通りだった。謝ってください、私に」

「…………」

空々はちらりと足元のかんづめを見る。かんづめが、同行者が増えることをどんな風に考えるかが気になったのだ――意見があるのなら、それを参考にしようと思った。

空々の視線に気付いたようで、かんづめは、

「ええとおもう」

と言った。

「にんずうおおいほうがあんぜんやけん」

「……そうか」

必ずしも人数が多いほうが安全とは限らないとも思えたが、まあ、かんづめの意見はそうなのだろう――なら、ここで路線を変更する必要はない。

必要ないとして――今後の指針か。

決断しなければならない。

「『スペース』って知ってる？」

「はい？」

返事の言葉こそ『はい』だったが、明確な疑問符がついていたし、また地濃は怪訝以外の何でもない顔をしていたので、それは実質的な『いいえ』だった――空々は、

「黒衣の魔法少女は、そういうコードネームを名乗ったんだけど」

と、説明した。

「やっぱり知らないか――いや、『パンプキン』さんも知らないようだったんだ」

「やっぱり知らないかという、私を見下した発言を取り消してもらってもいいでしょ

うか」

「きみがそうであるよう、『スペース』から身を隠すために、この子と二人でこの地下に潜ったんだけれど——きみはここに潜んで、何日目？」

地濃からの要請を無視して、空々は問う。

無視されることに何の精神的ダメージも受けないのか、地濃はあっけなく、

「二日目ですけれど」

と言った。

二日目——つまり、彼女が魔法少女『スペース』に追跡されていたのは（それがいつからだったとしても）昨日までということか。

……先ほど考えた、『スペース』が地濃を尾行していた理由が、鋼矢の動きを知るためだったという仮説は、言わなくていいかと思う。

たぶんそれが正解だとは思うものの、現時点ではあくまでもただの予測だし、『パンプキン』を窮地に追いやることを嫌っていた彼女には、負担となる話になりかねない。

だから空々はそこは飛ばして、

「こちらがその子に遭遇したのは今日のことだ——大丈夫、『パンプキン』さんは生きている。うまく逃げ切ったはず——その後どうしているかは、わからないけれど」

と言う。

「うまく逃げ切ったって……、なんでそんなことが言えるんですか？　ひょっとしたら、今頃殺されているかもしれないじゃないですか。いえ、あんまり不吉な予測はしたくないですけれど……」

「まあ、確かに今の四国で絶対に大丈夫とは言えないけどさ……」

生き延びるための策を空々が考えたからこそ『そんなこと』が言えるのだと言うと、如何にも自信過剰というか、不遜な感じになってしまうので、説明の難しいところではあった。

説明しなくてもいいところ、と言うわけでもないのだが――とは言え、鋼矢も待ち合わせに来なかった地濃のことを死んだと思っていたのだ。

地濃の側が、『パンプキン』が殺されているんじゃないかと心配するのも、行き過ぎた心配ということにはなるまい。

「そうだね。色々と要因はあるんだけれど、たとえどんなことがあっても、最悪の事態はないだろうって話だよ。だって魔法少女『スペース』は、『パンプキン』さんを、害するつもりはないようだったから」

「害するつもりはない？　悪い人じゃないってことですか？」

「悪い人……、だとは思う。基本的にはいくらでも残酷になるような――だけど『パンプキン』さんには、高い利用価値を見出しているみたいだったから――」

殺しはしないだろう。

と、そう思う根拠にはなる。

もちろん、ものの弾みと言うものがあるし、結果としての致死というのもあるから保証にはならないのだが――ただ。

ある意味身も蓋もないことを言っていいのであれば、空々や地濃は、

「そもそも『パンプキン』さんの心配をしている場合じゃない」

のだった。

「きみのほうが、ずっと殺されやすい位置にいるんだから――自分の命を心配すべきだ」

「そ、そりゃそうですけれど……だ、だからあなたと、協力プレイをするべきだと？　でも、私からすればあなたって、かなり正体不明なんですけれど……、魔法少女『スペース』ですか？　あのかたよりもよっぽど……」

不安そうに言う地濃。

言い訳ばかりしている割に、この辺りは正確に、空々の話のネックをついて来る。

「きみの言うことはわかる――けれど、それはお互い様だし、だとしてもって話だろう？」

「だとしても？」

「他に選択肢なんてないってことさ――きみは四国のルールを何個知っている？」

「え？　いや、まあ、それなりに……抵触しないよう、みんなで集めましたから」

「でも全部知っているわけじゃあないだろう？」

彼女自身は収集ゲームのつもりはなくても、もしも全部（八十八）のルールを集めていれば、クリア条件を満たしていることになり、四国の現状は解決される――はずだ。

そうなっていないということは、チーム『ウインター』もまた、すべてのルールを知っているわけではないということ――すべての地雷を発掘してはいないということである。

この辺はシンプルな論理だ。

「え、ええ。そうですね。結局みんなは抵触しちゃったわけですし、私だって今も死の危険と隣り合わせです。『両腕両脚をストレッチフィルムでぐるぐるにされてはならない』というルールがあれば、私はお陀仏です」

「そういうことだね」

「念のためにほどいておきませんか？　ここで私に爆死されるのも、空々さん的に不都合でしょう」

「……さらっと要求するけれど、まあ、そこまで理不尽なルールはないみたいだから、安心して」

保証はできないが。

理不尽なルールがなくとも、ルール違反の結果が理不尽なことは確かなのだ。

「死の危険と隣り合わせという状況、プラス、魔法少女『スペース』に追われているという現状を合わせて考えると、取れる行動なんて限られている。そっちにとってこっちが怪しくても、こっちにとってそっちへの疑念が残っていても、それはもう、互いに受け入れるしかない」

「受け入れるしか」

「目を瞑るしか――かな」

「…………」

そこで黙り、考える風にする地濃。

考えることは、どうやらできるらしい――どんな結論を出すのかはわからないが。

普通に考えれば――と言うか、考えれば普通は、空々との協力プレイを選択するはずだが、しかし、この地濃鑿という魔法少女に限っては、読みきれないところがある。

これまでに空々が、あまり接したことのないキャラクターだ――果たしてここからどのような展開になるのか。

緊張という意味では、『ストローク』を仲間にしようと勧誘したときにははるかに勝る――あのときは、結果として成功だったのか失敗だったのか、よくわからない展開になったけれど、今回はどういうことになるのだろう。

断られる理由があるとすれば、やはり先ほど地濃が言っていた、空々が本当に『パンプキン』の仲間なのか、その辺りの信憑性がないということか――断られた場合、この子の処遇を果たしてどうしたものだろう。

かんづめの前で、あまり残酷なことはしたくないけれど、しかしそれも仕方ないとなれば――

「わかりました！」

「！」

いきなり大きな声で地濃が、叫ぶように言ったので、びっくりしてしまった。受け入れられようと断られようと、冷静に対処しようと思っていたところに、予想外なアクションだった。

「空々さんを仲間にしてあげます！」

「…………」

「なんだか今となっては、こちらから仲間になろうと申し出ていたような気分になってきました！　どうでしょう、ここは私のほうから仲間になろうと空々さんを誘ったことにしてもらってもいいでしょうか！」

「……元気だね」

元気は出せるとか言ってたっけ――いや、元々気弱そうな少女である、決断をするにあたって、そんな風に大声を出すことに依って、自分を鼓舞しているのかもしれない。

「私が誘ったということにしてもらってよいのであれば、仲間にしてあげますよ、空々さん！」

「……まあ、そこにこだわる気はないから、してあげてでもしてもらってでもいいけど……」

「ですか！」

嬉しそうな顔をする。

その顔だけを見ていると、本当に彼女のほうから空々を仲間にしようと誘い、また、それに見事成功したかのようでもあった――わけがわからないが、ともあれ空々のスカウトは上首尾に終わったようである。

あまりそんな実感はないが……。

「では空々さん！　早速ですが、この拘束を解いていただけますか！」

「いや解かないけどね？」

「……さて、スリーピースのパーティを結成できたところで、今後の方針を決めなきゃならないんだけれど――」

切り替えて、空々は言う。

その前にフロアを一階上がり、地濃が持って上がっていたおかきやアイスクリーム、飲み物を、取り返して来ている。

アイスはやや溶けかけていたり、おかきは半分くらい食べられていたり、そんな感じだったが、もう一度腐敗エリアに行くよりは、こちらの残り物をみんなで処分するほうが、行動として適切なように思えた。

かんづめが、

「うまいうまい」

と食べているのを横目に空々は、魔法少女『ジャイアントインパクト』こと地濃鑿と、今後の作戦を練る。

地濃は拘束されたままで、ステッキも取り上げられたままだが、同盟を結んだ仲間として、立場としては対等ということになるので、一応、今後の方針を相談して決めようと、空々は話を振ったのだった——どんな考えかたの持ち主であっても、地濃は地濃で、この四国を生き延びてきた魔法少女である。

空々とは違う独自の視点というものを、恐らく持っているはずだ——四国ゲームのプレイということでは、空々よりも先輩なのだ。

ちなみに年齢を聞いたら、同じ歳だった——迂闊に誕生日までを聞いて、彼女が年上だった場合は今後の関係性が難しくなるので、あえてそこまで厳密なことは確認しなかった。

「今後ですか。そりゃあ四国ゲームをクリアするために、なんとか脱出するしかないでしょう。今更何を言っているんですか、空々さん」

「……そうだね。脱出か——」

リタイアとクリアの違いについては、ここでは説明しない——『パンプキン』の意図があるなら邪魔するべきではないからだというのが大きな理由だが、それと双璧をなす小さな理由としては、そう思ってくれていたほうが、クリアを目指さず、一旦四国からリタイアしようというアイディアを持つ空々にとっては都合がいいというのがある。

変に地濃の選択肢を増やし、不確定要素を増やしたくなかった——地濃自体がもう、空々からしたら一秒後に何をしているかわからない、十分に不確定要素なのだから。

「ただ、魔法少女『スペース』に『通せんぼ』をされたのは、大鳴門橋の付近でね──つまり脱出しようとしたら、邪魔をされたということになる」

「え？　邪魔をされた？　それじゃあ出られなくないですか？」

「だから出られなかったんだって──ただ、『パンプキン』さんが出ようとしたから『通せんぼ』をしたって節があるから、『パンプキン』さん以外が脱出しようというのを、あの子は邪魔したりはしないのかもしれない……」

本来ならば。

ただ、空々はたぶん彼女の恨みを買ってしまっている公算が高いし、『スペース』に恐れをなして地下にこもった地濃に、こんな可能性だけの話をしても、その恐れがなくなったりはすまい。

「でも、空々さん。それ、おかしくないですか？」

「？　おかしいって？」

「どうして魔法少女が脱出を邪魔するんです？　これは地球の奴が人類に仕掛けたゲームなんでしょう？　脱出を邪魔するなんて、それじゃあまるで、あの黒衣の魔法少女が地球の配下みたいじゃないですか」

「………………」

ああ。

そうか——その辺りの認識もチーム『サマー』とチーム『ウインター』で共通しているのか。四国ゲームを地球の仕業だと思っている——ゲームマスターを地球だと思っている。これはどうしたものだろう。

実際は彼女の所属する絶対平和リーグの実験失敗が招いた現状であるということを告げないで協力プレイを続けるべきなのか、それとも告げるべきなのか——信頼関係の上では当然告げるべきだが、そうなるとなし崩し的に、クリアとリタイアの違いも説明しなければならないことになるかもしれない。

大体、実際に体験した『スペース』との攻防とは違って、そこは完全に鋼矢の話の伝聞になるので、空々にうまく説明できるとも思えない——それこそ、『パンプキン』の口から、直接説明してもらったほうがいいのではなかろうか。

部外者で『余所者』の空々からすれば納得しやすい話だったが、絶対平和リーグの身内である地濃には、受け入れがたい話であるという気もするわけだし……。

「まあ、その辺はわからないね——当たり前だけれど、こちらもすべてを把握しているというわけじゃない」

「あ、そりゃそうですね。当たり前ですね」

「……そうだね」

こちらが言ったことを繰り返されただけなのに、いちいち神経に障る地濃の言い草はともかくだが、ここで鋼矢の話を彼女にそのまま伝える必要はないと、空々は最終的に判断した。

隠しごとをするのはやや気が引けるが（相手が相手だけにそこまでは気が引けないが）、まあ、鋼矢の説が間違っていて、実際には地球が魔法少女を配下にしているという可能性だって、まだ完全に消えたわけではないのだから、迂闊な喧伝を控えたほうがいいのも確かだ。

「とにかく確かなことは、魔法少女『スペース』が、『パンプキン』さんの四国脱出を阻んだということだ――そして我々は、彼女に追われているかもしれないということだ」

「時系列を整理すると、私が彼女を撒いたあと、彼女は空々さん達のところに向かったという感じなのでしょうか？」

よくわからないと言うように訊いてくる地濃――空々の認識ではそれは、『撒いた』のではなく、地濃の動きから『パンプキン』との待ち合わせ場所を察した『スペース』が焼山寺に向かったということになるのだが、まあ、今のところ、地濃がすべき理解はそんなところでよかろう。

「そうだね」

と、空々は頷いた。

変に正直になり過ぎると、折角『スペース』の追跡から自由になったはずの地濃が、空々がここに来たせいで再びピンチになっているという事態に、気付かれる恐れもある。

「彼女は飛行が得意な魔法少女のようだ――たぶん、基本的に上空から四国を監視している。だからその目を逃れるために地下に潜ったわけだけれど」

「あ、それ、私もそうです。なんだ、私と発想が同じですね、空々さん」

「……きみと一緒かどうかはともかく」

空々は言った。

「一時的な避難所としては悪くないけれど、いつまでもここにこもっているわけにはいかないよね――たとえ『スペース』の監視の目を逃れ続けることができたとしても、タイムアップになってしまう」

実際に監視の目を逃れ続けることができるかどうかは怪しいと、空々は思っている――酒々井家の屋根に引っかかったパラシュートを置き去りにしてきたことは、それにつけても痛い。

彼らしい非情さに徹し、かんづめの目を気にせずに火をつけるべきだったのか――だが、それを悔いても、どうしようもない。まさか今から酒々井家に戻って放火をするわけにもいかないのだ。

まあ、地下に潜むという最低限の手は打ったものの――いつまでも一箇所に留まり続けるのは賢いとは言えないだろう。

仮にそれで『スペース』から逃れ続けることができたとしても、結局、タイムアップからは逃れられないのだし――

「タイムアップってなんですか？」

地濃が訊いてきた。

そうか、まだそれを説明していなかった――だから彼女はこんな暢気なのか、とも思ったが、おどおどしている割に危機感に欠ける彼女の性格は、たぶん、生来のものだろう。

「詳しい説明は、煩雑になるから省くけれど――」

「え？　大丈夫ですよ、別に、煩雑になっても。私、理解力には自信がありますから。チーム『ウインター』で一番のおりこうさんって呼ばれていたんですから」

「……現在四国で起こっている事件は、当然、外部でも騒ぎになっていてね」

彼女の言が本当なら、チーム『ウインター』はとんでもないチームだったことになりかねないが、それはさておき、空々は予定通り簡単に説明をする――地球撲滅軍の不明室が投入を目論んでいる『新兵器』について。

「――というわけで、一週間以内……、今から約五日以内に何らかの目処をつけないことには、四国そのものが破壊されることになりかねないんだ」

『何らかの目処』が既についていることには、当然、触れない。触れないことで不要な危機感を煽ってしまうかもしれないけれど、正直地濃には、もう少し危機感を持って欲しかった。

「そ、それは大変じゃないですか。そんな大変な事態なのに、空々さん、こんなところで何をしているんですか」

何をしているんですかと言われても。

目論見通り、多少の危機感は抱いてくれたようだが、どうにも彼女は、現実と向き合っていないようなニュアンスが強い。

空々が現実適応能力が高いのとは真逆で、現実と向き合わないことに長けているのかもしれない――案外そのふたつは、似て非なるものでもあるのだが、空々はそれを認めたくはなかった。

「駄目ですよ、早く四国ゲームを解決しないと。解決と言っても、何をもって解決になるのかわかりませんけれど」

「とりあえずそれは、四国からの脱出だと思っていたけれど――妨げられちゃったからね」

「どんな風に脱出しようとして、どんな風に妨げられたんです？　話を伺っていると、空から行こうとしたんですよね？」

「うん。大鳴門橋まではね——大鳴門橋は、歩いて渡るつもりだった」

「なるほど。海の上を飛ぶのはトラブルがあったとき、ちょっと怖いですからね」

魔法少女だけあって、その辺は多くを語らなくとも、理解してもらえるらしかった——何事につけ怯えがちな彼女には、その『用心』はわかりやすかったのかもしれない。

「もう一度大鳴門橋にアタックするというのも、案外裏をかけそうな気もするけれど……、そもそも陸路は全部押さえられていると考えたほうがいいのかな。脱出を阻む黒衣の魔法少女が、『スペース』だけとは限らないわけだし……」

ただし、陸路が押さえられているのならば、空路はもっと警戒して押さえられているだろう。となると残るは海路ということになるのだが……。

「紀伊水道を泳いで渡るというのはどうですか。和歌山県に着きますよ」

「……紀伊水道が何なのか、訊いてみていい？　橋の名前だと思ってたんだけれど、どうも違うみたいで」

「きいすいどうはかいろや」

恥を忍んで質問してみると、地濃が答える前に、横合いからかんづめが教えてくれた──おかきを食べるのにいっぱいいっぱいになっているかと思ったが、そんなこともなく、ちゃんと空々と地濃の会話、作戦会議を聞いているようだった。

海路。

船が行き来しやすいコースみたいなものだろうか──かと言って、和歌山まで泳ぐというのは無理がある。

遠泳の選手でもあるまいし……。

「このコスチュームには泳ぐ機能とかもあるの？」

「やだな、あるわけないですよ」

「そう……遠泳は得意？」

「やだな、得意なわけないですよ」

「そう……何が得意？」

「やだな、得意なことなんてないですよ」

「………………」

だから嫌なのはこちらだ。

まあ、たとえあったとしても、ブラックアウト中の、『パンプキン』と『スペース』の会話で、船を使うのも駄目と言っていたような覚えがあるので、逆説的に、船や海路も押さえられていると考えるべきか。

いよいよ八方塞がりだが……。

「かと言って、これじゃあほとんど無力化されているようなものだ——どこかのタイミングでこの地下を出て、行動を起こさなくっちゃならないんだけど……、地濃さん、何かアイディアある？　地濃さんはこのあと、どうするつもりだったの？」

「どうすると言われても……、私はここに、避難してきただけですから、後先はあんまり考えていませんでした。一生をここで終える、ここに骨を埋める覚悟が」

「あったの？」

「いえ、それはありませんでしたけれど」

どうなんだよ……。

空々も後先考えないと言えば考えないほうなのだけれど、ちょっと種類が違うように思う——というか、一緒にされたくない。

「ただ、『パンプキン』に頼まれていたことが結局やりかけだったので、それをやり遂げないとって思っていましたけれど——」

「頼まれていたこと？」

それが、地濃が鋼矢と、焼山寺で交換する予定だった情報ということになるのだろうか——仕事を任されていたのか？

それを彼女はまだ、信頼できるかどうかを判じかねている空々に言うつもりはないとのことだったが、迂闊にちょっと漏らしてしまったようだ。

脇が甘い。

ただ、ここでそれを追及しても、さすがに教えてはくれないだろう——それをやり遂げるのを手伝うというのもありなのだが。

「どうですか、空々さん。やることがないんだったら、それをやり遂げるのを手伝ってくれませんか?」

「初志を貫徹してくれ……頼むから」

「え? でも同盟関係を結んだんだから、何もかも情報はオープンにするべきなんじゃないですか?」

「そこまで無闇に信頼されても困る——どうせその話を聞いても、それをどうにかするすべが僕にあるわけじゃないんだ。『パンプキン』さんと合流したあとで聞こう」

「はあ。じゃあ、『パンプキン』と合流するすべを考えますか? 何かあるんですか? どこかで合流する予定になっているとか」

「いや、そういうのはない……、できれば向こうから見つけて欲しいくらいだ。自由度は『パンプキン』さんのほうが高いだろうから」

「でも、見つけてもらおうと思えば、地下にいちゃ駄目ですよね。外にいないと」

「魔法少女『スペース』から隠れようとすると、魔法少女『パンプキン』からも隠れることになってしまう……か」

『スペース』と同じく、空を飛ぶことに長けている鋼矢だから、空々を探すならば、やっぱり空から探そうとするかもしれない——だとすると、地下にいるのでは、永遠に見つけてもらえないかもしれない。

とんだ自家撞着だ。

「………」

となるとやはり『パンプキン』との合流は後回しに——独自に動いてみるしかないか。

独自の動きかた。

空々なりの——空々だけの動き。

地濃には言わないことに決めたが、絶対平和リーグの実験失敗に基づく四国の現状なのだとすれば——その辺りの裏づけを取るために動くというのが、こうなると次善の策だろう。

最善はもちろん、ゲームからのリタイアだけれど、そのルートに検問がかかっているというのならば——その逆をつく。

「ねえ、地濃さん。絶対平和リーグの支部って、徳島県にあるんだよね？」

「え？　はい。徳島県にと言うか、あちこちにありますね——総本部は愛媛県ですけれど」

「愛媛はさすがに遠過ぎるし、総本部というのはあざといから——近場の、県内で、一番大きな支部の場所を知っていたら教えて欲しい。徳島本部ってことになるのかな……、そこに案内して欲しい。そこに行きたいんだ」

「え？　な、なんでですか？」

「なんでかと言うと、行きたいからだけど」

「い、行きたいって……、だから、それはなんでなんですか」

疑問そうな地濃。

意外な提案だったらしい——それはそうだろう、ここで絶対平和リーグの施設に行く理由など、彼女からすれば思いつくまい。

空々の理由とすれば、ことの発端である絶対平和リーグの調査をするために行くということになるのだが——それを地濃に説明するのは億劫だし、同盟関係に不具合が生じかねない。

だから空々は、

「いや、今思い出したけれど、『パンプキン』さんがそんな話をしていてね——」

と、虚言を弄することにした。

さっき『合流する予定』とか、そういうのはないと言ったばかりなので、虚言を弄するにも手練手管が必要になるが。

そう言ってなければ、『そこが待ち合わせ場所だから』のひと言で済んだのだが――どうも地濃の前ではペースが乱れる。乱される。

「具体的な話は聞けなかったけれど、絶対平和リーグの設備や施設に、何かゲームをクリアする上でのヒントがあるみたいなことを言っていたような――だから、どうせ今は出られないのであれば、そういう調べものをしてみようかと思って。そもそもこっちは、ゲームをクリアするためというよりも、現地調査をするために、四国に来たわけだし」

「はあ……」

やや厳しい理由付けになってしまい、地濃もいまいち納得いっていない風だったが、反論をするまでには至らなかったらしい。

どの道空々も地濃も、『パンプキン』と分断されてしまったことで、羅針盤を失っている状態なのだ――なんであれ規準を欲している。規準でさえあればそれは何でも構わない、なりふり構わないという程度には。

「ゲームをクリアするためのヒントって言っても……、でも、徳島本部も愛媛総本部も、絶対平和リーグって、ほぼ潰滅状態ですよ？　下っ端の魔法少女が、各地に生き残っているくらいで、上層部ほど死んじゃっているはずです」

證も似たようなことを言っていて、空々もそれをある程度鵜呑みにしていたが、しかし今となっては、それはない。

ゲームの主催が絶対平和リーグだったというのならば、もちろんまるごと生き残っているということはないにしても、上層部もそれなりに生存している可能性があるはずだ。

鋼矢は、『魔法少女製造課』に生き残りはいないと言っていたし、組織としての活動ができるほどの規模かどうかはともかく——少なくとも空々が考える限り、例の黒衣の魔法少女『スペース』は、組織の尖兵として動いている節があったのは確かだ。

だから愛媛の総本部にまで行くのは躊躇する——それは敵陣に単身、乗り込むようなものだ。なので、近場である徳島本部の建物を調査するというのは、未来への展望を見据えた上でも、悪くはない指針だと思われる。

「無人なら無人でいいんだよ——むしろ無人のほうが望ましい。調べものをしたいだけなんだし」

たとえ組織の生き残りがいたとしても、そこにそのまま留まっているとは思いにくい。幹部クラスは総本部のある愛媛県に向かうのではないだろうか？　だったらもぬけの殻となったその徳島本部を、今は調べ放題である——もしもガードが固過ぎるようであれば、そのときは撤退すればいいだけの話だ。

土台、四国を脱出するための土台作りなのだから——今外に向かうわけには行かないから、むしろ内に向かおうというだけである。

「調べ物ですか……まあ、クリアするためのヒントがあるっていうなら、もちろん、やぶさかじゃありませんけれど」

地濃は言う。

渋々という感じでもある——彼女にしてみれば、自分の組織を、外部の空々に探られるというのは、『痛くもない腹を探られる』気分でもあるだろうから、乗り気になれないのはわかるけれど、しかし、そういう不満があるのならば、それをくすぶらせないで欲しいとも思う。

「ただ、ただの支部でない徳島本部となりますと、私も場所を知っているだけで、行ったことはありませんよ？　下っ端ですから。いわば徳島の中枢なのですから、私なんて、影も踏めないような建物です」

「場所を知っているんならいいよ」

「焼山寺より遠いですけど」

「構わない」

「道に迷うかもしれません」

「地図があれば、なんとかなるだろう」

「そうですか……」

なんとか空々にその場所へ行くのをやめさせようとしているのか、ネガティブな情報を出してくる地濃だったが、やはり行ったことがない場所で、よく知らないからだろう、そんなネガティブな情報も、簡単に尽きた。

「わかりました……、じゃあ、どうします？　もう出発しますか？」

「いや、そんな思い立ったらすぐ実行みたいにはいかないよ……、いつまでもこの地下に潜んでいるのは無理って言うだけで、今はこうしてここにいるのが正しいだろうから」

「ああ。まあ、そうですけれど……、じゃあ、どうするんですか？　出て行くタイミングって、どこかでは決めなきゃいけないと思うんですけれど……」

「ふむ……そうだね。二十四時間……いや」

タイムリミットの残りを思うと、確かに、今すぐ出て行くくらいの動きを見せたほうがいいのだが……。

「よるにいけばええ」

空々がデパート地下からの出どきについて考えに入りかけたとき、横合いからかんづめが言った。見れば、彼女はおかきを食べ終えていた。おかきの粉がついている指をぺろぺろ舐めているのが、唯一、子供っぽい仕種(しぐさ)だが……、その目線はこの場の三人の中で、一番しっかりしているように思えた。

夜に行けば？

「夜に……ああ、なるほど。暗くなれば、発見されづらくはなるか――空からだろうが、どこからだろうが」

地球撲滅軍ならば高精度の暗視スコープのようなアイテムがあるから、昼夜問わず、用心を解くわけにはいかないけれど――魔法少女が暗視スコープを使うとは思いにくい。

インフラが生きていようと、人が生きていないので、今の四国の夜は、通常時の夜よりも真っ暗だ――闇夜に紛れるというのは、逃亡生活における基本中の基本ではあるが。

上のフロアを探せば、黒い上着くらい、いくらでもあるだろうし――もちろん、黒衣の魔法少女である『スペース』の姿も、こちらからは見つけにくくなるのだが。

空々がそれを、一考に価する規準だと思い始めていると、

「それもあるけど」

と、そうかんづめは続けた。

「よるになったらあめふるけん」

「え？」

「あめ。あめや」

かんづめは繰り返し、両腕を天に掲げるようにした――ポーズとしては雨乞いのそれに近いが、ボディランゲージとしては、ただ、『雨』を示しているのだろう。

「ざーってやつ」

「……雨が降るの？」

さっき、かんづめがバックヤードで探し物をしているとき、四国の今の天候の話をしたが――席を外していた以上、まさかその流れを汲んでの話というわけではあるまい。

なんだ。

家を出るときに天気予報でも見たのだろうか――考えれば、インフラが生きているのだから、テレビ番組ならば見られたりするのか？　ローカル局は無理でも、キー局なら……あるいは、衛星放送なら？

あれだけ生活に馴染(なじ)んでいる製品なのに、空々にはまるっきりその仕組みがわかっていないので、テレビ放送が現在、四国で流れているかどうかはわからないが……、ただ、空々が憶えている限り、別にかんづめは酒々井家を出る際、テレビなんて見ていなかったはずだ。

それで雨が降るとわかっていたなら、傘くらい持って出そうなものだし――そう問

いただしてみると、かんづめは、

「そらみたし」

と言った。

「ここにくるとちゅう」

「空を……？」

「だから、空を見て、雲の流れや風の向きなんかから、今夜の天気を予想したってことじゃないんですか？」

空々がかんづめの言葉の解読に苦しんでいると、またも地濃が通訳した。残念ながらかんづめの言葉の通訳に限っては、空々空よりも地濃鑿のほうに軍配が上がるようだった。

なるほど、そうか。

空々からすれば天気予報は、テレビやラジオ、新聞などで知るものだけれど、そもそも気象予報とは経験則と統計学から成り立つものであり、気象予報士ならぬ素人にだって、空を見るだけで、ある程度はできうるものなのだ。

素人かつ、幼児にできるものなのかどうかは、判然としかねるが……。

「雨が降る……？　夜に？　でも、そんな様子、全然なかったけど……」

空の様子を地上から見たどころではなく、空々は鋼矢に抱えられて、その空の様子を間近で体感したのだ——少なくとも見る限り、雨雲とかそういうのはなかったと思うのだが。

ただ、天候というのは言わば『地球』の一部だから、かんづめの言う『予報』を否定する根拠には、まったくならない。

「ようすなかったとかはしらんけん。あめがふるんや。そんだけ」

そう言ってかんづめは、あげていた手を下ろす。

その当然のような言いかたを見ると、さっきまでのポーズがまるで本当に雨乞いだったかのようだが——雨。

「その雨って……、どれくらいの雨？」

「おおあめ。ざーっていうの」

「…………」

ゲリラ豪雨は、なんとなく首都圏関東圏に多いイメージがあるけれど、どうだろう、四国にもあるものなのだろうか？　いや、かんづめのいう『ざーっていうの』が、ゲリラ豪雨を指しているとは限らないけれど——とにかく、『大雨』が降ると、彼女は言うのだ。

夜の帳の中、しかも大雨の中——もしもかんづめの言うことが正しいのならば、あと数時間待てば、人目を忍んで逃げるのに最高の条件が、成立するということになる。

「…………」

考える。

ここで空々が考えるのが、雨が降るかどうかでは既になく、そんな都合のいい状況が自分の人生に生じるのかどうかだった。

監視の目である魔法少女『スペース』から逃れて潜んでいる状況で、真夜中に大雨が降るというような偶然が起こるかどうか——もっと自分の人生は、不幸と不都合の連鎖であるはずではないのか。そんな運命論や宿命論を言い出したら、いよいよ道を切り開きようがなくなるが——いや、違う、そうじゃない。

本来は、そうじゃなかったのだ。

ここは地下二階である。

たとえ大雨が降っても、それに気付くことはないのだ——その千載一遇の逃亡のチャンスを、空々は見逃してしまっていたかもしれない。それこそ、空々らしい不幸で不都合な展開である——夜に出て行けばいいというかんづめの提案は、その展開が起こることを、見事に食い止めたのではないか。

ただ、そんなことが可能なのか……？

空々の不運を食い止めるなんて——そんなことは、座敷わらしでもない限りは不可能なのではないのか？　……酒々井家を守る座敷わらし。

いや、魔法少女に続いて妖怪まで登場し始めたら、いよいよ四国とはなんなのだという話になってくる――まあ、そう言えば四国は妖怪の産地でもあるのだったか。

だからと言って……。

「どうしますか？　空々さん」

沈黙を嫌ったのか、地濃が空々に訊いてきた。

「もしも本当に夜に大雨が降るって言うんだったら、その機を逃す手はないと思いますよ」

「うん――それはそうだと思うんだけどね」

ただ、夜になって雨が降らなかった場合は、どうすればいいのだろう？　雨が降るのを待っているうちに、朝になってしまうかもしれない。

今すぐ出て行くという案はないにしても、指針が決まったのであれば、可能な限り早く行動を起こしたいのは事実なのだが。

「思うんだけど、なんですか？」

「……いや、なんでもない」

空々は様々な考え、様々な葛藤を振り払って、ここはもう幼児、酒々井かんづめの助言と心中することに決めた。

経験則や戦略を一切合財(いっさいがっさい)放棄して、彼女の利発さに賭けてみることにした――言うならばギャンブルである。

たぶん、狼少女・左在存が空々空に賭けたときの心境は、こんな感じだったのではないかと思う――もっともあのとき、彼女は賭けに負けたわけだが。

「じゃあ、それで行こう。夜までこのままここで待って、なんなら睡眠でも取って、雨が激しくなったら出発だ――ただし、雨が降らなかった場合は、夜明けと共に出発ということにしよう。同じ場所に一晩以上留まるのはどう考えても命取りだ」

「私は既に一晩以上いますけども」

知っている。

だから命取りだったのだろう――空々も後ろから拘束するというかなり乱暴な対応をしたとは思うが、あれはかんづめが一緒だったからという理由で、かなり手ぬるかったと思う。

彼女はあそこで空々に殺されていてもおかしくなかった――まあ、実際にはそうならなかったわけだから、そんなあれこれをあえて言う必要もないが。

「地濃さんもそれでいいね？」

「いいも悪いも……、まあ、拘束されている身ですし」

「大丈夫。出かけるときは、足のはほどいてあげるし、手の拘束も、後ろ手から前にするから」

「完全に自由にはしてもらえないんですね……」

「で、絶対平和リーグの徳島本部って、徳島のどこにあるの？　焼山寺よりも遠いって言ってたけれど——」

「大歩危（おおぼけ）です」

「え？」

「大歩危峡。知りません？　子泣きじじい生誕の地なのですけれど」

「……？」

座敷わらしではなく、子泣きじじい？

それが今、まったく必要な情報でないことは、明らかだったが。

8

空々空の次なる行動プラン、その規準が決まったところで、そこに不安があるとすれば、もちろんかんづめの言うよう、夜中に大雨が降るのかどうかということになるが、それ以前の前提として、雨が降るまでに魔法少女『スペース』に発見されてしまうのではないかという危惧だった。

つまり彼にとっては、そこもギャンブルだったが——しかし、それこそ地下に立てこもる彼には知る由もないことだが、その危惧が実現される可能性は最早なかった。

空々が決断したそのとき、魔法少女『スペース』は、徳島県には既におらず——四国を右下から左上へと横切る形で、愛媛県は松山市、絶対平和リーグの総本部へと飛行している最中だったからである。

総本部ではなく、総本部跡というべきかも知れないけれど——もちろん、空々が残していったパラシュートから彼の生存を知った彼女は、彼をそのまま追跡することもできた。

空からの自分の目を警戒するだろう彼が、おそらくは地下にこもるだろうと言うことも予想できた——だから彼の墜落場所の近辺の地下を当たれば遠からず発見できるだろうということにも、墜落時に装備品までが無事だったとは思いにくいので、その補給をするために、ショップの地下などが怪しいということにも、彼女は気付いていた。

駅のデパートの地下というのは、だから一番先とは言わないまでも、彼女にとって空々空の捜索先としては有力候補だったのである——にもかかわらず、彼女は、駅には向かわず、総本部跡へと向かっていたのだった。

「冗談じゃないわよ冗談じゃないわよ——話には聞いていたけれど……、話半分には聞いていたけれど、悪運強過ぎるでしょ、空々空——」

風の魔法を最大活用しながら愛媛の空を飛びつつ、彼女、魔法少女『スペース』は毒づく。

怒りと苛立ちを隠そうともせず。

「酒々井かんづめ——絶対平和リーグが総力をあげて探していた目標、目指していた境地、魔法少女ならぬ本物の魔女を、この状況で味方につけるだなんて——！」

（第5話）

（終）

悲惨伝

DENSETSU SERIES 03

HISANDEN

NISIOISIN

第6話「更なる旅程！雨中の荒れた川上り」

お前なりにご多忙の中大変恐縮ですが……。

0

1

大歩危峡というのは徳島県の名所のひとつであり、そこに秘密組織である絶対平和リーグの施設があるというのは、一般的には意外性の溢れる立地条件なのだけれど、しかし空々空は不勉強にしてかの峡谷を知らなかったので、特にその点においての感想はなかった。

歩くのが大きな危険と書く地名を、まさしく危なっかしいとくらいは思ったけれど、まさか地名で選んだわけでもないだろう。

のちにデパートの五階フロアにあった大型書店において、道路地図・観光地図で確認してみると、大自然溢れる峡谷という感じだった――あまり、地球と戦う『正義の組織』があるという風には見えないが、そこは見えてしまっても困るのだ。

幸い。

と言うのか、ただ予想通りと言うのか、あるいは予定調和と言うのか――夜の九時頃から降り始めた雨は、あっという間にざーざー降りの大雨となった。

台風並の大雨――雷雨にさえなった。

風も強く、昼間の晴天青天が嘘のようだった。

普通の神経をしていたら、こんな夜に出歩いたりはしないというような悪天候だ――だが、逃亡を図る空々達にしてみれば、これ以上の好条件は望めない。

かんづめの言う通りにして大正解だったというわけだが――当のかんづめときたらそのことに関する感慨は特にないようで、それが当たり前みたいな顔をしていた――まあ、雨でテンションが上がるタイプの子供でもないのだろうが。

かんづめがそんな風なのに、空々がまさか、その天候に快哉（かいさい）を叫ぶと言うこともない――彼としては、既に雨が降ることを前提に考えていたので（ここまでの大雨になるというのはさすがに想定外だったが）、どちらかと言うと胸を撫で下ろしたのは、雨が降る前に魔法少女『スペース』が、デパートの地下を襲撃してこなかったことだ。

結局……杞憂だったのだろうか？

屋根に引っかかったパラシュートを酒々井家に置いて来たことを心配していたが――空々が考えているよりもあの黒衣の魔法少女はずっと冷静沈着で、墜落していった空々のことなど意にも介さず、放っていたということだろうか？　いいだとしたら、そうとも知らず、半日以上地下にこもっていた空々は独り相撲、いい面の皮だったとするのならば――当然それに越したことはない。

越したことはないのだが――

「わー！　雨だ雨だー！　やりましたね、空々さん！　私達の作戦が大当たりですよ！　いやー、暴風雨ってテンション上がりますよねー！」

「…………」

何を考えているのか、何も考えていないのか、一人だけテンションを上げている魔法少女がいたけれど、それについてはもう、議論の俎上(そじょう)に載せること自体がうんざりするような問題だったので、この際スルーすることにした。

なんにせよ、『雨待ち』の間に、十分な休息は取れたことだし――地下を出るのに、もう躊躇する理由付けはなくなった。むしろこれ以上の長時間、留まるのは危険だと見做すスタンスに、切り替えなければならない。

とは言え、いきなり外に出るほど無謀でもない――地濃は「早く行きましょうよ！」と空々を急かしたけれど、宣言通り、足こそ自由にしたものの、まだ両腕を封じられた状態で、そんなに元気よくなれる彼女の神経は本当に知れなかったが――まずはデパートで、着陸の際に失っていた装備の補充をするのだった。

　とりわけここで重要だったのは、レインコートである――大歩危峡に向かうにあたっての移動手段は、当然のごとく魔法による飛行ということになるのだが、そのためのコスチュームがずぶ濡れになってしまうのはあまり嬉しくない。

　ずぶ濡れになれば、当然着替えたくはなるけれど、状況がどう転ぶかわからない今の四国で、できればコスチュームは脱ぎたくはなかった。ただ、濡れた服を着るのは感覚的に気持ち悪いというのを差し引いても、服というのは濡れれば重くなるものだ。

　それでいざというときの逃亡行動が遅れたとなると、雨の中に飛び出したことが、マイナスに作用してしまうことになる。

「打撃攻撃に対してはあれだけの耐性を誇るコスチュームが、水に弱いというのはなんだか、設計的な不具合を感じるけれどな……」

「まあ服ですからね。布地ですから。防弾チョッキや防刃（ぼうじん）服だって、意外と防水性に欠けるところがあるらしいですよ。ほら、ジーンズって元々作業用に作られた、頑丈な衣類だったみたいですけれど、むしろ水に濡れたら重くて動きにくくなったりするじゃないですか。そんなことも知らないんですか、空々さん」

「……………」

わかりやすい理屈を述べてくれたところで、なぜわざわざ人の神経を逆撫でするようなことを付け加えるのだろう。

これでは評価の上げようがない。

まあ、そんなわけで――まさか傘を差して飛行するわけにもいくまい、メリー・ポピンズでもあるまいし――コスチュームの上からのレインコート着用は必須だった。

レインコートとか、合羽とか、中学校以上になるとなかなか着ないものだけれど……、意外とサイズの大きなレインコートというのも、デパートには売っているものだった。

普段、どれほどのものを視界の外において生きているのかを、こういうときに思い知る――世界は思ったよりも広くて、視界は思ったよりも狭い。

「あ、このピンクのレインコート可愛くないですか。私、これ！」

「いや、『私、これ！』じゃあなくてさ……」

「空々さんはこの赤い奴とかどうです。派手で素敵ですよ」

「派手なのを選んじゃ駄目って話をしなくちゃ駄目なのかな、きみには……」

折角、レインコートでコスチュームを覆えるのであれば、更に夜陰に乗じやすいよう、黒い——少なくともそれに近い色のレインコートを選ぶのが、当たり前だと思うのだが。

自分の当たり前が必ずしも他人の当たり前でないことを、今更ながら痛感しつつも、空々は地濃用にＳサイズのレインコート、自分用にＸＬのレインコートをセレクトした。

地濃は性格上（病状）、自分では陳列している商品に手を出せないので、空々が目見当でサイズを選んだのだが、身長的にはともかく、ふわふわのコスチュームの上にＳサイズのレインコートは、やや不格好な印象だった。

選び直そうかと思ったけれど、本人は、そこは気にしていないらしく、

「黒ですかー、黒ですねー」

と、色だけを気にしていた。

そして自分のレインコートをＸＬにしたのは、これはかんづめと空々の二人羽織で着るつもりだからである——かんづめの身体のサイズを考えると、Ｌでもなんとかなったかもしれないけれど、結果としてコスチュームのボリュームを考えると、どちらにしてもどっこいどっこいと言う感じだった。

なんにしても格好よくはならない。

それでよかろう。

レインコートは実用性重視だ。

二人羽織というのは当然、たとえ話としての言いかたであって、実際には空々の身体に、かんづめを縛り付けて飛ぶという形を取ることになる。

飛行を得意とし、飛行に対して努力を惜しまなかった魔法少女『パンプキン』とは違う——どころか、飛ぶことに酷く不慣れな、初心者以下の空々空である。

相手が幼児であれ、それを取り落とさずに飛ぶ自信はない——取り落としたときのためのパラシュートなんて、さすがに一般客向けのデパートで販売しているわけもないし、パラシュートが有効な高さまで飛ぶつもりもない。

かんづめの身体をまずはおんぶして、それを例のストレッチフィルムでぐるぐるに巻きつける——まさかそこまで見越して、バックヤードからストレッチフィルムを持ってきたわけでもないだろうが、雨の中というコンディションを考えると、コスチュームとは違って非常に防水性に富んだこのビニールは、かんづめを空々に固定する上で、非常に適していると言えた。

もちろんそれだけでは不安なので、紳士服売り場にあったネクタイやベルトを使って、更に彼女の手足を、登山用のリュックサックのように、空々の前面で固定した。

「私を拘束したりその子を拘束したり、空々さん、女子を拘束し過ぎですね」

何気なく言う地濃だったが、なんというか鋭い指摘ではあった——そう言えば、空々のことを『空々さん』と呼ぶのは、性別が不詳になるのでいいのだが、かんづめのことは『その子』としか、彼女は言わない——そこにかすかな違和感を憶えたが、すぐに思い至る。

名前を紹介していなかった。

酒々井かんづめという名前を、空々は彼女に教えていないし、かんづめ自身も彼女に名乗っていないから、地濃としては『その子』というしかないのだ——今更名乗らせるには若干タイミングを逸してしまった感があるし、また、空々はかんづめを、地球撲滅軍や絶対平和リーグから『守る』べきだと考えているので——四国ゲームが解決したのち、その辺りの組織にスカウトされることを避けるべきだと考えているので、名前を伏せられるのであれば、伏せ続けるべきだと思い、地濃があえて訊かないのであれば、教える必要はないだろうと判断した。

その判断は正しい。

地濃自身は抜けているというか、別に人の名前にこだわるほうでもなければ、どうして空々が子供を連れているのかとかを気にする性格でもなかったが（妹かどうかを気にしていたくらいか）、しかし彼女の背後にある組織がそうとは限らないのだから

——その判断は正しい。

だが、そういう判断ができたのであれば、空々はここで気付いてもよかったはずだ

——空々がかんづめに対して性別を伏せるために、今、『僕』という一人称で喋らず、かんづめの前でする会話の際にはかんづめに対しても地濃に対しても、『こっち』とか『こちら』とか『我々』とか、そんな言いかたでぼかしているのと同様に——かんづめもまた。

空々と二人きりのときには『かんづめは～』『かんづめが～』と、己の名前をして一人称にしていたあの喋りかたを、今は封印していることに。

まるで地濃に対して、自ら名前を伏せているような喋りかたをしていることに——気付いてもよかったはずだ。

酒々井かんづめの、並々ならぬ——と言うより、今や常軌を逸しているとも言える利発さそのものは、既に認めている空々だったが、しかしその意味を考え始めるのは、もう少し先のことであった。

「大丈夫？　苦しくない？」

「へいきや」

「そっか——でも、締めつけ過ぎだって感じたら言ってね」

別に地濃の指摘を受けたからというわけではないけれど、そんな風にかんづめを気遣うようなことを言って、上からレインコートを羽織る——かんづめが黒いビニール生地に、すっぽりと覆われる。

彼女の視点からすれば何も見えなくなってしまうので、怖いんじゃないかと心配もしたけれど、大人しいものだった――まあ、夜中の、暴風雨の中に出て行くのだから、どの道目なんて、ろくに開けていられないだろうけれど。

ただ、最低限のコースは確認しながら飛ばないといけない――かんづめのことを思ってというだけでもなく、空々自身の安全のために、低空飛行をするのは当然としても。

「どういうルートで行けばいいのかな？　なんだっけ、その……、大歩危峡っていうところには」

「まあ、普段なら電車を使うところですけれどね――電車ならここから、二十三時間くらいです」

「二十三時間？　そんなに遠いの？」

「違いました、二、三時間です」

どんな言い間違いだ。

「電車の駅が近くにあるなら、線路の上を飛べば道には迷わないかな……たぶん、遠回りにはなるにしろ」

「けれど観光マップには、車で行くほうがいいと書いてありましたよ。つまり道路を使ったほうがいいんじゃないですか」

「道路か——そうだね」

駐車場に行って、ナビゲーションシステムを使えばいいという着想を、かんづめとの会話から空々は得ている——ナビで最短のルートを導き出せば、線路の上を飛ぶよりも、早く到着するだろう。ナビの種類によっては、車から取り外せ、持ち運べるものもあるはずだし。

当たり前の話だが、夜が明ける前、雨が止む前に到着したいものだし——飛ぶのに不慣れな空々が、電車や車よりも、速く移動できるとは思えない——短期的にはともかく、長期的には。

空を飛ぶといっても、事実上、陸路の二択である——線路の上を飛ぶか、道路の上を飛ぶか。

「私一人だったら、びゅーんと、思いっきり高度のあるところを飛びますけれどね」

「…………」

まあ、飛ぶという点に関しては、空々が地濃の足を引っ張ることになるので、そういう不用意な発言も聞き流しておくべきだろう——地濃相手に限っては、大抵の発言は聞き流すのがベストだが。

それを言い出したら、かんづめを背負うという、二人乗りならぬ二人飛びについても、空々がかんづめを背負うのではなく、飛ぶことに慣れているだろう彼女に背負ってもらったほうがいいのかもしれなかったが――それは選択問題ではない。

残念ながら、そして当然ながら、地濃にかんづめを任せることなどできない――地濃のエキセントリックな性格を差し引いてもだ。

両腕をストレッチフィルムで拘束しているとは言え、それを後ろ手から前に切り替えたので、その気になればそれは、歯で噛み千切れる拘束となっている――その程度には空々は地濃を『仲間扱い』しているつもりなのだが、だが、一線は引く。

かんづめの名前を伏せるのもしかり。

鋼矢と合流し、真にこの魔法少女が彼女の同盟者だということがわかるまでは――いや、たぶんわかっても、空々は一線を引き続けるだろうが。

別に地濃が相手だからと言うだけではない。

そもそもその一線は鋼矢に対しても引いている一線だし、『焚き火』に対しても、『あの人』に対しても、かつての親友に対しても引いていた一線なのだから。

……ただし、彼女の飛行能力が空々よりも優れていることは、試してみるまでもないことのはずなので（むろん、実際に試していない以上、魔法少女『ジャイアントインパクト』の飛行能力が初心者以下の空々よりもまだ悪いという可能性は完全には否定しきれないが、そんな間抜けなことはないと信じたいし……、そのときはそのときだ）、先導は彼女にしてもらうことにした。

人間を一人背負っていることもあるが、空々では雨天の中を飛ぶことだけで精一杯で、線路を選ぼうと道路を選ぼうと、迷ってしまうかもしれないので——というわけで、空々とかんづめをストレッチフィルムで一体化させたように、空々と地濃も、連結しておくことにした。

そちらはさすがにストレッチフィルムというわけにはいかず、またネクタイやベルトでも短過ぎるので、当初地濃を縛るときに想定していたような、梱包用のビニール紐を使うことにした。

つまり地濃の腰に紐を巻き、それを空々が手で持つという形での連結である。

「なんだかこれ、犯罪者を連行するときの腰縄みたいですね」

地濃にそう言われて、空々は腰縄というのは実際には麻縄なので、そんなことはまったくないと否定したけれど、しかしそのものだと思ったどころか、発想の根幹がそこにあったことは秘密である。

両腕を固定されて、腰縄を施されて。

態度がいかに反感を買うものであろうと、だから彼女は、まだそこまでされるほどの悪事を働いたわけではないのだが——善意の第三者ではないにせよ。

そんなつもりはなかったけれど、案外これは、魔法少女『ストローク』、手袋鵬喜を逃がしてしまったことに関する反省が活かされているのかもしれなかった。

と言ったところで、コースを決めなければならない——線路であれ道路であれ、どちらにもメリットがあり、デメリットがあるという感じだが。

「こういう選択って、テレビゲームみたいですよね。コース選択と言いますか」

「テレビゲーム……」

あまりやらないので、そう言われてもコメントに困る——地濃の発言は、そうでなくともコメントに困ることが多いので、今更ではあるが。

「テレビゲームの場合は、どうなるの？」

「それによって今後の展開が変わってくるんですよ。まあ、シビアなゲームだと、この選択ミスでゲームオーバーになるかもしれませんけれど」

「ふうん……、ただ、この選択は四国ゲームの範疇からは外れてるからね。まさかここで線路を選ぶことが、ルールに抵触すると言うことはないだろう……」

仮に不安があるとすれば、絶対平和リーグについて探りを入れることがルールに抵触する場合のことだ——ゲーム、つまりは実験の主催者が絶対平和リーグである以上、プレイヤーに対するタブーとして、そんなルールを仕込んでいる可能性が皆無だとは言いにくい。

ただ——実験自体が酷く利己的で、恣意的なものではあると言っても——そういう利己的で恣意的なルール設定は、目的のある実験において目的を達成するためのルールという前提には、相応しいとは言えない——となると、爆死の可能性は低いと見ていいはずだ。

むろん、実験を滞りなく遂行するため——させるために、脱出を阻む黒衣の魔法少女がいたように、絶対平和リーグを守る者……、ルール外のルールがあるケースは想定できるのだが、だからその場合は、早期撤退を旨とするのみである。

徳島本部に魔法少女『スペース』が待ち構えているというのが、想定しうる最悪のケースだけれど——折角隠れていたのに、自ら罠に飛び込むようなものである——そこはもう決断を済ませたところだ。

何もしないわけにはいかないのだ。

今すべきは、線路か道路の選択である。

「どうろがええやろ」

空々（と、一応は地濃）が決めかねていると、彼の背中でかんづめが言った。それは迷いのない口調だった——当たり前のことを当たり前に言っただけと言ったように。

「どっちでもにたようなもんやけど、どうろのほうがすこしあんぜん」

「安全……？　なんで？」

シンプルに危険安全を比較するならば、ガイドラインとしてのレールや、通過駅があるだけ、道に迷うリスクの低い線路のほうがややセーフティなのではないかと空々は考えていただけに、それと真っ向から対立することを言われて、ちょっと意外だった――反射的に理由を問い返してしまう。

「くろいけん」

かんづめは端的に答えた。

黒いから――何が？　レインコートが？　それとも夜空が？　一瞬、何を言っているのかわからなかったけれど、空々が解答に至る前に、ここでも地濃が、かんづめの直截的に過ぎる言葉を、翻訳して見せた。

「道路が黒いってことじゃないんですか？」

「道路が黒い――ああ、アスファルトが黒いってことか」

そうか。

線路と道路を、頭の中ではちゃんとイメージしていたつもりだったけれど、それを『色』で捉えてはいなかった――線路の敷石は『白』く、レールは『銀』だ。

較べて道路なら、舗装道路であれば、基本的にはアスファルトの色で『黒』である――スクールゾーンでもない限りは。

もちろん、センターラインや制限速度の表示文字、横断歩道などはあるにしても――レインコートの『黒』とアスファルトの『黒』で、ただでさえ視界の利かない闇夜において、上から見る分には、それはかなり有効な保護色となるはずである。となると、地濃を繋ぐ腰縄——ではなく、ビニール紐も、油性のマジックで黒く着色したほうがいいかもしれないが。

「よし。じゃあ、道路で行くことにしよう——ただし、道に迷うリスクは線路に較べて高いことも確かだから、事前に入念にルートをチェックした上でだ。一寸先の景色も見えないようなこんな天気の中だから、どうしても道に迷うようだったら、途中から線路に切り替えることも厭わないってことで」

「はっはっは。道に迷ったりはしませんよ。なにせ私が先導するんですから」

地濃がどんと胸を張った。

彼女が先導すること、それが不安の何よりの根拠だったのだが、空々はそこには口をつぐんだ——言うべきことがなかったからではない。

言うべきことも言いたいことも山ほどあったけれど——たぶん、かんづめが下した安全基準の判断は、そこも含めての判断だったのだろうから。

2

空々空と地濃鑿、そして酒々井かんづめが準備を終えて、いよいよ雨天の中、潜んでいたデパートから絶対平和リーグ徳島本部があるという大歩危峡を目指してスタートを切ったとき——空々空の同盟相手である魔法少女『パンプキン』こと、杵槻鋼矢が何をしていたかと言えば、彼女は雲の上にいた。

雲の上人という語があるけれど、もちろんこれは彼女が黒衣の魔法少女『スペース』の追撃を受け、命を落として天に召されたということではなく、物理的な表現として、彼女は雲の上にいたのだ。

空々からの指示で、『スペース』から身を隠すにあたって、最初は雲の中に潜んだ彼女だったが——それはそれでびしょ濡れになったのだが——、徳島県上空の天気が、全体的に悪くなってきたのを受けて、雲の中を脱し、再び上昇したのだった。

悪天候というのは、考えれば、隠れるには更に絶好の条件が整ったという言いかたもできるのだが……、いくらコスチュームの防御力が高いといっても、雷雲に潜み続けるのはリスキー過ぎる。

打撃・衝撃に対する備えとしては有効でも、魔法少女のコスチュームは防水加工はされていないし、絶縁体でもないのだ——その辺り、改良の余地があると言えるだろう。

もしもこの騒動の後、絶対平和リーグが現在の潰滅状態——ではないにしても、半壊状態から再建されることがあったとしたら、その辺りを『上』に要請したいところだった。

どんな『魔法』がそれを可能にするかは知らないけれど——と言うか、明らかに絶対平和リーグの尖兵として動いていた『スペース』に対し、明確に背を向けてしまった『パンプキン』が、今もまだ絶対平和リーグの所属と言えるのかどうかは、かなり微妙なラインになってしまっているけれども——

「ただまあ、あたしの場合、泳がされて——飛ばされていたって話だからね。多少の裏切りや、多少の反骨、多少の生意気盛りくらいじゃあ、ペナルティはあってもギルティはないかもしれないけれどね。いずれにしても、それは後々の話か……」

ん、と。

そう呟いて、それがあまり自分らしくない考えかたであることに気付く——杵槻鋼矢の生きかたは基本的に、先々を見据えて、あらゆる事態をあらゆる角度から検討して、それに対してプラグマティックな結論を下すことだ——問題を問題のまま放置し、先のことではなく目先のことだけに向き合うというのは、やったことがないわけではないけれど、彼女のスタンダードスタイルであるとは言いがたい。

どちらかと言えばそれは——

「……一晩行動を共にしただけなのに、そらからくんの考えかたがうつっちゃったかな？　だとしたら、あんまりそれはいいことじゃあないけれど。色んな考えかた、色んなスタイルやスタンスが生まれてこその同盟関係なんだから」

一緒になってはまずい。それではただの数の暴力だ。

徳島全体――というより、たぶん、四国全土を覆う雨雲によって、今、地上がどうなっているのかは、鋼矢にはまったく把握できない。仮に雲がなかったとしても、この高度ではほとんど何も見えやしないだろうが――それにしても、見渡す限り一面の雲海というのは、別に初めて見ると言うわけでもないのだが、絶景は絶景である。

今、何をしている最中なのか忘れそうになる――よくないことだが、それもそうか。こういう高度に来て、こういう『天候に恵まれ』でもしない限り、人間が生きていて、『地球がまったく感じられない』ということは、そうないだろうから。

「人類は地球の皮膚に宿った病気だと喝破したのはニーチェだったっけ、確か――」

彼女も絶対平和リーグが『魔法』を使用し、『魔法少女』を生み出すメカニズムを正確に把握しているわけではないが、それゆえに想像力を働かせることはできる。

任務の多様性を考えると、必ずしもその必要があるわけではないにもかかわらず、絶対平和リーグに所属するすべての魔法少女が一様に『空を飛ぶ魔法』を基本装備とさせられているのは、空を飛んでいる間は、地球と接さずに済むからではないのだろうか――と言うような、ロマンチックとは程遠いイマジネーション。

「ふん――だけどねえ」

もちろん、杵槻鋼矢も幼少期から、そういう教育を受けているので――言うならば戦士として戦うための『洗脳』を受けているので、地球に対する敵意や憎しみには並々ならぬものがある。

『大いなる悲鳴』のときには、身内や仲間、通じていた同盟相手を、通常の確率通りに三分の一、失っているのだし――ただし、今回の四国の件には、そのにっくき地球は無関係であり、むしろ彼女が所属する絶対平和リーグの、彼女の生みの親とも言うべき『魔法少女製造課』が深く関わっているというのだから、少し参る。

さっき『再建されることがあったとしたら』なんて思ったけれど、絶対平和リーグが再建される可能性は、彼女が考えるにとても低い――彼女が知る限り、生き残りの上層部はそれを諦めていないようだが……、というより、そもそも『諦める』『諦めない』の話ではなく、再建されて当たり前、どころか、現状を半壊すらしていないと思っているようだが、それはあまりに近視眼的だと思う。

よくて、業界ナンバーワンの地球撲滅軍に吸収されるとか、そんなところではないだろうか――だとすれば、わずか十三歳にして地球撲滅軍の幹部クラスである空々空と友好にして有効な関係性を築けていることは、彼女の今後にとって大きなプラスであると言えそうだけれど。

「そうなると、気になるのはやっぱり例の黒衣の魔法少女が……、なんなのかしらね、あれは。まさかあれが噂に聞くいつつめのチーム……？　いや、いつつめと言うよりゼロ番目の……」

時間も経ち、一時的であれなんであれ、追撃はどうやらかわしきったらしいと確信できたところで、冷静に考える。

あの女の正体を——いや、正体は、この際、なんでもいい。知りたいのは——知るべきは、そのスタンスである。

正直言って、冷静になって考えてみても、空々少年があそこまで厳格に、『スペース』の申し入れを断ろうとした理由はわからないのだが——ただ、それは単に、数々の相手と内通し、手当たり次第に同盟を結んできた魔法少女『パンプキン』の、対人センサーが鈍っているというだけかもしれない。

かと言って不運にまみれた彼の直感が、果たしてどこまで正しいのかは定かではないけれど、しかし目下一番頼りにすべきパートナーである空々が、ああも拒絶の意志を見せている以上、『スペース』と通じるという選択肢はない。

いくら節操のない魔法少女『パンプキン』と言えど——まあ、ぎりぎりまで追い詰められたらあるかもしれないけれど——そこまで節操なしには動けない。

ただ。

「…………」

ただ、彼女が、絶対平和リーグの意志そのものなのだとすれば——鋼矢達の四国脱出を、『そういう意志』の下に阻んだのだとすれば。

それは危惧するほどに状況を悪化させるものではないけれど、しかしただでさえ外部、地球撲滅軍の介入によって複雑化している現状を、更に厄介な戦局に追い込むものであることは間違いがなかった——どうするべきか。

ここで自分は。

生き残るために——どう動くべきか。

将来的に地球を倒すという目的を達するためには、絶対平和リーグや、四国という枠に拘泥(こうでい)し続けるわけにはいかない。

希望だけを述べるのであれば、手早く空々空と合流し、もう一度四国からの脱出を試みると言うことになるのだろうが、『スペース』の目をかいくぐってそれをするのは難しいだろうし、仮に、地球撲滅軍に所属変えする将来があるのだとすれば、魔法のノウハウをもう少し、入手して、手土産代わりにしたいところでもある——『スペース』から追われるがままに逃亡し、亡命して来たというのと、それとではかなり印象が違うはずだ。

そう言うと自分の印象ばかりを気にしているようではあるが、まあこれは、魔法『自然体』を付与されている彼女ならではというほどでもあるまい——人ならば当然のことで、魔法少女であっても、また当然のことだ。

「やれやれ……、地球撲滅軍への編入を望むなんて、まるであのときの『彼女』の逆ね――あのときもそらからくんが噛んでいたわけだけれど、彼には裏切る才能だけじゃなくて、人を裏切らせる才能もあるのかしら？」

呟いて、独り言とはいえ、あまり冗談っぽい響きにならなかったことに、驚く。笑うには不向きな真実味を帯び過ぎていた。

だから鋼矢は、誰が聞いているわけでもないのに、咳払いをし、切り替える。

「そもそもそらからくんとの合流って言う点が、難易度が高いかな――生きているか死んでいるか、現時点じゃ、わからないわけだし。まあ生きているとは思うんだけれど……、きっと合流できる状況じゃあ、ないんでしょうね。いや、合流できる状況であっても、彼の飛行能力じゃあ、危なっかしくて、この高度までは飛んでこられないか……」

となると、合流しようと思えば、まず鋼矢が地上に降りなければ話にならないわけだが、この悪天候の中の飛行は、いくら飛行に自信がある彼女でも、避けられるなら避けておきたい。

ただ、それはこの高高度に潜んでいる鋼矢の意見であって、地上に潜んでいるはずの空々からすれば、この悪天候は、『スペース』から逃走するための、格好の条件となるだろう。

狡猾とも言える彼が、この条件を逃すとは思わないけれど——だが、『スペース』の目を逃れようと、地下に潜んでいたりすると、この雨に気付かないという可能性もある。うまく立ち回っていればいいのだが——いや。

的外れな心配はやめよう。

鋼矢をああも見事に逃がしてみせた彼が、自分は逃げられなかったなんて、間抜けな結末を迎えるはずがないと、そこは楽観的に信じよう——楽観的に構えてはならない、むしろシビアに評価すべきなのは、生存し、逃亡にも成功しているに決まっている彼との、合流の可能性のほうだ。

現実問題として、連絡手段も持たず、いざというときの集合場所も決めていなかった空々と、この広大な四国で再会できる可能性は、あるだろうか？

そんなことができるだろうか？

昨日のように、彼が騒ぎを起こしてくれたなら、まあできる——『ビーム砲』で校舎を一棟破壊するくらいの騒ぎを起こしてくれたなら。

ただ、そんな騒ぎを、彼は二度も経験したくないはずである——一度目のことがなくとも、回避したいだろう。当然だ、逃亡生活にある彼が、そんな目立つ真似をしたがるはずもない。それこそ彼の場合、魔法少女『スペース』だけではなく、魔法少女

『ストローク』からの追撃も気にしているのだから……。

だから、花火を打ち上げるとか、大きな音を出すとか、そんな連絡の取りかたもして来ないはずだ――どうしても『パンプキン』の力が必要だ、そうでなければ死ぬ、という窮地にまで陥れば、彼なら迷わずそうするだろうけれど、そうでもないのにそこまでの無茶はしないはずである。

「『スペース』に見つからないように移動しているだろうそらからくんを、あたしは見つけなきゃいけないって……、無理な話よね。そんなことをしている間に、タイムアップを迎えてしまう。それは望ましくないなあ……」

右往左往しただけという結果になってしまう。

それが望ましいわけもない――地球撲滅軍不明室が使いたがっている『新兵器』とやらについて、空々少年は『投下』とか『投入』とか、そんな言いかたを多用していた。

つまり、実際に爆弾かどうかはともかく、そう言った『上から下に落とす』タイプの兵器なのだと仮定すると――この高度にいる魔法少女『パンプキン』は、たとえ結果として四国が沈んだところで、助かる可能性がなきにしもあらずなのだが……、彼女は自分だけが生き残ることに、それほどの興味はない。

むしろこの位置で『監視』を続けていたなら、『新兵器』を運んでくるであろう航空機の姿を目視することができるかもしれない、そしてその航空機を撃墜できるかもしれない、などという風に考える。

もちろんそれは、現実的ではないが……、いくら視界が広いと言っても、極論、愛媛県の左端を投下地点に選ばれたら、徳島県上空というこの位置からでは止めようがない。

その展開は、たまたま地球撲滅軍が、『新兵器』の投下地点に、徳島県のこの近辺を選んでくれた場合に限る、非現実的な妄想だろう——自分にそんな悪運の強さがあるとは思わない。

となると、空々少年との合流を潔く、すっぱりと諦めて——もちろん、これっきり縁を切るというような意味ではないが——単独行動を取るしかなかろう。

単独での四国脱出を目論む。

空々は海の上の飛行を嫌い、また大鳴門橋を含む四国との連絡地点では検問が行われているだろうことを警戒し、橋に到着してのちには歩いての本州上陸を計画していたけれど、その段階では、もうないだろう。

数々のリスクが見当たるけれど、この高度であれば、それらをある程度かわすことはできるはず——海の上を飛ぶという経験はなくとも、海の上を飛べるという自信はある。

その自信を後押ししてくれたのが、他ならぬ空々空なのだ——関西地方・中国地方・九州地方辺りは、検問の網が強そうなので、高度を維持したまま一気に関東方面まで飛行し、地球撲滅軍にコンタクトを取る。

なに。

地球撲滅軍との『窓口』は、なにも四ヵ月前に死んだ『彼女』だけということはない——現地調査に来た空々が、その口から説明するのがベストだったのだろうが、そのベストは一旦放棄する。放棄せざるを得ないなら、放棄するだけだ。

贔屓目に見ても、計画を達成するまでにおよそ四度の死の危険があるプランではあるが、今のところのベストは、これということになろう。

ちなみに四度の死の危険を、遠い順に上げていくとこうなる。

④地球撲滅軍に殺される。

ありそうだ。

連中が業界ナンバーワンシェアを誇る大きな理由は、その容赦のなさだ——絶対平和リーグだって余所様のことは言えないけれど、特に先端科学の信奉組織であるところの地球撲滅軍が、『魔法』という概念をどう受け取るかが相当不安定である。

『よくわからないけれどなんだか不気味だ』という理由で、数々の虐殺を行っている彼らが、『魔法少女』なる、よくわからなくて不気味なものを、始末したがらないとは限らない。

　せめてあたしにもうちょっとこのコスチュームが似合っていれば、様になっていれば説得力も増すのかもしれない——と一瞬思ったが、まあ、それはたとえそうだったところで、説得力とはあまり関係ないだろう。
③海に落ちる。または長距離飛行失敗。
　空々が（名前の割に）心配していた可能性——特に今回は、鋼矢も体験したことがないような高高度飛行となるわけだから、このリスクは高く、また低空飛行よりも、墜落したときの死亡率は高く——いや、それはならないか。むしろ飛行中にトラブルがあっても、体勢を立て直せるだけの余裕が、地表までにあると見るならば、低空飛行よりも安全と言ってもいいかもしれない。

　なんにせよ、この三番目の危険については、彼女は魔法少女『パンプキン』の名にかけて、それほど重要視していない——これをリスクと言うのなら、彼女が普段から冒しているものはリスクどころではなくなる。
②魔法少女『スペース』の『通せんぼ』。
　一番現実的な、既に一度体験済みの『危険』だった——だが、彼女の高速飛行の秘密が『風』の魔法だったとわかった今、空気の薄いこの高度を維持しての飛行ならば、十分対処できるようにも思える——動く物体は、それよりも速く動く物体には決

して追いつけないのだから。

そして①……。

実のところ彼女がもっと危惧しているのはこの、もっとも間近にある危機だった。

正直に言うと、焼山寺で空々の、クリアではなく一時的なリタイアを目指すプランを聞いていたときには、頭を過りもしなかった危惧なのだが……。

「絶対平和リーグに意志があるのなら――彼らがまだ実験を続けていて、そのためにあたしを利用していると言うのならば」

鋼矢は呟く。

自分の危惧が思い違いではなく、ただの事実であるということを確認するように。

『『奴』が動いているってことになるものね――この四国に、一番わけのわからない魔法……『バリアー』を張っている『奴』が」

動いている――動き続けている。

となると。

今気にするべきは、『ここ』は、その『バリアー』の中なのか、外なのかと言うことだ。既に『バリアー』を抜けていて、外にいるのならばそれでまったく問題ないのだが、ここが『バリアー』の中だとすれば――『奴』の魔法の及ぶ範囲が、この高度まで達しているのだとすれば。

それは結局、手中みたいなものだ。

手のひらの上でさえない——手のひらの中。

「そらからくんの乗ってきたヘリが、『バリアー』の外だったとは、こうなると思いにくくもあるわ……。……いよいよ、本当に痛いわね。焼山寺での待ち合わせが、情報交換が不発に終わってしまったことは」

常にハードな選択ばかりを迫られ、ハードな思考をすることに慣れてしまっている杵槻鋼矢にとっては、そう判断することは疑問の余地がないくらいに当然のことではあったが、しかしこうなってくると、その判断が誤りであってくれればいいと、思わずにはいられなかった。

「待ち合わせに来なかった以上は死んだのだと決め付けていたけれど……、それはあたしの間違いで、そして何かの間違いで、生きていてくれないものかしらね——チーム『ウインター』の『ジャイアントインパクト』」

しかしそれは、口にしてみると、案外ありそうな可能性にも思えた——なにせあの子はああいう性格だ。

特にトラブルがなくとも、どうでもいいような理由で、待ち合わせに来ないということだって、十分に考えられるではないか。

そう思うと希望が出てこないでもない。

かすかな、すがるにはあまりにも頼りない希望だけれど――

「あの子が、もしもあたしが頼んでいた任務を達成していたなら――それは四国に張られたバリアーを打ち破るための一穴となるはず――」

『バリアー』さえなくなれば、外部からでも四国の異常事態を、今のような曖昧な形ではなく、はっきりとした形で把握することができるようになるはずだから。

「失敗したな……、こんなことになるんだったら、『ジャイアントインパクト』のことを、億劫がらずにちゃんとそらからくんに説明しておけばよかったんだ――」

3

魔法少女『パンプキン』の心配、後悔をよそに、彼女がそう呟いたとき、空々空は、その魔法少女『ジャイアントインパクト』と現在同行し、どころか先行させ、先導させている状態だった――真夜中、大雨の中。

悪運の強さと言うのであれば、デパートの地下で彼女――地濃鑿と遭遇したことは、酒々井かんづめが潜んでいた家に墜落したことと並ぶ、空々の悪運の強さではあったが、しかし惜しむらくは今のところ彼が、今後の展開における酒々井かんづめの重要性にこそ気付いていても、地濃鑿の重要性には、あまり気付いていないということとである。

と言うより、まったく重要視していないと言ってもいい——軽視を通り越して無視していると言ってもいい。置いていくわけにもいかないから、仕方なく連れているという印象のほうがむしろ強い。

もっとも、惜しむらくはと言っても、それはそれで避けようもない話でもある——彼女が本当に鋼矢の取引相手だったかどうかの確認が取れるまでは、空々空としては彼女とは一定以上の距離を保つしかないのだ。

魔法少女『パンプキン』の口から、直接、魔法少女『ジャイアントインパクト』の重要性を聞くまでは——むろん、彼女の価値をすぐに知る方法がないわけではない。

そしてその方法はまるで難しくなく、シンプル極まりないものである——彼女が持つファクターのもっとも顕著な部分である『魔法』、それも固有魔法を使わせればよいのだ。

魔法少女『ジャイアントインパクト』。

彼女がどのような魔法を使うのかを知れば——空々はいやでも認識しただろう、地濃鑿の価値というものを。

そしてそれを知ってしまえば、彼の四国ゲームにおけるプレイの幅は、倍以上に広がったことだろう——魔法少女『ジャイアントインパクト』の魔法を、彼ならば、彼女以上に使いこなすことができただろう。

ただ、当たり前だが、そのシンプル極まりない実験を、何の備えもない現状で行えるほどに、空々空は警戒心に欠けた少年ではない——まして今の彼には、酒々井かんづめという、守るべき幼児がいるのである。

きみがどんな魔法を使うのか見せてくれよと言って、例の腕時計——魔法のステッキを返したならば、その瞬間、空々の想像を絶するようなとんでもない魔法を使い、彼女がこちらを攻撃してくるということは十分に考えられる。

攻撃してくる理由、攻撃される理由が具体的にあるわけではないけれど、『大きな力』というのはそれだけで警戒に値する——まあ、ストレッチフィルムで縛り上げ、今も腰縄のリードをつけているという時点で、地濃からどんな敵意を持たれていたとしても仕方がないというのもあるが。

ちなみに腕時計は、返すわけにもいかないので、結局空々が右手首に巻いている——レインコートのポケットに入れておくわけにもいかないし、かんづめに持たせておくわけにもいかない。

ただ、そうすると空々が地濃からステッキを『取り上げた』というのを通り越して『強奪した』みたいなニュアンスが強くなるので、実践ではなく口頭でも、空々は地濃に、彼女の使う固有魔法がどういうものなのか、訊けなくなってしまった。

下手に訊けば、自分の魔法を完全に乗っ取るつもりなのか、横取りするつもりなのかと、さすがの彼女も危機感を募らせるだろう——そうなれば同盟関係も何もあったものではない。

そういった経緯で、今のところ——この今というのは、大雨の中の飛行中という意味だが——地濃鑿の、展開における重要性を認識しないままに、彼女と接していた。せいぜい、『かんづめちゃんのつたない言葉を翻訳するのが、僕よりも得意らしい』と言う点においてのみ、頼りにしていたと言っていい——道を先導させているのも、道案内という要素の他に、あまり後ろを任せたい相手ではないというのも大きい。彼女が後ろにいるくらいなら、後ろががらあきのほうがまだ安全なように思える。

そんな感じだった。

それ自体はとても残念なことではあるけれど、ただ、この時点でまだ、そのほうがよかったという考えかたもあるだろう——少なくとも。

少なくとも空々空の背中にしがみついている酒々井かんづめはそう考えていたのだ——その考えを彼女が語るのは、もう少し後の話だが。

なんにしても持ち前の悪運で現在、かなり凸凹気味であるとは言っても、一応の三人パーティを結成してゲームをプレイしている空々に較べれば、分厚い雨雲の上でひとり、孤立した状態にある杵槻鋼矢のほうが、危うい立場にいるのは、客観的な事実であった。

特に、空々自身にはわかるはずもないけれど、彼が追跡をもっとも警戒している魔法少女『スペース』は、今はもう、徳島県から飛び去ってしまっているのだから――そういう意味では魔法少女『パンプキン』は、空々から分断されることによって死のリスクが増したという、非常にレアな体験をしていることになる。

空々空と杵槻鋼矢。

英雄と魔法少女。

この二人が今後、なにごともなく無事に再会できるかどうか――再会できたとしても、それが本当に『なにごともなく』『無事に』なのか、生きて再会するのか死んで再会するのか、あるいは――敵として再会するのか味方として再会するのかは、今のところどんな客観的な視点からも、まったくわからない。そのどれもありそうであり、そのどれもなさそうである――ただ、確かに言えることは、今のところ二人はまったく逆ベクトルに向けて、それぞれ行動を起こし始めたということである。

空々は絶対平和リーグの徳島本部があるという大歩危峡へ――つまり、四国のより内部へ。鋼矢は地球撲滅軍の中枢がある本州へ――つまり、四国から外部へ。

どちらのミッションも成功するなどという牧歌的な展開がこの先に待ち構えているとは思いにくいが、仮にそういうことがあれば、四国の現状は大きく解決へと向かうだろう。

ただ、それだけに——やっぱり、雲の上でなされた鋼矢の心配、後悔は、的を射ていたと言える。向かう方向が逆になるがゆえに、少なくとも今晩中に、彼と彼女が再会するという可能性は、ほぼ消滅したと言っていいのだから——

4

「川が増水してますねー」

「まあ……この悪天候だからね。この川って、吉野川なんだっけ？」

「はい。吉野川をずーっと上ってくれば、この大歩危峡に辿り着くんです」

「ふうん……、じゃあ、鮭みたいに、川を遡（さかのぼ）ってここに来るという選択肢も、あったはあったわけだ」

「溺（おぼ）れますよ」

「そうだね……、駄目だ、頭が働かない」

大歩危峡に到着するまでかかった時間は、総合すると約五時間半と言ったところだった。夜の九時を過ぎた辺りに出発して、午前三時の前には到着していた——まあ、かかって六時間越え、夜明け前には到着できるはず、という、空々が出発前に立てた予測は、それほど楽観的ではなかったらしい。

もちろん、ノントラブルだったかと言えばそんなことはない――第一に、駐車場に停めてあった、持ち主不在の自動車から取り外してきたナビゲーションシステムは、割とアテにしていたのだが、残念ながら防水加工がなされておらず、出発して一時間もしないうちに壊れてしまった。

電子機器の弱点とも言える――そこから先は道路標識と、アナログの地図、それに記憶に頼っての旅路となった。

一口に五時間半の旅路と言っても、これは別に寝て起きたらついていたというような、寝台急行や夜行バスとは違う、自力（コスチュームに頼っているので、厳密には自力とは言いがたいが）での移動である。

気分的には五時間以上、マラソンを続けていたようなものだ――移動した距離は四十二・一九五キロどころではないが、しかしサブ6だと言って到着にはしゃげるほど、疲労がたまっていないわけでもなかった。

本来、魔法による飛行には肉体的な疲労はたまらない、言うなら精神的な消耗のみで納まるはずではあるが、暗闇の中、そして大粒の雨が降り、遠雷が轟（とどろ）く中の強行軍というのは、精神以上に肉体を削った。

雨粒がレインコートにばしばしと、絶え間なく当たる音だけでも、やられてしまいそうだった——正直、レインコートが雨に突き破られるんじゃないかと思った。

ここまで激しい豪雨だとわかっていたら、レインコートを二重に着てきただろうが、まさかデパートに取りに戻るわけにもいかない。道中に寄れるようなショップもなかったから、結局、レインコートの中までびしょ濡れになりながらの飛行となった。

レインコートの中にいるかんづめは、湿度も相まって、さぞかし不快だったことだろう——と思いきや、彼女に限っては、空々任せで自分で飛ばなくてもいいからなのか、それともこれくらいの年齢の子供とはそういうものなのか、空々の背中で道中の大半を、すやすや眠って過ごしていた。

時折、空々が体勢を変えたときなどに目を覚ましても、むにゃむにゃと聞き取れない言葉を呟くだけで、すぐに寝ついてしまった——この豪雨の中では真似しようと思っても、とても真似できるものではないのだが、しかしもしも自分や地濃がそんな風に寝てしまっては居眠り運転になって事故に繋がるゆえ、休息はデパートの地下でたっぷりとってきたつもりだったけれど、道中の半分を超えてからは、眠気とは違う形で、意識が朦朧としてきた。

要するに寒かったのだ。

十月下旬とはこんなに寒いものだったか——それとも雨を浴び続けているからか、

体温は下がる一方だった。

防水性が低いコスチュームだが、防寒性も低かった――レインコートではもちろん、大した防寒にはならない。

その点に関しては空々は、地濃に対して申し訳のない気分になった――背中に幼児を背負っている空々は、その分、体温の低下を免れたからだ。だからと言ってかんづめを渡すわけにもいかないし、空々にできることと言えば、できる限り地濃に声をかけて、声をかけあって、互いの意識を保つことだった。

ただ、それは本当にただの声の掛け合いであって、会話とはならなかった――あんな豪雨と雷鳴と強風が荒れ狂う中、飛行時の会話など成立するわけがなく、大声で名を呼び合うとか、無事を確認しあうとか、それくらいしかできなかった。

無事を確認という意味では、ビニール紐で二人を連結しておいたのは、先導と牽引という目的を差し置いて役に立った――そんな風に物理的に連結していなければ、たぶん相当早い段階で、彼らははぐれてしまっていただろうから。

これだけトラブルに溢れた今の四国において、どうして自然遭難などという目に好んで遭わなければならないのかという話だ。

この悪天候ではビニール紐なんて簡単に千切れてしまうのではないかという不安もあったけれど、意外や意外、ビニール紐は最後の最後まで持った。どうやらビニールというのは空々が思っているよりも、相当頑丈らしい——地濃の両腕や、かんづめを固定したストレッチフィルムも、剝がれることはなかったし。

というわけで彼ら一行は目的地である大歩危峡に、一人も欠けることなく到着したのだったが——しかしそのことが達成感と無縁だったのは、かんづめは到着時には寝ていて、空々と地濃は疲れを隠しきれなかったことがひとつで、もうひとつは冒頭に述べたよう、その大歩危峡が大荒れだったからである。

歩くどころか、留まることさえ危険なほどに——当たり前だ、今だってここだって、容赦なく暴風雨は猛威を振るっているのだから。

大歩危峡に到着したとは言っても、今のところはやや離れた位置の空中から、その荒れ模様を見下ろしているというところである。

真っ暗で、視界が通っているとは言いがたいが、それでもはっきりと、『今、あの峡谷に近付くのは危険だ』ということは瞭然だった。一目せずとも、瞭然である。

「どうしますか？　待ちますか？」

地濃が訊いてくる。

叫び合うしかなかった道中と違い、今はおのおのホバリング中なので、なんとかこの悪天候の中でも、顔をぴったり引っ付けるくらいまで寄り合えば、ぎりぎりで会話は成立した——疲れ切った互いの声は、それでもかなり注意を払わないと、聞き取れる大きさではなかったが。

「待つって……何を？」

「ですから、雨がやむのを……」

「雨がやんでも、しばらくは川は荒れっぱなしだろうしね——雨もまだまだやみそうにないし。待つとすれば、夜明けくらいかな……」

大して明るくもなるまいが、それでも気休めにはなるだろう——というより、気休め云々以前に、まず休みたい。どこかで雨宿りでもしてだ。下手をしたらブラックアウト時よりも考えがまとまらない現状から脱しないままに、絶対平和リーグの徳島本部に乗り込むなど、ありえないだろう——と。

そんな話し合いを経て、二人は夜明けまでの数時間、必然的な休憩を取ることにしたのだけれど——もしもこのとき、空々の背中にいる酒々井かんづめが起きていたなら、例のつたない口調で、反対意見を言っていたかもしれない。

すぐに行動しなければならない、と。

注意を喚起していたかもしれない。

なぜならこの時点で、既に魔法少女『スペース』は、愛媛県の絶対平和リーグ総本部——その残党というべき残骸に、報告を終えているからだ。

空々空と、酒々井かんづめについての報告を。

その報告に対する反射が左上から来る前に、空々空は支部の調査を終えるべきだったのに——結論から言って、ここで休憩を挟んだタイムロスのせいで、彼らはそれができなかったのだから。

結果、悲惨なことになる——彼ら三名のうち、一命が失われることになる。

むろん、そんなことを知る由もない空々空と地濃鑿は、ある種気楽なもので——コンディションそのものは気楽とは言えないが、厳しい目標を成し遂げたと言う倦怠感が生む気楽さだ——、雨宿りをする場所を探すことになった。

山間部なので、身を隠す木々には事欠かなかったけれど、しかし今欲しいのは隠れる場所ではなく、雨宿りができる場所だった——もうレインコートなど、脱いでもいいくらいに意味をなさなくなっている。

「近くに電車の駅があるはずですから。そこで休むというのはどうでしょうか」

「そうだね……、そうしようか」

疲労により、空々でも今や、思考が言葉に追いつかない。大して検討もしないままに、できないままに、彼女の案を呑むことになった。

「線路と道路の二択で道路を選んだけれど、休む場所が駅になるというのは皮肉な感じもするな——えっと、あのデパートで読んだガイドブックには、確か無人駅って書いてたっけ……」

もっとも、今の四国の駅は、大抵が無人駅なのだろうが。

「ええ、無人駅です。あ、でも、噂に聞いた話だと、確か子泣きじじいの木像があるとか」

「なんできみは子泣きじじい情報を押して来るんだよ……」

おぎゃあおぎゃあと泣くような赤ん坊ではないものの、今子供を負ぶっている空々としては、正直、あまり仕入れたい情報ではない。石を背負っている気分になってくる。

上空からの視点では線路はおぼろげながら確認できた——実際にある程度の高さに立って見ると（飛んでみると）、確かに道路よりも線路のほうが目立つ。あの上を飛行していたら、なるほど道路を飛ぶよりは目立ったかもしれない。

空々は改めて、かんづめの言葉が正しかったことを認識した——したのだが、ただ、本当に厳密なことを言うならば、先述の通り、魔法少女『スペース』の目が上空から光っているということは、結果としてなかったのだから、線路を使おうと道路を使おうと、想定外のトラブルに衝突でもしない限りは（あるいはわかっていたことと は言え、この大雨の前に屈したりしない限りは）、彼らがこの大歩危峡に辿り着けないという未来はなかったということである。

『どっちでもにたようなもん』と、かんづめ自身言っていたし、だから用心に用心を重ねたと見るのならば、やはり線路より道路を選んだことは『正しかった』ことにはなるのだろうが——ただ、ここでそう思ってしまったことで、空々のかんづめに対する『判断』が、やや過剰なそれになってしまったことは否めない。

この、何もかもが不安定でふわふわした状況の中であることを思えば無理もないのだが、彼女の助言に頼る気持ちが生まれてしまった。

雨宿りの目的は、夜明けまで休む、身体を休めるというだけのもののつもりだったにもかかわらず、いつの間にかそれは、『かんづめの目覚めを待つ』という目的のものに摩り替わってしまっていた——かんづめだって強行軍に疲れてはいるので、それ自体が大きな間違いであるはずもないけれど、絶対平和リーグの現地調査という実際的な仕事について、さすがに彼女が役立つわけもないことくらい、わかってもよさそうなものなのに。

とは言え、もちろん。

空々空も、いくら疲れ果てていても、タイムリミットのことや、『新兵器』のことまで忘れてしまったわけではない。

屋根のある、無人の駅舎の中に入って、レインコートを脱ぎ、かんづめをほどいてベンチの上に寝かせて、がちがちに固まってきた筋肉をほぐすことを目的とした柔軟体操を終えてから、最初に出した話題がそれだった。

「日付が変わって……、これで僕の四国滞在は、四日目か。地球撲滅軍の不明室が『新兵器』を投入するまでのタイムリミットを、早くも半分使ってしまったというわけだ」

「タイムリミットの消費に『早くも』っていうのは、いささかおかしい表現ですけれどねー」

空々よりも飛びなれているとは言え、さすがにこんな強行軍の経験があったわけではないのだろう、彼女もようやく雨のない場所で座ることができてひと心地ついたようで、例の、悪気も悪意もないままに、人の心を逆撫でするようなことを言ってくる。

「それに四日目はまだ、始まったばかりですよ。四・五・六・七で、事実上、まだ半分以上日数は残っていると考えてもいいはずです」

「そうだけどね……でも、どうなんだろう。その辺の詳しい取り決めを、僕はしないまま四国に来たけれど」

かんづめは寝ているので、『僕』という一人称を使ってもいいシーンである。始終気遣わずに会話ができるというのも、楽でよかった。

「どこで切るんだろう、その、一週間――七日っていうのを」

「？　切る、とは？」

「だから一週間――七日っていうのが、純粋にカレンダーにおける日数のことを指すのか、それとも百六十八時間ってことなのか。もしも後者だとすれば、僕が思っているよりも半日近く、タイムリミットは短いことになる」

「今更、細かいことを気にしますね……そういうことを気にするなら、最初にちゃんと取り決めてから四国にいらしてくださいよ」

「…………」

その通りではあるのだが……、ただ、そもそも一週間という取り決めだって、かなり適当に、大した考察もなく決めたものなので、更にその先についての取り決めなど、するはずもない。

できることなら時を遡って、当時の自分を殴打してやりたいものだ――先のことだと思っていい加減に決断を下したりして。まあ今だって、そのスタンスは変わっていないので、その自己否定は、自分のことを棚に上げて自分を責めてるようなものなのだが。

「まあ、済んだことをうじうじ語っても詮がないよ。どの道、タイムリミットをぎりぎりまで使うつもりなんてないんだ――きみの言う通り、細かいこと、さ」

「余裕を持ってゲームを上がりたいというわけですね」

「うん」

『上がる』というのは、彼女としては『クリア』するという意味で使った言葉だろうが、空々からすればそれは『リタイア』という意味になる——そのズレはまだ修正しない。

「痺れを切らした不明室が『新兵器』をいつ投入してもおかしくない状況は変わっていない——特に、最初の時点で中途半端に連絡が取れてしまったのがまずい。向こうじゃあ僕のことを、ひょっとすると『上陸と同時に死んだ』と思っているかもしれないんだから」

そこは『焚き火』の才覚に期待したいところだ——以心伝心なんて間柄ではとてもじゃないがないけれど、しかし、彼女の側が空々の『扱いかた』を熟知しているのは確かなのだから。

そこはマニュアル通りにことを進めて欲しい。

「中途半端に連絡が取れた、というのは？」

「ああ……。だから外部に連絡を取ろうとしたら、通信機器が爆発して、その後爆撃にトレースされたんだけれど、ぎりぎり逃げ切ったってこと……、最初にひとことふたこと、ぎりぎり話せてる。本当ぎりぎり、名乗れたくらいだけど」

「はあ——そのときからコスチュームを着ていたんですか？」

「いや、そのときは着てないけれど。なんで？」

「よく逃げ切れたなあと思いまして。あんな初見殺しのトラップ。私のチームメイトの一人は、ゲーム開始早々に、そのトラップに嵌って死んじゃいましたよ」

「飛べる魔法少女でもそうなのか……まあ、不意をつかれて、混乱しちゃったら、そりゃあそうなるかな……」

しかしデパートの地下でも思ったことだが、仲間が死んだことを軽く喋る魔法少女だ。気の使いかたが難しい。踏み込んで訊いてもいいのか、それとも触れないでおくべきなのか――ただ、一旦リタイアする気でプレイをしている最中だとは言え、地雷を踏むリスクを少しでも低減するためには、ルール集めは、可能な限り――ではなく、可能であるなら――しておくべきだ。

どんなルールに抵触して死んだのか、他の四人のことを聞く――そして現時点で、空々と地濃、互いの集めているルールを照らし合わせる。

この休憩時間に、それを済ませておくか。

単調な作業だし、やって疲れるということはあるまい――まあ、彼女が『パンプキン』と内通していた以上、地濃と空々のルールブックを照らし合わせたところで、ほとんどが答え合わせみたいな検算にしかなるまいが――

「ん……あ、いや」

「どうしました？」

「地濃さん。仲間の一人が、初見殺しのトラップで死んだって言ったよね――それってどういう状況だった？　それを間近で見たの？」

「は？　ええ、はあ、見ましたけれど。どうしました？　急に色めきたって」

「色めきたってはいないけれど……」

ただ、気持ちとしては身を乗り出してしまっていた。実際には背中を、駅舎の壁に預けたままだけれど――

「とにかく、そのときの状況を教えて欲しいんだ」

「状況ですか？　いえ、でも、状況なんて、さっき空々さんが言ったのとおんなじですよ。外部に連絡を取ろうとしたら、通信機器が破裂して、爆発に追いかけられて――それで、空々さんと違って逃げ切れずに」

爆死です。

と、地濃は言った――相変わらず、その口調に、哀悼の意は含まれていない。ただ事実を、自分には無関係な事実として述べただけという風だった――いや、今は彼女の感性について論じたいわけではまったくない。

「それがどうしたんですか？　空々さん」

「うん――なんだろうな、あまり気が進む手段ではないけれど、外部と連絡を取る手段を、ひとつ思いついたというか……ただ、今気付いても、あまりに意味がないと言うか……、困っているのさ」

「はあ？」

空々の要領を得ない言いかたに、困惑の表情を浮かべる地濃――それはそうだろう、言っている空々もまた、困惑しながら喋っているのだから。

「だからさ――僕がそうで、その子もそうだったように、まず通信機器が爆発して、その後、爆撃が通話者を襲うっていう順番だろう？」

「ええ、そうですね」

「つまりたとえ逃げ切れても逃げ切れなくても、通話者が爆死するまでの間には、一瞬のタイムラグがある――そのタイムラグを使って、四国の現状を報告することは、ひょっとするとできるんじゃないかと思って」

「…………」

と、少し黙ってから、地濃は、

「いえ、無理でしょ？」

と、断定的に否定した。

議論の余地がないという風だった。

「空々さんも言ってたじゃないですか、ひとことふたことしか話していないって――中途半端だったたって」

「それは初めての経験で、しかも予備知識がなかったからだよ。心の準備ができていたなら、一瞬で伝えられることっていうのは、それなりにある。そして通信機器があり、命がある限りは、何度でも『一瞬の通信』が可能なんだとすれば――それを繰返していれば、いつかは『長時間の通信』になるだろう？」

「なるだろうって言われましても……まあ、足し算ですからね。なりますけれど……、ちりも積もれば山となりますけれど。けれど、命がある限りという前提が相当怪しいですよ。空々さんだって、確かに一回目を生き延びられたかもしれませんが、二回目三回目はその限りではないでしょう」

「まあ……ないけれど」

『恋風号』も、ここにはないし。

藤井寺の屋根のない場所に停めているので、この暴風雨の中、どこかに吹き飛ばされているかもしれない。

「ただ、いざというときはそういう手もあるってことを、思いついただけだ――今思いついても、ここで試すことはできないけれど」

手元に通信機器がない。

山間部というだけで、別にこの辺りが『陸の孤島』というわけではないが（きっと携帯電話の基地局もあるだろう）、通信機器は連絡に使おうとするたびに『爆発』してしまうので、現段階で数が残っているとは思いにくい――無人駅でも電話くらいはあるかと思ったけれど、それらしきものが見当たらないところを受けると、たぶん、誰かが『爆発』させたのだろう――その後、爆死した誰かが。

ただ、都市部ならば、生き残っている回線の数も多いだろうから、そういう『積み重ね』作戦は、ある程度の実効性を帯びてくる。

デパートの地下の段階でこれを思いついていたなら、大歩危峡に来る前に試していただろうか――過去に対する仮定なので、それに答を出しても意味はないところだけれど、しかし選択肢があの段階でもうひとつ増えていればという後悔からは逃れられない。

まあ、回線から離れたところに来たからこそ思いついたアイディアだとも言えるが……。

「ルール違反って気がしますけれどねえ、そういう、なんていうのか、裏技みたいなの」

独自の倫理観を持つ地濃には、空々のその発想は、しかし不満らしい。もっとも彼女は、不満がなくとも、とりあえず空々の言うことには文句をつけてくるような性格だが――それもチェック機能だと思えば、甘受できよう。

「それは、外部と連絡を取ることを封じるためのルールなんですから。その『積み重ね』も、ルール違反のひとつなんじゃないですか？　たとえば、三回、外部に連絡を取ろうとしたら、爆撃のトレースがいつまでも終わらないとか——ありそうじゃないです？」

「……ふむ」

まあ、あのタイムラグは、『初見殺し』のトラップであると同時に、プレイヤーにゲームの開始を告げる、言うなら『警告』の意味合いもあるように思えるので——穴を埋める、そういう『裏技封じ』のルールがあってもおかしくない。

それを言い出したらどんなルールがあるのかもわからないのだから、萎縮して何もできなくなってしまうということになりかねないが、しかしながら、この件に関しては、結構、リアリスティックな想定という気もする。

それでもいざというときの手段がひとつ——たとえば七日目のタイムリミット寸前、もうどうにもならないという状況になったときには、駄目元で試せる手段をひとつ思いついたことは収穫だった。

ここで夜明けを待つ、雨宿りの休憩をしたことを、先述の通り、空々は後に悔いることになるのだが、しかしこのように、収穫がなかったわけでもないというわけだ。

「ああでも、絶対平和リーグの徳島本部なら、回線が複数あって、生き残っているかな？　まだそういう試行錯誤を行うような段階ではないけれど……」

「回線ですか。まあ、あるでしょうけれど——ただ、地球撲滅軍ほど、高度な科学技術が揃った施設を期待しないほうがいいと思いますよ。科学という点においては、業界ナンバー2である我が絶対平和リーグは、地球撲滅軍の足元にも及びませんから」

「…………」

足元にも及ばない、というのはやや大袈裟な物言いだし、空々に言わせれば、科学をはるかに凌駕(りょうが)する魔法をシステム化している時点で、絶対平和リーグは既に、業界ナンバー2どころではないのだが。

「もちろん電話くらいはあると思いますけれど——あったと思いますけれど。職員のかたが『爆発』させてしまった回線も多数あるでしょうが、予備の回線とか非常用の回線とか、生き残っている可能性はあると思います」

「生き残って——ね」

まあ、たとえ徳島本部に回線が残っていたところで、今は『通信の積み重ね』という実験をするつもりはないけれど——『生き残り』というのであれば、絶対平和リーグ徳島本部の（地濃の言いかたをそのまま借用すれば）『職員』が、現状も生き残っているとした場合、どうするか——だ。

いや、事情を知っている以上は『生き残り』は確実にいるはずで、その『生き残り』は愛媛の大本に移動しているはずというのが空々の読みだが、その読みが外れているケースだってありうる。

回線が生きているどころか、まだ徳島本部が、絶対平和リーグの支部として機能していた場合は、撤退するという方針を決めた上で、こうしてここまで来たけれど……、正直なところ、ここまで来た道をまた戻るというのは、精神的に相当な負担になる。有体に言って、うんざりする。

四国から脱出――リタイアするのとは、まるっきりの逆方向に来てしまったということもあるし、折角だったら、せめてなんらか、得るものを得て、帰り道を戻りたいところだが……。

「さっきは暗くて、しかも遠目だったから、川の増水ぐらいしかわからなかったけれど、そう言えば、この辺のどこにあるの？　その……、徳島本部は。それらしき建物は見えなかったけれど」

まさかこの駅舎が、実は意外や意外、絶対平和リーグの徳島本部だという落ちが待ち構えているのでは、という含みを込めての質問だったけれど、もちろんそんなことはなかった。

地濃は、

「ええとですね」

と、前置きをしてから、

「正確にはわからないんです」

と言った。

わからないんですと言うのなら、わざわざもったいぶった前置きする必要はないと思うが……。

「なにせ、ほら、来るのは初めてですし——平時だったら、こんなの、反逆罪ものかもしれませんよ。私のような下っ端が、無許可で組織の司令部に接触を試みるなんて」

「そうなんだ——厳しい組織だね」

と、お愛想としてそう言ったものの、空々の所属する地球撲滅軍だってその辺りは似たり寄ったりだろう——事情を知らない外部にも厳しいが、事情を知る内部に対する厳しさは、更に苛烈とも言える。

別に左在存の敵を討とうとしたわけでもなんでもないが、一度不明室について調べようとしたときに思い知った——まあ、別にその件がなくとも、空々の地球撲滅軍に対する帰属意識の薄さ、そして反抗的態度は、本来、それだけでも粛清に値するものなのだが、彼がそれでも例外であり続けているのは、彼が『特別な英雄』だからに過ぎない。

……それでも、もしも彼の代わりに、彼と同じように、地球が人類に紛れ込ませた怪人『地球陣』を識別できる者が現れたなら、それだけで空々など、就いている肩書きの高低など関係なく、抹消されてしまいかねない。

上層部の意見だって一枚岩ではないが、共通する基本的なスタンスとして、空々を嫌っているのは間違いない――だからこんな、無茶な任務に単独でアサインしたのだ。その点については、相棒を次々死なせる空々に責任がないとは言えないが……。

ところで、そのときが来たときのための対策を、空々は特に打っていない――そんな『目』を持つ人物は現れないという確固とした読みがあるからではない。現れたらそのとき考えればいいとおもっているのもあるが、ただ、次の『大いなる悲鳴』に、その救世主が間に合うとは思えないと言うだけだ――この思想は『どうせ世界は滅ぶんだから好き勝手に生きればいいや』という世紀末思想に非常に近く、非常に危険なのだが、しかし彼らしいといえば彼らしい。

「そうです。厳しい組織なんです。私だから今まで生き残れているようなものですよ。友達の魔法少女もいっぱい死にました。粛清されたり、実験失敗だったり、このゲームでもそうですが」

「実験失敗……？」

「ああ。新しい魔法が暴走することもありますからね。そういう意味です」

「ふうん……」

さり気なく頷く空々。

地濃が言った『このゲームでもそう』と言うのも、やはりその実験失敗の一環なのだが、ということは、おくびにも出さない。

證と初めて話したとき（もっとも證は直後に死んでいるので、それは『最後に話したとき』にも近い表現だが）、彼女は空々に対し、絶対平和リーグは地球撲滅軍と違って、非人道的な肉体改造なんてしない――と息巻いていたけれど、しかし人体改造と同レベルの非人道的行為は、今回に限らず、日常的にしていたらしい。

まあ、体内に手を入れるのは確かに一線を越えているかもしれないが――実験、命に危険が及ぶような試行錯誤に年端もいかない少女を使用するというのは、明らかに明らか過ぎるほど、行き過ぎを通り越しているだろう。

言動から察するに、證は組織への帰属意識が高いほうだったのだと推察できるが――そういうタイプでもなさそうな地濃もその実験が行われること自体、自分が若くして地球と戦わされていること自体には疑問を感じていない風なのは、見事な洗脳教育の成果であると言えそうだ。

あの斜に構えた『パンプキン』でさえ、それを知りながらも――絶対平和リーグに疑問を呈しつつも、地球と戦うためのスタンスは不動のものだし。

というか、この件の例外は、空々の知る限り、ほぼ空々だけなのだ――長きにわたって人類を滅ぼさんとする地球に接近遭遇し、会話を交わしたことのあるこの少年のみが、地球に対する敵意に欠けているというのもおかしな構図だが、その構図を思うとき、空々少年が同時に思い出すのは、あるカウンセラーの台詞である。

彼が空々空に手渡した処方箋とも言える。

『きみはきみの人間性をもってして、人類を救うことができるが——別に救わなくてもいい』。

むろん、そこに免罪符を求めるのが卑劣な行いだということは、わかってはいるのだが。

「今回だって、空々さんに強制されて案内してきた、善意の第三者ポジションとして、私は下っ端でありながら、この大歩危峡に来たに過ぎないんですから。身過ぎ世過ぎなんですから」

「…………」

責任を全部僕に押し付けることで心の平安を保っているらしい——まあ、それは好きにしてもらっていい。彼女がいなければここには来られなかったのだから、そのくらいの平安は提供しよう。

「……身過ぎ世過ぎっていうのは、使いかたが間違っていると思うけれど」

「そうですね。身過ぎ世過ぎって、でも、ぱっと聞いたら映画のリピーターみたいですよね」

「見過ぎ良過ぎ……？」

なかなかない発想力だが、同意はしかねる。

空々があまり映画を見ないということもあるが。

「とにかく地濃さん。まとめると、じゃあきみにも、この大歩危峡のどこに組織の建物があるかはわからないってことなんだね」

「いえ、勝手にまとめられても困ります。わからないとは言っていません」

「言ったでしょ」

「正確にはわからないと言ったのです」

「ふうん……？　じゃあ、大雑把にはわかるって言うこと？」

「いえ、大雑把にもわかりません」

どうなんだ。

空々の気持ちをアップダウンさせて弄(もてあそ)んで、この子は楽しんでいるのだろうか

——だとすれば、強行軍からの回復のお早いことである。

「早とちりをしないでください、空々さん。わからないとは言いましたけれど、知らないとは言っていません」

「……じゃあ、わからないけれど知っているっていうこと？」

わからないけれど知っているというのがどういう状態なのかは判じかねるし、こう訊き返したところで再度、『いえ、わからないし知りもしません』という回答が返ってきたところで空々はもう、まったく驚かなかっただろうけれど、あにはからんや、

「はい」

と、そこで地濃は肯定の返事をした。

つくづく読めない。

ああ言えばこう言う、こう言えばああ言うの典型のようにも思えるが、しかし地濃はそれよりももう一歩踏み込んで酷く、どう言ってもどう返って来るか読めない。

「知ってます」

「…………」

「ただ」

と、案の定、注釈——恒例の言い訳のようなことを付け加える地濃。この場合、恒例は必ずしも好例ならずだ。

「空々さんとしては今、私の口からそれを聞きたい、確認しておきたいんだと思いますが、それはちょっと難しいと言いますか——無理だと思うのです」

「無理？」

「ええ。ブレイクタイムを利用したいという空々さんの発想自体は買いますが……」

発想を買うというのは、そんなに嫌な、上からのニュアンスのある言葉だったろうか、今まで迂闊に使っていなかっただろうかと思わされる地濃の態度だったが、しかし察するところ、別に彼女は空々に嫌がらせをしようとしているわけではなく、本当に、本心から今は説明したくともできないということらしい。

空々からすれば、どうしてこの子は一貫してこうも非協力的なのだろうと疑問を呈したくもなるけれど、逆に地濃からしてみれば、どうしてこの子は一貫してこうも無茶ばかりを要求してくるのだろうと疑問を呈したいところなのかもしれない。

だとすればそれは悲しいすれ違いで、正せるものなら正しておきたいところだ——そんな悲しいすれ違いから、この先連携が崩れてもつまらない。連携が崩れるくらいならばまだしも、香川において何人かの魔法少女とそうだったように、今からでも対立関係になってしまうということはありえるのだ。今の状況はとてもいいとは言いがたいけれど、連綿と続く対立構造、息をつく暇もない敵対というあの緊迫に較べれば、多少はマシなはずなのである。

「確認できない、説明できないと言うのなら、それはきみの言う通りなのだとは思うけれど、どうして確認も説明もできないのかは、教えてもらってもいいかな?」

「はい。空々さんがどうしてもと言うのであれば」

「これくらいどうしてもと言わなくても教えて欲しいけれど……、まあ、どうしてもだよ」

「それについては、百聞は一見に如かずというか……、ちょっと口で言っても伝わり辛いだろうなあと思うんですよ。ビジュアル的な話ですから。絵に描けば、あるいは伝わるのかもしれませんけれど……、私、あまり絵がうまくないものでして」

「きみの絵の上手下手の問題なの……？」

「そうとも言えます」

頷く地濃。

素直なようだが、その素直さは『素直に罪を認める』という言い回しで使うときの素直さなので、あまり感心はできない。

「やっぱりわからないいな、きみの言うことは」

「でしょ？」

「いや、別にきみの意見に賛成したという意味ではなくて……、ん？　つまり、絶対平和リーグの徳島本部っていうのは、秘密基地みたいなものなの？」

秘密基地という響きは、空々くらいの年齢の少年が口にするとどうしても『子供の遊び』のような響きを帯びてしまうけれど——ただ、世間に隠れて地球との戦闘を続ける、地球撲滅軍や絶対平和リーグが潜む建築物には、相応しい称号であるのかもしれない——確かに、だとすればこの大歩危峡という立地条件、ロケーションは、都市部にビルディングを構えるよりはよっぽど『それらしい』と言えるけれども。

ただ、その秘密が行き過ぎてて、地濃では、その秘密を暴くことができないとか……？　だとすれば、ここまで来た甲斐がないというか、デパートの地下の時点でそれは注意喚起しておいてくれと言いたくもなるのだけれど。

「秘密基地。ああ、そうですね。かもしれませんね。ええ、ええ」

我が意を得たりという風に、地濃。

「そういう表現をする人が今までいたわけではありませんけれど、正しくそんな感じです。実際、愛媛県の総本部は、もう私のような下っ端には、情報の取っ掛かりさえないです――『パンプキン』でも、正確な場所は知らないんじゃないでしょうか？」

「ふうん……」

では、そちらに乗り込まずに正解だったというわけだ――愛媛県で立ち往生していたかもしれない。いや、そんな危惧をさておいても、やっぱり敵陣のお膝元に乗り込むというのは無謀過ぎる――たとえ地濃にとってはそこが、敵陣ではなかったとしても。

今だって十分に無謀なことをしているとは言ってもだ。

「ビジュアル的な話って言うのは……」

それでも空々は、地濃の話を好意的に（むしろ恣意的にかもしれないが）解釈し、話を振ってみる。ある種、今ベンチで寝ている酒々井かんづめを相手にするときより も解読に労力がかかる地濃鑿の物言いだった。

「何か、その秘密基地の秘密を暴く上での、目印があるって意味に解釈していいのかな？　目印だから、手がかりは手がかりだけれど、その姿形を口で説明しても意味がないとか……」

『わからないけれど知っている』という、謎の表現の意味を最大限まで因数分解すると、そういうことになるのだろうと思い、空々はトライしてみる——と言うか、そういう意味でなければお手上げだ。地濃とこれ以上、意思を疎通することは不可能ということである。

果たして地濃は、

「正解！」

と言った。

クイズをやっているわけではないので、そんな風に大きな声で言われてもリアクションに困るのだが——実際彼女は、両腕を拘束されていなければ、頭の上でわっかを作って、『正解』を表しそうな勢いだった。

先ほどは、回復のお早いことだと皮肉交じりに思ったものだったが、しかしこれは回復が早いというより、疲労と眠気でハイになっているだけかもしれない。

デパートを出たときそうだったように、今もなお降り続く大雨のために、テンションが上がっているというのもあるかもしれないが——まあ、彼女のテンションが高いことを全否定しても始まらない。

地濃がテンションをあげればあげるほど、熱くなれば熱くなるほど、空々のメンタルは冷え、冷静に考えることができるという風に、よく——よりよく解釈しておこう。

「目印？　ヒント？　そんな感じです。私が知っているのは——空々さんには、それを起点に、絶対平和リーグ徳島本部の秘密基地の場所を推理して欲しいです——ちょっと危険ですけれど」

「危険？　まあ、余所の組織に探りを入れようとしているんだから、危険どころじゃあないとは思っているけれど……」

危険どころじゃないというより、『余所の組織に探り』どころじゃあないのだが——その徳島本部の中から何かを見つけ出す前に、まずその基地そのものを見つけなければならないというのは、気が滅入る感じではある。

地濃の相手をしているだけで、ただでさえ気が滅入ると言うのに……。

「ひょっとすると、新たなる仲間に出会えるかもしれませんしね！　てへへ！」

元気がいい地濃。

彼女がいったい何を期待しているのか知らないが、その期待は、間違いなく空振りに終わることを保証できる空々だった。

絶対平和リーグ上層部とは。

絶対に仲間になれない――『スペース』との取引が不可能であるように。

5

結局、色々と話したものの、生産的、さもなくば前向きな結論が出ると言うことはなく、いつしか会話も尽きて二人はどちらからともなく眠りに落ちた――寝入り端（ばな）の記憶というのは残らないものだけれど、しかしいくら疲れていても自分が地濃よりも先に眠るとは思わないので、きっと彼女が睡眠に入ったのを確認してから、自分も寝たのだと思う――思いたいが。

それだけ厳しい道中だったということだろう――放っておかれたらいつまでだって寝ていたかもしれないくらいだが、しかし、

「おねえちゃん。おねえちゃん。おきないかん。おきないかんけん」

と、揺すられて、すぐに意識を取り戻した。

意識を取り戻したという言いかたをすると、眠っていたのではなく失神していたか

のようだけれど、実際、少なくとも空々の場合は、それに近かっただろう。

すやすや気持ちよさそうに胸を上下させている、地濃鑿はどうだか知らないけれども……とにかく空々は、どれほど疲れていようと、休憩と言えど、さすがにこの状況で深く眠るほど気を緩めてはいなかったので、幼児の揺すりで、即座に（いささかの後悔と共に）覚醒した。

「おねえちゃん」

「大丈夫。……そっちのお姉ちゃんも起こしてあげて」

意識は取り戻したが、視界がまだクリアにならないので、目をこすりつつ、空々はかんづめを促した——地濃を起こすのは骨が折れそうだからかんづめに役割を押し付けたというわけではなく、男子の自分が女子の身体を揺すって起こすのは避けたほうがいいかと、寝起きの頭で判断したのだった。空々を女子だと思っているかんづめからしてみれば、不可解な指示だったかもしれないが。

「ん……。なんですか。あと五分寝かせてくださいよ。あと五分寝かせてくれるまで、私はどこにもいきませんよ」

空々と違って、寝起きの悪いこと甚だしかった——まあ、両腕を縛られた状態で、熟睡なんてできるわけがないので、彼女の場合は寝苦しさを引き摺っているだけかもしれないが。

「…………」

かんづめが地濃を起こしている間に（結構容赦のない起こしかただった）、空々は駅舎の外を確認する——とっくに夜は明けているようだったが、しかし雨も止んでいなかったので、空模様を見ただけでは現在時刻の予測がつかない。雨脚は弱まっているようだが……。

空々は腕時計を確認する。

地濃から取り上げた、ステッキに変形するという腕時計だが、それで時刻表示がおろそかになっているということはあるまい。

「十時……？　うわ……、結構寝入ってたんだな。一瞬、うとっとしたくらいかと思ったけれど……」

「でも、その割に雨、止んでませんね。これじゃあ夜明けを待った甲斐がありませんよ」

地濃が伸びをしながらいう。両腕を拘束されたまま器用なことだ——というより、かなり両腕を拘束されたままでの活動に、慣れてきているようである。人間、何にでも慣れることができるということだろうか——そんなものに慣れられてもという話だが。

「夜明けを待った、どころの話じゃあないけれど……」

空々は言いながら、地濃のところから戻ってきたかんづめを見る。様子を見る限り、彼女もまた、今起きたというところらしい――かんづめが起こしてくれて助かったが、しかしかんづめはどこか心なし、慌てているようにも見えた。

寝過ごしたことを、三人の中で一番悔いているのが、まるで彼女のようだ――今更ながら、かんづめには現在の状況について、説明していないことが多過ぎるのだが、彼女は一体どういう風に『今』を捉えているのだろうか？

かんづめが起きたら、これからの行動についてアドバイスをもらおうと思っていたのだけれど――たとえば、絶対平和リーグ徳島本部のありかを、秘密基地の所在を、彼女なら言い当てられるのではないかという期待もあったのだが。

ただ、こうして寝て起きてみると、頭を休ませてみると、それは結構な高い、高過ぎる要望であるように思える――自分は幼児にいったい何を求めようとしているのだと、反省に近い気持ちも出てくる。

今、寝過ごしていたところを起こしてくれただけでも十分ではないかと――そういう気持ちを、深夜の段階で持てていたならば、今後の展開も違うものになっていただろうが、しかし既に遅きに失していた。その段階はとっくに通り過ぎている――寝ている間に事態が進行し、取り返しがつかなくなってしまったと言うと、なんだか寝過ごしての遅刻みたいで微笑（ほほえ）ましい印象もあるけれど、もちろん、現状においてはそれどころではない。

必然的な休憩は、必然的な悲劇に繋がる——だが、それをこの時点で察することは、空々空には、もちろん地濃鑿にも不可能だった。

酒々井かんづめだけが、だから今は慌てた素振りだった——

「いそがないかんけん、おねえちゃん」

と、彼女は空々を急かすのだった。

その様子に違和感を憶えつつも——言われなくとも急ぐつもりだったので、空々は干しておいたレインコートを着用する。まったく乾いていなかったけれど、だからと言ってこの雨の中、雨具を着用せずに外に出るわけにもいくまい。

「これからどうしますか？　空々さん。いや、もちろん秘密基地を探すんでしょうけれど」

秘密基地という表現が気に入ったらしく、それを自分が思いついたみたいに使ってくる地濃だった。

「その前にまず、川の様子を見ません？　夜中に見たときよりは、よく見えるはずですし——ほら、駅のホームの奥に吉野川を見下ろす展望台があると、ガイドブックに書いてありました」

「駅に展望台があるんだ……無人駅とは思えない設備だね」

「子泣きじじいの木像もありますしね」

「だからなぜそれにそうもこだわるんだよ、きみは……、あ、本当だ。あった……」

正直、地濃がこうも押してくるので、この地の子泣きじじい伝説にちょっと興味の湧いてきた空々だったが、そんな場合ではない。

まったくない。

将来的に、すべてが解決し、四国も元通りになり、いつかここに観光に来ることがあれば、そのとき改めて知ればいい——と思ったが、それはあらゆる箇所に無理がある、将来の展望だった。

そのために四国に来た空々ではあるが、『すべてを解決』というのが、もう無理に思える——玉虫色の決着しか、将来にはないような。

そんな予感。

駅舎からホームに向かう際に線路を横切ることになるので、踏み切りを渡らなければならないという構造は空々には目新しかったが、かんづめや地濃にはそうではないのか、彼女達はそこには触れなかった。

ふたつあるホームを越えて、階段を降りると、地濃が言っていた展望台だった——普段の水量を空々は知らないので確かなことは言えないけれど、しかし、とにかく激流と言っていい河川を見下ろすことができた。

都会育ちと主張できるほどではないにしても、基本的に町中で育った空々には、このような自然の猛威を目にする機会があまりなかったので、しばし言葉を失う。

昨夜は暗くてほとんど音しか聞こえてなかったし（それはそれで想像力を喚起されたが）、何よりそれどころではないくらいに疲れていたので、改めて、大自然の雄大さに圧倒された——ただ、これも地球の一部であり、人類と対立している何かの一環だと思うと、感動している場合でもない。

そもそうでなくとも、基本姿勢として感情の死んでいる少年、空々空が自然に対して感動するかどうかという話でもある。

「晴れてるときに見たかったですねー、こういうの」

地濃は言う。

展望台の欄干(らんかん)から身を乗り出して——両腕を縛られている状態でそんなことをしているので、ぱっと見危険極まりないけれど、しかし魔法少女である彼女は飛行できるので、見た目の印象ほどには危なくない。

「私って出身が高知だから、なかなか徳島の観光名所って来ませんから、普通に感激です」

空々と違い、特にその辺りに葛藤なく、地球の一部である大自然に『感激』しているらしい彼女の発言はなかなか際どかったが、しかし気になったのは、さらりと明らかになった、彼女の出身地のほうだった。

高知出身？

「え……、高知の人なの？　地濃さん」

「そうですよ。言ってませんでしたっけ？」

「いや、言ったはずみたいに言われても、もちろん言ってないよ……」

「そうですか。でも、それって別にそんなに重要なことじゃないでしょう？　あ、それともそっちも高知県出身ですか？　だったら色々盛り上がれたかもしれないので、確かに惜しいことをしました」

「こっちは高知出身じゃあないよ」

「え？　そうですか？　聞いてませんけれど」

「そりゃ、聞いてるはずみたいに言われても、もちろん言ってないけれど……、それはなんとなく流れでわかるでしょ」

直接高知出身じゃないという、具体的な発言はなかったとしても、何回も何回も、四国に来るのは初めてだとは言ったはずだ。

「ふうん……いや、だからと言ってどうということもないんだけれど」

證がそうだったからか、なんとなく空々は、魔法少女はそれぞれの出身地みたいな、ゆかりのある地に配属されているものだと思っていた。だけれどまあ、地方公務員でもないんだから、そうとは限らないわけか……。

「いえ、私は元々高知県のチーム『オータム』の所属だったんですけどねー。色々ありまして、今の鞘に納まりました」

「今の鞘に納まるなんて日本語があるのかな」

「今鞘です」

「あるかどうかわからない日本語を省略されてもね……ふうん」

チーム『オータム』の所属だった——それを聞かされても、それでもやっぱり、だからと言ってどうと言うこともないのだが。

なんとなく引っかかった。

その『色々ありまして』というのを、突っ込んで訊いたほうがいいのかどうか、迷うくらいには——しかし空々は、ここではそれを訊かなかった。

訊けなかった、というのが正しいかもしれない。

なぜならそこでかんづめが、空々のレインコートの中から、

「おねえちゃん」

と、呼びかけてきたからだ。

「はよいこや。はよ。いそいで。まだなんとかまにあうかもしれんけん」

「……………？　うん、わかった」

まだなんとか間に合うかも？

という言葉の意味を判じかねたけれど、とにかく彼女が急いでいるのはわかった

——何を急いでいるのかはわからなかったが。

空々の背中におぶわれ、上からレインコートをかぶせられている酒々井かんづめは、当然ながら視界のすべてをシャットダウンされているので、吉野川の流れを見ることはかなわず、だから疎外感があって、そんな風に急かしているのかもしれないと、空々はそう理解し、とりあえず頷いた。

徹頭徹尾、慎重に徹するのであれば、空々よりもかんづめの喋りに対して解読スキルの高い地濃に、『まだなんとか間に合うかも』というかんづめの言葉の真意を翻訳してもらうべきだったかもしれないが、訳してもらわなければならないまでに謎の言葉でもなかったため、空々はそれを怠った。

まあ、大雨の中、河川の激流鳴り響く中、レインコートの中からのくぐもった囁くような声だったため、空々にしか聞こえなかったというのもあるけれど、風景に気を取られて、かんづめの発言を聞き逃した地濃鑿に責任がないわけでもない。

「ほら、地濃さん、行こうか。いつまでも見蕩れている場合じゃないでしょ」

「あ、はい。でも私、別に見蕩れているわけじゃないですよ。計ってたんです」

「計ってる？」

「あ、計ってるって言っても、『死んでる』を今風にアレンジして言ったスラングじゃないですよ。計測しているという意味です」

「墓ってるなんて言葉、スラングでも聞いたことがないよ。何を計測していたの？」

「だから、あまりに川が増水しているようだと、目印さえ見つけることができないかなって思ったんですけれど……、まあ、大丈夫かな。でも空々さんも目印探し、協力してくださいね」

「そりゃ、するつもりだけど……」

目印。ヒント。手掛かり。

昨夜、そんなことを言ってはいた――具体的にそれがどういうものなのかは、結局教えてくれなかったわけだけれど。

「ただ、この天候じゃあ船を出すのは素人の私達には無理っぽいですし……、やっぱり、飛んで探すことになると思います。だから空々さん、その子を背中から降ろしたほうがいいと思います」

「ん？」

「川の流れの真上を低空飛行で飛びながら、川の流れに沿って探すことになりますから……、えーと、つまり、万が一……よりは高い確率だと思いますけれど、何かのトラブルで空々さんがその子を落とした場合、川の流れに飲まれてあっという間に流されちゃうって話です」

「…………」

なるほど。

地面の上に落としたとしても大ダメージには変わりないが、落としたときに激流に流されてしまうというのは、取り返しがつかないかもしれない。

ここまでの道中、かんづめを落とさずに六時間近く飛行して来られたのだから、大丈夫だとは思うが――決まったルートを飛行すればよかった昨夜とは違い、今度は探し物をしながらの飛行になる。

用心して、今よりも強固に縛り、空々の身体に固定したとしても、空々の『操縦ミス』で、二人とも川の中に落ちたとしたら、共倒れだ。

人間一人を背負って泳げるような水泳技術は、空々にはない――スポーツマンだったと言っても、それは陸上、もっと言えば整備されたグラウンドでの話である。

となると、ひとまずかんづめを置いて、地濃とふたりで目印とやらを探すのがベストということになりそうだけれど――と、空々は、背中を窺う。

かんづめはそれをどう考えるだろうと思ったのだ――デパートの地下で、空々が爆死することを心配し、腐敗エリアへの食料調達についてきた彼女だが、ここではむしろ、三人パーティで一人だけ取り残されることに不安を感じるかもしれない、と思ったのだが、果たして。

「いっしょにいくけん」

そう言った。

今度の声ははっきりとしたもので、空々だけでなく、ちゃんと地濃にも届いたようで、地濃は少し迷うような顔をし、

「危険だと思いますけれどねえ」

と、渋るようなことを言いつつも、それほど強固に、かんづめを置いていくべきだと主張もしなかった——このあたりでようやく彼女も、『あの子はいったい何者なんだろう？』という疑問を真剣深刻に感じた風だったが、あえてそれを問うても来なかった。

わからないことを気にしないでいられることや、心配なことを放置できることを才能と呼ぶのであれば、地濃鑿は才能に溢れていると言ってもいいのかもしれなかったが、魔法少女『パンプキン』が一目置いていた彼女の才能は、もちろん他のところにある。

「今の四国に危険でない場所なんかないでしょ」

と、空々は、何度目かになる台詞を言った——むろん、彼は自分というものを知っているので、空々空の背中が、その中でも安全なほうだなんて自惚れてはいないが。

「落とさないよう、細心の注意を払うさ——最悪の事態が起きた際には、きみが紐を引っ張って助けてくれればいい」

「簡単に言いますね……、このビニール紐、細いから引っ張るのには向いていませんよ。むしろただ、私が巻き込まれるというだけのような……」

「で、どんな目印を探せばいいんだい？」

空々は話を進めることにした。

時間の経過につれてマシにはなってきてはいるのだろうが、あともう少し待てば雨が止むとか、そんな空模様ではない——空を見て天候が読める空々ではないけれど、それくらいはわかる。

ならば早く行動しようと決断した——だからその決断は、やや遅かったのだが。

「はい。えーっと、こうも増水していると、川ばかりに目が行くかもしれませんが、空々さん。川岸のほうも見てもらっていいですか？」

「ん？」

川岸、という表現はたぶん正しくない。

大歩危峡——峡というだけあって、川の両側は、切り立った岩場と言うのが正しいように見える。しかも、昨夜は視界が悪かったので（今も悪いが）よくわからなかったけれど、その岩を見ると、なんだか違和感を感じる。

「岩を見ると違和感を感じる……？　大丈夫ですか空々さん、そんなつまらないことを言って」

「つまらないことを言っているのはきみだ。なんなの、あの岩？　なんだか、斜めに模様が――」

「結晶化しているんですよ、岩が。それがこの大歩危峡の、名所たる所以なんですけれどね」

ここは別にラフティングのステージとして有名なわけではないのです、と地濃は言う。

「ガイドブックに書いてありませんでした？」

「いや、ガイドブックで調べたのは基本、位置情報だけだから……」

ここから見る限り、川の両岸の岩は、すべて表面に、斜め向きの筋が描かれている――その方向が完全に一致していて、なんだかこうして凝視していると、景色のほうが傾いているようにも感じられている――

「もう少し川を下ると顕著なんです……顕著らしいんですけれど、大歩危峡の岩はあんな風に、言うなら斜めを向いているわけですよ。大体四十度くらいの角度に、揃って。わかりますか？」

「うん……なるほど。それが目印ってこと？」

確かにこれなら、百聞は一見に如かずとか、一目瞭然とか言うより、実際にこうして見てみないことには、よくわからない現象と言えるかもしれない――地濃があんな風に説明を渋っていたのは、うまく言葉で説明する自信がなかったからなのか。

ところが地濃は、

「厳密に言うと、違います」

と言った。

とことん読みを外してくれる。

「こういう結晶化した斜めの結晶片岩が、ずーっと下流まで続いているんです。小歩危峡と呼ばれるところまでですね」

見てきたように語る彼女だが、ここに来るのは初めてなので、ガイドブックで読んだばかりということはなくとも、それは伝え聞きの知識だからだろう、言葉の端々に自信のなさが現れているのは、ご愛嬌として聞き流しつつ、空々は次の言葉を待つ

――大歩危峡を下っていくと小歩危峡というのがあるのか、大きく歩くのも小さく歩くのも危険なのか、と思いつつ。

「小歩危峡まで川を下ると、そこで岩の層の向きが変わります。正反対に。四十度の逆ですから……、えっと、百四十度ですか」

「ふうん……」

その辺りで昔、地層の変化があったということだろうか？　しかし一箇所をポイントとして、岩の向きが変わるというのも面白い。

「じゃあ、その岩の向きが変化するところが、目印なの？」

「いえ、そうではありません。小歩危峡にまだ至らない――」

と地濃はまたもや否定して、続けた。

「大歩危峡の流れの中に、たったひとつだけ――周囲の岩々がすべて四十度に傾く中、ひとつだけ百四十度の、真逆の傾きを持つ岩があるそうなんです。それが、絶対平和リーグ徳島本部の目印なのだと」

私はそう聞いています。

地濃鑿は言う。

「その岩は、偏屈岩――と呼ばれているそうです」

（第6話）

（終）

第7話「遡る川！ 水に呑まれる英雄」

必要な失敗が、この世にあるとでも？

0

1

　地濃鑿は含みを込めて『偏屈岩』と、それが絶対平和リーグにおける独特の隠語みたいに空々に言ったけれど、徳島県大歩危峡における『偏屈岩』そのものは、すべてのガイドブックに載っているとは言わないまでも、一般的に広く知られた、かの名所の名物ではある——もちろん、名所名物に疎い空々はそれを知らなかったので、実物を見るまでは茫洋としてぴんと来なかったが。

　すべての結晶が揃って斜めを向いた一望の中において、ただひとつだけ逆の位相を見せているという岩の偏屈ぶりというか、ひねくれ具合に、地球撲滅軍の中における自分の立ち位置との共通点を見出したりすることも、ない——風景や風光明媚から、そんな感傷を得るためには、彼の感性はあまりにも鈍かった。

ないのかもしれなかった。

というわけで、そこにどんな比喩的な意味を見出そうとすることもなく、完全に『間違い探し』に臨むような気分で、彼はその『偏屈岩』を探した。

それでわかったのは、飛行しながらものを探すというのは、意外と骨が折れるということだった——雨の中で、すぐ真下を増水した吉野川の激流が通っているという過酷な条件を差し引いても、どうしたって注意力散漫になってしまう。

パイロットの六割頭とは、本当によく言ったものだ——否、飛行について、パイロットどころかど素人の空々では、六割どころか、半分も頭は回転していないだろう。

最初は、角度がわずかにズレているとか、そんな些細な違いの岩を見つけるのならばまだしも、角度が真逆という、そこまで明らかな『間違い探し』であるならば、見つけるまでにそんなに時間は要しないだろうと、やや楽観的に構えていた空々だったが、それはそれこそ間違いだったとすぐに知る——まず先述のように頭が働かないし、幼児を一名搭載していることもあり、どうしても安全飛行のほうにキャパシティを割いてしまって、ともすると自分がなぜこうして河川の上を飛んでいるのかを見失ってしまう。

幼児を搭載していないとは言え、地濃のほうもそれは似たり寄ったりのようで、探し物をしているというより、二人で飛行訓練をしているような感じになっていた――六割頭地濃の、まあ見る限り恐らくは一般的な魔法少女レベルの飛行能力があれば、腰縄の束縛が邪魔ということはないかもしれないが、ひょっとすると彼女の場合は、腰縄の束縛が邪魔つけで、それが気になっているのかもしれない。

空々が真剣に、もう彼女の拘束は解いてもいいかもしれない、否、解くべきかもしれないと思い始めた頃。

大歩危峡の川の流れを、およそ十往復はしたのではないかと、いまだ降り止まぬ雨の中、ようやくこれではないかという岩を、空々と地濃は、二人同時に発見した。

地濃は、

「見つけたのは私のほうが早かったです！　位置が空々さんのほうが近かっただけです！」

と主張したが――まあ、そんな背較べは、空々にとってはどうでもいい。

どんよりとした空模様からは相変わらず判断できないけれど、腕時計で確認した時刻は、正午を回った辺りだった――つまりおよそ二時間、探索にかけた計算になるわけだ。

折角休憩を取ったというのに、見つけたときには、空々は再び、げんなりした気持ちになっていた——地濃の先ほどの主張がどうでもよかったのも、それに反応するだけの元気が残っていなかったからと言うのもある。

それに較べて地濃の元気さというか、天然素材っぷりは大したものだ——昨夜の強行軍と言い、徳島県における空々空の冒険は随分と体力勝負のそれになっているが……、順調に『新兵器』投入までのタイムリミットを消費している風だったが、しかし思えば、秘密組織の秘密基地を、内部の者の手引きがあったとは言え、たった二時間で見つけることができたというのは、スピーディの範疇内という気もするのだった。

正確には秘密組織の秘密基地、その目印——手掛かり、ヒントとなる岩を見つけることができたというのが、現時点、現在地点なのだけれど。

「ふうん……本当に逆向きだね」

「ですね。見つけてしまえば一目瞭然です」

恐らくは『偏屈岩』だと思われる、その逆層の岩の前で——激流の上でホバリングしながら、空々と地濃、二人は語り合う。

暢気に岩の感想を語り合っているわけではなく、その手掛かりを見つけたところで手詰まりになっているという状況だった——空々としてはこの偏屈岩をもっと近くで見たくもあったが、しかし今は川の水量が増しているので、その『近くで見る』ということができない。

川の水に、岩肌のほとんどが沈んでいる形だ——だからこそ斜めのラインの確認がしづらく、発見に時間がかかってしまったというのもあった。

ついに見つけた手掛かりなのだから、この『偏屈岩』とやらを詳細に調べたいところなのだけれど——触るどころか、間近で見ることもできないと言うのであれば……。

「まあ、大歩危峡の名物ですからね。大名物ですからね。たとえ触れる状態でも、触ったら怒られるでしょうけれど」

「いや、でも調べないわけにはいかないでしょ。今は」

「はい、だから調べるのは空々さんが調べてください。それだったら、空々さんがマナーが最悪な観光客だったというだけのことで、私の中では解決します。私は善意の第三者です」

「…………」

だから知ってしまっている時点で、善意でもなければ第三者でもない、立派な共犯者なのだが……、まあ、彼女の中でそれで解決するというのであれば、空々としては何も言うまい。

何も言いたくない。

何かを言う元気がないというのも大きいが——しかし、いずれにしても、『偏屈岩』のほとんどが水に埋もれている今、調査そのものに踏み込めないという話なのである。

マナーの悪い観光客が溺れ死んだなどという話の、どこにどんな締まりがあるというのか——しかもこの場合、空々は幼児をひとり巻き添えにすることになる。

ゲームオーバーの仕方としてはおよそ最悪だろう——四国ゲームのゲームオーバーとしても、人生ゲームのゲームオーバーとしても。

最悪に愚劣だ。

「別にこの岩を動かしたら、それがスイッチになって秘密基地がせり上がってくるとか、そういうロボットアニメみたいな設定になっているわけでもないだろうし」

「ロボットアニメ、見るんですか？　空々さん」

「いや、そんなには……」

イメージだ。

あくまでイメージ。

半可通（はんかつう）にも及ばない知識で迂闊なことを言うものではないけれど、しかしながら、絶対平和リーグという秘密組織のありようが、仮にロボットアニメでなく魔法少女アニメなのだとすれば、そのイメージは違うということになる——ただ、魔法少女アニメは、ロボットアニメ以上に空々の専門外なので、その場合はどんな『秘密基地』になるのか、想像もつかない。

ので、そこは地濃に訊いてみた。

「魔法少女的には、どんな秘密基地になるのかな。どんな設定の」

と。

地濃は、んー、と言って、

「アニメってわけじゃありませんけれど……、魔法がらみのファンタジックな映像作品では、ドアを開けたら異世界に繋がっているとか、そういうのが多いんじゃないでしょうか」

と教えてくれた。

当たり前だが、本人が魔法少女なので、空々よりはその方面に関する心得はあるらしい——ドアを開けたら異世界。

引き出しの中にタイムマシンがあるようなものか、あるいはどこでもドアみたいなものか、と言おうと思ったけれど、しかし地濃がドラえもんを知らないらしいと言うことを思い出して、口を噤む。

それに、ドラえもんという漫画は、魔法漫画ではなく科学漫画だ——同じように空を飛ぶタケコプターだって、原理はプロペラだったはずだ。

「異世界ってのは、まあ、ないにしても――」

そうなるといよいよファンタジーだ。

ついていけなくなる。

まあ、どこかに地球ではない世界があるのだとすれば、地球と対立する人類が、そちらに移住するとか、そういう計画を絶対平和リーグが目論んでいてもおかしくはないけれど――その目論見はいささか、誇大妄想が過ぎよう。

人類と地球が戦争を続けているというだけでも十分に誇大妄想なのだ――この上異世界とか、パラレルワールドとか、そっちに話を持っていかれては、いよいよ手に負えなくなる。

手に負えなくなるというか――頭脳に負えなくなる。

「楽しいと思いますけれどね。異世界、魔法世界みたいなのがあったら」

「楽しい……、一般的にはそれは、脅威と呼ばれる感情だと思うけれどね」

「？　そうですか？　楽しくないですか？　たとえばこの水面が入り口になっていて、水の中に飛び込むと、違う世界が広がっているとか」

「違う世界……」

「空が一面虹色の世界とかですかねー」

「…………」

「？　どうしました？　空々さん」

魔法を使うことが当たり前の地濃、魔法少女『ジャイアントインパクト』にとっては、空々のいうことはあまりぴんと来ないというか、はっきり言って的外れも甚だしいもののようだけれど、しかしそんな彼女のきょとんとした様子を受け、空々は、案外、魔法と科学の違いは、その辺りにあるのかもしれないな、と思った。

絶対平和リーグが、技術共有をせず、独自に地球への対抗手段を練っていた理由——実験を開催していた理由。

それは、タケコプターならば誰もが使いたがるが、箒に乗って飛ぶのは、結構な人数が躊躇するだろうと言うようなことで——既存の技術の延長線上にあるのか、そうではないのかの違い。

たとえ同じ結果を生むテクノロジーであろうと、そこに至るまでの方程式が違うのであれば、それはまったく違うと言うことになるのだろう——プロセスを重視する考えかた。

空々が今、川底からせり上がってくる秘密基地ならば許容できても、水面の向こうに広がる空が虹色の世界を許容しがたいと思ったのは、そのせいだろうか——現実認識能力の高い空々でもそうなのだから、そんなことがあってはならない、そんなことは許されることではないと思う人だって、相当数いるだろう。

そんな『人の道に外れた技術』を。

人並外れた技術を。

たとえ人類のためと謳おうと、地球を倒すためと謳おうと、使うべきではないなんて――『わからずや』なことを言い出す者が現れないとも限らない。ゆえに絶対平和リーグは徹底した秘密主義を貫いてきた――四国という立地条件がそれを可能にしたとも言えるが、表向きは地球撲滅軍に次ぐナンバー2の秘密組織に甘んじながら、その実、誰も持たない牙と爪を研いでいたと……。

ただ、今回に限っては、その研ぎかたを失敗したようだが――いや、話を聞く限り、実験の失敗は今日に始まったことではないのだったか。

ただ、今回はすさまじくそのスケールが大きいというだけで……。

「まあ……、でも、きみの言うことのほうが、正しそうだね」

「え？　なんですか？」

「この『偏屈岩』をスイッチにせり上がってくる秘密基地ってほうが、非現実的なんだろうってこと……、それはそれで夢のある話ではあるけれど、ちょっと遊び心が過ぎるよね。まるで道楽だ。今日はたまたま増水して見えにくいけれど、こんな観光客の注目を集めそうなものをスイッチにはしないだろう」

「しませんかね」

「ローマで言えば、真実の口の中にスイッチを設置するようなものだよ——マナーの悪い観光客じゃなくっても、誰かが何かの間違いでポチッと押してしまうことは十分ありえて、そうなったときのフォローが利かないだろう。まさかそのとき居合わせたツアー一行の、全員を口封じするというわけにもいくまい……」

まあ、それくらいはするのかもしれないけれど、しかしそれは結果としての話であって、そもそもの目的の話をすれば、人類の数を減らすことは組織の目的には相反するものであるはずだ。

つまりアクシデントやトラブルは、避けられるものなら避けるはずなのだ——それでこその秘密組織であって、そのための秘密基地である。

「……でも、それを言い出したら」

と。

空々は一旦岩から目を離し、周囲を観察するようにぐるりとその場で回転する——今は確固たる理由があって『偏屈岩』のみに注目しているが、この環境自体、街育ちの空々にとってはある種の異世界みたいなものである。

「こんな、一般人……というか、一般客が集まりそうな場所に秘密基地を作ること自体が、やや納得しかねる行為ではあるんだよね。たとえバレないように注意を払っても、大勢の人間の耳目を完全にかわすというのは、難しいように思えるはずなんだけれど」

「難しいですかね。でも、実際、バレてはいないわけですよ？　バレてたら今頃、取材班が押し寄せてきているはずですし」

「取材班って……」

何の取材班だろう。

ともあれ、マスコミ関係は、まあ、かつて空々が目の当たりにしたように、組織の力で抑えられるとしても——一般客の口に戸は立てられまい。

折角、こういった、潜むには格好の山間部に基地を構えるというのに、わざわざ、その中でも目立つ箇所を選択する理由がわからない——もとい、そんな理由はないとしか言えない。

ほんの数キロ座標をズラすだけで、滅多に人の立ち入らない、樹海めいた条件が整うだろうに——いや。

「案外、そういうことなのかもしれないな……あくまでもこの『偏屈岩』が目印に過ぎないというのであれば」

「はい？　なんですか？　目印に過ぎないって……、これが目印だって話は、最初からしているじゃあないですか」

「だからさ——目印っていうのは、基準って意味でしかなくて、『ここ』に絶対平和リーグの秘密基地があるって意味になるかどうかは、また別問題ってことだよ」

「？　よくわかりませんが——どういうことです？　秘密基地のある場所はここではないということですか？」

「かもしれないって話」

「馬鹿な……、私が嘘をついているというんですか！」

「いや、そんなところで激昂されても……、そうは言ってないし」

この岩がヒントになるのは確かだとして——地濃が嘘を言っているわけではないとして、しかし、この岩のある場所、そうでなくともこの岩の付近に、絶対平和リーグ徳島本部があると考えるのは、ひょっとしたら早計かもしれないと、空々はそう思ったのだ。

数キロズレれば人里離れた山奥——という条件下であることを思うと、たとえばだけれど、この偏屈岩のある地点Aと、何か他の目印B、Cがあって、その三角形の重心の地点に設置されているとか——

「きみのような『下っ端』が、こうして辿り着けてしまうところに基地を置くというのも危うい話だし——ありそうな話じゃないか？」

「人のことを下っ端呼ばわりするなんて……、あなたには人の心がないんですか、空々さん！」

「…………」

激昂が収まっていない。

というか激昂したままだ。

感情を引き摺るタイプなのか……、とかく面倒なキャラクターである——まあ、空々に人の心があるのかないのかと言うのは、なかなか深い示唆に富んだ質問ではあるのだが。

「自分のことを下っ端って言ったのは、きみでしょうが」

「自分で言う分には謙遜とか遠慮とかの美徳を含むからいいじゃないですか。余所者の空々さんが言ったら、ただの悪口ですよ。美しい要素が何一つありません」

「まあ……、それはそうだけどね。わかったわかった。それについては謝罪するよ——だけど地濃さん、きみもそうは思わないかい？」

「自分のことを下っ端だと？　ええ、謙遜や遠慮と言った美徳行為を差し引いても、それはそうかもしれませんけれど……、そんな風に自分を卑下しだすと、おしまいという気もしますね。謙遜と自虐は紙一重で、その紙一重の見極めを失敗すると、かえって相手を嫌な気持ちにさせてしまうこともあるので気をつけるべきだと、私は私に、注意を喚起したいところです」

「きみがきみに注意喚起すべきは、話の論点の見極めだよ。今訊いたのは、自分を下っ端かと思うかどうかじゃなくて、組織内におけるきみの立ち位置、きみのポジションで、たとえ正規のルートでなかったとしても、基地の位置を正確に知れるようなことが、あっていいのかどうかってことなんだ」

「？」

話の論点を整理したら、却って彼女にはわかりづらくなったようだ——困ったものである。そんなにわかりづらいことを言っているつもりはないのだが、しかし、自己評価が独特な彼女には（『善意の第三者』？）、ひょっとするとこれは通じにくいことなのかもしれない。

自分のやることなすこと、知ることとわかることをすべて『当たり前』と認識してしまうのであれば、それに対して疑問を抱くこともなくなっていくだろう——『こうなって当然』という思い込みもまた、謙遜や遠慮とは真逆の紙一重だろうが。

空々は根気強く、もう一度整理し直して、地濃に説明する。

「つまり、きみが『わからないけれど知っている』という絶対平和リーグの秘密基地の目印、ヒントは、あくまでも複数ある目印のひとつでしかなかったってことなのさ」

「え？　そうなんですか？」

ようやく意味が通じたようで、驚いた顔をする地濃だった——しかし、『そうなんですか？』と訊かれてしまうと、肯定はしづらい。

そうかもしれないと言うだけだし、その根拠があるわけでもないのだ。

空々がそう思う根拠は、偏屈岩を発見したところで行き詰ってしまったという現実と、いくらなんでもこんな目立つ場所に秘密基地は設置すまいという常識の二点のみだ。

決して何か論理的な裏付けがあって言っているわけではない——だから地濃の意見を聞きたいのだ。絶対平和リーグに属し、この目印に空々を案内してきた彼女に。

彼女が本来ならば立場上得られなかったであろう情報に基づき、辿り着いたこの『偏屈岩』が、ゴール地点なのか、それともまだ、基準としての一里塚なのか。

どのようにそのヒントを得たのか知らないけれど、地濃自身には、あるいはそれを判断できるのではなかろうか——そしてその判断が次の展開に繋がるのではなかろうかと思ったのだが、しかし彼女はこともあろうに、そこで空々に問い返してきた。

「『パンプキン』は」

「ん？」

「『パンプキン』は何か言っていなかったんですか？　空々さんをここに誘導したのは、私というより、『パンプキン』なんですよね——『パンプキン』の言葉を手掛かりに、空々さんはここに来ようと決断したわけじゃないですか。ここに何かがあるという、『パンプキン』の言葉に従って——だったら、彼女が他に何か言っていなかったか、思い出せません？ ひょっとするとそれが、大きなヒントになるかもしれませんよ」

思い出してくださいよ。

と、地濃は空々に言うけれど、思い出せるわけもない——だって、その辺りのくだりははっきりと嘘、大嘘なのだから。

口から出任せなのだから。

空々が憶えている限り、魔法少女『パンプキン』——杵槻鋼矢は、絶対平和リーグの秘密基地についてなど、一言も触れていない。ここに来たのは空々の単独意志だ。だが、地濃に道案内をさせるための口実に『パンプキン』のコードネームを使ったのは確かなので、ここで沈黙するわけにもいかない。

その場凌ぎの嘘の、ツケが回ってきた形だ。

「そもそもどういう形で『パンプキン』から、絶対平和リーグの施設を調査すればいいって言われたんですか？ もうここまで来たんですから教えてくださいよ、空々さん。それがヒントになっているかもしれないじゃないですか」

「いや……、『パンプキン』さんは、この徳島本部を直接示唆していたわけじゃあないから——あくまでも絶対平和リーグの施設に何かある、みたいなことを言っていただけで……」

「ああ、そうでしたっけ。じゃあ、私が知っている派出所とかでも、ひょっとしたらよかったのかもしれませんね……」

あやふやというか、なあなあにしようとお茶を濁す空々だったが、幸い、地濃はそれほど深く考察することなく、納得してくれたようだった。

……派出所？

そんなものがあるのか――支部の一形態みたいなものだろうか？　そこまで細かく分派されているのか――別段、それが不思議というわけではないけれど。

総本部があって、各県本部があって、支部があって、その下に更に派出所があるという形だろうか？　だとすれば、戦闘班の魔法少女のチームにとって、気持ち的に県本部が遠いのは（総本部がもっと遠いのも）、無理からぬことかもしれない。

もっとも證は身上を香川高松支部と名乗っていたので、『チーム＝派出所』ではないのだろうが……、が、なんにしても、彼女が通っていた？　という組織の施設が――派出所という施設のスケールが、大規模なのか小規模なのかはともかくとして――あるというのであれば、その施設の立地条件が、更なるヒントになるかもしれない。

「更なるヒント？　ですか？　えーと、それは、さっき言ってた？」

「まあ、そうかもしれないし――まったく違うかもしれないけれど」

　もちろん、そこまでシンプルに考えているわけでもないけれど――もしもその派出所に入るときに『開けゴマ』というような、呪文めいた合言葉があったとすれば、ここでもそういう合言葉が必要になってくるとか、そういうことがあるかもしれないと考えたのだ。

「はあ。『開けゴマ』ですか――」

「いや、別に『開けゴマ』に限らないけれど」

「『開けゴマ』、『開けゴマ』……」

空々の注釈が頭に入っていかなかったのか、その呪文に囚われてしまったらしい地濃である――まさか『開けゴマ』の意味を考え始めてはいないだろうかと、不安になる。

なぜゴマなのかと訊かれたら、それは語学方面に比較的強い空々にだって見当もつかないけれど、しかしまさかその答が、この局面を打破する何かになるとは思えない。

「だからさ、地濃さん……、別に合言葉じゃなくてもいいんだけれど、その施設には入るとき、どういう風に入る？　巧妙に隠されているとか、辿り着くまでに手順がいるとか、そんなことはないの？」

「ああ。なるほど。そういう意味ですか。だったら最初からそう言ってくれればいいのに」

一拍遅れて、思考の足並みが揃ったようだ——『開けゴマ』の意味を、棚上げにすることくらいはできたようだ。

「でも、それについては期待に応えられそうもありません。遺憾ですが」

「？　どういうこと？」

それについてと限らなくとも、地濃が今のところ空々の期待に応えたことは皆無と言ってもいいのだが、それを議論の俎上に載せるほど、ぎすぎすした空気になる展開はないだろう。それくらいは空々にだってわかるので、ただ訊き返した——今回は果たして地濃は、どんな風に期待に応えてくれないのだろうか。

空々はそんな風に思ったが、しかし今回の『期待外れ』の責任を地濃に求めるのは、さすがに無理があると言えた。

「だって、派出所自体は、普通のマンションの一室ですから。まあ、一応、オートロックのセキュリティがありますけれど、それくらいです。鍵を持っていれば誰でも入れます——どういうものを想像されたかはわからないですけれど、基本的にその派出所っていうのは、チーム『ウインター』の詰め所みたいなものですから」

「ふうん……、じゃあ、極秘情報とか、そういうのは置いてなさそうだね——きみが知っている以上のことが、そこにあるってことはない……」

「ですね。私の知る限りのことばかりです」

「ふうん……」

マンションの一室という、まあオープンスペースとは言わないにしても、一般的な住居を組織の施設として使用しているのは、間違っても予算の都合ではあるまい――どちらかと言えば、カムフラージュの意味合いが強そうだ。

地球撲滅軍にスカウトされた際に、空々がどこか都市部の、マンションの一室に住まわされたようなものだろう――となると、その派出所と、この徳島本部ではまるっきり性格が変わってくるので、参考にはなりそうもない。

さて、どうしたものか。

気付けば随分長い間、偏屈岩を見つめている形になるけれど、議論百出したものの、ことの解決に繋がりそうなアイディアは出てこない。

と言うより、話せば話すほどに追い詰められていく感じだった――仮に、この『偏屈岩』が座標を定めるヒントのひとつなのだとしても、ここから先に進むのには合言葉が必要なのだとしても、しかしここから先の段取りに進むための取っ掛かりが、もうない。

行き詰まりで行き止まりである。

こうなると駄目元で、とにかく何でもやってみるという選択をすることを迫られることになる——危険を承知で川の中に手を突っ込んで、『偏屈岩』にじかに触れて調べてみるとか……。

それでスイッチが入って、秘密施設がせりあがってくるという確率だって、やっぱりゼロではないのだ——水の中に入ったら、そこが別世界への入り口になっているという確率は、ゼロかもしれないけれど。

「あんまりぼやぼやもしていられませんよ、空々さん。いつあの、黒衣の魔法少女がやってくるかもわからないんですから」

「うん……そうだね」

ただ空々は、この時点ではもう、魔法少女『スペース』は振り切ったと言っていいんじゃないかと思い始めていた。振り切った——もしくは、何らかの都合で向こうが、探索を打ち切ったとか。

もちろん逃亡生活が終わったとは思っていないし、このままゲームを続けていれば、いずれは彼女とあいまみえることになるのだろうが、『通せんぼ』から始まる『追いかけっこ』には、一旦ピリオドが打たれたのではないかと。

泳がされているのでもない限りは——だから、今警戒しているのはむしろ、絶対平和リーグ徳島本部の残党のほうなのだが。

じない。

空々の読みでは、既にこの地を去っているはずだけれど――もしもその気配を感じたならば、即時撤退を決め込んできたけれど、しかし今のところ、まったく気配を感じない。

雨でそう言った気配を感じづらくはなっているのだろうが――大歩危峡に来てから（来るまでも）、他に誰かがいるという風はない……、それについては杞憂だったか。

正直に言うと、こうなってくると期待したくもなってくる――生き残りの残党が姿を現してくれたら、その残党から次なる手掛かりを聞き出すこともできそうなのだが……、そう芋蔓式にうまくいきはしないようだ。

まあ、その後どんな展開に恵まれようとも、ここで新たなる何者かと遭遇するというのが、『うまくいく』ことになるのかどうかは不明だけれど――とにかく、そんな展開にはならなかった。

空々の予想した通り、既にこの絶対平和リーグ徳島本部は無人だったし――そして黒衣の魔法少女『スペース』は、既に彼らを追ってはいなかった。それは冷静な彼ゆえの鋭い読みと言うわけではまったくないけれど――しかし、読みが的中したからと言って、それが決して最高の展開とならないのが、空々少年の宿命でもある。

別にこれは、『偏屈岩』を前に立ち往生してしまったことを指しているのではなく

――たとえそのふたつのルートの絶望がなかったとしても、他なる絶望が彼を襲うということを指している。

他なる絶望。

それはこれまでに彼が体験したどんな絶望とも、また違うものだったが――『偏屈岩』を前に考察を続ける彼が、その気配に気付くことはない。

それは彼が鈍かったからではない。

強いて言うなら遠かったからだ。

人間が感知できる、関知できる範囲ではない箇所で起こっている、起こそうとされていることを、予感として知るなんてことは、空々には不可能だったのである――もちろん、それは魔法少女である地濃鑿にも不可能だった。

「……いかん。まにあわんかった」

と。

そこで――それまでは空々達の推理を妨げないためか、ずっと押し黙っていたかんづめが、空々の背中で言った。

その声は諦観を帯びていて――元々激しい声を出すほうではない彼女だったが――明らかに沈んでいた。

「かまえて、おねえちゃん。しぬで」

「え？」

しぬで、という言葉の意味の解読は、間に合わなかった——そのときはもう、その現象は間近に迫っていた。

はるか遠くから——ごく間近に。

それは先日、彼方から此方に、『風』の魔法を併用することにより一瞬で飛来した、魔法少女『スペース』を思い起こさせるものではあったが——迫ってくるのは少女ではなく。

『水』だった。

「そ——空々さん！」

地濃が叫ぶ——しかしその叫びも呑み込まれた——大量の水に。

鉄砲水。

大雨の中、大歩危峡に、氾濫気味に流れていた吉野川が——鉄砲水となって、彼らに迫ってきていた。否、それがただの、増水による鉄砲水だったのならば、彼らにはそれをかわすことができたかもしれない——しかしそれはただの鉄砲水ではなかった。

逆——だった。

吉野川の流れが逆流し、下流から上流へと向かい、膨大な水量となって——遡ってきたのだ。

「なっ――」

驚愕に反応が遅れたが、しかし、たとえ遅れなくても、結果は同じだっただろう。

空々空。地濃鑿。

そして酒々井かんづめ。

三人パーティのメンバーは一人残らず、激流を遡ってきた濁流に呑み込まれたのだった。

2

ポロロッカ、と言う。

川を逆流する海嘯（かいしょう）――いわば大規模な潮波のことなのだが、アマゾン川で起こる現象として有名ではあるものの、しかしもちろん、四国の徳島県、吉野川で観測されたことなどあるはずもない。

自然の猛威の中でもとりわけ凄まじい現象であるポロロッカではあるけれど、つまり今回、空々空達が呑まれたその水流は――逆流は、自然によるものでも、まして地球によるものでもなく、あくまでも人為的なものだった。

ただしその逆流が、吉野川の河口付近から起こった現象であることは、ポロロッカと共通していた——大歩危峡から遥か離れた吉野川河口付近、今となっては車一台通らない鉄橋の上。

鉄橋の上に腕を組んで、河川を見下ろす一人の人物がいた——その人物は魔法少女のコスチュームを着用していて、そしてその衣装は光を通さないほどに黒い。

魔法少女『スペース』が着ていたのとまったく同じコスチューム——ではあるが、眼光鋭き彼女には、その黒さが嫌になるほど似合っていた——

「…………」

もっとも、河川を見下ろしていたという表現が正しかったのは、ついさっきまでだ。今はもう、彼女が見下ろしているのは川ではなく川底である——深い泥状の土の堆積が見えるのみだ。

「無事に——届いたかな？」

少女は呟く。

それはきんと冷えた水のような、人間味を一切感じさせない声である。

「これくらい離れた場所からの攻撃だったら、例の『魔女』にも、寸前の寸前まで感知できなかったはずなんだけど……、まったく、『スペース』の後始末も楽じゃあない——いや、ちゃんと成功していれば、これは手柄を譲ってもらったようなものなのかな」

言いながら、彼女は橋から飛び降りる。

飛行制御をし、落下速度を調整しながら、吉野川の川底に着地する――逆流した、否、逆流させた河川が戻ってくるまでには、かなりのタイムラグがあるから、そこに立っても危険なことは何もない。

否。

たとえ今すぐ、激流が戻ってきたとしても、それで彼女が溺れるということはないのだ。

彼女――二人目となる黒衣の魔法少女。

魔法少女『シャトル』にとっては、河川に限らず、『水』に関するものであればどんなものであれ、それが彼女を害するということはない。

たとえば、雨。

昨夜から降り続ける雨も、彼女の肌に一粒だって触れることはなく、彼女を避けて地面に落ちる――彼女に限っては、暴風雨の中だろうと、雷雨の中だろうと、コスチュームに防水性など必要ではないのだ。地面の泥も、彼女のブーツの接地面に限っては、乾燥して、砂のように変わっていく。

もちろんそれは彼女が超能力を有しているというわけではなく、彼女が今持っているマルチステッキの効力なのだが。マルチステッキ——左手に持っているのは、利き腕の問題なのだろうか？

そのステッキも——当然のように黒い。

彼女は魔法少女『シャトル』。

『水』の魔法使い。

上空で空々達を『通せんぼ』した『スペース』が『風』を使ったように——彼女は『水』を使う。

「ただ、この距離だと向こうから感知されない代わりに、こちらからも感知できないからね——間に合わなかったかもしれない。まあ、そのときはそのときでいいのか——」

冷えた声でそう呟きながら一歩ずつ、前進する彼女——歩くたび、彼女が足をついた箇所が瞬間で乾燥し、砂状と化す。

液状化した底なし沼というわけでもないのだから、そこまで水分に対して神経質になる必要はないはずだが、しかしどうやら彼女は、『水』を使う魔法少女でありながら（だからこそ、なのか）、水分に対してとても厳密な性格らしい。

「——確認ができないってのは、どうしても不安を喚起させられるけれど。一緒に来てくれればよかったのにね、『スペース』の奴も……」

『スペース』が風に乗って飛べば、恐らくは標的、攻撃対象がいたであろう大歩危峡まで、ひとっとびで確認に行けたはずだと言っているのだろう。

確かに彼女の『水』を操る魔法では、『スペース』のそれとは違って、それに乗って『ひとっとび』というわけにはいかない。

もちろん、だからと言って、ここからそうやって一歩一歩歩いて行くには、大歩危峡は遠過ぎる――下流から上流への、つまり地表から地表への攻撃だったとは言え、事実上これは爆撃みたいなものだ。

攻撃の規模が大き過ぎて、大まかな被害しか確認できない――命のひとつふたつがどうなったかなど、河川逆流という大災害の前では、小さ過ぎて、そして遠過ぎて、まるっきり数えるにも足りないことなのだった。

が、しかし、言いながら『シャトル』にも、たとえこの場に『スペース』がいたところで、彼女が確認になど飛び立たないこともわかっていた――仮に、その能力が『シャトル』にあったとしても、やはり確認には行かないだろう。

何故かと言えば、それはもちろん、近付きたくないからだ――気持ちの問題だ。折角安全な場所にいるのに、安全圏にいるのに、どうしてわざわざ、『魔女』の、察知圏内に乗り込む必要がある？

「…………」

それでも『シャトル』が、別に遥かかなたの大歩危峡まで歩いていくつもりなんて毛頭ないのに、川底を乾かしながら、上流に向けて、心なし——大して意味もなく——歩いているのかと言えば、たぶんどこかに、『惜しいな』という気持ちがあるからだろう。

惜しむものは、当然ながら、空々空の命ではない——『スペース』の話を聞いた限り、地球撲滅軍から派遣されてきたという彼が只者ではないことくらいわかるけれど、しかしそれを凌駕して只者ではないキャラクターが彼の間近にいるのだ。今はただの只者ではない部外者のことなど、気にしてはいられない。

思い出す。

魔法少女『シャトル』は思い出す——持ち場を離れて、言うならば役割を放棄して、遥々愛媛の総本部まで飛んできた同僚、魔法少女『スペース』との会話を。

恐らくは徳島本部を調べに行くであろう空々空を下流から攻撃しろと、出会いがしらかつ頭ごなしに命令してきた彼女との会話を——

『それだと、例の「魔女」まで激流に呑まれちゃうんじゃないの？　その規模での逆流を起こしたら、私にも制御なんてできないのよ——生け捕りにしたかったんじゃないの？』

『できるものなら生け捕りにしたかったというのが、上層部の意向よ——それは、できなければ殺していいという意味でしょ』

『スペース』はそう言った――四国全土が記録的な大豪雨に襲われる直前に、滑り込むように総本部に到着した彼女だが、しかし、普段の彼女からは考えられないくらいに苛立っている風なのは、疲労からではまったくないだろう。

『もうできない。だから始末するしかない――酒々井かんづめが空々空と出会ってしまった以上』

『……余計なことは考えなくていいって意味ね？』

なにやら『スペース』が空々空に一本取られて、そしてそのことから彼を高く評価していることは察しがついたけれど、そこを掘り下げるのは普段の調子を崩している彼女の負担になるだろうと、『シャトル』は要点だけを述べた。

『空々空だけを始末して、「魔女」を生け捕りにするとか、そういう細かい策は巡らせなくていいから、とにかく私は全力で「魔女」を「流し」ちゃえばいいってことね？』

『ええ……、結果として空々空のほうが生き残ったら、そのときは私がもう一度出るわ』

一度目で始末できなければ、二度目のチャンスをくれるような子じゃあないからね、と、『スペース』は言ったが、それは空々空を自分の手で始末したいという、いくらかの私怨が混じっているようにも思えた——そんな感情的になる『スペース』を見るのは初めてで、新鮮だった。

更に言うなら、にもかかわらず、『一手目』に限っては『シャトル』に委ねるという決断をするのは、それだけくだんの『魔女』を重視しているということである。

『スペース』も、四国ゲームをかろうじて生き残っている上層部も。

もちろんそれは魔法少女『シャトル』とて同じだ——『魔法少女』が『魔女』を、重要視しないわけがない。

『……空々空が徳島本部を調べに行くだろうっていうのは、確かな読みなの？』

『確かよ』

断言した。

それは『シャトル』は把握していないことだったが、しかし行動の読めなさ、不確定さにおいて、地球撲滅軍においては名高い空々空の、次なる手について、彼女は強く断定したのだった。

『あの子は合理的な判断ができる戦士ってわけじゃない。合理的な判断しかできない戦士ってわけよ。人間らしさがない、言うなら思考ルーチンみたいなもの——日常生活の行動は、人間らしさに欠けるがゆえに読みにくいだろうけれど、ゲーム内での行動は比較的読みやすいわ』

『……お前に「通せんぼ」されたあとで、絶対平和リーグの拠点を調べようとか思うかしらね？　どちらかと言えば、ずっと隠れていそうなものだけれど』

一応反論してみる――むろん、自分の判断が『スペース』よりも正しさを帯びているなどと思ってはいないけれど、しかし、今の彼女はやや平静さを欠いているようにも思えたので、確認のための、論破してもらうための反論だった。

『もちろん、そういう愚かな選択をする可能性もありうるけれど、彼の場合はむしろ私に「通せんぼ」されたからこそ、四国ゲームに相対するために、私の……、私達のことを調べようとするでしょう』

『私達の……』

『それを調べられることも、かなりのダメージだからね――それも防げるものなら防ぎたいし』

『ああ……だから私の「逆流」、鉄砲水で、施設ごと押し流して欲しいってこと？　となると、四国の名所をひとつ破壊することになるけれど？』

いや、吉野川を丸ごと逆流させるのだ――その被害は、名所をひとつ破壊する、などというレベルでは終わらないだろう。災害レベルのダメージを、徳島県の各地に与えることになるはずだ。

実際に実行したことからもわかるよう、それで罪悪感を憶えるようなシステムは彼女の精神機構の中にはなかったけれど、それがどういうことなのかを理解できないわけでもないので、その点も確認しておくことにした。

『背に腹は替えられないでしょ——それに、破壊って言っても環境破壊。地球に対する攻撃になると思えばいいわ——施設からの生き残りの撤退は終わっていて、人的被害が出る恐れは、空々空一人を除けば、ほぼないわけだし』

空々空一人を除けば。

その言い回しは、遠回しに、くだんの『魔女』を人間扱いしていないことを指していて——そしてそれについては反論の余地どころか議論の余地さえなかった。

『撤収の際に、重要資料はすべて持ち出しているはずだけれど、なにせ急ぎだったからね——何の痕跡も残していないとは限らない。変に調べられる前に、破壊しておくべきでしょう』

『ふうん……でも、空々空が大歩危峡の徳島本部に辿り着けるわけ？　辿り着けたとしても、施設の「入り口」を前に立ち往生するんじゃないの？』

『その「立ち往生」したところを、あんたに狙って欲しいって話よ、だから——辿り着けていなかったなら、それはそれでいいし。でもあの子なら、なんらかの手段を使って、辿り着けそうって思うのよね——だってそれが、私達に辿り着くための、ほとんど唯一無二の手段なのだから』

『…………』

最悪空振りしたとしても、徳島本部の施設を破壊できればそれでよしという考えかたなのか——そして『魔女』に感知されないような遠方からそれが可能なのは、黒衣の魔法少女『シャトル』をおいて、他にいない。

逆に言うと、『魔女』が河川の付近にいるだろうときが、千載一遇のチャンスなのだった——『魔女』の把握できない場所から、『魔女』を狙い打つというのは。

安心した。

空々空と『パンプキン』を逃がしたことで、『スペース』がらしくもなく熱くなっているのは間違いなかったが、しかし、作戦が練られないほどに、冷静さを欠いているというわけではなさそうだった。

このゲームの審判。

この実験の管理者としての自覚までを失っているわけではない——ならば『シャトル』は、彼女の判断に従うだけだった。

そして、それから彼女は夜を徹して、愛媛県松山市から吉野川の河口へと飛んだ——『スペース』と違って『風』に頼れない彼女だから、到着する頃には夜が明けて久しかったけれど、しかし空々達と違って、『低空飛行』という縛りもなければ、雨に飛行を邪魔されることもない彼女である、そこまで到着が遅れはしなかった。

そして彼女は到着するや否や、特に躊躇もなく、遠慮もなく容赦もなく、一級河川吉野川を逆流させたのだった——その結果、上流でどういうことが起こるのか、ちゃんと理解した上で。

「…………」

ただ、『どういうことが起こるのか』は理解できていても、『どうなったか』はわからない——空々空はどうなったのか、そして『魔女』はどうなったのか。

その確認作業までは彼女の仕事ではないとは言え——自分の『仕事』の結果が不明のままというのは、なんとなく気持ちの悪いものがあった。

そんな気持ち悪さと、そして自ら手をくだした『魔女』を惜しむ気持ちが、今、彼女に吉野川の川底を歩かせている——仕事が終わったのだから、さっさと愛媛に戻って、成功の報告を待ちかねているであろう『スペース』に、そう報告すべきなのに。

別に、ただでさえ珍しく感情を乱しているらしい彼女を、これ以上苛立たせたいわけでもないのに——そういう茶目っ気とも意地悪な気持ちとも無縁なはずの『シャトル』なのに、一歩一歩歩き、水流を失った川底の泥を見ることで、仕事の成果を確認する代わりにするように。

「……ま、任務の成否はこの場合、私の責任にはならないけれどね。要するに『逆流』の線上に、ターゲットがいたかどうかってだけの違いだから。そこは完全に『スペース』の読み次第だもの――」

仮に読みが外れていても、施設が破壊できればそれでいいと言っていた――が、それだって手遅れだということもある。

今、彼女が破壊したのは、空々空が調べ終えたあとの施設かもしれない――空々空は、鉄砲水が来る前に、調べ終えて、『魔女』と共に、大歩危峡を後にしているのかも。

だとすれば、この作戦は最悪の結果に終わる――成果をあげられなかった上、その後の『大災害』により、彼らは隠滅すべき証拠がそこにあったのだと、自分が入手した証拠は有益なものなのだと、確信することになるのだから。

むろん、と言うか……、彼女、魔法少女『シャトル』には、だから確認のしようもないことなのだが、そんなことは、吉野川の上流では起こっていない――事実としては空々空も、彼女達が言うところの『魔女』も狙い通り、怖いくらいに『スペース』の狙い通り、『水』の魔法に呑み込まれている。

読み合いにおける、空々空に対する『スペース』の勝利と言える――もしも空々空の敗因を挙げるならば、既に述べた通り、絶対平和リーグ徳島本部の調査に対して、夜明けを待ったことだろう――駅舎での休憩を挟んでしまったことが、そこにあったはずのアドバンテージを帳消しにし、あったはずの勝算を台無しにしてしまった。

暗い中、豪雨がまだ激しい中、『偏屈岩』は見つけられなかったかもしれないし、見つけたとしても、立ち往生の時間が長くなっていただけかもしれないが――しかし、空々の才覚と、持って生まれた悪運をもってすれば、施設を発見できていた可能性のほうが高かっただろう。

何を言おうと後の祭りだが。

空々がらしくもなく、『魔女』のアドバイスを待とうと、夜明けを待った結果がそれだった――だから、『シャトル』には把握できないというだけで、彼女の任務はこのとき、ちゃんと成功していたのである。『スペース』の読みが怖いくらいに当たっていたように、彼女の『逆流』も怖いくらいに当たっていた。

いや、彼女が起こした『大災害』は、誰が聞いても背筋の凍るようなものなのだが――ただし、現状、黒衣の魔法少女『シャトル』に把握できていないのは、任務の成否だけではなかった。

たとえば彼女は知らない。

空々空が今共にいるのは、『魔女』だけではなく、彼女が所属する、本来彼女の身内であるはずの魔法少女、『ジャイアントインパクト』こと地濃鑿がいることを知らない――共にいることを知らないどころではない、そもそも『シャトル』は、魔法少女の一人一人までを把握していなかった。

それは彼女の職分ではない。

『パンプキン』を監視する都合上、『ジャイアントインパクト』を尾行していたこともある『スペース』ならば、彼女を知らないということはなかったけれど、しかし空々空と地濃鑿が、行動を共にしているという『偶然』までが読めるはずもないので、それを『シャトル』に教えてはいない——さしもの彼女も、知らないことを教えることはできなかった。

もちろん、いくら今の四国がほぼ無人状態に近いと言っても、空々空と『魔女』だけをターゲットにしたと言っても、河川をひとつ破壊しようというクラスの攻撃だ——もうひとり、巻き添えが出ることを事前に知っていたとしても、特に『逆流』を発動させることに躊躇はなかっただろう。

組織にとって『魔法少女』が下っ端だからと言うわけでもない——目的に適った命令さえ下っていれば、たとえ組織の長がその流れの線上にいたとしても、同じことをしただろう。だからそれは把握していようと把握していまいと、彼女の命運をなんら左右するものではない。

もっとも……。

絶対平和リーグの『長』は、四国ゲームの当初に『オーバー』していて、今動いているのは、『スペース』も『シャトル』も含めて全員が、組織の残党、組織の残骸なのだが——そしてもうひとつ。

現状、彼女が把握していない、把握できていないことがあった——そちらは、彼女の命運をこれでもかというくらい、目一杯に左右するものだった。

真後ろ。

彼女の真後ろに、把握していない『敵』がいた。

「え」

貫かれた。真後ろから。

『ビーム砲』で。

3

杵槻鋼矢——魔法少女『パンプキン』はステッキで、見知らぬ黒衣の魔法少女を消し飛ばしてから、それからそっと後ろに離れる。

ステッキは右手に構えたままだ。

「……なるほど、使ってみるものね。魔法少女『ストローク』のマルチステッキ……『ステップバイステップ』。コスチュームカラーは、よりあたしに不似合いになったけれど……」

言う。

そんな呟きを聞く者は、もうこの世にいないのだが——『ビーム砲』に消し飛ばされて、影も形もないのだが。

否、正確にいうと痕跡はある——放った『ビーム砲』は『シャトル』本人を跡形もなく消し飛ばしはしたものの、着用していたその黒衣のコスチュームは、そのままの形で残ったのだった。

残って——川底の泥の上に落ち。

むろん、その泥が乾いたりすることもないが。

「わざわざ香川県まで取りに戻った甲斐があったわ……、『ビーム砲』のマルチステッキ。そらからくんに言われでもしない限り、たとえチームメイトだろうと、他人のコスチュームを着ようとか、他人のステッキを使おうとかなんて思わないものだけれど」

言いながら鋼矢は、コスチュームと同じく、地面に落ちた、『シャトル』が使っていたマルチステッキを拾い上げる——右手は埋まっていたので、左手でだ。

これで魔法のステッキの二刀流である。

否、そもそも己に与えられたステッキである『自然体』だって捨てたわけではないので、つまりほとんど三刀流みたいなものだ。

もっとも、今彼女が着ているのは『ストローク』のコスチュームなので、三刀流と言っても、使えるステッキは『ステップバイステップ』だけだが。

「……なんて名前なんだろう、このステッキ」

わからない。

と言うより、ステッキの名前どころか、鋼矢は今自分が消し飛ばした魔法少女のコードネームが『シャトル』であるということすら知らない——後ろから近付いたから、彼女の顔さえ見ていないのだ。

だが、十分である。

計り知れない規模で、吉野川を『逆流』させた張本人というだけで、この世から髪の毛一本残さず消し飛ばされる理由としては十分だろう。

「自然破壊が地球への攻撃になるとでも、本気で思っているのかね、この子は——」

と言っても、別に鋼矢は、そんな郷土愛溢れる人間というわけではないし、そもそも徳島の人間ではないのだが——しかし、あの『逆流』が、はるか上流の絶対平和リーグ徳島本部を、そしてそこに調査に向かった空々空を狙ってのものだったと言うのであれば、それはそれで十分に彼女を攻撃する理由になる。

後ろから『自然』に近づけたのであれば、あんな風に問答無用で消し飛ばすのではなく、捕縛して、情報を得たり、有利な取引をしたりという選択肢も考えられないでもなかったのだが――しかし、『スペース』のときとは違って、『水』の魔法使いであることがはっきりしている彼女を、この雨の中、相手にする自信は鋼矢にはなかった。

一撃必殺しかなかった。

本来、戦闘用の魔法を付与されていない鋼矢では、雨の中でなくっても、『シャトル』とのバトルには耐えられなかっただろうが――

「……着ている服の色からすれば、『スペース』の、単なる友達ってわけじゃあないんでしょうね」

本来、『パンプキン』は、香川の中学校に寄り、『忘れ物』のステッキを回収してから（『ストローク』はコスチュームを脱がされるとき、共に時計を外していたらしく、予想通り一緒にあった。それは幸いだったと言える）、再び四国の『外』を目指そうと思っていた――『ビーム砲』の魔法を有すれば、三度『スペース』に『通せんぼ』をされたときの対策になるだろうと思ったのだ。

こんな形で使うことになるとは思っていなかったが……、しかし川が『逆流』するという、遠目にも明らかな現象を目撃してしまえば、香川の空から徳島へと戻って来ざるを得ない。

犯人が逃げ去る前に、到着できてよかった――ここで起きた出来事をバトルと呼ぶのは無理があるけれど、もしも魔法少女『パンプキン』に、魔法少女『シャトル』が敗北した理由があるとすれば、『シャトル』がなすべき任務を終えたにもかかわらず、いつまでも現場に留まり続けていたことだろう。

誰かを遠くから不意討ちするのならば、己もまた、不意討ちに備えなければならないというのに――今回の場合、彼女が食らったのは近くからの不意討ちだったが。

「しかし……、『スペース』だけじゃなくて、こんな黒衣の魔法少女が、何人も何人もいるわけ？　参ったな……あたしの知らないことが多過ぎ――」

言いながら、その黒衣も回収する。長身の『パンプキン』では、サイズが違い過ぎるので、これを着るというわけにはいかないが（『ストローク』のコスチュームでぎりぎりだった）、しかしこの手の装備品、アイテムを放置して先に進むという危うさを、空々空が教えてくれた。

それに『ビーム砲』でも貫けないこのコスチュームの強度は、通常の魔法少女のそれとはやはり違う……と、思いながら、『パンプキン』は、ひとまずその、乾いた川底から移動する。

『シャトル』の二の舞いを演じたくない――こうして勝利（？）の感慨に耽っている間に、今度は自分が後ろから攻撃されないとも限らないのだから。

そう言えば、今の四国では『死ぬ』ことはルール違反となるのだが、しかし、今回のように、死体ごと消し飛ばされてしまった場合はどうなるのだろう？　爆発する死体がないのだからルールの外に置かれるのだろうか……。

　それとも、彼女が死んだ地点、死亡場所において、爆発だけが起こるのだろうか？　だとすればより、さっさとこの川底から移動しないと――

「干上がっているってわけじゃないにしても……、こういう異常も、『奴』のバリアーが覆い隠してくれるのかしら？　それにしても隠し切れそうもない規模の災害だけどね……」

　ダムの決壊とか、そういうレベルだ。

『スペース』の『風』の魔法も、思えば鋼矢が知るどんな魔法よりもとんでもないものだったが、しかしそれにあっさり匹敵する、『シャトル』の水の魔法だった。

　不意討ちでなければ勝てなかったし、本来、不意討ちだって勝てそうもない相手だった――川が通っているところであれば、こんな遠距離からでも攻撃できるというのは、四国全土を覆う『バリアー』をも、スケールでは越えるだろう。だって、理論上は、地表面積の七割を占める海を、自在に操れるということになるのだから――

「ま、そこまではできなかったんだとは思うけれど……、こんな魔法を既に『開発』しているんであれば、もう新しい『魔法』を使うための実験なんて、しなくてもよかったんじゃないのかしら……？」

河川から、というより、さっきまでは河川だった場所から離れて、河川敷のグラウンドみたいな場所に着地し、フェンスを背にする。まあ『ビーム砲』や『鉄砲水』みたいな殺傷力の高い魔法で狙われたら、フェンスなどで防げるわけもないので、気休めみたいなものだが……たとえ気休めであっても、ないよりはましだ。

「本当、冗談抜きで……、あたしは相当の事情通のつもりだったけれど……、どうやらうぬぼれだったみたいね。知らないことがあり過ぎる……」

うまく立ち回って、ゲームをクリアしようと思っていたけれど——また、上層部はそれを自分に期待しているようだけれど——この分ではそれはとても難しい。

できれば説明を求めたいところだが、しかしたとえば『スペース』は鋼矢よりも事情を把握しているのだろうけれど、だからと言って説明してはもらえないのだろう。

もしも彼女の言う通りにすると誓ったところで。

「ひとつ確かなことはこれで決定的に、あたしは組織の裏切り者になってしまったってことかな——」

もちろん、『スペース』の制止を振り切ってしまったところで、もうそれは決定的だったのかもしれないが——殺人となると、度を越している。

仲間殺しは、『コラーゲン』の専売特許だったはずなのに——

「——そらからくんが殺されたと思って、後先考えずに熱くなっちゃったかな。後先考えないのはそらからくんの専売特許だったはずなのに……ふっ」

軽く笑う。

状況としては、更に悪化したはずなのに、どうしてか笑ってしまった――ただ、笑うしかなくなったという言いかたもできるが。

「よくよく考えたら、そらからくんがこの程度で殺されるわけがないのにね――あの子のことよ、どうせ何か知恵を絞って、生き残っていることでしょう――」

この川を遡っていけば、その先に空々がいるというのであれば、できれば駆けつけたいという気持ちもあったけれど、しかし、大歩危峡となると相当の距離がある――それで何かに間に合ったりはしないし、そしてどうせ生き残っているであろう彼は、彼女が辿り着いたときには、もう別の地点に移動してしまっているかもしれない。

飛ぶのが得意でなくとも、フットワークは軽かろう――なにせ、あの暴風雨の中、もう絶対平和リーグ徳島本部に移動していたというのだから。

ならば今『パンプキン』がすべきは、空々のところに駆けつけることではなく、当初の予定通り、四国の外を目指すことだった――飛び立つのは、もう一息ついてから。

身内を殺した心の整理をつけてからだが。

……それについては、空々の言っていたことがわかった気がした。組織から魔法

『自然体』を付与された魔法少女『パンプキン』は、チームメイトの魔法少女が持つ、使い勝手のよさそうな魔法に、劣等感を感じていたとは言わないまでも、口では否定的なことを言いつつも、ある種の羨ましさを感じていたけれども――自分で『ビーム砲』を撃ってみて、体験してみて、わかった。

『これ』は結構なストレスだ。

『ストローク』はこれを乱射していたが――あれはなるほど、まともな神経でできることではなかったのだろう。大き過ぎる力の持つストレス――狙いを定めない乱射を多用していた理由は、その辺りか。彼女の情緒不安定な精神状態の理由の一端を、知ることができた気がした。

ともあれ……。

「ただ、あたしに後ろから消し飛ばされる前、気になることを言っていたわよね、あの子……」

問うに落ちず語るに落ちるというわけでもないが、自白ならぬ独白で、魔法少女『シャトル』は語っていた。

「――『魔女』」

呟く。その目は深刻で、どこか感情を切り捨てたところがあったけれど――しかしながら同時に、発する言葉は、どこか縋(すが)るような響きも帯びていた。

「そらからくんじゃなくって『魔女』を殺すために、あの子は吉野川を氾濫させた……、まあ、いくら絶対平和リーグが倫理観に欠けていると言っても、男の子一人殺すのに、ここまで未曾有の大災害を引き起こさないわよね――」

四国の住民すべてをゲームに強制参加させ、『オーバー』に導いた絶対平和リーグではあるが、それはあくまで『実験失敗』だ――それを目的に据えていたわけではない。

だが今回は、確実にターゲットを見据えて――

「となると、『魔女』の噂は本当だったってわけだ。そして『魔女』は、四国ゲームをきちんと生き延びていた……」

『魔女』と。

確認するように、もう一度鋼矢は、その言葉を舌の上に乗せる。

「それはあたしにとっては救済ともなる情報だけれど……、人類にとっては、あまりいい情報とは言えないわね。さて……、いや、だとしたら、さすがそらからくん。絶対平和リーグが総力をあげて探し、求め、目指していた『魔女』と、ちょっと目を離した隙に合流し、行動を共にしているとは――」

案外仲間を作るのが得意な子なのかもね、と、そう付け加えたのは完全に冗談だったのだろうが、そうなると心配にもなる。

「そらからくんなら『逆流』にも生き残れるかもしれないけれど、『魔女』のほうは、その保証の限りではないからね……今、大歩危峡はどうなっていることやら」

大歩危峡がどうなっているか。

ことをなした張本人である魔法少女『シャトル』にとってさえ、それは把握できないことだったのだから、鋼矢にそれがわかるはずもないけれど——しかし、もしも空々と共に『魔女』が生き残っているのであれば、希望が出てくる。

元々、彼女が想定していた希望が——もう手遅れで、どうしようもなく失敗して、戻れないと思っていたルートに、車両を戻せるかもしれない。

焼山寺に魔法少女『ジャイアントインパクト』が現れなかったときに諦めた希望が——

「……となると、実際、どうだったのかしらね。まだ話半分どころか冗談半分にしか信じられないけれど、本当に『魔女』が実在するのだとすると——『ジャイアントインパクト』は、私のお願い通り、それを見つけてくれていたのかしら——」

そんな風に、鋼矢は。

杵槻鋼矢は、ある意味絶対的な信頼をもって、絶対的な確度をもって、空々空の生存を確信していたから——確信していたからこそ、そんな風に没頭して思索すべきを他の議題へと移したのだが、しかしながらよく言われるように、この世に絶対なんてものはない。

それを知り尽くしているはずの彼女でさえ、そのしぶとさを高く評価せざるを得ないほどに、空々空の『生き残る力』は、べらぼうに高い。

魔法少女『スペース』による『通せんぼ』という絶体絶命のピンチからも、ああして脱して見せた空々だ――今回も同じように生き残っているはずであると鋼矢が思うのも、それは無理のないことではあった。

無理のないことではあったが。

しかしそれは間違いのないことではなかった。

事実としては、魔法少女『シャトル』による、吉野川河口から大歩危峡を目掛けた恐るべき『鉄砲水』の直撃を食らって、地球撲滅軍第九機動室室長、十三歳の少年にして英雄の『グロテスク』は、命を落としていたのだから。

4

空々空、酒々井かんづめ、地濃鑿。

三人がバラバラにならなかったのは奇跡だった。

少なくとも奇跡と並べても遜色のない出来事だった――むろん、ただの偶然による、ただの確率的な奇跡というわけではない。この場合、奇跡にはちゃんと、それなりの理由があった。

空々空と酒々井かんづめが離れなかったのは、ストレッチフィルムなどで縛っていた上に、防水のレインコートをかぶせていたからだし、空々空と地濃鑿がはぐれなかったのは、ビニール紐による腰縄があったからだ。

だが、そんな、空々空を軸にした三人の繋がりなど、高速で壁が迫ってくるような河川の逆流、ポロロッカの前では、引き千切られなかったほうが奇跡だったと言うべきかもしれないけれど——もっとも、おぶった状態で固定してあるかんづめのことはともかく、地濃と自分とを繋ぐ腰縄を、あくまでつかんで離さなかったのは、空々空の屈強なる意志があってこそだとは言えるだろう。

とは言え、それも空々空にしてみれば考えてやったことではなく、全身で強烈な水を浴びる中、身体が硬直して、反射的に手にしていた紐を握ってしまっただけかもしれないが——溺れる者は藁(わら)をもつかむと言うように。

洗濯機の中に放り込まれたような——という比喩ではまだ足りない。それは言うなら、鳴門の渦潮の中に放り込まれたようなものだった。

結局空々は、黒衣の魔法少女『スペース』に『通せんぼ』されて、徳島名物の鳴門の大渦を見ることは敵わなかったけれど、それと似たようなものを、しかも体験することはできたというわけだ——見たいと思っていたつもりも、まして体験したいと思っていたつもりもないのだが。

雨の中で絶対平和リーグの施設を探索調査しようとして、増水した川の中に落ち、溺れるというケースを想定し、危うんでいた空々達ではあったけれど、実際にはそれ以上の災難に遭ってしまった。

河川の逆流。

ポロロッカ。

いくら用心深く思慮深い空々空と言えど、はるか彼方の河口より迫り来る、そんな鉄砲水を想定できるはずもなかった——それは地濃鑿にしても、同じくそうだったし。

黒衣の魔法少女達、『スペース』や『シャトル』が『魔女』と呼んでいた酒々井かんづめもまた、直前の寸前までそうだった——それは、彼女達の狙い通りに。

完全なる作戦負け。

圧倒的な敗北だった。

敗因は既に述べているよう、時間切れだった——魔法少女『シャトル』が逆流させた水が、河口から大歩危峡まで届くまでの間に、施設を見つけ出すことができていれば、そしてここから去ることができていれば。

既に『鉄砲水』の直撃を食らった今、そんな仮定に大した意味はないが——それに、それを発した『シャトル』がもう、空々が同盟を結んだ相手である魔法少女『パンプキン』によって倒されていることと同じくらい、大した意味はないが。

二撃目の必要などないくらい。

とどめを刺すまでもないくらい。

彼らはまともにそれを食らったのだから——否。

まともに食らいながらも、それでも三名のうち一名しか命を落とさなかったことが、この場合は何よりも奇跡かもしれない。

考えれば河川の逆流という大規模な攻撃には、二撃目もとどめもあったものではないゆえ、一撃目さえ回避すれば、とりあえずの延命はできるのだった——遠方からの攻撃であるゆえに、すぐに追撃されることもないのだから。

つまり幸運と見做すべきだった。

人的被害が空々空一名で済んだことは——否、四国の部外者である空々空のみを始末したという結果は、黒衣の魔法少女達にとってこそ、考えうる限り最高の成果ではあるのだが——

「う、……ううん？」

残った二名。

　地濃鑿と酒々井かんづめのうち、先に意識を取り戻したのは地濃鑿のほうだった――と言うより、彼女のほうしか意識を取り戻さなかったと言ったほうが正確かもしれない。

　死亡した空々空の背中で、酒々井かんづめもまた、ぐったりとしていた――生きているといっても、かろうじて生きている、生きているだけという風であって、そのまま放っておけば、遠からずその幼児も空々の後を追うことになるだろう。

　上からかぶっていたレインコートは、空々のものも地濃のものも、どこかに流されてしまっている――ストレッチフィルムで固定されたかんづめも、剝き出しだ。

　地濃の腕に巻かれたストレッチフィルムも健在――あのポロロッカの中、めくれあがりもしないとは、とんでもない強度である。

　もちろん、偶然の要素も大きかろうが……。

「………………？」

　意識を取り戻した地濃は、ぼんやりした頭で現状の認識に努める――いつの間にかぬめぬめした岩の上に寝転んでいた。

　自分がどこで何をしていたのか、わからなくなる――ただでさえ把握しづらい出来事のあとだったし、しかも、ポロロッカに大胆に流されて、大歩危峡の『偏屈岩』からかなり遠くに運ばれてきたため、周囲の状況がまったく未知のものになっていた。

川が干上がっている?

いや、彼女が倒れていた岩肌は『干上がった』という感じではなかった——『川から水を取り除いた』という感じで。

大歩危峡に来ること自体が初めての彼女ではあったが、しかし、そもそもこんな奇妙極まりない風景を見ること自体が初めてだった。

ただし。

雨は止んでいた——が。

「……そうか。川が逆流してきて……」

地濃はぼんやりと——こんなときでも自分の調子を崩すことなく、空ろな目で、徐々に記憶を取り戻していく。

「で、流されて……、最終的に水圧で吹っ飛ばされて……? 『逆流』は、更に上流へ上流へと流れていったってこと……?」

だとすれば、それは『助かった』ということになるのだろうか——あれ以上長時間、荒れ狂う水流に揉まれていたら、彼女は窒息していただろう。

空々空、酒々井かんづめと同じく。

「……あ、空々さんは!?」

そこで初めて、自分には連れがいたことを思い出したように、地濃は周囲を見渡す

──と言っても、腰縄で繋がれているのだ、そんなに探すまでもなく、ちょっと首を回すだけで、うつ伏せに倒れている空々空と、その背中に負ぶわれている酒々井かんづめの姿を目視することができた。

「あ、う、うわっ！　し、死んでる!?　空々さんが!?　だ、大丈夫ですか！」

それは十分に予想できた事態だろうに、地濃はあからさまに驚いて、彼の下へと駆け寄る──うつ伏せになっている彼を起こそうと、まずはかんづめの拘束をほどこうとして、そもそも自分の腕が拘束されていることに気付く。

縛られたままでも強引に、手先を彼の身体の下に差し入れて、引っ繰り返すことならできるかもしれないが、しかしあの激流の中でもほどけなかったかんづめの拘束をほどくことは難しそうなので、まず彼女は、自分の腕の拘束を外しにかかる。

ストレッチフィルムのビニールを歯で噛み千切り、そこを切れ込みとして破りにかかる。水や、引っ張る力には強いビニールも、尖ったものには弱い──彼女はあまり賢明とは言えない頭脳の持ち主だったけれど、しかしこのストレッチフィルムの拘束が、身体の前で施されると、大して意味のないものであることくらいはわかっていた。

腰縄だって、地濃が本気で飛べば、空々を振り切って自由になれることも──デパートの地下から移動を始めた時点で、空々空の地濃鑿に対する拘束は、有名無実なそれになっていたのだ。

たぶんそれは、空々空が地濃に、最低限の『逃げる権利』みたいなものを与えていたのだと思うが——もっとも、その腰縄のお陰で、バラバラにならずに済んだのだけれど。

「……そ、空々さん！」

さっき、『死んでる』と驚いたのは、厳密な判断としては材料の足りない、先走り気味の反応だったが、しかしかんづめを彼の背中から降ろし、引き起こしてみて、その土気色の顔色や冷えた身体から、自分の直感が間違っていなかったことを知った。

「う……うわっ」

死体に引く地濃。

彼女も絶対平和リーグ所属の魔法少女、地球と戦闘するための要員である、人の死に接するのが何も初めてと言うわけではない——この四国ゲームにおいても、四人のチームメイトを始め、数々の死を目にしてはいる。

それに彼女——魔法少女『ジャイアントインパクト』の使う固有魔法は、ある意味、他のどんな魔法よりも『人の死』に近いものだから——本来ならば、誰よりも人の死に慣れているはずの彼女が、死体を目にしたくらいで驚くというのは、おかしな話でもある。

溺死体になれていないのは確かだったが、もっと悲惨な死体も、彼女は数々、目にして来ているというのに――

「た……、大変だ、大変だ、大変だ。なんとかしなきゃ――」

言いながら、地濃は空々の右手首を手に取る――一目瞭然に死んでいる彼の、脈を今更確認しようと思ったのではない。

本当に手に取りたかったのは、空々の手首と言うよりは、その手首に巻かれている腕時計だった――もっと言うと、彼に取り上げられていた魔法のステッキだった。

「も、もう……、焦って、手が縺れて……、人のつけてる腕時計って外しにくいなあ……」

実際にはそれほど時間がかかったわけではなく、彼女が空々の手首から腕時計を外すのに要したのは十秒やそこらだっただろうが、しかし今は、その十秒が致命的になりかねない。

否、致命的というなら、もう命の問題の地点は通り過ぎているのだが――しかし、今ならばまだ、戻ってくることができる。

「も、もう――こ、困ったなあ、もう。死ぬとか、やめてよ、人をこんなところまで連れてきておいて――」

そして腕時計を自分に装着。

厳密に言うと、すぐにステッキにしてしまうのだから、ここで地濃が自らの手首に装着する必要はまったくなかったのだけれど、これは焦りの表われだった。

「ここで死なれたら私のせいみたいじゃん、私が『パンプキン』に怒られちゃうじゃん、空々さんが本当に『パンプキン』の仲間だったらだけど——ああもう、実は敵だったりしないかな、もう……、マルチステッキ『リビングデッド』！」

しゅるりと、どこからともなく（と見える風に、装着したばかりの腕時計を変形させて——）ステッキを取り出し、それを振るった。

ハンマーのように振るった。

振り下ろした——空々空の心臓の上に。

既に死している空々空に、不要なとどめを刺すかのように——死者に鞭打つならぬ、死者に槌打つように。

「…………」

一瞬待って、

「あれ？」

と、首を傾げる地濃。

空々の身体に何の反応もなかったからだ——この手応えのなさ、間に合わなかったのだろうか？　いや、違う——コスチュームだ。

彼が着ている魔法少女のコスチュームが防御力として働いてしまっていることに気付いて、地濃は急いでそれを脱がしにかかる。全身脱がせる必要はない、上半身さえはだけさせ、心臓部分をむき出しにさせればいい。

「うわ、意外と筋肉質だな、空々さん……、魔法少女のコスチュームの下が筋肉質とか、結構引くな……」

引いている場合では、だからない。

改めて地濃は、ステッキを振りかぶる——大きく、天を指すように振りかぶり、そしてそれを、むき出しにした空々の胸の中心を目掛けて思い切り振り下ろす。

大打撃。

この感覚。

今度こそ、手応えあり——だった。

「がっ——はっ！」

果たして。

空々空は——息を吹き返した。

発条（ばね）のように勢いよく彼の身体が折れ曲がり、生体反応の表れのように痙攣（けいれん）する。

心臓の鼓動、それに自発呼吸が戻ってきたようだ。

落とした命を。

拾ったようだ——地濃はその結果を受けて、へたへたとその場にくずおれて、ほっと胸を撫で下ろす。

「はっ——はっ——はっ——」

「よかったですね、空々さん。さあ、早く、私にお礼を言ってください」

「…………」

空々空はぼんやりとした、空ろな目で、そう言った地濃のほうを見たけれど——それでも何も言わず、つまり促されたままにお礼を言うことはなかったのは、今はまだ蘇生したばかりで、意識がはっきりしていないからというだけの理由ではなさそうだった。

5

はだけたままでいて、目を醒ましたかんづめに正体が——と言うか、性別がバレては一大事だと、服を調えてから、

「つまり、地濃さん。きみの魔法は——」

と、空々空は言う。

逆流を浴びて、身体の冷えていたかんづめを、少しでも暖めるために、日向へと移

動した後のことだ――日向と言っても、雨上がり直後の気候なので、まったく気休めにもならない程度の日当たりなのだが。

一応、大きな岩をベッドにして寝かせているのは、岩なら熱を持ちやすいだろうという配慮である――抱き締めて体温で温めることも考えたのだが、残念ながら空々も地濃もびしょ濡れで、誰かを温めるには向いていなかった。

本来、彼らだって、命が危ない状態なのだ――空々に至っては、二度目の死を迎えても不思議ではない。

「『蘇生』ってわけ……？　人を生き返らせることができるっていうのが、きみの魔法……？」

だとすれば、それはすさまじい――自分で体感したからこそ、より強くそう思うが、すさまじ過ぎる。人の命に関与する魔法だなんて……。

『ジャイアントインパクト』。

そんな名前を大仰で大袈裟で、まるっきり彼女には不似合いだと思っていたけれど、しかし、そんな魔法を見せられてしまうと、大仰とも大袈裟とも、不似合いとも言えなくなる。

まあ、固有魔法はステッキに依るので、コードネームとの繋がりはないにしてもだ――思えば随分、この子のことを軽んじていたものである。

反省、猛省。

どころか空々は、『命を救われる』という、返しようもない恩を、彼女から受けてしまったことになる——そう考えると少なくとも彼女には『ありがとう』は言っておくべきなのだが——それは今、彼にとっては口癖に近いものになっている言葉のはずなのに、どうしても憚られた。

「うーん。『蘇生』というのとはちょっと違いますかね……、まあ、説明の難しいところではあるんですけれど」

地濃は言う。

「私の魔法……、私のマルチステッキ『リビングデッド』は、あくまでも『死んだ人を生き返らせる』だけですから」

「……だからそれを人は『蘇生』と呼ぶんじゃないの？　僕はそう思っていたけれど」

かんづめが気絶中なので、『僕』という一人称は使える——話しやすいのだけれど、しかし話しやすさよりも空々としては、早く彼女に目を覚まして欲しいと思う。

完全なる結果論だが、吉野川の逆流を共に食らいながら、三人のうち空々だけが命を落とす結果になった理由があるとすれば——というより、酒々井かんづめが生き残れた理由があるとすれば、かんづめは空々に背負われていたゆえに、防御力のあるコスチュームを着た彼が『防波堤』となったことが大きいだろう。

となると、地濃が生き残れた理由、かつ一番最初に目を覚ますことができた理由は、更にその後ろにいたから——しかも彼女も空々と同じくコスチュームを着ているので、二重の防波堤があったからということになる。要するに、『偏屈岩』を前にしたときの、そして吉野川が『逆流』してきたときの並び順が、そのまま彼らの命運を分けたと言うことになる。

だが、それは決して空々にとって不運なだけの出来事ではなかった——彼が防波堤の役割を務めることによって、結果として三人とも無事に、あの『波』を乗り切ったと言えるのだから。

別に空々は魔法少女『ジャイアントインパクト』の使う魔法を知っていたわけではないので、その並びも、結果も、ただの偶然の産物ではあったけれども——こんなことになるなんて想像だにしていなかったけれども、何にしても、彼女をデパートの地下からああして連れ出してきたことは正解だった。

「『蘇生』じゃあないんです、だから」

しかしその点において、地濃は頑なだった——譲る気はないようだった。自分の固有魔法だけに、定義はしっかりしておきたいのだろうか——いや、地濃はそういうタイプではない。まったくない——たぶん、空々の『間違い』を指摘することでテンションが高まっているだけだと思われる。そんな地濃の性格が悪いのか、それとも命の恩人をそんな風にしか思えない空々の性格が悪いのかは、話し合いが縺れそうなところではあるが。

「だってほら、空々さん、『蘇生』って言ったら、なんていうか蘇生措置というか、救命措置というか、どこか『治療』的な側面を帯びてしまうじゃないですか。でも『リビングデッド』の魔法は、治療とか、治癒とかとは、ちょっと具合が違いますから――『リビングデッド』は、生き返らせるだけなんです」

「生き返らせる――だけ」

「つまり、怪我とか、身体的ダメージとかは治せないんです。うーん、どうかな、こんな風に言えば、空々さんにも理解できるかなー、一応トライしてみますけれど」

わざわざしなくてもいい前置きをしてから、地濃は言った。もっと端的に説明できるはずだと空々は思うが、しかし急かしたり、まして説明を飛ばしたりするわけにも行くまいと、黙って聞く――遠慮をしたわけではないけれど、デパート地下の段階で、なんとか彼女の魔法を聞きだしていれば、その後の戦略の立てようもあったのだ。

「だからたとえば、車に轢かれて、身体の半分が吹っ飛んだ人がいたとして、そういう人だって、『リビングデッド』では生き返らせることができるんです――だけど、それは吹っ飛んだ身体の半分を元に戻せるというわけではないんです」

「え？　でも、それじゃあ……」

「ええ。すぐにまた死にますよね」

地濃は言った。

それが彼女にとっては当たり前のことだからだろう、大してそこに意外性があるとは思っていないようだが――

「空々さんみたいに、ショック死状態で肉体の損傷がなければ、生き返らせられるんですが、もしも今回、空々さんが水流で四肢がもげるとか、そういうことがあったら、今回もおしまいでした」

「……でも、その場合でも、一瞬は意識が戻るってこと？　意識が戻って、すぐ死んでたってこと？」

「はい。運がよかったですね、空々さん」

「………………」

運がよかったと言えるのだろうか、果たして、これは――いや、それはさておき、地濃の魔法の説明は、正直、よくわかるものだとは言いがたい。

結局それは治療なのではないのかとも思う。

止まっている心臓を、強制的に動かすということだろうか？　心臓や脳という、そういう器官が停止したときにのみ働くとか……。

「動作も、あれなんだろう？　強烈な心臓マッサージみたいに、一撃を胸部に打ち込むって形なんだろう？　だとすれば……」

「うーん、そういうAEDみたいなのとも、違うんですよねー」

AEDは不整脈を正す機械であって、停止した心臓を動かす機械ではなかったはずだが、まあどちらにせよ違うというのであれば、そこをわざわざ訂正する必要はないだろう。

「これはもう少し精神的なものだと思ってください、空々さん」

「精神的……」

「ダメージを受けたフィジカル面をどうにかして、意識を取り戻させるわけじゃあなくて――メンタル面を刺激すると言うんでしょうか」

「……命に対する考えかたの違いなのかな。むしろそれって、精神的と言うんじゃなくて、命を物質的に扱ってるような物言いだけれど」

人間の身体に『命』という器官があって、それにのみ作用する魔法――とでも言えばいいのか。

しかし現代の医療科学の考えかたには真っ向から矛盾する発想である――つまり、それがゆえの、『魔法』と言うことか。

一歩間違えばゾンビを生み出しかねない危険な魔法だとも思う――空々は今、心臓も脳も、呼吸器官も、完全に動作しているのだから、これをゾンビ状態だということはできまいが、しかし鉄砲水を正面から食らったダメージそのものが残っているのは、地濃の言う通りだ。コスチュームを着ていなかったら、全身の骨が砕けていてもおかしくはなかっただろうが——とにかく、身体中を薄く覆うような鈍痛は、残ったままだ。

「『ゾンビ』というのは、結構真相に近い表現だと思いますね、だけど——実際のところ、私の魔法って」

空々のコメントを受けて、地濃はそう言った。

「『不死』と言われてますから」

「…………」

固有魔法『不死』？

それは——と、口元を押さえる空々。

それは『蘇生』や『治癒』どころではない言葉の強さだけれど——下手をすれば、『魔法』という範疇からさえはみ出しかねないほどの……。

「生き返らせたところで何も起こらずすぐに死んじゃうケースが実際にはほとんどですから、『不死』というより『除死（じょし）』とか『拒死（きょし）』とかいうのが正しい気もしますけれど、でもまあ、そんな言葉、ないですしね」

「言葉があるかないかの問題じゃないと思うけれど——」

それにしても『不死』という言葉は強い。

言葉として強過ぎる。

素直な感想としては、誰がどういうシステムで、魔法少女に魔法を付与しているのかは知らないけれど、地濃のようなキャラクター性の者に、そんな常軌を逸した魔法を与えるなよと言いたくなった。『ストローク』が『ビーム砲』を使ったときにも、似たようなことを思ったが……、これはもう。

そう、肉体を修復する魔法じゃあなくて——生命を修復する魔法だなんて——

「…………」

その魔法の恩恵を受けている身で、そういうことを言うのはあまり適切であるとは思えないけれど、どう考えても人間の手に余る魔法という気がする。吉野川が『逆流』してきたことが、霞みかねない——いや、実際にその『逆流』で受けた人的被害を回復させてしまったのだから、空々の中では『かねない』どころの話ではなくなっている。

絶対平和リーグの魔法少女製造課とやらには、よっぽどセンスがないのか——いや、違う、そうではない。

そうではない——のかもしれない、ということに空々はここで思い至る。

ここまで来るとわざととしか思えないような、そのそぐわない、相応しくない魔法少女への相応しくない魔法の付与は、本当にわざとで——故意に、ズラしているのではないか。

『ビーム砲』のような、際限のない光線破壊を、精神が不安定な『ストローク』に与えたのも、『ジャイアントインパクト』に『不死』のような、人の領分を越えた御業（みわざ）を授けたのも、彼女達にはそれが使いこなせないと見越してのことだったのではないのか。

逆に、精神的には非常に安定した、その上聡い魔法少女である『パンプキン』には、破壊性や攻撃性に欠ける（空々は一定以上に評価するが、しかしながら本人としては抱く不満が大きいらしい）魔法『自然体』を与えるという……。

つまり、『魔法少女』という存在が、必要以上に強力な力を持たないように、絶対平和リーグはコントロールしているのではないか？

そう推測した。

もちろん遥か上流のそのまた上流にいる空々空には知る由もないことだが、この時点で、魔法少女『パンプキン』が、本来は『ストローク』の魔法である『ビーム砲』を使うことによって、黒衣の魔法少女『シャトル』を撃破したことは、この推測を裏付ける何かにはなるであろう。

だが、それは考えるだに恐ろしい話でもあった。

つまり制御できない強力な魔法の制御法として、それを使いこなせない人間を安全装置に使うという逆転の発想は、どうしたって魔法の異常暴走というリスクを含むのだから――

結果として四国ゲームを開催してしまった大実験と言うのも、案外、そんな形で失敗してしまったのではないかと、空々としては並べて推測せざるを得ない。

「……確認していいかな、地濃さん」

「あー、やっぱ確認しなきゃわかりませんか、私がする、私レベルの難解な話は。なるべく空々さんのレベルに合わせたつもりなんですけれど、申し訳ありません」

「…………」

こちらが確認したくなくなってきたが、しかし、そういうわけにも行かない――彼女の魔法を、きちんと、正確に把握することは、今後の戦略上、必要不可欠なことだった。

なにせ、究極の横紙破り。

死んでいい――という、四国ゲームのみならず、全生物界のルールを破ることが、許されることになりかねないのだから。

「たとえばだけど……、僕の蘇生――」

「だから蘇生じゃないです」

「いや、便宜上蘇生と言わせてくれ。起こる現象としては同じなんだし、別の語彙を探すのも億劫だろう」

「はあ。存外語彙が少ないんですね、空々さん」

「……そんなことを言われたのは初めてだよ」

むきになって別の語彙を探すことも考えたけれど、しかし、そんな場合でもない。

「僕の蘇生がもう少し遅かったら、間に合わなかったってことはあるの？　つまり、きみの魔法が有効なのは、死んでから五分以内とか、十分以内とか、そういう縛りはあるの？」

「えー、どうでしょうね。間に合う間に合わないの基準って、はっきりしてないんです。だって人間って厳密に言えば、死んだ瞬間から腐敗は始まるわけで……、組織の崩壊が起こってしまうと、さっきも言ったみたいに、生き返っても、生命を維持できずに、再び死んじゃうことになると思います」

「確かに、脳が融けたり、肺が潰れたりしたあとじゃあ、蘇生に意味がなくなるのか――」

ただ、使い道がないわけじゃあない。

あまり世間の良識では、褒められた使いかたにはなるまいが――死者からの伝言、ダイイングメッセージを聞きたいと言うときには、つまり目的が生き返らせることではなく、死者からの情報の獲得にあれば、これほどの手段は考えられない。

想像する。

ミイラ化したような古い死体を彼女の魔法で蘇らせ、古代の情報を聞き出すという状況を想像する——怪談もいいところだし、実際にミイラ化していたら、喋ることはおろか動くこともできないから、情報を引き出すことはできまいが。

あるいは、地濃がその気になれば、『死を許さない拷問』も可能となるのか——そんな用途を考えていくと、やはり人の手には余る魔法だと、空々は思う。

「じゃあ、そこは一般的に、病院で行われるような蘇生治療に近いものがあるのかな。死後十五分以内までは、蘇生の可能性があるとか、ないとか……」

十五分だったか、正確な数字はわからないけれど、心肺停止後、ある程度の期間までは『戻せる』という——そこに共通点を見出すのであれば、やはり地濃の魔法は『蘇生』ということになるのだろうが……。

「まあ、私の感覚では、間に合うか間に合わないかは、運次第というところもあります——繰り返しになりますが、そこに絶対的な基準があるわけではないです」

「そうだね……きみの性格じゃあ、統計を取ったりなんてしていないだろうしね」

「とうけい？　なんですか？　にっくき地球の緯度ですか？」

「いや、なんでもない……」

それを言うなら経度だし。

「はあ。なんでもないんですか。……でもまあ、四国ゲームの最中では、あんまりそれって関係ないんですけどね」

と、地濃は言う。

「だって、死後、時間が経過すると死体が爆発しちゃいますから——跡形もなくなっちゃった死体を生き返らせることは、私には不可能です。チーム『ウインター』の仲間も、それで生き返らせられませんでしたしねー」

「………………」

ん、と思う。

思ったのは、別に、ではもう少し空々の『蘇生』が遅れていたら、地濃が魔法の一撃を彼の胸に入れる前に、彼の死体が爆発していて——そして生き返ることも、こうして考えることもできなくなっていたという事実に、慄然としたわけではない。

それはそれとして、彼女はそれを、それこそ運次第の出来事、ただ今は不都合な展開なのだと言う風に語ったけれど——どうなのだろう？　と思い、空々は慄然としたのだ。

まるでそれは——彼女のチート同然の魔法に対する縛りが、あらかじめゲームのルールとして、為されているようではないか？

死体が爆発し、消滅するのは、単にゲーム的な利便性に配慮したものだと思っていたけれど――『プレイヤーの復活』という可能性を、抹消するために設定されたルールだったとすれば？

だとすれば？

「…………」

わからない。

だとすればどういうことになるのか――失敗に終わった大実験が、魔法少女『ジャイアントインパクト』のマルチステッキ『リビングデッド』を想定していたら、果たしてどういうことになるのかは、わからない。

だが、発生したその仮説からは、もうひとつの仮説が派生する――つまり、四国に現在敷かれている理不尽極まりない、杵槻鋼矢いわく『八十八』のルールは、実は言うほどに理不尽ではなく、ひょっとすると、それが如何に独善と野放図に満ちた理であろうとは言え、ある種の理に適ったものなのではないか、という仮説だ。

もしも『死ぬことがルール違反』というルールが、『リビングデッド』の乱用を防ぐためのルールだったとすれば――他の八十七のルールにも、それぞれ対応する魔法があるとか……。

仮説の上に仮説を重ねているようなもので、根拠があるわけでもない漠とした話だし——またそうだったとしても、だからどういうことになるのか、わかりづらい話でもある。

絶対平和リーグは、一体何をしようとしていたのか——そして今も何をしようとしているのか、それがわからない限りは、これ以上論じることはできそうもない。

そしてそれを調べるための手段を、たった今破壊されたところなのだ——自分達がどれくらいまで上流に流されてきたか知れないが（時間の経過から考えると、雨はやんだのではなく、雨がやんでいる地域まで流されてきたと見るべきかもしれない）、しかし大歩危峡に戻って確認するまでもなく、絶対平和リーグ徳島本部は、あの逆流の際、破壊されてしまったことだろう。

残骸ならば残っているかもしれないけれど、残骸から資料をサルベージするような専門的な調査能力は、空々にはない。

もっとも、それは逆に考えることもできる——破壊し、調査を不可能にしなければならないような何かが、そこにはあったのだと——

空々空がそんな風に考えてしまうことを、今は亡き魔法少女『シャトル』は一番の失敗として想定していたが、その事態は彼女にとって残念ながら、こうして起こってしまったということになる。既に死に、跡形もなく消し去られたゆえに、たとえ『リビングデッド』の魔法を使っても蘇生することができない彼女には、もう関係のない話ではあるが——任務に失敗したことは、任務に殉じた彼女にとって、幸せなことではないだろう。

ただ、彼女がしたことが完全に無駄だったかと言えば、そういうわけでもない——彼女が『パンプキン』によって葬られたということを認識できるわけもない空々は、第二撃、追撃を恐れて、大歩危峡に戻るどころか、この場からさえ離れざるを得ないからだ。

川の線上、水の動線上にいるのは、どう考えたってまずい——かんづめが目を覚ましたら、さっさと移動しなければならない。移動というのは見栄を張った言いかたで、それは歯に衣着せずに言うところの、一目散なる逃走という奴だった。

「……基準の話を続けるけれど、地濃さん。じゃあ、たとえば頭が吹っ飛ばされた死体があったとして、それを生き返らせることはできる？」

想定するのは、爆発で首から上をなくした登澱證の死体——もしくは、空々空のギャンブルの師匠、左在存の死体である。

彼女達の死に様は、そういう無残極まりないものだったが——そんな死体でさえ、そんな命でさえ、『リビングデッド』は『戻せる』のだろうか？

「できるはできます」

あっさりと言う——そんなとんでもないことをあっさりと。

「でも、直後にすぐ死にます。だって、脳がないんですから。その場合は意識さえ戻らないでしょう。試したことがないから確実なことは言えませんけれど、一瞬心臓が動いて、それで終わりじゃないでしょうか」

「……それって、生き返ったって言えるのかな？」

「魔法のシステム上は、生き返ったということになりますけれど、どうなんでしょうね。生物学的には、ただの反射ってことになるんじゃないでしょうか」

　自分の魔法なのに、他人事のように言う――ステッキによって付与されたものだからそういう捉えかたなのだろうか、それとも、その魔法がどれほどずば抜けていて、どれほど危険なものなのか把握していないのだろうか。

「ほら、下半身だけの蛙の足に電気を流したらぴくぴくって動いたりするじゃないですか。あれとおんなじで」

「……きみはそんな残酷な実験をしたことがあるのかい？」

「いえ、本で読んだだけですけれど。昔は学校でやっていたらしいですよ、そういう実験。あったらしいですよ、そういうカリキュラム」

「へえ……」

　寡聞にして知らなかった。

　目的がわからないほど残酷極まりないと思ったが、しかし電気による生体反応というのは、たとえ話としてはわかりやすい。

さっき地濃が例にあげたＡＥＤというのも、それに通じるところがあるだろう——実態はいかにかけ離れたものであるとしても。

「『即死』って言葉の概念がズレて来そうだけれど。……じゃあ、たとえば刃物で心臓を貫かれた死体があったとしたら、どう？　生き返らせられる？」

「細かいことを気にしますねえ。それはどういう意図の質問ですか？」

「きみの魔法は、心臓を殴打することで発動するんだろう？　だったら、その心臓自体が破壊されているときはどうなんだろうって意図の質問だよ」

「ああ。いえ、心臓マッサージとかとは違うので、それは関係ないと思います」

試したことはないですけれど、と言う。

さっきもそう言っていた——薄々わかってはいたことだが、地濃はこの魔法に関して、あまり実践経験はないらしい。

そりゃあそうか、この魔法を使おうと思えば、まず死体がそばにないとならないのだから——組織が便宜を図ってくれれば、常人よりは多くの死体を経験することにはなるだろうが、しかしそれにも限度はあるだろう。

「けれどまあ、さっきの脳の話とおんなじで、心臓が壊れているんじゃあ、生き返ってもすぐに死んじゃうと思います」

「――一度この魔法で生き返った人間は、二度と生き返れないとか、そういうルールは？　実例で言うと、もう僕にはその魔法は使えないとか」

「ないです。それは経験があります――二度以上、生き返らせたことのある人はいます。何人も」

みなさん私にお礼を言ってくれました、と、暗に空々に感謝を強要してくる地濃だった。

しつこい。

意地でもお礼を言いたくなくなってくる――自分の中にそんな意地があるということが、あまりにも意外だったが。

空々はその後も、様々な我慢を我慢しつつ、地濃に質問を続けたが、概ねその他、特記事項はないようだった――と言うより、何をどう捏ねくり回し、どういう角度から検証したところで、要するに地濃鑿、魔法少女『ジャイアントインパクト』の使用する魔法は、『理屈抜きで人を生き返らせる』ものだということのようだった。治療や治癒、再生などといったプロセスを通らず、結果だけを採択するという――人の手に余る魔法。

脳や心臓と言った重要器官を破壊されていたり、死後、時間が経過していたりしたら、生き返らせた直後に結局死んでしまうとしても、一度――ならず何度でも、そんな死体でも生き返らせることができるだなんて、滅茶苦茶である。

もしも封じられるものならば——理不尽なルールで封じたくもなるだろう。

……思えば、外部と連絡を取ろうとすると爆発が襲ってくるという例の『初見殺し』も、しかし、プレイヤーからすれば理不尽極まりないが、ゲームの主催側とすれば、合理的極まりないものじゃあないのだろうか？

「……じゃあ、最後の質問になるけれど、地濃さん。魔法少女って、何人いるの？　いや——」

この質問では知りたい答がえられないと思って、空々は言い直す。地濃は『最後の質問が変わっちゃうんですか？』と言いたげな顔をしていたが、彼女がそういう余計な発言をする前に、空々は訂正し終えることに成功した。

「魔法って、何個あるの？」

「へ？　何個？」

「八十八個だったり——しない？」

6

四国ゲームを支配するルールは八十八個あり、それは同時に四国ゲームを脱出ゲームではなく収集ゲームとしてみたときに、集めるべきルールの数ということになるのだが——もしもそのルールの数と、魔法の数、つまりは魔法のステッキの本数と言うことになるのだが、それが同数というようなことになるのであれば、空々が立てた『仮説の上の仮説』の裏づけになると思っての質問だったのだが、しかし概ね予想通り、地濃からの返答は、

「知らないですよ、そんなの」

だった。

「私に訊かれましても」

「……だろうね」

「魔法少女が二十人くらいだっていうのは、聞いたことがありますけれど、魔法の数とかステッキの数とか言われましても。そんなの、下っ端の私が把握しているはずがないでしょう。質問をするんだったら、訊く相手を間違えないでください」

「確かにきみに訊いたことは間違いだったみたいだけれど……」

魔法少女の数が二十人くらい。

一チーム五人で、『スプリング』『サマー』『オータム』『ウインター』と、四季の数だけチームがあるのならば、そういう計算になるのだろうが——しかし、空々が『通せんぼ』を受けた、黒衣の魔法少女のような、明らかに毛色の違う者がいるとなる

と、その数字もあまりあてにならない。

魔法少女の数とステッキの数が釣り合っている必要はないし、必然性となるともっとないのだから——まあ、地濃から得られる情報では、空々の仮説を支える何かは得られなかったけれど、しかし逆に言えば、仮説を否定されもしなかったということでもある。

もしも、組織の施設を調査することができていれば、肯定材料にしても否定材料にしても、何がしか入手できたかもしれないけれど——まあ、施設の調査に成功していれば、その場合、地濃の魔法の内容を知ることができていなかったので、この仮説に到着することもまたできていなかったのだが。

「いや、それもまた順逆の問題か……、まあ、地濃さん。おかげさまで大体わかったよ、きみの魔法のこと」

「え？　どうして私にもよくわかっていないことが、空々さんに大体わかっちゃったんですか？」

本気で言っている感じだった。

それはつまり、度を越した魔法を、よくわからないままに使い、あまつさえそれをよくわからないまま空々に使用したと言う事実を自白しているにも等しかったが……、しかし、それで命が助かっている以上、何も言えない。

お礼も言わないが。

「でも、なんにしても空々さんが助かってよかったですよ。私が『パンプキン』に怒られずに済みました」

「きみの死生観はかなり特殊だね……」

死生観についてはあまり人のことは言えないけれど。

これは倫理観の問題かもしれないにしても——しかし、倫理観についてだって、空々は人のことは言えないのである。

「で、これからどうします？　大歩危峡まで戻るとか言わないですよね？」

「うん——それはないけれど」

と、空々。

「だけど、今回のことで絶対平和リーグの施設を調べたいという気持ちは増した」

「え？　調べようとしたからこんな目に遭ったんでしょう？　あなたは懲りるということがないんですか、空々さん？　それともまた同じ目に遭いたいんですか？」

「………。逆だよ、こういう目に遭って、事実一度死んだくらいだ——調査を妨げようとした奴は、僕達を始末したと思っているだろう。だから逆に今が、調査するチャンスなんだ」

「はー。逆転の発想ですね。……じゃあ、大歩危峡に戻るんですか？」

「いや、だからそれはない——あの『逆流』で破壊されているだろうし。だから同規模の、あるいは同規模以上の、絶対平和リーグの施設を目指そうと思う」

「同規模……、つまり県本部クラスですか？　となると、あと三箇所ですね。香川本部、高知本部、そして総本部である——愛媛本部」

「総本部はないから……だから香川本部か高知本部の、どちらかだね。ここから近いのはどっちかな？」

「ここがどこかわかりませんけれど……、大歩危峡から距離を計算するなら、一緒くらいだと思いますけど？　愛媛総本部が一番遠いのは確かです」

絶対平和リーグを『敵』や『ゲームマスター』として見ていない地濃は、どうして総本部が『ない』のか、わかりかねたようだったが、どうやらそれをただの距離の問題だと解釈したみたいで、突っ込んではこなかった。

「一緒くらい……、じゃあ、どっちを選んでもいいのか……」

ならば香川のほうかな、と空々は思った。一度通った県なので、土地勘があるとまでは言わなくとも、まるっきり未知の高知県に向かうよりも、動きやすいのではないかと考えたのだ——どちらを選んでも同じならば、そうするべきだろう、と。

しかしそこで、

「こうちや」

と、声がした——岩の上のかんづめが目を覚ましたのだ。

「こうちのほうがええ」

それは、大歩危峡に向かうとき、線路か道路かの選択の際とは違って、はっきりした言いかただった——似たり寄ったりなどではなく、ここでは香川本部を目指すより、高知本部を目指すほうに、明らかな利があると言うような。

「…………」

根拠を述べたわけでも、理由を述べたわけでもない——が、空々には。

空々空にはもう、酒々井かんづめの選択に——酒々井かんづめの宣託に、従うことが当然のように思われた。

はっきりとそう思ったわけではないが、しかし彼にはなんとなくわかっていたのかもしれない——この『逆流』は、空々を狙ったものではなく、かんづめを狙ったものであることを。

たとえば黒衣の魔法少女『スペース』も、空々を始末するために（あるいは地濃を始末するために）ここまでのことはしないだろう、と——

「よし。じゃあ高知だ。行くよ、地濃さん」

「え？　あ、はい。いいですけれど」

あっさり承諾する地濃。

主体性に欠けると言うより、主体性が見当たらない態度だ——そこまで主導権を委ねられても困るのだが、しかしもう空々には、彼女を置いていく、彼女と別れるというルートはない。

空々はかんづめを再び背負う。

破れたストレッチフィルムはもうないし、折角デパートで補充した装備もまた、あらかた流されてしまっていたけれど、かと言って高知まで徒歩というわけにもいかないので、ベルトやネクタイだけで、彼女を自分の背中に縛る。

「大丈夫？」

と、一応気遣うと、かんづめは、

「だいじょうぶ」

と答えた。

彼女も彼女で死にかけたところだというのに、気丈なものだった——とは言え、本来は、もう少し休憩したほうがいいのだろうが、しかし迂闊な休憩のリスクも、今回、空々は学習した。

「地濃さん、高知本部の場所はわかる？」

「うーん、まあ出身地ではありますけれど……、まあ噂程度でよければ」

「そっか」

出身地。

そう言えばそう言っていた。

情報源としてはそれでも相当頼りないが、しかし何もないよりはマシだ。

「じゃあ、とりあえず、県境を越えよう――まずはここから離れるのが先決だ」

「ですね。って、あれ？　空々さん。忘れてますよ」

「忘れてる？　何を？」

「ほら」

と、地濃は、両手を揃えて、空々に突き出す。

言うならそれは『お縄頂戴』のポーズだった。

「私を縛るのを忘れています。腰縄も」

「…………」

空々は少し黙って。

表情に乏しい彼が珍しく嫌そうな顔をして、

「もういいよ、あれは」

と言った。

それはひょっとすると、空々なりの地濃に対する感謝の意の表れであり、そして普段口癖で言っているだけのそれとは、まったく違うものだったのかもしれなかった。

7

吉野川の『逆流』――吉野川の『破壊』。

その大規模な魔法は遠目にもわかるもので、それが香川へ飛んでいた魔法少女『パンプキン』を呼びよせてしまったように、その出来事はもうひとり、魔法少女を現地に呼び寄せていた。

大歩危峡。

破壊された名勝地を、

「…………」

と見下ろすのは、手袋鵬喜。

魔法少女『ストローク』だった。

コスチュームを着て、ステッキを持った、魔法少女。

元々病んだ目をしていた彼女だったが――時を経て、県を跨いで、今の彼女は、病んだ目から死んだ目へと変貌を遂げていた。

「…………」

彼女はその破壊を、その魔法を、その出来事をどういう風に解釈したのか、しばらくそうやって黙り続けて――そしてその場から飛び去った。

（第７話）

（終）

DENSETSU SERIES 03

悲惨伝

HISANDEN

NISIOISIN

第8話「その頃の彼女達！閉じ込められたダイアローグ」

天は人を造らず。

10

十三歳の少年、空々空が、落とした命をかろうじて拾い、異常事態のただなかにある四国において徳島県から高知県に向かおうと、魔法少女『ジャイアントインパクト』こと地濃鑿と、絶対平和リーグから『魔女』と目される謎の幼児、酒々井かんづめと共に空を飛んでいる頃——地球撲滅軍第九機動室副室長にして空々空に、心理的にはともかくポジション的にはもっとも近しき部下であるところの『焚き火』、氷上(ひがみ)竝生(なみうみ)は地下道を歩いていた。

「…………」

納得行っていないような表情と言うか、自分の行動に疑問を抱えている風である——それは彼女を知る者からすれば、やや異様に映るかもしれない。できる限りいつも通り、平素通りを努めているけれど——セルフコントロールをしているつもりの彼女だけれど、しかし、それが完全にできているとも思っていなかった。

当たり前だ。

実際、今の竝生はいつも通りからは程遠い——平素通りなんてとんでもない。ともすれば、自分がこれから取ろうとしている行動が、今でも信じられないくらいだった——いったい自分は、何をしようとしているのだろう？

今なら引き返せるかもしれない。

まだやり直せるかもしれない。

そんな風に思わなくもない。

ただ、それが不可能なこともわかっていた——かもしれなくなんてないことは明白だった。淡い希望みたいなものだ。縋りたくはなるけれど、しかし彼女は概ねのところ自分と言うものを知っていたので、自分がここでそれに縋ったりはしないことはわかっていた。

ただ、縋りたくなるという——逃げたくなるという、言うならば自分の弱さみたいなものを、普段ならば許さないところだけれど、今日に限ってだけは、許してあげたくなった。

広い心で許してあげたかった。

なにせ。

なにせ今から自分が働こうとしているのは、地球撲滅軍に対する不正だ——自らが籍を置く組織に対し、彼女は裏切りを行おうとしている。

それで冷静でいられるほうがどうかしているだろう——否、彼女は確かにこれまで、組織に対して比較的忠実な構成員だったけれど、しかし心の底から忠誠を誓っていたかと言えば、決してそういうわけではない。

ある意味逆説的ではあるが、地球撲滅軍という秘密組織内で生き残るために——死亡率が非常に高い団体の中での生存率を高めるために、不正や裏切りとまでは言わないまでも、あまり忠実ではない行動を取ったことも少なからずある。

決して組織の利にならないことであれ、独自の理論で勝手に動いたことが、一度もないなんて言えるはずもない——それはなんというか、人間が、生まれてから一度も悪事を働いたことがない、一度も嘘をついたことがない、一度も罪を犯したことがないと言い張るくらいに無理がある。

何も竝生は、己を正直者であるとか、誠実であるとか、そんな風に思っているわけではない——そんな自惚れをできるような人生を送っているはずがないし、そしてまして、己を馬鹿だとも思っていない。必要とあらば必要と思うことを必要なだけする――その取捨選択を間違えなかったから、今日もこうして無事に働いているのだと言える。

弟と違い。

あの元放火魔と違い――こうして、無事に。

だから彼女が己に徹底しているのは、罪を犯さないことではなく、ミスを犯さないことだった――そして今、少なからず動揺しながら、そしてその動揺を隠しきれないままに地下道を歩いているのは、どうしても疑問があるからだ。

自信がないからだ。

今、私は間違えているんじゃないかと――大きな間違いを犯し、更にその間違いの上に間違いを重ねようとしているんじゃないかと、そんな不安を抱えているからだ。

地球撲滅軍に対して後ろ暗いかと言えば、決してそういうわけではない――そもそも大きな意味の中では、彼女は何も、これから組織に対する裏切りを働こうとしているわけではないのだ。

上司である空々空を守ろうとしているのだから、部下として忠実であるという方便は、ぎりぎり通用する範囲内だ。

まあ、もちろん、そんなのは言い訳にしかならず、地球撲滅軍の上層部からしてみれば――たとえば監査部から言わせれば、現時点で彼女は裁判の手間を省いて処刑台に乗せられてもおかしくないだけの背任行為に手を出している。

本当に組織に忠実であろうとするなら――もとい、もしも己が生き残ることだけに執着するならば、彼女が今取るべき行動は、この地下道を目的地に向かって歩くことではなく、今すぐ『上』に連絡を取って、異変の調査のために四国に向かった空々空は上陸の直後から今日に至るまで、消息を絶っているということを報告する――なのだ。

それは何も告げ口というわけでも、部下が上司を告発するというわけでもない――ただの通常の手続きである。

空々空の状況が、外からでは一切わからない以上――客観的に判断するならば、彼は既に、他の調査員同様に命を落としていると見るべきなのだから、それが特に、部下としての不実ということにはならないはずだ。

しかし、氷上竝生は空々空の、ただの部下というわけではない――否、それは別段、竝生は彼と心を通わせていたとか、上司・部下という関係を超えた絆を持っていたとか、そういう意味で言っているのではない。彼女の任務は、空々の日々を支える、一般的な部下としての領分を超えた、世話係として彼に接してもいたというだけのことだ――空々と心を通わせたり、絆を持てたりする人がいるというのであれば、是非ともお目にかかりたいものである。

とにかく。

世話係としての客観的な意見を言わせてもらえるならば――地球撲滅軍の『上』は、絶対にそんなことを言わせてはくれないだろうが――連絡が取れなくなろうと、今四国の中で何が起こっていようと、あの少年が死んだとは、竝生にはどうしても思えないのだ。

……残酷な事実としては、空々空はこの日、一度死んでいるのだが、しかしさすがに彼の世話係の彼女でも、一度死んで生き返るなんて離れ業を、自分の上司がしているだなんて思えるわけがなかった。

まあ、実際のところ、空々空が生きていようと生きていまいと、任務続行中であろうと任務失敗後だろうと――あるいは任務を放棄して逃げていようと、そんなことは関係なく、彼女の立場としては、問答無用に、彼が消息を絶ったという事実だけを『上』に告げるべきなのだ――それが彼女の、地球撲滅軍における役割であり、なすべき歯車の回りかたなのだ。

それをしていない。

真実を告げていないというだけで、決して嘘をついているわけではないが――彼女は普段から何もかもを組織に開示しているわけではないし、今回のこともその一環なのだと思えば、それで自分が平静を失うことはない。

そうだ。

混同してはならない——集約するところがその一点であるゆえに、一緒くたにしてしまいそうになるが、その点が今回は、いつもと違うのだ。

空々室長を庇うことがとりたてて後ろめたいわけではない——後ろめたくなるのは、空々室長を庇うために、彼女が手を結ぼうとしている相手について考えたときである。

悪魔との取引と言えば大袈裟なようだが、しかし実際には今彼女が手を結ぼうとしている相手は、悪魔よりも酷い。

地球撲滅軍不明室室長——左右左危。

左博士。

今では自分の娘を研究の実験台にし、結果として死なせた、血も涙もない鬼母のように語られることが多いが——それすら彼女の一側面でしかない。

もっとも、その点においては、空々空はその娘である左在存と、彼女が命を落とすまでのほんのひと時とは言えパートナーシップを築いていたようなので、その母親と竝生が手を結ぼうとしていることは、空々から見ても、裏切り行為に映るかもしれない。

どうしてそんな、親の敵のような親を、と——いや、空々はそんなことを言わないか。思いもしないかもしれない。空々空が不明室のことを、左博士のことを、本当のところ、どう思っているのか、竝生には計り知れないのだ——聞こうとも思わない。

とは言え、空々が不明室をどう思っているかはともかくとして、竝生が不明室をどう思っているかははっきりとしていた。

はっきり、嫌いだった。

憎んでもいた。

それは彼女が弟共々、不明室に改造手術を施されたからでもあったし、その他色々でもあった——不明室を嫌う理由ならいくらでもある。そんな不明室の室長と手を結ぶというのは、たとえ空々が何も言わなくとも、彼女自身、自分が許せないほどに心苦しいことなのだった。

とは言え、それは集団としての不明室を見た場合の話である——集団と個人を切り離して考えなくてはならないのは、それは秘密組織である地球撲滅軍でも、その中でも更に秘匿される組織である不明室でも同じだ。

実際彼女は、組織内におけるネットワークのひとつとして、不明室に友人を持っている——友人という言葉に対する定義もこの場合は比較的ブレやすいものではあったけれど、とにかく、彼女がどれほど不明室に対して怒り心頭であり、恨み骨髄であったとしても、それを不明室のメンバーそれぞれにそのまま当てはめられるかと言えば、ことはそんなに簡単には運ばない。

組織論と人間関係は一筋縄ではいかないのだ——その一筋縄でいかないところを、最大限に利用しているのが竝生なのだから、それについて不満があるような態度を取るのも、自己矛盾を起こす話であるけれど、しかし、だとしても。

だとしてもこの場合、それは彼女にとっての免罪符にはならない——不明室に対して持つ反感と較べても、そこに属する個人であるところの左右左危に対する反感は、より強いのだ。

そもそも不明室そのものが彼女の意志の体現のようなものなのだから——いや、それは今回に限っては、違うのか。

今回、今から。

左右左危博士が、氷上竝生と手を結ぼうとしているのは、不明室に対して反旗を翻す形で——なのだから。

不明室からしてみれば、それは手酷い、上からの裏切りみたいなものだろうが——もとより左博士にしてみれば、裏切るとか手を結ぶとか、そんな議論は下らな過ぎて話にもなるまい。

組織論も人間関係も、あのマッドサイエンティストにしてみれば、ただの図画工作に過ぎないのだろうから――こうやって竝生がうだうだと悩んでいることなど、左博士から見れば、滑稽なコメディでしかなかろう。

ただし、彼女はカウンセラーと結婚していただけあって、人間の心理をまったく解さないというわけではない――人間の『心の設計図』を、それなりに読める研究者だ。

だから彼女は竝生に時間の猶予を与えた――心の整理をするだけの時間を。どの道、彼女が持ちかけてきた『同盟』というのは、すぐに動けるようなものではなかったからと言うのもあるだろうが、彼女は竝生に、覚悟を決めるための中一日を、くれて寄越した。

同盟――取引を持ちかけられたのは一昨日のことだが、それから今日までの間、左博士は竝生に対して接触を絶ったのだ。

「あなたにも色々準備がいるでしょう――私の話の裏づけを取ったり、私と組んでもいい根拠を探したり。まあ、そんなものはきっと見つからないけれど――結局あなたは不安を抱えたまま私と組むことになると思うけれど、でも、実際に無駄だっていうことを自分で体験することは、きっと無駄にはならないから」

慎重を期しているのか、馬鹿にしているのか、よくわからない申し出だったが――そして恐らく、どちらにしたところで彼女の言う通り、無駄なのだろうとは思ったが、しかしだからと言って、確かに、彼女からされた話について、自分なりの見解を何も持たずに、あのまま唯々諾々と、左博士の言うことを鵜呑みにするわけにはいかなかった。

それでも一応竝生は、

「急がなくていいんですか？　もしもあなたの言うことが真実だったと仮定するならば——一刻一秒を争う事態なのでは？」

と訊いた。

「別に争わないわよ——正直、機を逸したと言うなら、既に機は逸しているの。もしも今回の件に絶好のチャンスなんてものがあったとするのなら、悲劇が起きる前にのみあったのよ。つまり、もっと以前に絶対平和リーグの企みを止めることができていれば、それに越したことはなかったってことなんだけどね」

どこまで本音で言っているのかわからないのは例によって例のごとくだったが、少なくとも確かなことがあるとすれば、彼女がまったく焦ってはいないらしいと言うことだった。

竝生と接触が持てた時点で——彼女に話を聞かせることに成功した時点で、既に左博士にとって、これは緊急を要する件ではなくなってしまったのかもしれない。

竝生が四国について、絶対平和リーグについて、無駄な裏づけ調査をしている間に、彼女は彼女で、これからのことについての準備をするのだと思っていたが、案外この中一日で、並行して進めている別の案件を片付けていたのかもしれない。

竝生は、ひょっとしたらその中一日の間に、空々から連絡があるかもしれないと思っていたが……、しかしそれについて概ね予測していた通り、なしのつぶてだった。

四国の状況が外部からはまるっきり観測できない以上、想像力をたくましくして推測するしかないが、たぶん何らかの制限で、連絡手段がなくなっているのだと思う——確率順に考えるのなら、連絡は空々が死んでいるからないと思うべきなのだろうが、彼女は自分の上司を『殺しても死なない英雄』だと認識していた。

だからそれはあくまでも比喩であって、まさかその認識そのままの出来事が事実起きているなどとは、いくら想像力の翼をはばたかせても、わかるはずもないことだった——

結局、何もわからないまま。

調べても無駄、待っていても無駄という事実を得られた以外は何もわからないままに——それを言っても仕方のないことではあるけれど、一昨日、あのまま左博士と別れたときと、なんら変わらない知識量で、再び彼女と会することになるのだった。

誰かに相談できるようなことでもない——と言うより、口が裂けても誰かに言えることでもない。地球撲滅軍の内外に『友達』の多い竝生ではあったが、しかし友達であろうと親友であろうと、たとえ家族であろうと、一線は引いておかねばならないことはあって、左右左危博士は、確実にその一線のこちら側の案件だった。

まったく、何度考えても悪夢のようだ。

あのマッドサイエンティストと自分の利害が一致しているという状況は――もっともその利害というのも、彼女の言葉を信じるならという話になるのだけれど。

利害。

念のために竝生は、それを頭の中で整理する――何度も復習し、検証したことではあるが、左博士の考えかたは、その点においてだけは、確認するまでもないほどシンプルではあった。

現状、異常事態にある四国に対して不明室が――ひいては地球撲滅軍が投入しようとしている『新兵器』。

その投入を阻止しようと言うのが彼女の目的だ――『新兵器』の投入を止めるためだけに、彼女は竝生に接触を図ってきたのだという。

空々空が単独任務で四国に乗り込む羽目になったのも、彼女の政治工作らしい――もっともこれについては、彼女が工作しなくとも、同じ結果になった可能性が高いので、念のため働きかけたくらいの気持ちだろうが。

念に念を押すようなその用心深さは、竝生がよく知っているところだ。

なにせ彼女は竝生の——竝生と竝生の弟の、『恩人』なのだから。
そういうことになっていい、い、い、い、い、い、い、い、い、い、い、い、い、る、の、だ、か、ら。

……当然、竝生は竝生で用心深く、本当に右左危が『新兵器』の投入を止めるため『だけ』に、接触を図ってきたとは限らない、他にも何らかの目的が、何らかの展望があるのかもしれないと思いはする。自分にそこまで価値があると自惚れているわけではなく（それを言うのなら、彼女の『価値』は、肉体の改造を終えられた時点で終わっている）、左右左危にとっては、空々空という英雄は、知的好奇心を存分にかき立てられる格好のサンプルであるはずだから。

娘が死んだ責任を彼に求めることも、あるいは竝生に求めることも、彼女はしないだろう——冗談でそういう文句を言うことはあっても。

もとより娘を実験台にしたのが彼女なのだから、竝生にしても、弟のことでそれを気に病むつもりはない。そんなことで後ろめたさを持ってしまえば、博士の思う壺だ——『心の設計図』をいいようにいじられてたまるものか。

空々空というサンプルを、右左危は実験したくて——改造したくて仕方あるまい。だから今回を、いい機会だと彼女は捉えていると思う。空々空から、できる限りのデータを取ろうと、データを奪おうと考えているに違いない。

ただ。

あくまでもそれは二の次であって——副次的であって、しかしたとえそうだとしても、左右左危の今回一番の目的、最優先事項が、『新兵器』にあることは確かだった。

そのくらい、彼女にとって『新兵器』は大切なのだろう——自分の娘のように、という比喩は彼女に限っては不適切だが。

『新兵器』がどういうものなのか、竝生はまるで知らないのだが——それだけは今日、なんとしても、どんな取引をもちかけてでも聞き出すつもりだ——とにかく右左危は、それを四国に投入するという『無駄撃ち』を、事前に防ぎたいのだ。

無駄だからというだけの理由ではなく『新兵器』に使われているその技術を、彼女が目するところの今回の件の黒幕、絶対平和リーグに奪われたくないという理由で。

……四国の住民が全員失踪するという今回の件が、人類に敵対する地球の仕業ではなく、地球と戦うという意味では竝生達と志を同じくするはずの絶対平和リーグが原因であるというのは、竝生からすれば疑わしい話ではあったが、そう考えれば説明がつくことが多いのも事実だった。そう仮定して考えを進めてもいいくらいには。

ただ、それが真実だった場合には、今回の件は人類同士の内輪揉め、悲しいだけの自滅物語になるのだが——だが、そんな左右左危の組織としての指向性を無視した『私利私欲』が、竝生にとって好都合であることに疑いの余地はない。

氷上竝生――『焚き火』の、短期的な現状の目的はたったひとつ。

上司である空々空を救うこと。

空々空を守ること。

それに尽きるのだから。

地下道が終わる――分かれ道はなく、地上への階段だけが先に続いていた。初めて歩く道だったが、指示を受けている場所までの下調べは当然のことながら終わっているので、別にそれが意外ではない――ただ、指示を受けているのは、『これこれこういうルートを使って、こういう交通機関を使って、最後に地下道を歩いて、どこどこに何時ぴったりに辿り着いて頂戴』という、具体的なだけで、竝生に何をさせたいのか、まったくもってわからないものだった。

尾行や追跡を気にしているのであれば、むしろ竝生の才覚に任せてもらったほうが確実なのだが――たぶん、このナビゲーションは、第三者を警戒してのものと言うよりは、竝生を警戒してのものなのだろう。

竝生に知られたくない情報があるのだろう――それもたくさんあるのだろう。そして情報を極力与えず、また、ノイズとなる情報を織り交ぜ、無駄足をたくさん踏ませることで、竝生の行動を制限しようと試みているに違いない。

一昨日の会合に際して、竝生が場所を具体的に指定した際、右左危がその場所ごと乗っ取るというとんでもないパフォーマンスを見せてきたけれど（それらしい目的を語っていたけれど、やっぱりあれはただのパフォーマンスだったと思う。力量差を見せつけるための）、同じことをされるのを警戒しているのだろう——あるいは、同じこと以上の何かをされることを警戒しているのだ。

ああも無茶な共闘を申し入れておいて、こちらからの裏切りを警戒するのは無体だとも感じるが——しかしまあ、当然と言えば当然か。もとよりあの才媛は誰かを信頼するというタイプではないだろう。

竝生の感覚からすれば、既に現時点で数々の違反を犯している彼女なのだから、もう後には引けないところまで来ていて、今更裏切るも、後に引くもあったものではないのだが——そこは科学者として左右左危は、『心の設計図』を、鵜呑みにしないのだろう。

物理的に裏切れないという状況を作らないと安心できない——確信できないと言うのであれば、それはあまりに器が小さいと言う気がするが、まあ、あの女に器などというものを期待するほうが間違っている。

ポーズというのもあるかもしれない。

あるいは、それもパフォーマンスかも。

私はあなたに共闘を申し入れたけれど、別にあなたを信頼したわけではまったくないのだから誤解しないでね――情にほだされて、うっかり私のことを信頼したりしないでね、という――

「…………」

階段を登って地上に出ると、そこに一台の車が停まっていた――まあ、ここから先は迎車での移動となるのだろうという予想は立ててこそいたが、その車種が予想外だった。

もちろん、今現在は隠密をもって尊しとしようという場合だ――スモークが張られたハイヤーが待ち構えていると思っていたわけでもない。右左危ならば、シチュエーション的にはいささか難しいかもしれないけれど、ヘリコプターか何かで、竝生をここから『運ぼう』とするかもしれないというような予想を、なんとなく（意味もなく）立てたりしていたけれど――そうでもなかった。

そこに停まっていたのは大型トラックだった。

高級車メーカーのトラックだが、メーカー名よりもまずその巨大さが目につく、二十トン級のトラックだ。これくらいの大きさになると、もう車と言うよりも建築物のようにも思える。

まさかこの車は無関係よね……。

引きつった顔で竝生はそう思ったが、思おうとしたが、彼女が地上に一歩を踏み出した瞬間、トラックの荷台、その扉が開いたのを、ただの偶然として見るのは大いに無理があるだろう。

あの女はひょっとすると私を驚かせたいだけなんじゃないのかと勘繰りたくなる……、こんな目立つ車を用意するなんて。しかもその荷台のバンボディに乗れと言うのか？

目立つがゆえに、逆に盲点になるなんて考えかたは、その有効性は認めた上でも、あまり好きにはなれないのだが……、しかし好きになれないことをわかった上でのこの大型トラックの用意だと言うのであれば、どうしようもない。

あれは本当にどうしようもない女なんだと再認識しながら、それがせめてもの抵抗になると信じているかのように、竝生は歩調を変えず、そのままトラックの荷台の中へと這入るのだった。

もちろん彼女は、何も信じてなどいない。

2

「いらっしゃい」

「…………」

荷台の中にいた。左右左危博士が――バンボディの中に設置されたソファに優雅に腰を降ろして。

ソファだけではない、バンボディの中には調度類が一式備え付けられていて、ホテルの部屋のようなあつらえになっていた。

キッチンこそないけれど、冷蔵庫や水屋はあるので、軽食くらいなら取れそうだ――なんならここで、右左危がワイングラスを片手に竝生を迎えなかったことが不思議なくらいである。まあ、そこまでの『演出』をされれば、さすがに竝生は驚きを通り越して呆れ、そのまま帰ってしまったかもしれないが。

その意味では彼女は節度と限度を知っている。

まったく、キャンピングカーさながらだ――いや、そもそもそういう用途で設計されている車種ではないのだから、キャンピングカーのような快適性、ホスピタリティとは、さすがに言えないだろうが。

「閉めてくれない？　自動ドアじゃないのよ、それ――企業のお偉いさんみたいに、誰かに送り迎えされることが当たり前になっている人は、車のドアっていうのはすべて自動ドアになっていると思っていることがあるんだってさ。タクシーのドアも自動で開いているって思っているとか。面白いわよねえ」

「……………」

何が面白いのかよくわからない。

普段からタクシーを利用している人は、一般車に乗ったとき、ドアはドライバーが開けるものだと思い込んで、開くのを待ってしまうケースがあると言うが――そういう話か？

それとも何かの比喩だろうか。

なんにしても、言っていることはあくまでも『ドアを閉めてくれ』というだけのことであり、そこについて反抗心を抱いても仕方がない。それだけのことに。どうしてドアを閉めなければならないのかと問い詰めるのも馬鹿馬鹿しい――男性が若い女子と話すときのマナーでもあるまい。

竝生は扉を閉めた。

密談であるという性格を考えると、鍵をかけるべきかとも思ったけれど、しかし、彼女が何かをする前に、閉めた時点で、バンボディはがちゃりとロックされたようだ。自動ドアではなくともオートロックではあるらしい。いや、案外本当は自動ドアだったのかもしれない――そのくらいの改造はしていてもおかしくはない。だとすると、どうして竝生に、わざわざ閉めさせたのかがわからないが……、竝生に自動ドアを閉めさせて、心の中で笑い物にしたのだろうか？

……趣味が、と言うより、悪趣味が高尚過ぎてよくわからない。

わかろうとしないほうが賢明なのだろうが。

「……てっきり」

と、竝生は言いながら、彼女のほうに近付いていく——向かい合う形のソファに、許可も取らずに勝手に座る。就職面接ならこの時点で失格だが、別に仕事を求めてここに来たわけではない。

求めているのは情報だ。

「どこか会合場所まで、車で運ばれるのだと思っていましたけれど——ここでお話をすると言うことでいいんでしょうか？　左博士」

「いえ、そうじゃないわ——あなたに対する礼儀として、私が直接お迎えに上がっただけであって、会合場所はここじゃあないわ」

右左危はぐるりと、バンボディの内部——部屋のように整えられたバンボディの内部を、確認するように見渡す。

その満足げな様子からすると、これは彼女のセンスでデザインした部屋なのだろうか？

しかし、もしもそうだとしたら彼女はあまりにもこともなげに、

「この車は、私達を目的地に送り届けたあと、スクラップ処分される予定よ」

と言った。

「中身ごとね」

「…………」

ドライバーごと、と言わなかっただけ、救いがあると思うべきなのだろうか？　なるべく感情を乱さないよう心がけたつもりだったが、しかし右左危はそんな竝生の様子を面白そうに、

「そんな顔をしないでよ」

と言う。

表情に出てしまったかと思ったが、もしも出ていなくとも、右左危は同じことを言っただろう——要はからかっているだけなのだ。

「そもそも、今日納入されたばかりの車だから、そんなに愛着もないのよ——私って物欲が薄いから。手に入れたものはすぐに捨てちゃうの」

「……もちろん、証拠隠滅という意味もあるんでしょうけれど」

竝生は言う。

声の調子はいつも通りだ。

いつも通りのはずだ。

「やり過ぎじゃあないんですか？　わざわざそれだけのために交通手段を用意し、それが終わったら処分するだなんて——逆に足がつきそうな気もしますけれど」

「気がする、なんて印象でものを言われても困るわね。私を前に」

右左危は肩を竦めた。

「大丈夫よ、その辺はぬかりなくやっているわ」

「むしろ大っぴらに、こういう大型車を用意したほうが、隠密行動がバレにくいとでも？　気がする、という言いかたが気に入らなかったのであれば、はっきり言わせてもらいますが――こんな隠蔽工作、すぐに足がつくと思います。いくらぬかりなくと言っても――」

「神経質ね――心配無用よ、竝生さん。元々、隠すつもりなんてないんだから。ぬかりなくというのはそういう意味よ」

「……………？」

わけがわからなくなる。

例によって例のごとくだが、普通に話しているだけで煙に巻かれていくようだ――どうして会って五分も経たないうちに、五里霧中へと導かれることになるのだろう。

「……つまり、証拠隠滅という意味は、ないということですか？」

「証拠隠滅という意味はあるわね――ただ、隠し切れるだなんて思っていない。私達のやろうとしていることは、悪巧みは、地球撲滅軍に対する裏切りとしては、最大規模のものなのだから――お目こぼしをいただけるようなレベルじゃあないのよ」

「お目こぼし……」

容赦のないことでは比類のない地球撲滅軍が、組織の構成員に対してそんなことをした例が、そもそもあるとは思えないが。

ただ、今回のことが最大規模の裏切りであると言う点においては、大いに共鳴できる——今、彼女達は地球撲滅軍の対地球兵器、『新兵器』の投入を妨げようとしているのだから。

「だからほんの一瞬、誤魔化せればいいと思っているのよ、私は——隠しきろうだなんて思ってない。そんな風に考えてたら命がない。今日、それに明日まで、私達の行動が表に出なければそれでいい。そのためには、下手にこそこそするより、こうやって堂々と動いたほうが……、堂々と動いている『振り』をするほうがよっぽど効率的ってこと」

「………………」

ではやはり、竝生に変な迂回路を通ってくるように指示を出していたのは、地球撲滅軍ではなく、竝生を警戒してのことだったのか。

別にそれをどうこう言うつもりはないけれど、しかしだったら、気安く『私達』なんて言葉を言って欲しくはない。

『私』と『あなた』でいい。

「……仮に、私とあなたの企みが上首尾に終わったとして――どうなんですか？　あなたの言う通り、バレてしまったときは、どうなるんですか？」

「どうなるとは？　どういう意味？　もう少し厳密に言ってもらえないかしら」

「無事で済むのかどうか、ですよ――もちろん」

言うまでもないだろう。

言いたくもないくらいだが。

「あなたに隠し通すつもりがないと言うのであれば、まずバレるということになりますよね――私がどう取り繕ったところで。その場合、四国に『新兵器』が投入されず、私の上司が無事に帰還したとして……、しかし、私とあなたは、無事では済まないでしょう？　無事では済まないと言うか――ただでは済まないというか。何らかの処分は免れないのでは？」

厳密に言えと要求されたところで、そこはつい、生理的にボカしたくもなる――『何らか』。

何らかも何も、その場合の処分は目に見えているというのに――死刑。

それが下される処分だ。

「ふふ」

笑う右左危。

何がおかしいのか——笑っていられる状況では、とてもないだろうに。それとも、自分だけは助かる算段を既に立てているのだろうか？

ありうる話だ。

その場合、『私達』どころではない——竝生は体のいい捨て駒だ。右左危が竝生に共闘を申し込んできたのは、ことが公になった際のスケープゴートが欲しかったと言うだけの話だったのか？

「…………」

考えれば考えるほど、それはありうる話で、ありそうな話で、それ以外に考えられないくらいだった——その場合、空々空を、彼女がどうするつもりなのかは定かではないが。

同じスケープゴートなのか、それとも、研究のサンプルとして、自分が引き取る算段を立てているのだろうか？

「あの、左博士……」

「心配無用って言っているでしょう、竝生さん。私達が処分されるなんてことにはならないわ——仮に私達の企みが上首尾で終わったら」

「…………」

「用心すべきは、むしろ上首尾に終わらなかった場合よ。わかるかしら？」

「……もしも、『新兵器』の投入を止めることができれば、その功績は評価されこそすれ、処分が下されるようなことにはならないということですか？」

だが、それだと彼女が自分の企みを『裏切り』と言った発言と矛盾することになる——いや、右左危の発言を、いちいち真に受けるほうが間違っている。『大いに共鳴』なんて、している場合か。

「『新兵器』を止めること自体は、『裏切り』よ——それが評価されるなんてことはない。前例がないからそれに従うことはできないけれど、まあ、死刑より下ってことはないんじゃないの？」

「……だったら」

「だけどそれを帳消しにするほどの利益を得られれば、それでいいってことにはならない？　その、前例がないほどの裏切りに対し、前例がないほどの利益を、地球撲滅軍に齎せば、私達は英雄——とは言わないまでも、執行猶予くらいはもらえるとは思わない？」

「利益……？　いや、だから、この場合の利益とは、『新兵器』を無駄撃ちしなくて済むってことですよね？　でも、あなたも言っていましたけれど、『新兵器』のテストという意味合いでは——」

その威力を測ることができる。

それが不明室の狙いである以上、『新兵器』を使用する口実を奪うことは、疎ましがられこそすれ、『それでいい』ということにはならない。

組織の間違いを正そうとする内部告発が、必ずしも評価されないのと同じだ。はっきり言って『不明室』にとっては、四国で今何が起きていようと、地球の仕業であろうと何であろうと、要は『新兵器』を試せればいいのだから――厄介なことに、それは不明室室長である左右左危の理念には適っている行為である。

いわば今、彼女は自分のポリシーに首を絞められている形なのだが、それにしてはその態度があまりにも余裕過ぎる。

そもそも彼女にポリシーなんてないのかもしれない――こうしていけしゃあしゃあと、竝生に声をかけてきている時点で、それは推して知るべしというものか。

「『新兵器』のテスト。そうね、それは私もしてみたい――けれど、それをすると、四国の絶対平和リーグに、『新兵器』の技術を奪われるかもしれない。それを避けたいというのが私の立場。だけれど不明室及び地球撲滅軍としては、『新兵器』を投入すれば、それで何もかもが均されるのだから、奪われる心配なんてそもそもない――と言うかもね。そうなると、私の大義は成り立たない。大義というか、大義名分と言うか――そんなものは言い訳にしか聞こえなくなるでしょう。感情的な人間は手に負えないから」

「…………」

感情的な人間というのが、この場合どういう人間を指すのかはわからないけれど（左右左危に較べれば、大抵の人間は感情的であり、人間的だろう）、しかしこれについては迂闊には同意しかねる。

と言うのは、だから竝生は『新兵器』がどういうものなのかを知らないからだ――それが本当に四国を平たく均してしまえるような破壊力を持っているのであれば、それこそ不明室には、多少強引にでも、それを使う大義名分があるということにはなるのだ。

なんにしても、なんであれ、今四国で、並々ならぬ異常事態が起こっていること自体は間違いがないことなのだ――その事態が発展する前にことを収めてしまおう、なかったことにしてしまおうという発想を、否定し切るのは難しい。

それは『大いなる悲鳴』のときにはできなかった、人類の被害に対する立派な『対策』なのだから――彼らはこう言うだろう、『何かあってからでは遅い』と。

その通りだ。

もしも空々空のことがなければ、竝生もどちらに賛成したかわからない――個人的感情から言えば、右左危に賛成しにくいと言うのもあるけれど。

その辺りの理屈がわからない左博士ではないはずだが――わかっていて無視してい

るのか、それともやはり、竝生を馬鹿にして楽しんでいるのか、果たしてどちらだろう。

まあ、氷上竝生も、左右左危に較べられてしまえば感情的な人間ではあるのだが――しかし、だからと言って、手に負えないと、本気で思っているわけがあるまい。

「……話を聞いていると、左博士。どうやらあなたは自分が正しいと思っているわけではないようですね」

「正しさなんて知ったこっちゃないわよ。私は『新兵器』を使いたくないだけなんだから――それが正しかろうと正しくなかろうと、使いたくないものは使わない。竝生さん、あなたが空々空くんを、正しかろうと正しくなかろうと、とにかく助けたがっているみたいにね」

「そういう言いかたは――はなはだしく誤解を招きますが」

竝生は言う。特上に冷えた声で。

「もちろん私は、私の上司であるあの小さな英雄が、無駄死にすることを避けたいとは思っていますけれど。あなたが『新兵器』を、無駄撃ちしたくないと思っているように」

「ふふふ。私にとって『新兵器』が我が子のように可愛いように、あなたにとって空々空くんは、弟のように可愛いと言ったところかしら？」

「……まあ、その理解でいいです。あなたがそう理解したいというのなら」

この辺りは百パーセント竝生をからかっての発言だろうから、これ以上取り合うのはやめることにした――質問されるとついそれに答えたくなってしまうのは、自分の悪い癖だ。

だからと言って、質問されてもとにかく真っ直ぐにはそれに答えない右左危の喋りかたが、いい癖だとは絶対に思わないけれど。

しかし彼女はしつこかった。

その話を更に続けようとする。

「いやいや冗談ってわけじゃあないのよ、竝生さん――むしろ極めて真面目と言うか。あなたの心配は空々空くんの命かもしれないけれど、私が彼について心配していることがあるとすれば、それは命よりも才能のほうなのよね」

「……私も、それは同じですが？　地球撲滅軍において、稀有どころか唯一である、彼の『怪人を見極める才能』が失われることを、私は惜しんでいるのです。しかもそれが無為に失われるというのは、地球を憎む一人の戦士として、遺憾千万です。逆に言えば私は、単純に、命を大切にするべきと思っているわけでは――」

「違う違う。そうじゃなくって……それって結局、彼の命を惜しんでいるのと同じでしょう？　命を才能と言い換えているだけでしょう？」

「まあ……、そう言われればそうですが……じゃあ、左博士、あなたはどういう意味で、空々室長の才能を心配していると言ったのですか？」

「だからそれは、私が『新兵器』の心配をしているのと同じようによ——私は彼が、あの唯一の少年が、四国、絶対平和リーグに奪われることを心配しているのよ」

「え？　そんな——」

そんな馬鹿な。

ありえない。

とは——言い切れない、のか？

なにせそれは、過去、一度起こりかけたことでもある——実際には起こりかけてなどおらず、あのとき、絶対平和リーグには空々空と、そして竝生の前任者（の前任者の前任者の前任者……くらいだろうか）を、引き入れるつもりなどなかったわけだが、しかし入隊して間もない頃とは言え、空々空自身が、他の組織に移ろうとしたことがあるのは確かな事実だ。

そのとき痛い目を見ているわけだから、彼はもう絶対平和リーグには懲り懲りであり、むしろかの組織に対して批判的なスタンスであるはず——だなんて一般的な感情論は、空々空の前では一切意味を持たない。

彼はそんなこと、気にもかけないだろう。

絶対平和リーグに対する悪感情など、ないとは言わないにしても、あってないようなものに違いない――だから、ありえないとは言い切れない。

空々空が、絶対平和リーグに奪われるという展開――

「それはあなたにとっても、不都合ということですか？」

「不都合だなんて言っていないわ。心配だと言ったのよ」

「同じことでしょう、あなたの前では」

「いや、さすがに全然違うんだけどね――私の前だろうと、後ろだろうと。まあ、あなたから見れば同じように見えるのかもしれないけれど」

右左危は軽く笑う。

「まあでも、不都合と言うのであれば、彼が他の組織に奪われるかもしれないというのは、地球撲滅軍にとっては脅威以上のことだとは思うけれどね。案外彼は、他の組織に行きたがっているかもしれないし――絶対平和リーグには、特に」

「昔のことを言っているのであれば、左博士、あのときだって空々室長は、決して自分の意志で絶対平和リーグに移ろうとしたわけではなく――」

「わかっているわよ、剣藤犬个と花屋瀟のせいだって言うんでしょう？　ただまあ、そんな風に周囲のお膳立てによって、あっちこっちにふらふらする、彼の主体性のなさが、私の心配の種なわけよ、この場合は――心配、あなたに言わせれば不都合ってことになるけれども」

「…………」

いつの間にか、不都合というのがあたかも竝生の主張のように置き換えられてしまった。竝生の感情は、心配と言うより（不都合と言うより）、不安だったが。

ただでさえ生死不明である空々空が、この上、他の組織の手の中にあるかもしれないと言うのは――穏やかな気持ちではいられない。

「でも、左博士。それは何か根拠があって言っているのですか？　絶対平和リーグが、空々室長を奪おうとしているだなんて――」

「それも少しニュアンスが違うわね。『絶対平和リーグが空々空くんを奪おうとしている』んじゃあなくて、『空々空くんが、絶対平和リーグに奪われる』という展開を、私は心配しているわけだから」

「…………？」

「同じだって思う？　まあああなたは思うでしょうけれど……、これが少し違うのよ。つまり、今の四国の状況下で、もしも空々空くんが生き残っている――上陸後、既に四日が経過しているにもかかわらず生き残っている線があるとすれば、それは絶対平和リーグを利用しているからだとしか考えられないのだから」

「り――利用？」

「正確に言うと、絶対平和リーグに所属する魔法少女を利用しているからとしか考えられない――んだけどね」

魔法少女。

先日も触れていた――それか。

その単語に失笑してしまったゆえに、竝生は右左危との共闘を承諾することになったのだが（むろん、それだけが理由なわけもなく、あくまでもそれは、契機ということではあるが）、未だにどこまで本気で、右左危がそれを言っているのかがわからない。

魔法少女というのが比喩なのか、皮肉なのか、それとも――真実なのか。

計り知れない。

「だって今の四国は、彼が装備として持っていった貧弱な科学技術なんかじゃあ、とても切り抜けられるものじゃあないのだからね――如才なく、魔法少女を利用し、活用し、登用していた場合のみ、彼は今も生きていると言えるのだわ」

「……実際のところ、どうなのでしょう？　これは、あとで訊くつもりだったことですが――左博士はどう思っているのです？」

あとで訊こうが先に訊こうが、どうせまともには答えてくれないだろうと思って、竝生はここで訊いておくことにした。

「あなたは空々室長が、どれくらいの確率で生きていると思うのですか？」

「あはは、生きていると思うのに、確率とか……。まるでシュレディンガーの猫ね。実験箱の中の猫が、生きているか死んでいるかは、箱を開けてみるまで、確率的にしか判別できないとか――別にこの実験、猫じゃなくてもできると思うんだけれど、猫嫌いだったのかしらね？　シュレディンガー博士は。だとしたら興味深いわ」

「……なんで興味深いんですか」

やっぱりまともに答えるつもりはないのかと、嫌気が差しながら――いっそこのバンボディから出て行こうかとさえ思いながら、竝生は言う。まあ、実際には出て行くわけには行かないし、また、たとえ出て行く振りをしたところで、右左危はそんなの、動揺もしないだろうが。

「いやいや、だからさ、もしもシュレディンガー博士が猫嫌いだったとしたら、やっぱりおかしな話じゃない。だって、実験箱の中の猫は、確率的には『生きている』かもしれないということになるわけでしょう？　真の猫嫌いなら、猫が確実に『死んでいる』状態を作り出す実験器具を設定すべきだわ。だったらシュレディンガー博士は猫好きだったのかしら？　でも、それなら猫が確実に『生きている』実験装置を設定するべき――ね、面白いでしょう？　つまりシュレディンガーの猫ってたとえ話は、シュレディンガー博士が猫好きなのか猫嫌いなのかは、箱を開けてみるまで、確率的にしか判別できないというお話でもあるってことになるのよ」

「……？　は、はあ」

たとえ話にたとえ話を重ねられたようなもので、どこかで本末転倒していることはわかるのだが、しかし右左危があまりに流暢に喋るので、全体的によくわからなくなってしまった。ただ、ひとつ確かなのは、そんな話は今ここでは、まったく関係なく、空々が生きているか死んでいるかにも関連がないということだ。

それとも、生きていると思うのであれば、それは空々に対して好意的で、死んでいると思うのであれば、それは空々に対して否定的であるということを、言外に指摘しているのだろうか？

竝生の気持ちを揶揄しているにしても、だとすれば、遠回し過ぎて、ぴんと来ないどころか、怒る気にもなれない。

「……要するに、空々室長が生きているかどうかは、実験箱の中の猫のように、左博士には皆目見当がつかないということですか？」

竝生の私見を言えば、空々空を動物に例えるならば猫ではなく犬なのだが、とりあえずわからないなりに、彼女を挑発する意味も込めて、そんな風に言ってみた――ただ、これは彼女らしくもなく浅はかだった。

わからないんでしょう、と言われてムキになるような簡易的な人格では、左博士はない――むしろわからないことがあれば喜んでしまうタイプの研究者だと言うのに。

「つかないわね、見当は――だからこそ空々空くんは興味深いのよ。もっとも今現在は、私の興味は『新兵器』のほうに寄っているけれど――絶対平和リーグに奪われて業腹なのは、どちらも同じよ。だから私にとって最悪のストーリーは、空々空くんが現時点で絶対平和リーグに取り込まれていて、かつ、この後『新兵器』が投入され、それさえも彼らに奪われるという粗筋ね――しかもこれは、結構起こり得るストーリーライン。今のところ、もっとも起こりやすそうなストーリーラインなのよ」

そういう意味で言うなら、私は今のところ、空々空くんは生きていると思うけれどね――と、ようやく右左危は、竝生の問いかけに対して、答のような何かを返した。

釈然としないが、まあ、右左危が生きているというのならば、生きているのだろう――それが将来を保証するものでも、身の無事を保証するものでも、まして彼の帰還を保証するものでもないとしても、だ。

生きている。

彼が――あの子が。

「まあ、私の予測では、今は絶対平和リーグは、半分以上機能していない状況でしょうから、つけ込むとしたらそこなんだけれどね――空々空くんが、果たして魔法少女とどういう関係を築いているかにもよるかな」

「どういう関係、というのは？」

質問に対して、にやにや笑いで応じる右左危――私も懲りない、と竝生は考えかたを改め、自分の予測を述べることにした。

どうあれ研究者畑の彼女である――挑発には乗ってくれなくとも、生徒の『採点』は、職業病のようなものだろう。

それがどれだけ出来の悪い生徒の答案であろうと、彼女は出された仮説を採点せずにはいられないはずだ。

「彼が現地で、四国の生き残りと、どのような同盟関係を結んでいるか――ということですね？　不平等条約を結ばされているのか、それとも、多少なりとも、空々室長や、あるいは地球撲滅軍に有利な同盟を結んでいるかという――」

魔法少女というのも相当胡散臭くて信憑性にかけるが、しかし今の四国において『生き残り』という響きほど、空しく響くものもないように思える――右左危いわく黒幕である絶対平和リーグとて、『半分以上機能していない』どころか、普通に考えれば潰滅状態にあるはずなのだから。

ひょっとすると私はとんでもない独り相撲につき合わされているのかもしれないという危惧はどうしても拭えないが、それをぐっと飲み込んで、竝生は続けた。

「ただ、同盟を結べているかどうかも、思えば怪しいものですよね。関係と言うなら、敵対関係を結んでいてもおかしくはありません――絶対平和リーグが今回の件の糸を引いているのであれば、部外者であり、しかも現地を調査しに来た空々室長など、真っ先に排除すべき対象となるでしょうから」

それも組織が機能していたらの話か？

外からは現地の様子がうかがい知れない以上、とにかく想像するしかないのだが。

「でも、もしも敵対関係になっていた場合は――もう手遅れだと、左博士はお考えなのですよね」

質問ではなくあくまでも確認という体裁をとっての発言だった。それがよかったのか、

「そうね――いえ、どうかしら。彼女達の『魔法』は、人知の及ばぬものではあるけれど、空々空くんの才覚も、いい加減人知の及ばぬものだからね――敵対関係から入っても、最終的に同盟を結べればそれでよしよ。ほら、よく言うじゃない、昨日の敵は今日の友って」

と、右左危は『採点』してくれた。

「私と竝生さんみたいにね」

「…………」

それに頷くほど迎合するつもりもなかった。

相変わらずこの人は、ただの予測を、見てきたように述べる——と思っただけだ。

もちろん、左右左危は『見てきたように』述べただけで、見てきたわけではないのだが、実際の四国では、ほぼその通りのことが起きてきたわけだ——空々空は、数々の魔法少女達と、敵対と同盟を繰り返し、今に至っている。昨日の敵は今日の友を繰り返すことで、今日を生き延びている——明日をも知れぬ今日を。

氷上竝生にはそれを『見てきたように』語ることなどできるわけもないが、だが、彼女は彼女で、右左危が『見てきたように』述べる仮説の的中率というものをわかっていた。

「ならば、その同盟関係が対等であることを祈るのみですね。その辺りの交渉は、空々室長の得意とするところではありますが……」

言いながら、本当に得意とするところなのかどうかはわからない、とも思う。直属の部下であり、世話係である立場から、他の者よりは空々空を語れるつもりだが、しかし、こうして実際に口に出してみると、なんだか口にする端から、架空の人物について喋っているときのような気持ちになる。

「ただ、空々室長が現地で同盟を結んでいたところで——生きて四国から帰ってこられるかどうかは、また別問題ですよね」

「そうね。同盟を結んだことで、逆に四国から帰りづらくなるかもしれないという線はもとより、何をすれば四国から出られるのかというのも、現時点ではブラックボックスだものね。それは行われた実験の種類にもよる……」

「実験？」

首を傾げる。

シュレディンガーの猫の話の続きだろうか――と、いささかうんざりした気分になったのだが、それについては右左危は多くを語らなかった。

たぶん、何かを知っているのだろうという予測はついたけれど、彼女がそれを語るつもりがないのであれば、それを知らない相手と話しているのと同じことだと竝生は思った。

「実験と言えばいいのか、ゲームと言えばいいのか――だけどね」

それだけ言って、右左危は、

「まあ、空々空くんサイドというか――四国サイドのことは、もう彼に任せるしかないわ」

と、話の筋を戻した。

しかしながら、四国のことは空々に任せるしかないというのが彼女の結論であるのなら、それは話の筋を戻したというより、話の匙(さじ)を投げ出したようなものなのだが――

「いえいえ、四国サイドよ、あくまでも、彼に任せるのは――私達は私達で、本州サイドから、絶対平和リーグを攻めようという話だから。言うなら、挟み撃ちにしようって腹よね」

「……別に私は、絶対平和リーグとことを構えようという気はないのですが。そんな同士討ちみたいなことを――どちらかと言えばはっきり、したくないつもりです」

「大丈夫。あなたがどういうつもりだろうと、最終的にはそうなるというだけのことだから気にしないで」

「……はあ」

気にしないでと言われて気にしないことが難しそうな話ではあったけれど……、しかし、左博士の言うことをいちいち気にしても仕方がないという意味ならば、その忠告には万難を排して従いたいところだった。

「ですが、最終的と言うのであれば、私達が」

うっかり『私達』と言ってしまった。

私とあなた、と言い直そうかと思ったが、さすがにそれは憚られたので、竝生は我慢してそのまま続ける。

「私達が最終的に立ち向かわなければならないのは、絶対平和リーグではなく、地球撲滅軍になるのでしょう？　同士討ちどころか――仲間割れと言いますか」

「だからその心配はいらないんだって――私達には。もしも私達が、絶対平和リーグとの戦いにおいて勝利を収めれば、ね。私達がね」

ここぞとばかり『私達』を繰り返す左右左危――性格が悪過ぎる。

「裏切りを帳消しにする利益を得られれば、という、例の話ですか？　だけれど……」

竝生の失言を聞き逃さない彼女が、まさか聞き逃したはずもあるまい。もしも『新兵器』の無駄撃ちを防いだとしても、そんな正論が通じるかと言えばそれは別の話で――「だから、『新兵器』の発動を止めるために――空々空くんを守るために、絶対平和リーグと相対するということは、それは即ち『魔法』と相対するということなのよ、竝生さん」

右左危は言った。

「ならば、『新兵器』を奪われないために――空々空くんを奪われないために、私達が絶対平和リーグと相対したとき、逆にその『魔法』を奪ってしまえばいいと思わない？」

3

トラックの荷台に乗った直後から竝生はすっかり、（当然それが狙い通りだったのだろうが）左右左危のペースに乗せられていて、わけのわからないまま会話は進んでいたけれど――その間、いつの間にかトラックは動き出していたらしい。

　はっとするような、冷水を浴びせられるようなことを言われて、強引にメンタルを冷静にさせられ――ようやく、車の振動音のようなものを捉えることができた。今の今まで、てっきり、まだ車は発進しておらず、あの場に駐車したままなのだと思っていたが――やられた。これで、少なくとも到着まで、乗り心地から行き先を推測することもできなくなったわけだ。

　馬鹿にしている割に警戒してくれる。

　ひょっとして、高評価を受けているということなのか？　思っているほど、馬鹿にはしていないということなのか？

　まあ、どちらでもいいが……。

　この静音移動からすると、このトラックは電気自動車なのだろうか？　だとすれば特注にも程がある――絶対に一般販売していない。

「『魔法』を――奪う？」

「ええ。強奪する――それが唯一、私達がそれぞれの目的を果たした上で、その後も生き残るための方策よ」

　右左危は言う。

彼女にしてはとても珍しいことに、非常にわかりやすく、明確に、要点だけを述べる。

「私達が地球撲滅軍に対してどれほどの裏切りを働こうとも、だけど上層部にとってまったくの未知数の技術であり、かつ対地球戦において大いに役立ってくれるであろうオーバーテクノロジーである『魔法』を手に入れたとなれば、それはもう帳消しになるんじゃないかしら？」

「…………」

帳消しに——なるだろう、それは。

もちろん魔法なんてものが本当に実在すればだが——だがもしも事実として、今の四国の状況を作り出したのが地球ではなく絶対平和リーグだった場合、彼らには、四国住民三百万人を抹殺するだけの力が、力でなくとも技術があったということになる。

地球からの攻撃ではないかとさえ思えたそれが、人間にも実現可能な業だったと言うのであれば——それは欲しがるだろう、地球撲滅軍は、喉から手が出るほど。

裏切り者を許すほど。

欲しがるだろう——ならば。

「……そううまくいくんでしょうか」

しかし用心深く、彼女はそれに安易に食いついたりはしない――むしろ、そんな、一挙両得みたいな案が出てきたことは、慎重になれという神様からのサインという気さえする。

『新兵器』を無駄に投入せずに済み、空々空も守れ、かつ強力なる『魔法』まで手に入ると言うのは――いささか出来過ぎだ。

うまくいく、なんてものじゃあない。

まるで御伽噺のハッピーエンドではないか。

「たとえ『魔法』を手に入れられたとしても、やっぱり私とあなたは処分されるという――処刑されそうですが。用済みということで――」

「そこで用が済まないように立ち回るくらいは、私にもあなたにもできるでしょうよ。まさか馬鹿正直に、ゲットした魔法の何もかもを報告して、自分から『利用価値』をなくすような真似をしようという提案をしているわけじゃないわよね？」

そんな彼女の心の動きを楽しそうに見て取ってから、愉快そうに右左危は言った。

「それに、うまく行くも何も――これはそんなにうま味のある話じゃあないわ。うまい話じゃないのよ、これは、まったく。むしろ身を切るような決断よ。私としては彼らの『魔法』とは、もっと別の形で接点を持ちたかったのだから。私はこのアクロバットのために、色々な腹案を諦めている」

「……具体的に、どのように動けば、あなたの言うところの『魔法』を、絶対平和リーグから奪えるのかというのは、ここではおきます。訊いてもどうせ教えてもらえるわけがありませんしね」

「あら、そうでもないわよ？　試しに訊いてみたらどう？」

「確かに——」

試す気にもなれない。

「確かにあなたにとっては、うま味の少ない話にはなるかもしれませんが、しかし、私にとっては、いいこと尽くめですよ。だからそうそう、鵜呑みにはできないんです」

もしも右左危にとってうま味がなくなる解決案だと言うのであれば、それはそれで、竝生にとっては『うまい話』の一環でしかないと言ったら言い過ぎになるが——いやまったくならないが。むしろそれによってうまい話がめでたく完結するということになるのだが。

「その顔は、私が困るのであればそれはむしろ大歓迎という感じかしら？」

と、右左危。

特に顔色を変えたつもりはなかったけれど、さすがにそれくらいの自覚はあるらしい——つまり、竝生から嫌われているという自覚は。

「だけど竝生さん、あなたも結構、困ることになるのよ？　困ると言うか、困惑することになると言うか——あなたのような生真面目な性格だと、私の倍くらい困ることになるかもね」

「あなたの倍くらい？」

「だって、その歳で魔法少女と呼ばれることになるのはきついものがあるんじゃないかしら」

「…………」

楽しそうだ。

だが、それがよりきついのは、年上の右左危——一児の母（一時の母と言うべきか）でさえある、彼女のほうだと思うのだが。

「何歳になろうと女子と言っていい風潮は、世間にすっかり定着したけれど、でもさすがに、少女って言うのはどうかしらね。ガール感はかすかにもないわよね——私達」

「……その辺りの発言は、冗談と考えていいんですよね？　ふざけて言っているだけだと」

「ふざけているふざけていないで言えば、当然、ふざけているんだけれどね——ただ、本当にふざけているのは魔法少女という概念そのものなのかもしれないわよ。つまりそれは、うまい話じゃあなくって、ふざけた話と言うことになる」

「左博士——」

「要するに、私達の人生はこれを機に大きく歪むことになる——これまであなたが築いてきたキャリアや、アイデンティティが、概ね崩壊することになる。どれだけ理論立てて説明しても、私達のことを頭がおかしいと思う人が大半よ」

「…………」

確かに。

それだったら、ダメージをより被るのは、右左危よりも竝生と言うことになるだろう——なにせ右左危は、現時点でも相当、頭がおかしいと思われているのだから、そうなっても大差ないと言えば大差ない。

対する竝生はそうはいかない。

イメージが壊れる、というのか……人生が激変することになる。

「竝生さん、あなたに覚悟はあるかしら？　あなたに度胸はあるかしら——友人をすべて失うほどの異様に身をさらす度胸が。生きるために異常扱いされることを甘受できるかしら？」

「……どこまで本気で言っているのかわかりませんが、しかしもしも、『魔法』とやらを手に入れることができ、それが対地球戦における切り札となるのであれば、私が誰にどう思われようと、そんなことは『どうでもいい』の範疇です」

ただ、と竝生は言う。

これは相手がたとえ右左危であろうと、否、右左危だからこそ、慎重を期して訊きたいところだ。

「これは、やや本筋から外れた質問になるかもしれませんし、それこそ左博士、あなたにとっては、うま味のなくなる話と言うか……、愉快ではない、本末転倒になってしまうんじゃないかと言う話なんですけれど」

「なにがかしらね」

「もしも私達が上首尾に、その『魔法』とやらを手に入れ、それを地球撲滅軍に技術提供できたとして――その結果、この歳で少女と呼ばれる辱めを受けようと、魔法少女と呼ばれる辱めを受けようと、ですけれど――、そうすると、あなたが守ろうとしている『新兵器』の価値が暴落するんじゃないですか？　それは――本末転倒なのでは」

空々空が、それで職を失うということはないだろうが、しかし、そんなオーバーテクノロジーが導入されることになったら、今まで地球撲滅軍を支えてきた最先端科学が、無用の長物になりかねない。それは地球撲滅軍の開発室や不明室にとって、困惑の事実を通り越して、屈辱の事実なのではないだろうか。

「無用の長物どころか――ふふ。こちらのほうがむしろ、古きよき時代の迷信扱いされちゃったりしてね――笑えるわ。本来迷信なのは、魔法のほうのはずなのに」

ここで、それでは『新兵器』を守る意味がなくなるのではないかという指摘をすると、彼女が企みを放棄してしまうのではないかという危惧があったのだが、当然のように、既にそんな理屈はわかっていたらしい。

余計な心配だったのか？

「大丈夫よ。アーサー・C・クラークいわく、『高度に発達した科学は魔法と区別がつかない』――けれど、その魔法を科学に取り込むのも、科学者の仕事なのだから。それに……」

いつもはきはき、嫌になるくらい自信たっぷりに語る右左危が、そこから先は、ややトーンを控えて、呟くように言った。あまりに小声だったので、聞こえづらかったけれど――竝生には彼女が、こんな風に言ったように思えた。

『それにむしろ、魔法を取り込むことによって、私の「新兵器」は完成を迎えるのだから――』

だが、あえて竝生はそれを聞こえなかった振りをした――何のリアクションも取らなかった。それはマッドサイエンティスト、左右左危博士の真の目的として見るには、あまりにはまり過ぎていて――そしてその結果、それが実現するにあたって、竝生に――地球撲滅軍全体に、どういう悲劇が巻き起こるのか、どういう悲劇に巻き込まれるのか、考えたくもなかったからだ。

もしかすると、私は今――とんでもないモンスターの製作に手を貸そうとしているのかもしれない。今、私がするべきは、彼女と共闘することではなく、約束なんて反故にして、人類を保護するために、左右左危の平静なる独走を停めることじゃあないのか、と。

そんな風に思考が進んでしまい、空々を守れなく、助けられなくなってしまうことを避けたかったのだ――これこそ本末転倒なのだが。

このときの氷上竝生の決断が正しかったのか、それとも単なる逃避、問題の先送り――将来に対する多大なる借金に過ぎなかったのかは、現時点ではわかるはずもないことだったが、しかし、竝生本人の気持ちとしては、後者の意味合いのほうが強かっただろう。

「まあ、『新兵器』が『魔法』に凌駕されるのではないかというあなたからのありがたいご配慮については、一応聞いておくわよ――ただし、今は急場を凌ぐことが目的だしね。どちらにせよ『新兵器』を失うのだとすれば、それはなるだけ先送りにしたいものでしょう？　まして、奪うか奪われるかという話になれば――奪う側に回るでしょ」

誰だって、と言う。

まあ、その場を凌ぐことにかけてはプロフェッショナルと言ってもいい上司を持つ身の彼女とすれば、その意見の本筋にはともかく、『誰だって』という点だけに対しては首を横に振るのは難しいけれど……。

「奪われるくらいなら自ら捨てる。この辺りは恋愛のメカニズムと同じよね」

「あなたが恋愛を語ると、悪趣味なジョークにしか聞こえませんが——わかりました」

「ん？　わかりました？　何をわかってくれたのかしら？」

「ですから……、私やあなたにとって、魔法を手に入れるということが、そんなにいいことばかりではないと言うことは。それによる困難や不具合も、ちゃんとあるということがわかりました」

困難や不具合が『ちゃんと』あるという考えかたは、あまり健康的なものとは言えないが——これはまあ、人生を幸せなものだと捉えてない、人が生きるということは、そもそも悲劇的なのだと信じて疑わない彼女の性分みたいなものなので、やむを得ないところだ。

「では、まとめると、こういうことですね。私なりの見解ですけれど——これから私とあなたは、なんとかして、四国内にいる空々室長と連携を取って、四国の現状を、

『新兵器』が投入される前に終わらせる――異常事態を打破する。そうすることで、『新兵器』の投入、及び空々室長の殉職を阻止し――かつ、私やあなたの身を守るために、そして地球撲滅軍への忠誠を示すために、絶対平和リーグから『魔法』という技術を奪う。これであっていますか？」

「うん。まあね。あっている――あなたと意識を共有できて嬉しいわ」

「…………」

気持ちの悪い言いかたをしないで欲しい。

共有できたのは問題意識のみであって、断じて意識全体などではない――氷上竝生が左右左危と、わかりあったみたいな表現はご遠慮申し上げたいところだった。ましてや、和解したような物言いだけは、断じて御免だ。

「で」

竝生は言う。

「だからどうやってそれを実現するか、ですよね――左博士。今まであなたが語ってきたのは、何を言おうとどう言おうと、あくまでも目的に過ぎなくて――具体的な手段とは言えませんよね。実際にはその、取っ掛かりであるところの、空々室長と連携を取るということができないわけで」

それが竝生にとっての原点。

スタート地点であり、結局、これだけ嫌な思いをさせられておきながら、そのスタート地点から一歩も動いていないというのであれば、本当に何をしているのかわからない。

この三日四日、独自に動いていたほうがよっぽどマシだったということになりかねない——それは勘弁して欲しいところだった。

まさかここまで大胆に、取り返しがつかないほどに人を巻き込んでおきながら、『さあ、これからそのための方法を一緒にがんばって考えましょう』というわけでもあるまい。

幸い、

「大丈夫、我に策ありよ」

と、左博士は言った。

まあ、本気で心配していたわけでもないが——なにせ相手が左右左危なので、次に何を言うのかわからないところはある。策ありという発言にしたって、果たしてどこまで信用できたものか——気を抜く暇もない。

案の定右左危は、そこに「とは言え」と、逆接の接続詞を繋げてきた。

「とは言え——空々空くんと連携を取る前に、私達がしなくてはならない下準備があるのだけれどね。今日はこれから、それをしようという話なのよ。取り急ぎね」

「下準備――ですか」

「ええ。そのための裏工作を、私はこの中一日でしていたってわけよ――それともまさか私が遊んでいるとでも思っていた？」

「…………」

遊んでいるとは思っていなかったけれど、並行して他の仕事をしているのではないかと疑ってはいた。いや、別に他の仕事をしていないとは言っていないので、まだその疑いを捨てるのは早計だが。

いずれにしても謝るようなことではない。

これは疑われるほうの、普段の行いが悪過ぎるのだ。

「どういう下準備で、どういう裏工作だったのですか？」

そもそもこうして、竝生と交渉をしていることも、彼女に取っては下準備、裏工作の一環ではあるのだろうが、そこは無視して、訊くことにした。

うっかりまともに質問をしてしまったわけだ――それではまともに答が返ってくるわけがないというのに。

「まあそうね――曖昧なタイムリミットを、もう少しはっきりさせておくことにしたという感じかしら。結局、科学者にとっての問題はいつでも、時間、時間、時間――納期の話になってくる」

「…………」

はぐらかすような言いかただ。例によって。

タイムリミットというのはあれだろうか、話の流れからすると、『新兵器』投入までのタイムリミット――一週間のことだろうか。

空々空が四国に乗り込んでから一週間という、ある意味、彼女の上司が勝手に、しかも適当に決めたタイムリミット。

現時点でそれは四日を消費している。

連絡が絶たれたままに、既に半分以上経ってしまった計算だ。

「一週間が過ぎれば、その瞬間に『新兵器』が四国に投入される……、ただ、そのタイムリミットというのであれば、曖昧でも模糊でもないと思いますが。ある意味、こんなにはっきりしたタイムリミット――デッドエンドはないのでは」

「いやいや、竝生さん。その考えかたはさすがに浅薄と言うものでしょう。危険でさえあるわ――そんな考えかたをしている人とは、正直、組みにくいわね」

組みにくいのであれば組まなくて結構、と言い返したくなったけれど、しかしそこを黙って聞いていると、これについては、これについてだけは、どうやら右左危のほうが正しいようだった。

「なんですか。『不明室』がタイムリミットを守るとは限らないという話ですか？

でも、そんなことを言い出したら——」

「それもあるんだけれど、じゃなくって、それ以前にさ。別に『不明室』が、たとえ誠実に約束を守るつもりがあるにしても、しかし約束の期日まで、彼らがぼんやり、暢気に待ってくれているとでも思っていた？」

「……？　いや、だから、それは——彼らが約束を守るとは限らないという意味では」

『彼ら』と他人事のように言っているが、『不明室』の人間は左右左危直属の部下である——彼女の身分は空々と同じ、『室長』なのだから。

ならば、そのくらいの横紙破りは平気でしてきそうなもので——だが、そうではない？　約束を守ろうとした場合——

「約束を守ろうとした場合でも、『新兵器』を起動させるための手順ってものがあるでしょうよ」

そう、右左危は説明した。

「たとえばタンカーとか？　あれくらいの大きな乗り物になると、出航の準備に滅茶苦茶時間が取られたりするじゃない？　エンジンに火をつけてから、動き出すまでに三十分から一時間というところかしら。同じことが不明室の——私の『新兵器』にも言えるわけ」

言うならば出港準備のようなものが必要なのよ。

と、右左危は言って、竝生の反応を窺うようにする――まるで理解力を試されているようで本当に帰りたくなるが、しかし、確かに言われればそれは当たり前のことだった。

「飛行機で言う助走期間みたいなものですか？　まあ、規模が大きくなればなるほど、準備に時間がかかるのはわかりますけれど――じゃあ」

と、言いかけてやめた。

じゃあ、その『新兵器』は、即時性・即応性には欠けるつくりなんですね、という正直な気持ちを、彼女の『新兵器』に対する愛情の深さを思うと、それを誹謗中傷と受け取られてもたまらない。

どうして向こうはずけずけ言いたいことをいってくるのに、こちらはこうも気を遣わなければならないのだろうと疑問を憶えずにはいられないが。

ただ、『じゃあ』とまでは言ってしまったので、無理矢理そこに、疑問文を繋げる。

「実際にはそれは、どれくらいの期間なんですか？　三十分や一時間というわけにはいかない――と言うことですよね？」

「そうね。私の『新兵器』はタンカーよりも更に、パワフルだから――これはまあ、ただの偶然というか、嫌な巡り合わせってことだと思うんだけれど」

「はい？　嫌な巡り合わせ――ですか？」

「うん。まさかあなたの可愛い上司、空々空くんが、不明室の『新兵器』、その起動時間を知っているはずがないからね――一週間よ、およそ」

「…………」

それは――まあ、偶然だろう。

空々が己のタイムリミットを決める現場に竝生はいたが、そのとき彼が、そんな思慮をしていたとはとても思えない。

どこまで巡り合わせが悪いのだろう――私の可愛い上司は。

「もちろん、巻けなくはないから、一概には言えないんだけれどね。一週間以上はどうしたってかからないという、これは余裕を見た言いかたよ。不明室が総出で、全員が徹夜するつもりで挑めば、一日二日で起動しなくはないかも」

「……起動させた状態のまま、アイドリングさせておくことはできるんですよね？」

「それはもちろん――最後のゴーサインの、オンオフはつけられるわ。でないと、不良品過ぎるでしょう」

「…………」

竝生は頭をフル回転させる――『新兵器』の起動に、それなりに時間がかかるという情報を、どういう風に解釈すればいいのか。

一週間かかるというのをそのまま基準にするのであれば、空々空がタイムアップを迎える前に、仮に先走ろうとした不明室が、勇み足を踏み出そうとしても、それは不可能ということになるのか？　空々がタイムアップを迎えてから準備を始めれば、実際に『新兵器』が起動するのは一週間プラス一週間で、二週間後ということになる――だが、これこそ都合のいい考えかたと言うもので、それを今、右左危は俎上に載せているのだろう。

現実には『不明室』は、空々の任務が失敗したときのことを想定して――あるいは空々の任務が失敗すると決めてかかって、彼の上陸と同時に、もう起動の準備にかかっているはず。

「いえ……、空々室長の任務が決定した時点で、『新兵器』の発動は既に視野に入っていたのですから、準備自体は、彼が任務に入るずっと以前から行われていたかもしれませんね。四国で事件が起こったその直後から準備にかかっていたという線さえあるわけで……だったら、やっぱりいつ、投下されてもおかしくない。あまり救いになる情報ではありませんね」

「……あまり専門的な話をしても仕方がないから、要点だけを述べるわね」

と、右左危は言う。

それができるなら最初からそうしてくれと言いたいが、それはあえて言うまい。折角彼女が要点だけを述べてくれるというのだから、それは黙って聞くべしだ。

「私の『新兵器』を起動させるための準備段階は、大体七段階にわけられる。七つのステップを踏んで、ようやく発動してくれるというわけ。まあ、随分な寝ぼすけさんでね——その辺り、私はまだ改良の余地ありと思っているけれど。これは現時点ではまだ使いたくないと思う理由のひとつよ」

「七つのステップ——ですか」

「今、それがどこまで進行しているかはわからないの——私が反対派なのはばれているからね。派って言うか、『新兵器』の発動に反対しているのは私だけなんだけれど——」

「求心力が落ちているんですか？　室長なのに」

「私には求心力なんてもとよりないわよ」

と、冗談めかして彼女は言ったけれど、左在存の件以来、彼女の不明室に対する支配力が落ちているのは、確かな事実だろう。

そうでなければ、竝生に声をかけては来ない。

「だから、『新兵器』のプロジェクトからは一時的に外されていて——そのラインがどうなっているのかはわからないわけ。今、ステップ1なのか、それともステップ2なのか——ステップ5まで進んでいるのか」

「七つのステップというのは、一週間という基準と数が合いますが、それも偶然で、別に一日ワンステップずつ進行するというわけではないのですよね？」

「もちろんそうよ。ただ、手をつけていないということはないでしょうね――彼らは『新兵器』を使いたくて使いたくて、仕方がないんだから」

「…………」

竝生に『新兵器』の情報をくれた不明室の『友達』は、下っ端過ぎて、賛成派反対派、どちらにも属していない風だった――だから『使いたくて使いたくて仕方がない』という『彼ら』の中に含まれているとは思えないが、かと言って、やはり『反対派』というほどではないのだろう。

左博士ともあろう者が、孤独な戦いを強いられているものだ――そう思うとやや胸のすく思いもしたが、しかし現状の孤独感というのであれば、竝生だって大して変わらない。

「ま、だから私がこの中一日の間に、起動し、い、い、起動しにくくしておいたという話よ――それが私の言う、下準備であり裏工作」

「起動しにくく？　『不明室』の作業を邪魔していたと言うことですか？」

「それができれば一番よかったんだけれど、さっき言ったように、彼らがどこの工程を今行っているのか、まったくわからないのだから。だから私がやったのは、第七段階、ステップ７を潰すことだった」

「…………」

「そこはまだ手付かずだったし、私が設定したセキュリティだから、突破するのはたやすかったわよ。だからついでに第六段階も潰しておいた。これで当面の時間は稼げるというわけよ」

潰す、という言葉をどのように捉えるかが、専門外の竝生には判断しかねるところだったが――まさか物理的に破壊したということではあるまい。

今回ではないにしても、いつか右左危も、『新兵器』を作動させようと思っているはずなのだ――ならば当然、再起不能となるような破壊工作を行っているはずもなかろう。

あくまでも時間稼ぎ。

彼女にしてみれば、部下達の先走りを防ぐための方策なのだろう。

「これでさしあたり、不明室のほうは放っておいてもいいわ。少なくとも今日明日くらいはね。仮に彼らが頑張ったとしても、今すぐ『新兵器』が発動するということはなくなったのだから。さて、というわけでお待たせしたけれど、だからここからはあなたに働いてもらわなければならないわけ。氷上竝生さん」

そう言ったところで、彼女は時計を見た。

腕時計ではない、バンボディの中の壁にかかった掛け時計だ——そんなものまで備え付けているのだから呆れる。これを直後に処分しようというのだから、更に呆れる。まあ、だからと言ってこんな巨大なトラックを、引き取るつもりもないが……。

「うん。到着」

「え？」

「今、トラックが停まったの、気付かなかった？」

「…………」

動いたときもそうだったが、停まったときにもまったくそれを察することができないというのは、もうこれは自動車の機能ではなく、ドライバーの腕としか考えられない。

ならばこのトラックが処分されるとき、ドライバーも一緒に処分されることがないよう、祈りたいところだ——かつて第九機動室に所属していた名ドライバー『脇見運転（わきみうんてん）』のことを思い出しつつ、そんな風に思った。

『派』ではないと言っていたので、外部のドライバーを雇ったということなのだろうが……、身内だからどうとか、外注だからどうとか、そういう区別はあまり右左危にはなさそうだ。

ひとこと言っておいたほうがいいだろうか？

「ああ、余計な気を回さなくてもいいわよ、竝生さん。この車、自動運転だから。運転席には誰もいないわ」

「…………」

自動運転？

そんな車が公道を走っていいのかという疑問が何よりも先立つが、そんなものを前もって用意していたとはいくらなんでも考えにくい。

まさか……このために作ったのか？

そんな機能を持つ車を――右左危が、直々に？

「この件にかかわるのは、私達二人だけよ――他に協力者はいないし、いらない。空々空くんは四国サイドで魔法少女とうまく同盟を結んでくれればいいけれど――私達はもう人数を増やせない」

「……わかりません」

「何？　何がわからないの？　もう到着したんだから、これ以上、バンボディの中で話している暇はないんだけれど？」

出発から到着までの時間を、最初から見込んで話していたとでもいうのだろうか？　だとすれば竝生の動揺や苛立ちも、すべて彼女のてのひらの上だったということになるのだが――いや、まさか。さすがにそれは、時計に合わせていただけだろう。

それでも、着々と下車の準備を続ける彼女に、竝生は言った。

「あなたがどうして、私をたった一人の協力者なんかに選ぶ理由がわからないんですよ——適当な人物なら、他にもいると思います」

「いないでしょ。空々空くんの部下で、私の要求に応じてくれるほどに優秀な人材なんて」

「……それだけですか？」

「それだけよ。立場と、能力を総合的に考えて、協力者を一人選ぶなら、あなただけだった。立場と能力。他に何が必要なの？」

「…………」

もちろん、必要なものは色々あるはずで——それが彼女の今後に嚙んで来ることは間違いがなかったが、しかしもう何も言えなかった。

左右左危が自分を評価し。

ひょっとすると信用さえしているかもしれないという幻想に、ほんの一時、囚われてみるのもいいかもしれないと思ったのだ。

それが幻想であり、そんな幻想に縋ったために、彼女と彼女の弟が、どういう目にあったのかを、どれほどの目にあったのかを、忘れたわけではないけれど。

4

連れてこられたのは、それほど意外性のある場所ではなかった——いや、それは結果としては意外性がなかったと言うだけであって、彼女が色々と想定していた、連れて行かれる先の選択肢の中に、『ここ』はなかった。

『ここ』だけはなかった。

一番高い可能性としては、彼女が地球撲滅軍とはまったく無関係のところで、個人的に所有しているラボみたいな場所に連れて行かれるのではないかと、竝生は思っていたのだが（もちろん彼女なら、個人的な研究所をひとつといわず、様々な名義で数十箇所単位で持っているだろうが）、しかしそうではなかった——全然違った。

トラックの荷台から降りた先にあったのは病院だった——小規模な病院、それも、閉鎖してからいくらか時間が経過していると見える、廃病院だった。たまたまそこで降ろされただけで、目的地はこの近くのどこかなのだろうと思ったが——掛けられたままになっている看板を見て、そうではないことはわかった。

『飢皿木診療所』。

看板にはそう書かれていた。

飢皿木——それは、左右左危博士の旧姓だったはずだ。否、結婚していた頃の名前を旧姓というのは、正しくないのか——とにかく、竝生が初めて会った頃の、右左危の苗字だった。

そして——飢皿木診療所は、彼女の元夫が経営していた医院なのだった。

意外性はない。

右左危にとって比較的近しい場所とは言えるだろう——が、密談場所として、ここを選ぶというのは、予想外も甚だしい。

誰も予想しないだろう。

彼女が元夫の——故飢皿木鰻所長の住居兼職場を訪れるだなんて。墓参りさえ、しているとも思えないのに——まあ、飢皿木所長に墓があるかどうかを、竝生は知らないけれど。

右左危が鍵を開け、二人揃って中に這入る——放置された診療所の中は、放置された病院そのものだった。

さすがにずっとここに通って、掃除をしていたなんて殊勝なことはないようだ——たぶん、ここに来ること自体、相当久し振りのはずである。

合鍵を持っていたところを見ると、初めてではないのだろうが。

「インフラ関係は死んでるから、さっきまでの快適空間を期待しないでね——診察室に行っておいて。私は、その前に一本電話をかけるから」

「電話ですか……」

「アリバイ作りよ。仕事をしている振りもしておかなきゃって話——空々空くんがしていない、ただの定時連絡って奴」

そう言って彼女は待合室のほうへと向かった——廃病院を恐れるような神経は、彼女にはないらしい。もちろん、竝生にもそんなデリケートさはないので、ひとりで診察室に向かった。

白い部屋。

白い机。白い椅子。

白い壁。

白で統一された、白い空間。

かつてこの診察室で、空々空が飢皿木博士にカウンセリングを受けたのだ——彼にとっての冒険は、そこから始まったと言える。

その椅子に今、自分が座るというのは、変な気分だ。

「………………」

一応、カーテンを閉めておいたほうがいいかと思い、窓の外を見る——塀が高い建物なので、外から覗かれる心配はなさそうだが。その辺りは、患者さんに気を遣った設計なのかもしれない。

　空が曇って来ている。

　天気予報によれば、四国の雨はそろそろ上がった頃だろう——その雨雲が、こちらまで流れて来たという感じか。

　天候にも恵まれないとは、ほとほと、彼女の上司はついていない——実際には空々は、その雨に救われもしているのだが、そんなことがはるか離れた場所にいる竝生にわかるはずもなかった。

　とにかく、と彼女は思う。

　ただの意外性、隠密性だけで右左危がここを密談の場所に選んだとは思えない——それならばトラックの荷台であのまま話し続けたほうがよかっただろう。きっと必然性がある——この診療所で話さなければならない理由が。

　何をさせるつもりか。

　何をさせられるのか。

　自分が当たり前のように、患者側の椅子に座っていることに気付いた——空々がかつて座った椅子を選ばなくとも、医師側の椅子に座ることだってできたはずなのに。左博士を前に、患者側の気持ちでいるというのがどれほどの愚行なのか、竝生はよく知っているはずなのに——

「悪い知らせよ」

と言いながら――左右左危が診察室に現れた。

別に白衣を着ているわけでも、奥から出てきたわけでもないのに、こうして診察室に現れると、まるっきり医者の佇まいだ。

「私達は急がなきゃいけなくなった」

「急がなきゃって……どういうことです？」

特に焦った風は見えない。

右左危は冷静そのものだ――だが、彼女が斜にも構えず、冷笑も浮かべず、軽口も叩かずに冷静であるということは、それはもう焦っているよりもよっぽど悪い事態だ。

手にしたままの携帯電話を見ると、かけた電話で、『悪い知らせ』とやらを聞いたのだろうが――

「何があったんですか？　左博士」

「暴走した」

端的に言った。

一瞬、その意味を捉えかねる。

暴走？　暴走って……。

「ま——まさか、不明室がですか？　不明室が暴走して、『新兵器』を動かしたとか？　そんな馬鹿な。それをさせないために、あなたは起動段階の、ステップ7とステップ6を、『潰し』たんでしょう？」

「暴走したのは不明室じゃあないわ——『新兵器』そのものよ」

左右左危は言った。

「工程をすっ飛ばして——『新兵器』はステップ3の段階で、発動してしまった。不明室は、つまり『新兵器』を制御しきれなかったのよ」

「せ、制御しきれなかったって……」

「私抜きでやったりするから——」

やれやれ、という口調も冷静だ。

部下の無能を責める気配もない——いつもなら、それはやれやれくらいでは済まさない事態だろうに。

「は、発動したら——どうなるんですか。どうなったんですか」

「だから、『新兵器』は、ステップ2でインプットされた通りにもう四国に向かってしまったということよ。四国のすべてを破壊せんと、『あの子』は、かの地に向かってしまった」

冷静さの中に、このとき、少しだけ、誇らしげな様子も見えた——我が子のやんちやっぷりを見つめる親のように。

「『あの子』――人造人間『悲恋（ひれん）』は」

5

タンカーは動き出すのにも時間がかかるが、停まるのにはもっと時間がかかる。動き出してしまった『悲恋』はとどまるところを知らず四国に上陸し――そして。

そして英雄・空々空と出会うことになる。感情を持たない少年と心を持たない人工物の出会いがどんな悲報を齎すのか、科学者にも魔女にも、現時点ではまったく不明である。


（第８話）

（終）

（悲報伝に続く）

本書は二〇一三年六月、小社より講談社ノベルスとして刊行されました。